Annie 2006
gaat wel.

DE KLEUR VAN DE ZEE

ANITA SHREVE

De kleur van de zee

the house of books

Eerste druk, februari 2003
Tweede druk, mei 2003

Oorspronkelijke titel
Sea Glass
Uitgave
Little, Brown and Company, Boston
Copyright © 2002 by Anita Shreve
Copyright voor het Nederlandse taalgebied © 2003 by The House of Books,
Vianen/Antwerpen

Vertaling
Yvonne Kloosterman
Omslagontwerp
Julie Bergen
Omslagdia's
Eric Bean/Nonstock/Image Store
Foto auteur
Norman Jean Roy
Opmaak binnenwerk
ZetSpiegel, Best

ISBN 90 443 0716 9
D/2003/8899/37
NUR 302

Voor Betsy

🐦 *Honora*

Honora zet de kartonnen koffer op de granieten stoep. De deur is hier en daar afgebladderd. Het is moeilijk te zeggen wat de kleur van de verf is, groen of zwart. Boven de deurklopper zijn glazen ruitjes, sommige gebroken, andere ondoorzichtig door ouderdom. Honora staat onder een portiek van verweerde dakspanen, met een lichtgrijze hemel erboven. Ze zet de kraag van haar mantelpakje op en houdt haar hoed stevig vast tegen de wind. Ze tuurt naar de letter B die in de klopper is gegraveerd. Dit is de plek waar het allemaal begint, denkt ze.

Het is het jaar 1929. Een junidag. Een trouwdag. Honora is net twintig, Sexton vierentwintig.

De witte dakspanen van het huis zijn versleten en verkleurd. De zonneschermen voor de ramen zijn gescheurd en ze klapperen. Op de bovenverdieping staan dakkapellen, als schildwachten die de wacht over de zee houden, en het gazon is bedekt met doornstruiken. De drempel is versplinterd; het is niet ondenkbaar dat hij het onder haar gewicht zal begeven. Ze wil de oude deurknop uitproberen, hoewel Sexton heeft gezegd dat ze op hem moest wachten. Ze loopt de voortuin in. Haar pumps maken putjes in de verende grond, waardoor er een jaren oude lucht opstijgt.

Op dat moment komt Sexton de hoek om, zijn uitgestrekte handpalmen vol vuil. Ze weet niet wat ze van hem kan verwachten. De man is een vreemde die ze amper kent. Een goede man, denkt ze. Hoopt ze. Zijn jas staat bol van de wind, waardoor zijn hemd en bretels zichtbaar zijn. Een zijnaad van zijn broek is versteld. De pijpen zijn wijd en te lang. Zijn haar, goed ingevet voor de trouwerij, waait op in de wind.

Honora gaat weer op de granieten stoep staan en wacht op haar man. Ze vouwt haar handen voor haar buik; het tasje dat ze van haar moeder heeft geleend klemt ze tegen haar heup. Sexton biedt haar iets aan: zanderige aarde, een sleutel.

'De aarde is voor de vaste grond van het huwelijk,' zegt hij. 'De sleutel is voor het ontsluiten van geheimen.' Hij zwijgt even. 'De oorbellen zijn voor jou.'

Honora buigt zich voorover. Ze kijkt naar het bedje van zand. Twee oorbellen van marcasiet en parelmoer liggen bijna begraven in Sextons handen. Ze veegt ze schoon met haar vinger.

'Ze zijn van mijn moeder geweest,' zegt Sexton. 'De aarde en de sleutel zijn een oude traditie die je oom Harold me heeft verteld.'

'Dank je,' zegt ze. 'Ze zijn heel mooi.'

Ze pakt de sleutel. We stappen over de drempel, denkt ze. We beginnen ons gezamenlijk leven.

De man kwam de bank binnen met een bundel briefjes van tien en vijf. Hij wilde ze wisselen voor honderddollarbiljetten, zodat hij een auto kon kopen. Hij droeg een lange, bruine jas, en zette zijn hoed af voor hij de transactie sloot. Het witte boord van zijn overhemd zat strak om zijn hals. Hij sprak tegen Honora terwijl ze het geld telde. Een tweedeursauto, een Buick, vertelde hij. Een uit 1926. Nog maar drie jaar oud. Hij was zachtblauw, met een rode streep vlak onder de portierkruk. Een echte schoonheid, wielen met houten spaken en een donkerblauwe mohair bekleding. Hij kon hem voor een zacht prijsje kopen van een weduwe die nooit had leren autorijden. Hij leek opgewonden, zoals bij mannen gebruikelijk is wanneer ze aan auto's denken die ze nog niet bezitten, die nog niet defect zijn geraakt. Honora klemde de bankbiljetten met een paperclip aan elkaar en schoof ze toen onder het traliewerk van het loket door. Hij had diepliggende, grijze ogen onder zware wenkbrauwen, en zijn keurige snorretje was een tint donkerder dan zijn haren. Hij streek zijn haar, dat een beetje geplet was door de hoed, van zijn voorhoofd. Ze moest het geld onder het loket heen en weer schuiven om hem eraan te herinneren. Hij pakte het, vouwde het op en stak het in zijn broekzak.

'Hoe heet je?' vroeg hij.

'Honora,' zei ze.

'Hoe spel je dat?'

Ze spelde haar naam. 'Met een stomme h, je spreekt hem niet uit,' voegde ze eraan toe.

'Onóra,' probeerde hij. 'Werk je hier al lang?'

Ze werden door het loket van elkaar gescheiden. Het leek een rare manier om iemand te ontmoeten, hoewel het beter was dan in McNiven's, waar ze af en toe met Ruth Shaw heen ging. Daar schoof een man naast je op de bank en drukte zijn been tegen je dij voor hij ook maar zijn naam had genoemd.

'Ik ben Sexton Beecher,' zei het knappe gezicht aan de andere kant van het traliewerk. Achter het volgende loket zat Mrs. Yates aandachtig te luisteren.

Honora knikte. Er stond nu een man achter hem. Harry Knox, in zijn overall, met zijn bankboekje in de hand. Hij begon ongeduldig te worden.

Sexton zette zijn hoed weer op. 'Ik verkoop schrijfmachines,' zei hij, een vraag beantwoordend die nog niet was gesteld. 'De rechtbank is een klant van mij. Ik heb een auto nodig voor mijn werk. Ik leende altijd de Ford van mijn baas, maar de motor ging kapot. Ze zeiden dat het duurder zou zijn om de wagen te repareren dan om een nieuwe te kopen. Koop nooit een Ford.'

Het leek onwaarschijnlijk dat ze ooit een Ford zou kopen.

De rechtbank had minstens de helft van de volwassen inwoners van de stad in dienst. Taft was de hoofdstad van de county, en alle rechtszaken kwamen daar vóór.

'Veel plezier met de auto,' zei Honora.

De man scheen eigenlijk geen zin te hebben om te vertrekken. Maar toen deed Harry Knox een stap naar voren, en dat was dat. Door het zijraam van de bank ving Honora een glimp op van Sexton Beecher die zijn jas dichtknoopte terwijl hij wegliep.

Sexton draait aan de schakelaar, hoewel ze beiden weten dat er nog geen elektriciteit is. Hij opent deuren op de gang, zodat er licht uit de ramen van andere kamers kan binnenstromen. Op de houten vloer ligt een dikke laag stof. Het behang op de muren, een patroon van groene koetsen en lakeien, laat los bij de naden. Een radiator, ooit crèmekleurig, is nu bruin van het vuil dat zich tussen de buizen heeft opgehoopt. Aan het eind van de gang is een trap met halverwege een grote overloop. Bij de onderste tree staat een kartonnen doos, gevuld met een stof die ooit als gordijn kan hebben gediend. De plafonds, die van voorgevormde tinnen platen zijn gemaakt, zijn bijna even hoog als de plafonds in openbare gebouwen. Honora ziet de schimmel op de muren, een patroon dat met de koetsen en livreiknechten wedijvert. Het huis ruikt naar schimmel en nog iets anders: hier hebben andere mensen gewoond.

Ze gaat een vertrek binnen dat eruitziet als een keuken, en loopt naar een venster met gesloten luiken en tilt de haak op. De ruiten achter de luiken zijn bedekt met een zoutlaag van enige jaren. Een vaag licht, alsof het door matglas schijnt, valt op een ijzeren fornuis waarvan de bovenkant bezaaid is met uitwerpselen van dieren. Ze draait aan een hendel, en met veel gepiep en een knal die haar doet schrikken schiet de ovendeur open.

Ze bukt en kijkt erin. In een hoek ligt iets doods en grijs.

Ze loopt door de keuken. Haar hand strijkt over de planken met het vuil van jaren in de groeven van de verf. Een smerige gootsteen, diep en van porselein, zit vol roestvlekken. Ze kijkt of de kraan het doet. Ze zou er beweging in kunnen krijgen als ze met haar volle gewicht tegen de gootsteen leunde, maar ze heeft haar mantelpakje te leen. Het is nog steeds eigendom van Bette's Second Time Around. Het botergele, getailleerde jasje met de lange revers doet haar slanke figuur goed uitkomen. Heel wat anders dan haar weinig vrouwelijke, ruimvallende jurken van de afgelopen tien jaar. Ze rilt van de kou en slaat haar armen om zich heen, voorzichtig, om het pakje niet met haar handen aan te raken. In de auto liggen dekens, maar het is nog te vroeg om daarover te beginnen. Als ze voetstappen op de trap hoort, loopt ze de gang in, precies op het moment dat Sexton uit de kelder opduikt. Hij wrijft zijn handen af aan een zakdoek.

'Ik heb de verwarmingsketel gevonden,' zegt hij. 'In de herfst zullen we kolen moeten zien te krijgen.'

Ze knikt en wijst naar de keuken. Hij strijkt met zijn knokkels langs haar arm terwijl hij haar passeert.

'Wat een troep,' zegt hij.

'Het valt best mee,' zegt ze, al trouw aan wat hun thuis zal zijn.

In april keerde de verkoper van schrijfmachines terug naar de bank. Hij kwam zó snel binnen, dat Honora aanvankelijk dacht dat hij een bankrover was. De panden van zijn jas zwierden om zijn broek terwijl hij naar haar toe liep. Ze weerstond de neiging haar haar te fatsoeneren, dat ze al in geen dagen had gewassen.

'Heb je zin in een ritje?' vroeg hij.

'Je hebt de auto dus gekocht.'

'Het is een droom!'

'Ik kan niet.'

'Wanneer ben je vrij?'

'Om vier uur.'

'Sluitingstijd!'

De wandklok gaf aan dat het halfdrie was. Er klonk het geluid van hoge hakken op de marmeren vloer. Sexton Beecher draaide zich niet om om naar de vrouw te kijken.

'Om vier uur sta ik buiten op je te wachten,' zei hij, 'om je een lift naar huis te geven.'

Ik ken je niet eens, dacht ze. Ze zou het misschien hardop hebben gezegd, maar ze zweeg omdat Mrs. Yates zich naar haar toe boog om geen woord te missen. De man vatte Honora's stilzwijgen op als instemming. Deze keer zag ze dat zijn ogen niet echt grijs waren, maar groen, en dat ze misschien te dicht bij elkaar stonden. Hij had een heel hoog voorhoofd, en als hij glimlachte, zag je dat zijn tanden een beetje scheef stonden. Zijn houding heeft iets verwaands, maar dat kan de verkoper in hem wel zijn, dacht ze. Honora negeerde deze gebreken, zoals wanneer je een vlekje over het hoofd ziet op een fraai geborduurd tafelkleed dat je wilt kopen en je pas later, als het kleed op tafel ligt en alle gasten eromheen zitten, ontdekt dat de vlek de aandacht trekt, terwijl het mooie borduursel voor iedereen onzichtbaar onder de tafel hangt.

Sexton keert terug met een blik olie dat hij uit de auto heeft gehaald. Honora vindt in haar koffer een stuk harde, witte zeep, in een theedoek gewikkeld. Hij trekt zijn jasje uit en rolt zijn mouwen op. Zijn linkeronderarm is al gebruind, want hij laat hem vaak uit het raampje van de Buick hangen. Honora voelt een lichte tinteling in haar onderbuik en wendt haar hoofd af.

De kraan maakt kokhalzende geluiden en braakt dan een golf bruin water in de gootsteen. Honora springt achteruit. Ze wil niet dat het water op haar pakje spat.

'Het komt door de roest,' zegt hij. 'Ze zeiden dat het water was aangesloten, maar ik wist het niet zeker. Er zat een klep vast in de kelder.'

Samen kijken ze hoe het water langzaam helderder wordt.

Op de achterkant van zijn hemd zit vuil. Ze steekt een hand uit om het weg te vegen. Hij laat zich zo door haar aanraken terwijl hij tegen de rand van de gootsteen leunt en zijn hoofd buigt. Als ze ophoudt, recht hij zijn rug. Ze pakt het stuk zeep en ze wassen alletwee hun handen in de waterstraal. Dan maakt ze de oorbellen van marcasiet en parelmoer schoon. Hij kijkt toe terwijl zij ze indoet.

'Moet ik de picknick binnenbrengen of wil je een dutje doen?' vraagt hij.

Ze voelt dat ze bloost vanwege het woord 'dutje'. 'Ik ben nog niet boven geweest,' zegt ze.

'Er is een bed. Nou ja, een matras. Het ziet er vrij schoon uit.'

11

Dus haar man had naar een bed gezocht vóór hij op zoek naar de verwarmingsketel was gegaan.

'Er liggen dekens in de kofferbak,' zegt ze.

Na een tijdje dacht Honora niet meer aan hem als 'de schrijfmachineverkoper' maar als Sexton. In de drie maanden van hun verkeringstijd reed hij acht keer vanuit Portsmouth naar haar toe. Hij zei tegen zijn baas dat hij iets groots op het spoor was in Taft. Hij kwam uit Ohio, vertelde hij aan Honora, en misschien had hij daar beter kunnen blijven. Hij had een jaar op de universiteit gezeten, als werkstudent, maar de vrijheid van het reizen en de mogelijkheid van vette commissies hadden hem naar het oosten gelokt, weg van het leslokaal. Hij verdiende goed, zei hij, wat waar kon zijn of niet. Ze wist het niet absoluut zeker. Ja, er was de Buick, maar ze kon de te strakke boorden en een loszittende schoenzool niet negeren. De mouwen van sommige van zijn overhemden waren bij de manchetten gerafeld.

Hij maakte haar het hof in de Buick met alle schrijfmachines (de nummers 6 en 7 van Fosdick), want haar moeders huis was te klein voor enige privacy. Sexton was charmant en doortastend op een manier die Honora niet kende. Hij zei tegen haar dat hij van haar hield. Hij zei ook dat hij dromen had. Op een dag zou er in elk huishouden een Fosdick staan, zei hij, en híj zou ze daar neerzetten.

'Wil je met me trouwen?' vroeg hij haar in mei.

Tijdens zijn zesde bezoek merkte Honora dat Sexton nauwelijks zijn opwinding kon bedwingen. Een buitenkansje, zei hij, toen ze eindelijk alleen waren. Zijn baas kende iemand die iemand kende die iemand kende. Een verlaten huis, maar nog wel bewoonbaar. Het enige wat ze hoefden te doen, in plaats van huur betalen, was er een oogje op houden en het opknappen.

'Zo kunnen we voor ons eigen huis sparen,' zei hij tegen Honora.

Toen ze hun verloving aankondigden, was niemand verbaasd. En haar moeder al helemaal niet. Ze had het vanaf het begin zien aankomen. In feite had ze al heel vroeg tegen Harold gezegd – zo is het toch, Harold? – dat deze man haar dochter zou veroveren.

Honora steekt haar hand uit en raakt de stof in de kartonnen doos aan. Verbleekt chintz, tóch gordijnen! En nog iets anders. Een ingelijste foto die aan de zijkant in de doos was gestopt, alsof hij op het laatste moment van een dressoir was gerukt. Een foto van een vrouw en een jongen. Jaren geleden, te oordelen aan de bijna enkellange jurk, denkt Honora.

De trap kraakt een beetje onder haar gewicht. Hoewel ze, zelfs mét het beddengoed, niet veel weegt. Het geluid brengt haar in verlegenheid. Het is alsof het haar bedoelingen aankondigt. Een kristallen kroonluchter hangt onbeweeglijk boven de overloop. Ze ziet dat het plafond van de bovenverdieping hetzelfde behang heeft als de muren. Boven aan de trap wordt ze overweldigd door een gevoel van leegte. Voor het eerst voelt ze hoe veelomvattend de taken zijn die haar wachten. Een huis bewoonbaar maken, denkt ze. Een huwelijk tot een succes maken.

Het komt alleen maar door de lege kamers, zegt ze tegen zichzelf. De bovenverdieping is een doolhof van kleine kamers, een verrassing na de grote vertrekken beneden. Sommige kamers zijn lichtblauw geverfd; andere zijn mooier, met behang op de muren. Zware gordijnroeden hangen kaal boven de ramen. Op de stoelen bij de ramen liggen kussens – gerafeld en misvormd door overdadig gebruik.

Aan het eind van de gang vindt ze drie vertrekken met een reeks dakkapellen die op zee uitkijken. In de badkamer zijn een wasbak en een badkuip. Als ze in de slaapkamer is, stompt ze met haar vuist in een matras. Er stijgt een stofwolk op in het door het zout gefilterde licht van het raam. Waarom hadden ze wel het bed maar niet het matras meegenomen? Ze gaat op haar hurken zitten, stopt de lakens bij de hoeken in en luistert of ze Sexton beneden hoort lopen. Haar hart gaat zó tekeer, dat ze een hand op haar borst moet leggen. Ze maakt de knoopjes van haar gele jasje los. Dan beseft ze dat er geen kleerhangers zijn in de ondiepe kast naast de deur. Ze trekt haar rok uit, keert hem ook binnenstebuiten en vouwt hem op. Daarna gaat ze in haar blouse en onderrok op de rand van het matras zitten en trekt haar kousen uit.

In de keuken was het abnormaal heet en benauwd voor de tijd van het jaar, eind juni. Er kwam stoom van het strijkijzer af, waardoor zich druppeltjes op haar moeders neus en wenkbrauwen vormden. Haar moeder tilde het strijkijzer op en zette het weer neer op de theedoek die over het botergele mantelpakje was uitgespreid. Ze droeg haar paarse, katoenen jurk met de petunia's. Zoals ze daar stond, leek het wel of haar gedrongen lichaam door haar schort overeind werd gehouden. Honora zat op een stoel aan de keukentafel. Ze schreef etiketten voor de inmaak. Beiden zwegen, zich bewust van de op handen zijnde verandering. Haar moeders haar was met kammetjes en haarspelden opgestoken in een knotje, en ze had haar bril opgezet. Op het fornuis stond de witte, emaillen ketel. De trechters en de potten wachtten om gevuld te worden met lente-uitjes, asperges en rabarbermoes. Zelfs aan het begin van de zomer stond de keuken vol potten. Het wecken ging tot laat in de avond door. Ze probeerden de oogst van haar moeders moestuin één stap voor te zijn.

Honora, die een hekel had aan het schillen en het voorbereidende werk dat gedaan moest worden nadat ze van de bank was teruggekeerd, bewonderde desalniettemin de potten die met de zorgvuldig beschreven etiketten naar voren stonden. *Beet Horseradish Relish, Asa's Onion Pickles, Wild Strawberry Jam.* Ook bewonderde ze de manier waarop ze later in de voorraadkelder waren gerangschikt. De etiketten van de wortels naar het noorden gericht, die van de wasbonen naar het zuiden. De potten aardbeienjam stonden vooraan. Maar dit jaar had haar moeder minder geplant, alsof ze had geweten dat haar dochter het ouderlijk huis zou verlaten.

Haar oom Harold, blind en broos, kon het middenpad van de methodistische kerk niet helemaal aflopen. Daarom stond hij een halve minuut met zijn nichtje bij de voorste kerkbank om haar tóch weg te geven. Ze was het laatste kind dat het huis uitging. De jongens waren naar Arkansas, Syracuse en San Francisco verhuisd. Haar moeder was gekleed in haar donkerblauwe, ruimvallende zijden jurk met de stippen en de kanten kraag. Ze droeg voor de gelegenheid echte zijden kousen, zag Honora, en niet de bruine kousen van Touraine's. Haar moeders zwarte schoenen, meer praktisch dan mooi, noemde Harold altijd haar zondagse-visite-schoenen. Haar moeder droeg een marineblauwe clochehoed, en de zilveren haarwrong eronder was versierd met paarlemoeren kammetjes.

Vlak voor ze het huis verlieten, had haar moeder haar goudomrande bril bij de gootsteen schoongemaakt. Ze had er de tijd voor genomen en net gedaan of ze niet huilde.

'Je ziet er heel mooi uit,' zei ze tegen Honora toen ze haar bril weer had opgezet.

'Dank u,' zei Honora.

'Je laat het me wel weten, hè?' zei haar moeder. Ze haalde haar zakdoek uit de mouw van haar jurk. 'Ik bedoel, wat je wilt dat ik met het mantelpakje doe.'

'Jazeker.'

'Sommige vrouwen vinden het fijn om de kleren waarin ze zijn getrouwd te bewaren. Ik heb mijn trouwjurk bewaard tot Halifax.'

Honora en haar moeder waren even stil. Ze dachten terug aan Halifax. 'Je vader zou zo trots zijn geweest,' zei haar moeder.

'Dat weet ik.'

'Dus je laat het me wel weten van het pakje. Ik wil het met alle liefde betalen als je besluit het te houden.'

Honora deed een stap naar voren en kuste haar moeders wang.

'Nou, nou,' zei haar moeder. 'Je maakt me wéér aan het huilen!'

Sexton loopt de slaapkamer binnen met de picknickmand in de ene en de koffer in de andere hand. Hij kijkt naar Honora, die op het matras zit, haar kousen, haar schoenen, haar opgevouwen mantelpakje, haar jarretels die, opzij van het bed, onder haar gordeltje uitpiepen. Zijn gezicht ontspant, alsof hij zich had voorbereid om zijn kersverse echtgenote iets te vertellen, maar nu iets anders wil zeggen. Honora kijkt toe terwijl hij de picknickmand en de kartonnen koffer neerzet. Hij trekt zijn jas uit, laat hem naar beneden glijden en kan hem nog net vastgrijpen voor hij de vloer raakt. Dan rukt hij de knoop van zijn stropdas los.

Ze gaat achteroverliggen, met haar blote benen onder het koele laken, legt haar wang op het kussen en werpt steelse blikken op haar man. Ze heeft nog nooit gezien dat een man zich uitkleedde: het losmaken van de riem, het omhoogtrekken van de slippen van het overhemd, de schoenen die worden uitgeschopt, het overhemd dat op de vloer valt, de broek – het enige kledingstuk dat met zorg wordt uitgetrokken – opgevouwen en op de koffer gelegd. Hij doet zijn horloge af. Daarna legt hij het op de vensterbank. In het spaarzame licht van de met zout bedekte ramen ziet ze zijn brede schouderbladen, zijn lichtgespierde borstkas, zijn billen met het verbazingwekkende kippenvel en zijn benen met de rossige haartjes. Sexton knielt neer aan de voet van het matras en kruipt omhoog naar zijn bruid. Hij brengt zijn gezicht dicht bij het hare. Dan glijdt hij onder het laken en trekt haar naar zich toe. Haar hoofd rust tegen zijn schouder. Haar rechterarm ligt tussen hen in. Zijn knie schuift tussen haar dijen, waardoor haar onderrok tot aan haar heupen opkruipt. Hij kust haar haar.

'Wat maakt het zo glanzend?' vraagt hij.

'Azijn,' zegt ze.

'Je beeft,' zegt hij.

'O ja?'

Hij drukt zijn lippen op haar schouder. 'We hebben alle tijd,' zegt hij.

15

☙ McDermott

McDermott zit op de rand van het bed een sigaret te roken. Achter hem, bij het raam, telt het Engelse meisje het geld. Langzaam. Ze beweegt haar lippen, zoals sommige mensen moeten doen wanneer ze voor zichzelf lezen. De kamer heeft een wasbak, een stoel en een raam dat op de straat uitkijkt. Het is stil buiten. Iedereen heeft lunchpauze. Dertig minuten. Te weinig tijd voor een fatsoenlijke maaltijd, laat staan voor een fatsoenlijke wip. Het meisje dat de munten telt zit op de vensterbank. De omlijsting van het raam maakt haar bijna mooi. Misschien heeft ze iets gezegd en heeft hij haar niet gehoord. De weefgetouwen hebben McDermott doof gemaakt. Nou, niet echt doof, maar ze hebben geluid veranderd, beschadigd, zodat gesproken woorden soms vanuit de bodem van een diepe put lijken te komen. Andere zijn omgeven door halo's, wazige halo's die geluid absorberen. Het meisje draagt een bril. Ze heeft dun haar, blauwe ogen en een lang gezicht. Hij heeft haar een keer gevraagd waarom ze het deed. Ze antwoordde simpelweg dat ze zo meer verdiende dan in een textielfabriek, en ze hoefde niet zo hard te werken. Een eerlijker antwoord op een moeilijke vraag had hij nooit gehoord.

De lucht die door het raam binnenkomt is zacht en koel. Per jaar zijn er negen à tien van zulke dagen. Dagen die tussen de strenge kou van de winter en de verstikkende vochtigheid van de zomer door slippen. Dagen die hem aan picknicks in zijn jeugd doen denken, toen zijn moeder zich nog goed genoeg voelde om pasteien en ijsthee te maken. Vóór Sean stierf. Vóór zijn vader 'm smeerde.

McDermott weet door zijn innerlijke klok, die nooit faalt, dat er nog achttien minuten van zijn lunchpauze over zijn. Achttien minuten voor de fabriekssirene klinkt en mensen uit alle deuren in de straat beneden hem te voorschijn komen. Mouwen worden opgestroopt, jassen worden aangetrokken. Er wordt nog op voedsel gekauwd. De bazen sluiten de poort om kwart voor een. Iemand die te laat is komt er niet meer in en verbeurt het loon van een dag, zo niet de baan zélf. 'Ik tel maar één dollar en zevenenveertig cent,' zegt het meisje. Haar stem zweeft naar hem toe vanuit de bodem van een pot. Hij bukt en voelt in de zakken van zijn broek, die op de vloer ligt. Ze is negentien. Even oud als zijn zus Eileen. Ze heeft een dunne, katoenen ochtendjas om haar lichaam gewikkeld. Haar tepels zijn hard, maar McDermott weet dat het niets met opwinding te maken heeft. Meer met geld. Hij legt de koperen pennies op de chenille sprei, die haastig over het bed is getrokken en scheef ligt. Hij wil stilte en hij wil slapen, maar de schok die de loeiende sirene hem zal bezorgen is het intense genot van de gestolen vergetelheid niet waard.

Hij ziet hoe het meisje het geld bij elkaar graait en onder het bed verstopt.

'Goed dan,' zegt ze.

Ze zet haar bril af en legt hem op de vensterbank. Ze heeft een grote hoektand, eentje maar, waardoor haar mond niet recht is. De tand steekt een beetje uit als ze glimlacht, wat niet vaak gebeurt. Ze verft haar lippen altijd oranje. Soms vraagt hij of ze de lipstick wil verwijderen. Ze gaat staan en laat haar ochtendjas op de grond glijden. Bedreven als een huishoudster trekt ze de blauwe sprei van het bed. Als ze een beetje tempo maken, zal hij na afloop nog vijf, zes minuten vrede en rust hebben.

✏ Alphonse

Elke dag staat Alphonse op, klimt uit het ijzeren bed en gaat naar de buiten-wc. Als hij geluk heeft en er geen rij staat, is hij binnen de kortste keren klaar en kan hij vroeg beginnen aan de lunchtrommeltjes voor zijn twee broers en drie zussen. Hij wil per se de eerste zijn, want als ze zien wat hij in de lunchtrommeltjes stopt, gaan ze klagen. Dan zegt een van hen beslist: 'Ik wil geen aardappel, geef 'm maar aan Augustin.' En dan begint de ellende en zit hij met de gebakken peren.

Het is zijn taak om 's morgens de lunches klaar te maken en de vloer te schrobben, omdat hij slechts de spoelen bedient en het minste geld verdient. Bovendien kan hij het hardste rennen. Hij kan binnen een minuut de poort bereiken, waardoor hij nog zo'n vijf minuten heeft om de vloer schoon te maken nadat de meisjes, de afgetobden, het huis hebben verlaten.

Zijn moeder zit in de nachtploeg. Ze moet 's morgens slapen, dus is het zijn taak iedereen het huis uit te krijgen, al is hij de jongste. Nou, niet de jongste. Camille zit nog op school, maar de jongste van degenen die in de fabriek werken.

Ze wonen op de bovenste verdieping van Rose Street 78. Hun woning is alleen te bereiken via de achtertrap. Afgelopen winter is zijn vader op de bovenste tree uitgegleden en helemaal naar beneden gevallen. Als er geen ijs was geweest, had hij zijn nek waarschijnlijk niet gebroken. De fabrieksdokter zei dat de treden keihard waren door het ijs, en dat dát het probleem was.

Na die tijd was zijn moeder, die niet in de fabriek had gewerkt omdat ze zes kinderen had, 's nachts gaan werken. Toen waren de problemen voor Alphonse begonnen en was zijn taak zwaarder geworden.

Eigenlijk moest Marie-Thérèse de lunchtrommeltjes vullen, maar daar voelt ze niets voor en dan zouden ze helemaal geen lunch hebben. Het is onmogelijk Marie-Thérèse te dwingen iets tegen haar zin te doen.

In huis is het verboden om Engels te spreken. Zijn moeder is bang dat Amerika haar kinderen zal opslokken. Maar soms glippen er woorden uit zijn mond. Ze geeft hem een klap als hij per ongeluk *newspaper, milk* of *thirsty* zegt. Maar als hij de spoelen bedient, mag hij niet in het Frans antwoorden. De onderopzichter is een Amerikaan, of misschien een Ier, en hij doet net of hij je niet begrijpt als je *oui* of *non* zegt.

Elke zondagmorgen gaan ze met z'n allen naar de mis in St. André, en af en toe ziet hij dan zuster Mary Patrick vanuit de verte. Ze probeerde hem uit de fabriek te houden en dreigde (voor zijn eigen bestwil, zei ze) tegen de bazen te zeggen dat hij nog maar elf was en volgens de wet dus niet mocht werken. Maar uiteindelijk deed ze dat niet, waarschijnlijk omdat ze het vergat.

Als het mooi weer is, neemt Alphonse zondagsmiddags de tram naar Ely. Het kaartje betaalt hij van de paar tien-centstukken die hij uit zijn loonzakje mag halen en legt de rest van de tocht naar het strand te voet af. Hij heeft geen fatsoenlijk badpak, maar dat geeft niet, want hij is tóch bang voor het water van de zee. Hij vindt het fijn om op het strand te zitten, schelpen te zoeken, naar de oceaan te kijken, de zon op zijn gezicht te voelen, te verbranden en pas terug te keren als het heel laat is, zodat hem niet gevraagd wordt een van de zondagavondklussen te doen.

Hij draagt een overall, een hemd en een werkmanspet, en het is zijn moeders trots dat ze allemaal schoeisel dragen, hoewel Alphonse in de oude schoenen van Gérard rondloopt, die te klein zijn en maanden geleden hun veters zijn kwijtgeraakt. Hij vult geen trommeltje voor zichzelf, maar in plaats daarvan stopt hij een stuk brood, een homp kaas en een gekookt ei in een zak waar ooit koffie in heeft gezeten. Met een zak kan hij beter rennen dan met een trommeltje.

Hij hoort zijn moeder in de slaapkamer. Hij maakt de boender onder de kraan schoon, pakt de dweil en probeert de vloer met de dweil onder zijn voet droog te maken, zoals zijn moeder het hem heeft geleerd. Hij wil naar binnen gaan en haar zien en gedag zeggen. Hij weet dat ze het niet erg vindt als hij haar wakker maakt – ze zegt dat ze het heerlijk vindt om zijn gezicht te zien – maar hij heeft nog maar één minuut. En als hij de slaapkamer binnengaat, kost het hem moeite te vertrekken.

Wanneer hij klaar is met zijn werk en naar huis rent, kan hij zijn moeder een kwartier zien voor ze zelf aan het werk moet. Gewoonlijk geeft ze hem alleen maar instructies, en af en toe noemt ze hem 'mijn jongen'.

Alphonse grist zijn zak van de tafel. Hij legt de dweil over de houten balustrade aan de achterkant van het huis en stormt de trap af, met een paar treden tegelijk. Er is niemand op straat, maar hij haalt het wel vóór de poort dichtgaat. Dat lukt hem altijd.

❧ Vivian

'Ik ben er absoluut zeker van dat er een fout is gemaakt,' zegt Vivian. De receptionist, een Fransman met een schichtige blik in zijn ogen, raadpleegt voor de derde keer zijn greinleren hotelregister. 'Hier staat dat u op de vierentwintigste wordt verwacht, madam.'

'Dat kan niet, want ik ben er nú!' zegt Vivian geduldig.

Ze zet haar tas op de mahoniehouten balie en trekt haar handschoenen uit. Ze wil haar stadskleren uittrekken en een luchtiger jurk aandoen – de dotterbloemgele zou uitstekend zijn, denkt ze. Bij de deur staat een kruier te wachten met haar acht linnen koffers. Ze stopt een haarlok onder haar clochehoed. Ze heeft een bloedhekel aan vochtige lucht, want haar haar gaat ervan kroezen. Ze heeft nu een bos kleine krulletjes.

'Ik denk dat u twee dagen te vroeg bent,' zegt de receptionist met zijn akelige accent. Zijn pak glimt en er ligt roos op zijn schouders.

'Onmogelijk,' zegt Vivian.

'Ik ben er zeker van dat we wel iets kunnen regelen, madam.'

'Dank u,' zegt ze. 'Maar ik wil de hoekkamer die ik altijd heb. En het is juffrouw, niet mevrouw.'

'Welke hoek bedoelt u?'

Vivian onderdrukt een zucht. 'De zuidoostelijke hoek, vierde verdieping,' zegt ze.

'Ja, natuurlijk,' zegt de receptionist, haar recht aankijkend. Ze weet zeker dat hij glimlacht.

Wat een onbeschaamdheid! Alsof ze zomaar is komen binnenlopen. Alsof ze niet al twintig jaar, sinds ze een meisje was, naar het Highland komt. Ze draait zich om en laat haar blik door de lounge dwalen, op zoek naar een bekend gezicht. Ze ziet Asa Whitlock, die minstens even lang als Vivian de zomers in het hotel doorbrengt. Bedekt door een Schots geruite deken zit ze, ineengedoken, in een rie-

21

ten rolstoel bij het raam. In een hoek staat een vrouw in een groen mantelpakje naast een man met een panamahoed en een keurige broek. De vrouw draagt chique pumps. Het paar lijkt net uit de trein te zijn gestapt, evenals Vivian.

Vivian kijkt naar de oude, paardenharen sofa's, de olieverfschilderijen aan de wanden, de gebeeldhouwde zuilen met de fluwelen bankjes eromheen voor de gasten. Ze bedenkt hoe afgetobd en armetierig de lounge eruitziet, wat vermoedelijk precies de bedoeling is. Boven in haar suite staan het oude, ijzeren bed met de lichtpaarse, satijnen sprei, het bureau met de laden waarvan de dunne, houten bodems op droge dagen krimpen, en het plafond waar ze vroeger uren naar kon liggen staren. Boven het bureau hangt de gevlekte spiegel, waarin ze slechts een deel van haar spiegelbeeld kan zien. Dat is maar goed ook nu ik achtentwintig ben, denkt ze. Op een laag tafeltje bij het raam staat een kamerpot – voor de show, godzijdank, en niet om te gebruiken.

Door het raam boven dat tafeltje kan Vivian vanuit haar bed naar de oceaan kijken. Haar favoriete tijd van de dag is 's morgens, kort nadat haar thee is gebracht. Dan gaat ze rechtop zitten, leunt tegen de kussens en het ijzeren hoofdeinde, staart naar de zee en maakt haar geest leeg. Dwaasheden van de avond ervoor kunnen worden uitgewist, en ze heeft nog geen idee wat deze dag haar zal brengen.

'Vivian.'

Een lange man buigt zich voorover en kust haar oor. 'Dickie Peets,' zegt ze.

'Ben je hier net?' vraagt hij.

'Ze doen heel moeilijk over mijn kamer,' zegt ze.

Dickies huid ruikt naar een exotische mengeling van limoen en kokos. Hij houdt een platte strohoed, als een bord, onder zijn arm. Achter hem zijn de grote, dubbele deuren, en daarachter is de eetzaal. De tafeltjes zijn al voor de lunch gedekt. Gesteven tafellinnen, gepoetst zilver, wit serviesgoed. In die twintig jaar is er geen spat veranderd, denkt Vivian. Dickie haalt een zilveren koker uit de zak van zijn linnen jasje en biedt haar een sigaret aan.

'Wie zijn er allemaal?' vraagt ze.

'John Sevens,' zegt hij. 'En Sylvia.' Dickie denkt even na. 'Dan kunnen we een partijtje tennissen. Doe je mee?'

'Ik moet uitpakken.'

'Je ziet er heel goed uit,' zegt hij.

'Sinds wanneer draag je een bril?' vraagt ze.

'Rond de kerst, zo'n beetje. Eigenlijk ben ik stekeblind. Ik heb mijn auto in de prak gereden.'

'Toch niet de Freschetti?'

'De Isotta Fraschini, ben ik bang.'

'Wat afschuwelijk,' zegt Vivian. 'Ben je gewond geraakt?'

'Aan mijn knie.' zegt Dickie met volmaakte achteloosheid. 'Ik heb het grootste deel van de winter in Havana doorgebracht, om te herstellen. Dat moet je ook eens proberen. Havana, bedoel ik.'

'Ik hou niet zo van boten.'

'Vliegen,' zegt hij. 'Maar drieënveertig uur vanaf Boston – trein en vliegtuig.'

'Werkelijk?'

'Pelotte. Het casino. Dansen op daken. Net iets voor jou, Viv.'

Ze neemt een lange trek van haar sigaret. Drijft hij de spot met haar?

'Hoelang blijf je hier?' vraagt hij.

'Tot september, zoals gewoonlijk. En jij?'

'Ik heb hier een huis gekocht.'

'Dat meen je niet!' zegt Vivian. Ze beseft dat de receptionist haar aandacht probeert te trekken, maar ze negeert hem opzettelijk. 'Waar?'

'Aan de kustweg. De Cote. Moest het laten opknappen en zo, maar ze zijn bijna klaar. Ik woon zolang hier, in het hotel,' zegt Dickie, en drukt zijn sigaret uit in de glazen asbak die op de balie van de receptie staat.

'Miss Burton?' zegt de receptionist.

'Ik heb de spullen voor een sidecar in mijn kamer, mocht je vóór de lunch een cocktail willen,' zegt Dickie.

Vivian denkt aan ijskoude waterdruppels die langs de buitenkant van een aluminium cocktailshaker naar beneden glijden.

'Maak hem heel, heel koud,' zegt ze.

Vivian loopt door lichtblauwe gangen naar haar kamer. De kruier opent de deur en doet een stap opzij om haar te laten passeren, en zodra Vivian haar eigen suite betreedt, voelt ze haar geïrriteerdheid verdwijnen. Haar jas glijdt van haar schouders en ze gooit hem over de rugleuning van een stoel. Dan speldt ze haar hoed los en strijkt haar haar glad. Ze kijkt naar het zachte, witte licht dat naar binnen valt door de gaasachtige gordijnen die zacht heen en weer bewegen voor een raam aan de oostkant. Ze kijkt naar het oude, walnoten bureau met de laden. Daarin zal ze haar uitnodigingen en schrijfpapier opbergen. Ze kijkt naar de lila bank met het roze, zijden kleed en werpt een blik in de spiegel. Haar koperkleurige haar omhult haar hoofd als een koperen aureool. Haar wenkbrauwen moeten geëpi-

23

leerd worden en ze heeft geen lippenstift meer op. Dickie zag er blij en tevreden uit. Hij heeft vast en zeker een meisje, denkt ze.

Ze geeft de kruier een fooi, waarna hij haar suite verlaat. Ze loopt de slaapkamer in, gaat op het bed zitten, trekt haar schoenen uit en gaat achteroverliggen op de lichtpaarse, satijnen sprei. De lucht en het licht zijn de reis in de smerige trein vanuit Boston dubbel en dwars waard, besluit ze. Ze stelt zich het lege huis in Boston voor dat ze die morgen heeft verlaten. Het donkere, bakstenen herenhuis met uitzicht op de Public Garden. De vorige dag is haar vader – per schip – naar Italië vertrokken, samen met zijn nieuwe vrouw. Vivian kon niet tegen de lege kamers en besloot vroeg naar het hotel af te reizen. Ze had bij vrienden kunnen gaan logeren – bij Tilly Hatch in Lenox, Bobby Kell op Nantucket, Lester Simms in Banff – maar ze was niet in de stemming om dat zo vroeg in het seizoen te doen.

Ze staart naar het patroon op het blikken plafond. O, ik zal me dood vervelen, denkt ze.

Ze gaat staan en opent een koffer. De kruier heeft haar bagage op de kofferrekken langs de muren gezet. Ze haalt haar parfums en verstuivers te voorschijn, zet ze op het bureau en stopt haar zijden kousen en haar lingerie in de bovenste la. Haar Maggy Rouff-avondjurk hangt ze in de kast. Dan kijkt ze op haar horloge. Dickie Peets had het over een sidecar. Dat is precies wat ze nodig heeft!

❧ Alice Willard

Lieve Honora,
Ik moet de strijk nog doen, je weet hoe Harold zijn lakens wil hebben,
maar ik zal proberen een kattebelletje te schrijven, zodat je niet denkt
dat we je al zijn vergeten. Na je vertrek vandaag heb ik de eerste erwten
geoogst. Het is heel ongewoon om vóór de vierde juli erwten te hebben.
De bonen schieten ook al aardig op. Het ziet ernaar uit dat dit een goed
jaar wordt voor de tuin.
Hoe is het huis? Hoe gaat het met jou en Sexton? Hij is een uitstekende
man en zal een goede echtgenoot voor je zijn, denk ik, en Harold zegt
dat hij pienter en ondernemend is. Hier gaat alles goed. Behalve dat Ha-
rold een hoestaanval heeft gehad en ik me zorgen om hem maak. Maar
het is in elk geval zomer. Zoals je weet, is hij 's winters minnetjes. Ik weet
dat het in de winter aan zee altijd warmer is, dus zullen we je dit jaar
wel benijden.
De reden voor mijn brief is dat Harold en ik ons hebben afgevraagd
of jij en Sexton het weekend van Labour Day bij ons willen logeren. Ik
weet dat je nog maar net bent vertrokken, maar het is nooit te vroeg om
plannen te maken. Misschien kunnen jij en Sexton hier vier of vijf dagen
blijven. Ik hoop dat ik Charles kan overhalen met zijn vrouw en zijn
baby van Syracuse naar Taft te reizen, aangezien we Evelyn en baby
Emma nog nooit hebben ontmoet. Charles zegt dat Emma heel mooi is.
Dus onze kleine familie breidt zich opnieuw uit. Eén kleinkind en nog
eentje onderweg. Phillips brief was heel somber. May heeft een knobbel
in haar borst ontdekt en ze moet hem (de borst) laten verwijderen.
Waarschijnlijk is dat al gebeurd. Ik wilde het je niet vertellen zo vlak
voor je trouwdag, hoewel ik de brief al twee weken in huis heb. May
heeft het pas na een tijdje aan iedereen verteld. En nu zegt de dokter dat
hij haar niet kan beloven dat ze helemaal geneest. Phillip smeekte me in
de brief naar het huis van Estelle te gaan en hem aan de telefoon te roe-

pen. Ik zal niet in details treden over dat gesprek. Behalve dat het lang geleden is dat ik een man zo heb horen huilen. Hoe dan ook, ik vond dat je het moest weten, en ik hoop dat je het niet erg vindt dat ik het je pas na het huwelijk vertel.

Maar genoeg slecht nieuws. We willen horen dat het goed met je gaat en dat je al een beetje gewend bent. Ik had over een paar aspecten van het huwelijksleven met je kunnen praten, en ik vind het naar dat ik dat niet heb gedaan, maar volgens mij is het huwelijk zijn eigen leraar. Bovendien vertrouw ik erop dat Sexton Beecher een zachtaardige man is.

Het was een mooie trouwerij en je zag er beeldschoon uit. Zodra je het mantelpakje naar me hebt opgestuurd, zal ik het terugbrengen naar Bette's. Je hebt nog twee weken, dus er is geen haast bij. Laat het me weten als je besluit het toch te houden. Zoals ik al zei, misschien wil je dat om sentimentele redenen.

Ik besefte net dat ik je nog nooit een brief heb hoeven schrijven, aangezien je nooit van huis bent geweest. Dat verklaart waarom dit een beetje vreemd aanvoelt.

Schrijf me wat je doet met Labor Day. Harold en ik willen graag iets hebben om naar uit te kijken.

Liefs,
Moeder

❧ McDermott

'Heb je het gehoord van Gastonia?' vraagt Ross.

Hij is moeilijk te verstaan door alle herrie, en McDermott kijkt naar zijn mond. 'Ik heb erover gelezen,' zegt hij.

De kroeg zit vol mannen van de dagploeg – scheringdraaiers, houwers, fijnspinners en kaarders – die allemaal de inhoud van hun loonzakje aan het opdrinken zijn. Mahon maakt de drank in Exeter en brengt die in een broodwagen naar de clandestiene kroeg. De eerste whisky bezorgt McDermott altijd maagpijn. Hij is er vrij zeker van dat hij een maagzweer heeft. Het lawaai in de fabriek heeft zijn gehoor verwoest, en ook zijn zenuwgestel. Stop met drinken, zei de fabrieksarts toen hij hem een fles witte pillen gaf om in te nemen. Soms zit er bloed in McDermotts ontlasting.

'Ze staan nu terecht,' zegt Ross.

'Dat heb ik gehoord, ja.'

'Ze zullen er vast ongestraft afkomen.'

Ross heeft een slecht gebit, afschuwelijk om te zien, maar McDermott móet naar zijn mond kijken om hem te kunnen verstaan.

'De politiecommissaris is omgekomen,' zegt McDermott.

'Hij króóp voor de bazen,' zegt Ross, terwijl hij op de grond spuwt.

'Denk je dat het híer zal gebeuren?' vraagt McDermott.

'Ik wéét dat het hier zal gebeuren.'

McDermott is nog maar twintig, maar toch is hij al weefgetouwhersteller en rapporteert alleen aan de tweede voorman. Hij werkt al vanaf zijn twaalfde in de textielfabriek, sinds de dag waarop zijn vader de benen heeft genomen. Elke dag, behalve zondags, hoort hij lawaai om zich heen en is er een hol, zuigend geluid in zijn oren, alsof hij in de oceaan is gedoken en naar boven probeert te komen om lucht te happen. Hij repareert gebroken weefgetouwen en controleert andere om zich ervan te verzekeren dat de stof naar behoren wordt geweven. Hij moet wevers die niet hard genoeg werken rapporteren, maar dat doet hij haast nooit. In ruil daarvoor spant elke wever op McDermotts afdeling zich in om op tempo te blijven. McDermott waakt er angstvallig voor misbruik van zijn goodwill te maken of met de eer te gaan strijken voor iets wat een ander heeft gedaan. Hij heeft gezien dat een opschepperige weefgetouwhersteller het nooit lang volhoudt.

Maar het werk is moeilijk, en McDermott heeft, zoals bijna iedereen in de fabriek, een hekel aan zijn werk. Vooral sinds het opvoeren van de productie. Drie maanden geleden hebben de bazen bevolen de snelheid van de machines te verhogen. Hun argument was dat, als de machines meer stoffen produceerden tegen dezelfde loonkosten, de fabrieken in het noorden zouden kunnen concurreren met de fabrieken in het zuiden, die alle klanten inpikten. De Hookset-fabriek was al gesloten omdat ze afnemers waren kwijtgeraakt en de Dracut-fabriek heeft tien procent loonsverlaging aangekondigd.

Zijn hele leven heeft McDermott in een huis van de fabriek gewoond, acht kinderen in een appartement met twee slaapkamers. De baby's sliepen in bureauladen. Toen hij dertien was en begon te groeien, sliep hij op drie stoelen in de keuken. Nadat zijn vader met de noorderzon was vertrokken, zonder enige schriftelijke of mondelinge verklaring, verhuisde zijn moeder naar een veldbed in de keuken en kregen de drie oudste meisjes, die privacy nodig hadden, het tweepersoonsbed in haar slaapkamer. Nu is zijn moeder dood – een beroerte, zei de fabrieksarts – en heeft Eileen, die negentien is, de leiding. McDermott is naar het nabijgelegen kosthuis verhuisd, maar Eileen krijgt de helft van zijn loon. Hij brengt zo vaak mogelijk voedsel mee en eet een keer of drie per week samen met Eileen, zijn broers en zijn andere zussen, voornamelijk om de jongens, die knap lastig kunnen zijn, in de hand te houden.

Zoals ieder ander in de fabriek, van hoog tot laag, leeft McDermott voor de pauzes. Zelfs in december en januari, als het vriest en het guur weer is, vindt McDermott het fijn om naar buiten te gaan gedurende de tien vrije minuten die de arbeiders 's middags zijn toegestaan. Hij heeft een keer een valdeur ontdekt die toegang geeft tot het dak. Zodra de sirene loeit, doet hij net of hij naar de wc gaat, maar in plaats daarvan schiet hij de hoek om naar de achtertrap. Op het dak rookt hij een sigaret en kijkt naar de waterval. Hij heeft de stilte nodig, zoals sommige mannen drank. Hij kan over de daken van de huizenblokken van de fabriek heen kijken – elk bakstenen gebouw is exact hetzelfde: vier verdiepingen, een schoorsteen, drie dakvensters op elke bovenverdieping – naar de spoorbrug over de rivier. Op heldere dagen kan hij helemaal tot aan de oceaan kijken, een dunne, wazige, blauwe lijn aan de horizon. Bij slecht weer – als er een sneeuwstorm is of als het zo hard regent dat hij zijn ogen dicht moet houden – staat McDermott rillend in de beschutting van de luchtschacht, als hij de hemel maar kan zien!

Er gaat geen dag voorbij waarop McDermott niet overweegt er, net als zijn vader, vandoor te gaan. Hij stelt zich voor dat zijn vader in Iowa is of in Saskatchewan, dat hij met een maaidorser aan het werk is op een reusachtig veld. Af en toe stopt hij en kijkt hoe de wind golven in het koren maakt en de wolken nog verder westwaarts drijft. Geen gebouw of schoorsteen of gammele, houten brandtrap te zien! Alsof het een dagelijks ritueel is waar hij zich aan moet houden, denkt McDermott na over Eileen en zijn lastige broers. Hij is vastbesloten Eamon en Michael buiten de fabriek te houden. Het is geen plek voor een man, laat staan voor een jongen. Je hoeft maar naar de gezichten om je heen te kijken als je na de pauze weer naar binnen gaat – gezichten die wasbleek zijn door uitputting, gelatenheid of onwrikbare vastberadenheid. De gezichten van de vrouwen zijn het ergst. Na afloop van hun werk gaan de mannen iets eten of drinken, maar de vrouwen gaan terug naar huis, naar hongerige kinderen en benauwde appartementen die hun aandacht en zorg nodig hebben. Sommige vrouwelijke wevers hebben aan McDermott toegegeven dat ze achter de weefgetouwen zitten te tellen, bij wijze van tijdverdrijf – tot acht, steeds opnieuw. Of tot vierduizendtachtig. Ze zweren dat de tijd er sneller door gaat. McDermott denkt na over hele levens die tellend worden doorgebracht enkel en alleen om de dagen sneller te doen gaan. En dat feit lijkt hem, van alle ellendige feiten die hij over het leven in een textielfabriek kent, het allertrieste.

'Er is een bijeenkomst,' zegt Ross.
'Waarover?' vraagt McDermott.
'Het opdrijven van de productie.'
'Wat is ermee?'
'Dat is dodelijk voor de mannen,' zegt Ross. 'Niemand kan het tempo bijhouden. Iedereen krijgt minder in zijn loonzakje. Ze kunnen hun gezin niet te eten geven.'
Geen woord over het geld dat de mannen in de kroeg verzuipen. McDermott wil geen eigen gezin. Sinds het opvoeren van de productie halen de mannen hun zonen en dochters van school en brengen

ze naar de fabrieken. McDermott vraagt zich af wat het hebben van kinderen eigenlijk voor zin heeft.

'We willen geen stukwerk meer,' zegt Ross. Hij telt de eisen op zijn vingers af. 'We willen geen prikklok meer. We willen een standaardloonschaal. Veertig uur, vijf dagen per week, minimaal twintig dollar per week. We willen fatsoenlijke huisvesting. We willen een lagere huur en lagere elektriciteitskosten.'

'Dat lukt je nooit,' zegt McDermott.

'Niet als we het niet eisen,' zegt Ross.

'Waar is de bijeenkomst?'

'In de flat van Nadeau. Let goed op of je niet wordt gevolgd. De vorige keer stond Hurd buiten, en hij maakte een lijst van iedereen die naar binnen ging.'

'Ik weet het niet,' zegt McDermott. Hij bedoelt dat hij niet weet of hij naar de bijeenkomst zal gaan. Hij bedoelt dat hij niet weet of hij erbij betrokken wil raken. Hij zuigt op een van de witte tabletten die de kwakzalver, de dokter van de fabriek, hem heeft gegeven. Het Engelse meisje zit op een kruk.

'Ze sterven van de honger in Gastonia,' zegt McDermott.

'Je krijgt hulp,' zegt Ross. 'Er zijn organisaties die hulp sturen.'

'Communisten,' zegt McDermott.

'Vakbonden. Heeft niets met communisten te maken,' houdt Ross vol.

'Als we omkomen van de honger, zullen het de communisten zijn die ons te eten geven. Zeg me dat er geen communisten in Gastonia waren.'

Ross slaat zijn whisky achterover en gebaart zijn glas opnieuw te vullen. 'Ze sturen een zekere Mironson van de Trade Workers Union, de arbeidersvakbond,' zegt hij. 'Ze willen estafettestakingen, zoals ze in het zuiden hebben gehad. Ze willen de textielfabrieken in New England kapotmaken.'

'Fantastisch idee,' zegt McDermott. 'Dan zitten we allemaal zonder werk.'

ᨳ Honora

Naast haar ligt Sexton te snurken, armen omhoog, alsof hij net is beroofd. Ze stapt uit bed en knoopt haar blouse dicht. Sexton, die nog steeds slaapt, rolt op zijn zij. De geur van zijn huid zit op haar hals en armen. Ze kijkt of ze bloed ziet. Op het laken is een vlek, en ze vindt er een paar op haar onderrok. Niet zoveel als ze haar hebben wijsgemaakt. Ze herinnert zich dat Ruth Shaw het over een 'bloedbad' had toen ze in McNiven's zaten, maar Ruth overdrijft graag. Haar moeder heeft er nooit een woord over gezegd.

Ze loopt door de kamer, en de planken zijn koel onder haar voetzolen. Ze pakt de picknickmand, haar koffer en Sextons jas. Er klinkt een zacht klikje als ze de deur van de slaapkamer sluit.

Er ligt een handdoek in haar koffer, en ze wast zich bij de wasbak in de badkamer. Daarna trekt ze een nachthemd aan. Haar blouse, onderrok en beha legt ze over de rand van de badkuip en ze hijst zich in de bruine overjas. Ze schuift de lange mouwen omhoog om haar handen te bevrijden. Als ik niets eet, denkt ze, ga ik dood. Ze loopt een lege kamer binnen, gaat op de grond zitten, opent de picknickmand en kijkt erin. Dan bedekt ze haar ogen met haar handen.

Ze is nu aan de andere kant van iets, voorgoed verwijderd van degene die ze gisteren nog was. Verwijderd van haar moeders huis. Ze denkt aan haar moeder, die vanmorgen alleen is met Harold als ze opstaat, Harold die elke dag hoestend ontwaakt.

In de mand, zorgvuldig gerangschikt, liggen schalen met aardappelsalade en koolsla, een in waspapier verpakte, gebraden kip, een tarwebrood, een pot aardbeienjam, twee flessen frisdrank en twee kleine perziktaartjes. Ze vindt een in vloeipapier gewikkeld tafelkleed, geborduurd met haar nieuwe initialen, HWB, Honora Willard Beecher, en drukt het tegen haar gezicht. Dan legt ze het boven op de mand en pakt vervolgens een taartje.

Al etend loopt ze door het huis. Ze neemt enorme, gulzige happen terwijl ze er angstvallig voor waakt Sextons jas niet vuil te maken. De zon schijnt op de ramen, en ze krijgt zin om naar buiten te gaan. Snel loopt ze de trap af. De jas scheert over de brede traptreden. Beneden is ze even gedesoriënteerd, maar dan vindt ze een gang naar de voorkant van het huis en doet de deur open.

Ze houdt een hand boven haar ogen tegen het zonlicht. Het is diffuus maar fel. De kamer is lang; de ramen reiken vanaf de vloer tot aan het plafond en kijken uit op het oosten. Zes paar, telt ze. Haar ogen passen zich aan het verblindende licht aan. De wereld achter de met zout bedekte ramen is een tijdelijk mysterie. De kamer is leeg, op een vleugel in een hoek na. Honora gaat voor de toetsen staan en speelt een deuntje. Het geluid is gedempt, alsof de hamers niet tegen de snaren kunnen slaan. Eén toets doet het helemaal niet. Haar vingers zijn plakkerig van het taartje en ze likt ze af.

Ze loopt naar een raam en probeert – tevergeefs – naar buiten te kijken. Dan probeert ze de deur te openen, en tot haar verbazing lukt dat. Ze stapt op de veranda.

Mijn God, daar is de oceaan. Het lijkt wel of de zon uit het water oprijst. Het witschuimende water schittert, en het doet pijn aan je ogen als je er lang naar kijkt. Het helmgras van de duinen wordt overwoekerd door lathyrus en wilde rozen en iets waarvan ze de naam niet weet. Naar het zuiden toe is een lang, sikkelvormig stuk zand met mooi gevormde randen van zeewier. Naar het noorden toe een stuk grond, met hier en daar nieuwe begroeiing, een donker vlak in het midden. Ze loopt over de veranda naar de balustrade. Het hout is verweerd en op sommige plekken verrot. Achter de trap is een plankenpad dat leidt naar een plankier met uitzicht op het water.

Ze wandelt het pad af, waarvan het verweerde hout dofgrijs is. Langs het hele strand staan cottages en één hotel. Om warmer te worden trekt ze de jas strak om zich heen en steekt haar handen in de tegenoverliggende mouwen. Dan stapt ze op het zand.

'Honora.'

Ze draait zich om. Sextons gezicht op de bovenverdieping, in de opening van een raam dat is uitgezet door het vocht en niet meer dicht kan.

'Kom terug naar bed.'

Zijn gezicht verdwijnt en verschijnt meteen daarna opnieuw.

'En breng de picknick mee.'

Een zwerm zeemeeuwen schrikt van het geluid. Ze vliegen op vanaf het dak van het huis, duiken naar beneden en scheren over het helmgras. Naast haar voet, in het natte zand, trekt iets kleurigs haar aandacht. Ze raapt het op en bekijkt het aandachtig. Het glas is licht-groen, de kleur van het sap van een limoen die in een glas is uitge-knepen. De randen van de scherf zijn verweerd en glad, en ze doen absoluut geen pijn. Ze veegt het zand weg en drukt het zeeglas in haar handpalm. Misschien brengt het geluk, denkt ze. Dat zouden Sexton en ik nodig kunnen hebben.

✎ Vivian

Scheermessen van licht flikkeren achter de schaduwen bij de ramen. Ze heeft een vieze, metaalachtige smaak in haar mond en het lijkt of haar slapen in een bankschroef zijn geklemd. Toch gaat het kloppen door. 'Ga weg,' roept Vivian zwakjes vanaf het bed.

Als ze haar hoofd optilt van het kussen, wordt ze overspoeld door een golf van misselijkheid. Ze weet niet meer dat ze gisteravond naar haar kamer is teruggekeerd, of was het vanmorgen? Ze herinnert zich wél het lelijke litteken op Dickies knie, en dat ze hem later in de badkamer heeft aangetroffen, naakt. Hij lag in een foetushouding op de zwart-witte tegels te slapen. En, mijn hemel, was ze écht met de man naar bed gegaan?

De beelden komen met de schokkende bewegingen van een bioscoopjournaal: ze kwam om acht uur 's avonds uit Dickies kamer en kleedde zich om in de roze avondjurk. Dick zat op het voeteneinde van haar bed te roken. Hij vertelde het verhaal van een vrouw in Havana die in het zwembad op het dak van Hotel Plaza was verdronken. Sylvia aan het diner, huilend van dronkenschap. John, die met zijn geaffecteerde stem tegen haar zei: 'Je stinkt.' Blootsvoets vanaf het strand het hotel binnenlopen. Haar natte voeten bedekt met zand. De bange Franse receptionist deed net of hij haar niet zag.

Vivian verlegt haar benen onder de dekens. Tot haar afkeer merkt ze dat haar ondergoed ontbreekt.

Ze gaat op de rand van het bed zitten en tilt haar hoofd pas op als ze er zeker van is dat ze niet zal braken. Ze zal moeten veinzen dat het absoluut niet is gebeurd. Dat zal Dickie vast wel voor haar doen. Hij kan goed huichelen. Als ze hem vandaag tegen het lijf loopt, zal ze gewoon suggereren dat ze ergens anders was en kijken of hij de wenk ter harte neemt en het spel meespeelt. Is het te veel gehoopt dat hij zijn nieuwe huis al heeft betrokken?

Ze kijkt naar de rok van het roze gewaad met zijn honderden nieuwe, kleine kreukels, zijrivieren van het meer dat door een vlek wordt gevormd. Wanneer heeft ze de whiskysoda gemorst? Tijdens het diner met John en Sylvia?

Er ligt één schoen naast het bed. Ze heeft geen idee waar de andere is. Even overweegt ze haar koffers te pakken en het hotel te verlaten, maar waar moet ze heen? Ze heeft barstende koppijn, en achter de schaduwen dreigt de zon.

✺ Sexton

'Ik ga boodschappen doen,' zegt hij, en verlaat het huis alsof het de gewoonste zaak van de wereld is.

Hij ademt snel en oppervlakkig. Gek genoeg heeft hij zin om te schreeuwen. Hij zet de kraag van zijn jas niet op vanwege de plotselinge oostenwind. Nee, hij voelt zich weer een kind. Een kind dat een nieuwe fiets heeft, er hard mee over een hobbel rijdt en dan door de lucht zweeft. Hij heeft Honora slapend in het bed achtergelaten, met haar verwarde haren om haar gezicht en de smetteloos witte huid van haar rug smeekte om aangeraakt te worden. Moeilijk om van weg te lopen.

Hij stapt achter het stuur van de Buick, die meer grijs is dan blauw door al het stof van de wegen. Hij zal een emmer moeten kopen en de auto wassen. Misschien wel in de was zetten en poetsen. Hij drukt het koppelingspedaal in, zet de pook in de vóóruit, trapt op de startknop op de vloer en voelt het vertrouwde sprongetje naar voren en het gezoem van de motor. Hij raapt een verkreukeld servetje op en gooit het uit het raam. Hij houdt de Buick graag netjes.

De enige winkels bevinden zich in het fabrieksstadje waar ze de vorige dag doorheen zijn gereden. Hij herinnert zich een warenhuis waar hij schoonmaakspullen zou kunnen bemachtigen, en een markt waar hij eten zou kunnen kopen. En ik moet ook tanken, denkt hij, bij het Texaco-pompstation.

Maar eerst wil hij de kustweg verkennen. Een nieuwe weg is altijd verleidelijk, belooft verrassingen, de kans op geluk. Dáárom is hij handelsreiziger geworden, en dáárom heeft hij thuis alles opgegeven. Niets is beter dan een onbekende weg op de kaart te vinden en zien waar die hem brengt. Op die manier heeft hij Claremont Bank en Mutual Life in Andover als klant gekregen. Trouwens, zo heeft hij

Honora ook gevonden... dat verhaaltje over de rechtbank is pas waarheid geworden nadat hij haar had ontmoet.

Hij kijkt naar de benzinemeter. Een kwart vol, meer dan genoeg voor een ritje.

Zand waait als stuifsneeuw over het gescheurde wegdek, maar de Buick ligt goed op de weg. Het gewicht van de schrijfmachines op de achterbank houdt de wagen in een prettig evenwicht. Hij houdt van de producten die hij verkoopt, begrijpt hun waarde en weet dat hij bijna iedereen van hun noodzakelijkheid kan overtuigen. Maar hij houdt nog meer van de schrijfmachines als voorwerpen: de emaillen toetsen met de zilveren randen, de gouden gravure in de zwarte kap, het bevredigende geluid van de wagenterugloop. De Fosdick is een goede, bruikbare machine. Lood en loodzwaar!

Allemachtig, hij had gedacht dat er een paar meubels in het huis zouden staan: een tafel, stoelen, een bed. Anders hadden hij en Honora meubilair meegenomen. Honora's moeder had hun vast enige huishoudelijke voorwerpen meegegeven om hen op weg te helpen. Sexton heeft tachtig dollar gespaard van zijn commissies – vorige week nog een vette, maar hij had er wat van af moeten nemen voor de oorbellen. Hij denkt aan Honora's gezicht op het moment dat ze de oorbellen in zijn handen zag. Glimlachend, maar tóch was er een plechtige blik in haar ogen tijdens het ritueel. Hij had zich niet precies kunnen herinneren wat de ouwe Harold had gezegd, en daarom had hij het gaandeweg moeten verzinnen. Gek, dat verhaaltje over ontsluierende geheimen, denkt hij nu. Hoe was hij daarop gekomen?

De kustweg loopt vlak langs het strand, alleen de cottages staan tussen de Buick en het water. Ze zijn mooi, ook al zitten er planken voor hun ramen en deuren, dichtgespijkerd tot juli, als het seizoen begint. Het is net of hun ogen en mond zijn afgeplakt.

Hij gaat een hoek om; de wielen slippen een beetje op het zanderige wegdek.

Rustig aan, denkt hij.

De weg slingert zich als een lint door het strand rechts en een moeras links. Een moeras en nog iets anders, ziet hij, terwijl hij uit de schaduw van een huis rijdt. Een binnenzee met een doorsnee van zo'n achthonderd meter. Waar het water naar binnen loopt, werpt een sterke stroom witgekuifde golven tegen de oevers van een smal kanaal. In de binnenzee liggen boten voor anker. Een half dozijn schepen van kreeftenvissers en iemands jacht, waarvan de mast wild op en neer gaat in de korte golfslag. Een kanaal is uitgebaggerd.

Hij was niet van plan geweest om zo gauw te trouwen. Allemachtig, hij is pas vierentwintig. Een tijd lang dacht hij dat hij misschien wel nooit zou trouwen. De opwinding en de spanning van de onbekende verte zaten te diep in zijn botten. Maar zelfs op die eerste dag in de bank, met Honora achter het loket, wist hij dat dit iets anders zou kunnen zijn, iets wat waard was om voor thuis te blijven. Nooit zal hij de aanblik van Honora's handen vergeten, hoe ze onder het loket vandaan kwamen. Lange, slanke, witte vingers. Zó wit, alsof ze een gelofte van kuisheid had afgelegd en hij alleen haar handen mocht zien. De handen beheersten zijn gedachten – vrijwel het enige dat zijn aandacht van de auto kon afleiden.

Toen keek hij naar haar gezicht, de donkere ogen, verscholen achter de wimpers. Haar haren geknipt in een 'jongenskopje'. Een mooie kaaklijn, bijna mannelijk, en een lange hals. Ze droeg die dag een getailleerde jurk, rozeachtig-beige, met chique knopen opzij. Hij kon haar benen niet zien. Hij herinnert zich dat hij dat wél wilde. Hij wilde weten of de huid even volmaakt was als de handen. Was dat de reden waarom hij nog een keer was teruggegaan en van Portsmouth naar Taft was gereden, zo gespannen als een veer? Onderweg had hij zinnen uitgeprobeerd. Ten slotte had hij zijn toevlucht genomen tot de oude truc van verkopers: de tijd van de afspraak aankondigen alsof er al mee was ingestemd. Ik zal om vier uur buiten staan wachten, had hij gezegd. Instinctief had hij geweten dat ze niet het type was dat tegen hem zou zeggen dat hij moest ophoepelen. Wat een lef van hem, nu hij erover nadenkt. Hoe had hij zeker geweten dat ze niet getrouwd was? Natuurlijk – de handen. Wit en ringloos. En daarna, voor ze klaar was met haar werk, snel afspraken maken bij de rechtbank, voor het geval ze toevallig naar een naam zou vragen.

De benen waren zo mooi als hij had gehoopt.

Hij bereikt een kleine heuvel en een tweesprong, en de weg loopt niet langer langs het strand. Hij slaat de linker weg in, naar een haventje en een piepklein dorpje dat uit een paar huizen en wat schuurtjes bestaat, plus een visafslag, bijna aan het eind van de weg. Er waait een stijve bries vanuit het oosten, en een vlag staat strak in de wind. Aan de overkant van de straat, tegen een winkelpui, zit een man in een schommelstoel. In de etalage staan borden: Nehi en Za-Rex en Old Golds.

Als Sexton uit de auto stapt, bolt zijn jas op. Hij steekt de straat over terwijl hij zijn jas dichtknoopt en zijn hoed op zijn hoofd drukt. Wanneer hij de trap van de veranda bereikt, houdt het ineens op met waaien, alsof iemand een deur heeft gesloten. Hij steekt een Lucky Strike op en verfrommelt het lege pakje.

'Hallo,' zegt hij tegen de man.

De ouwe sok draagt zomerkleren, een licht pak. Hij staat met gespreide benen en de broek is hoog opgetrokken over zijn dikke buik. Hij draagt een vlinderdas en een platte strohoed. Op zijn revers zit een medaille. Sexton kan de lus van de ketting van zijn zakhorloge zien, maar het horloge zélf niet. Zonder de wind, beseft Sexton, is het aangenaam warm op de veranda. Hij gooit het lege sigarettenpakje over de balustrade.

'Goeiendag,' zegt de oude man zonder enige stembuiging. Het is moeilijk te zeggen of Sexton welkom is of niet.

'Een mooie dag,' zegt Sexton.

'Inderdaad.' De handen van de oude man, de ene houdt een stok vast, de andere een zakdoek, zitten onder de lever- en moedervlekken. Sexton neemt een lange trek van zijn sigaret. 'Oostenwind vandaag,' zegt de oude man.

'Maar op de veranda is het aangenaam,' zegt Sexton.

'Is dat je auto?'

'Het is een Buick.'

'Een zevenentwintiger?'

'Een zesentwintiger.'

'Hoeveel kilometer op de teller?'

'Ongeveer vierduizend.'

'Hoop dat het een goede koop is.' De man spreekt met het zware, zangerige accent van New Hampshire.

'Ik denk van wel,' zegt Sexton.

'Wat doe je eigenlijk in deze streek?'

'Mijn vrouw en ik zijn gevraagd om op een huis te passen,' zegt Sexton. De woorden 'mijn vrouw' geven hem een aangename schok.

'Om welk huis gaat het dan?'

'Het staat aan het eind van het strand. Drie verdiepingen hoog. Wit met zwarte luiken. In vrij slechte staat.'

'Dat is het oude klooster.'

'Klooster?' vraagt Sexton.

'Vijfendertig, veertig jaar geleden,' zegt de oude man. 'Toen was het huis een klooster. Door de zoute lucht veroudert een huis snel.'

'Het huis is leeg. Daar hadden we niet op gerekend.'

'Waarom niet? Het is al vier jaar leeg.'

'Ik zal wel slecht geïnformeerd zijn,' zegt Sexton.

'Dat denk ik ook.' De oude man begint overeind te komen.

'Blijf zitten,' zegt Sexton. 'Ik ga naar binnen en kijk wat rond. Is de eigenaar in de winkel?'

'Je kijkt hem aan!'

Sexton ziet hoeveel moeite het de man kost om overeind te komen. 'De naam is Hess. Jack Hess.'

'Sexton Beecher.' De hand van de man in de zijne is een en al botten – fragiele botten, als die van een vogel.

'Heb niet veel meubilair,' zegt de oude man. 'Maar als je op zoek bent naar gereedschap en zo, zal ik je wel kunnen helpen. We hebben van alles en nog wat.'

Sexton houdt de hordeur open terwijl Jack Hess zich aan de deurpost optrekt en de winkel binnengaat. Hij loopt krom. Alleen al die aanblik maakt dat Sexton zijn rug wil buigen.

Het duurt even voor Sextons ogen gewend zijn aan het halfduister, na de schittering van het water. De winkel is een wonder van bakken, dozen, tinnen dienbladen, haken met allerlei soorten ijzerwaren en voedsel. Gloeilampen, bezems, deurknoppen, draailieren, vogelkooitjes, emaillen pannen, ventilatoren, bijlen, messen, allerlei soorten borstels, verven en lakken en oliën, klosjes touw, kaasraspen, vleesmolens, glazen dessertschaaltjes, toiletborstels, schaatsen (schaatsen!) en zelfs een ijzeren stoel die op z'n kop aan een haak hangt. Ondanks alle rommel in de winkel glimt de houten vloer. De mahoniehouten toonbank met zijn potten vol schroeven, scharnieren en knopen lijkt zó schoon, dat je ervan zou kunnen eten. Achter de kassa staan blikken voedsel. Rozijnen, meel en graanproducten. Koffiebonen naast een koffiemolen.

'Als ik het hier niet heb, heb je het waarschijnlijk niet nodig,' zegt de oude man.

'Nee, waarschijnlijk niet.'

'Ik vraag vijfenzeventig cent voor de enige stoel die ik heb.'

'Ik heb het gezien.'

'Ik kan je wel aan een paar houten kratten helpen als je echt omhoogzit.'

'We zitten inderdaad echt omhoog.'

'Wat voor werk doe je?' De oude man neemt zijn plaats achter de toonbank in, klaar om te halen waar Sexton om vraagt.

'Ik ben verkoper van schrijfmachines.'

'Je méént het!'

'Het is de waarheid.' Sexton gaat naar buiten om zijn sigaret uit te trappen.

'Rij je in die auto van je rond en verkoop je schrijfmachines?' vraagt de oude man als Sexton door de hordeur is teruggekeerd.

'Jazeker.'

'Ik denk niet dat ik een schrijfmachine kan gebruiken,' zegt de oude man.

'Dat denk ik ook niet, hoewel een schrijfmachine u van nut zou kunnen zijn. Met de rekeningen en de bestellingen.'

'Gemakkelijker om het met de pen te doen.'

Sexton lacht.

'Aan wie verkoop je zoal?'

'Aan knappe meisjes,' zegt Sexton.

De oude man grijnst zijn vergeelde tanden bloot.

'Hebt u zin in een ritje?' vraagt Sexton aan de man.

'In je Buick?'

'U zou me wegwijs kunnen maken.'

'Ik wil je niet van je boodschappen afhouden.'

'Tijd zat.'

'Ik wil je niet van je vrouw afhouden. Vindt ze het erg als je lang wegblijft?'

'Geen idee,' zegt Sexton. 'Ik ben pas één dag getrouwd.'

'Mijn God,' zegt de oude man, en loopt naar de deur.

Jack Hess zit met zijn benen gespreid. Of zijn buik is simpelweg te dik geworden, óf hij kan zijn dijspieren niet meer gebruiken. 'Je moet het eens in Ely Falls proberen, bij de fabrieken, als je die schrijfmachines kwijt wilt,' zegt hij.

'Loopt uw winkel goed?' vraagt Sexton.

'In de zomer wel. 's Winters is het saaier dan de preek van een priester. Dat daar is het Highland Hotel. Hun rijstpudding is klasse!'

De Buick rijdt om een uitstekende rotspunt heen. Aan de ene kant van de weg is een onherbergzaam stuk kustlijn, en aan de andere kant staan een paar grote huizen, de grootste die Sexton ooit heeft gezien. Hij fluit vol bewondering.

'Meer geld dan gezond verstand,' zegt Jack Hess. 'Dit is van Gordon Hale. Hij bezit een van de textielfabrieken in Ely Falls. En dat is het huis van George Walker. Zijn grootvader is de oprichter van de hotelketen Walker Hotels. En daar is het huis van Alice Beam. Haar vader heeft een fortuin vergaard in de scheepvaart. Ze overwintert hier. Dat doen er een stuk of vijftig. Heb je wel verwarming?'

'Ik denk van wel,' zegt Sexton. 'Ik hóóp van wel!'

'Nou, dat was wel nodig voor het tehuis, nietwaar?'

'Tehuis?'

'De mensen van wie je het huis huurt, hebben je niet veel verteld, hè?'

41

'Dat klopt,' zegt Sexton.

'Er was een vrouw die hier als meisje kwam. Dertig jaar geleden. Ze werd verliefd op een dokter, en... Nou, het is een lang verhaal voor een andere keer. Maar ze vertrok, kwam weer terug en begon een tehuis voor andere meisjes die zwanger waren geraakt. Fantastische onderneming. Nooit een klacht van de buren, hoewel het huis vol was met wat je "levenslustige" meisjes zou kunnen noemen. Vier jaar geleden is het gesloten.'

Sexton stopt aan de kant van de weg om een strandwagen te laten passeren. 'Was het tehuis een klooster?'

'Jaren geleden. Franse nonnen, uit Quebec.'

Achter de wilde rozen strekt de oceaan zich uit naar de horizon. Een diep, trillend blauw met schuimkoppen. Sexton haalt een nieuw pakje Luckies uit zijn zak en maakt het onder het rijden bedreven open. 'Wilt u er een?' vraagt hij aan Jack Hess.

De oude man schudt zuchtend zijn hoofd. 'Sta onder dokters toezicht. Moest het allemaal opgeven – dit, dat en het andere.'

Sexton stopt de sigaretten terug in zijn zak.

'Mijn vrouw is binnen vierentwintig uur gestorven,' zegt Hess. 'Sindsdien ben ik niet meer dezelfde. Ik eet niet goed en slaap niet goed. Een gelukkig huwelijk, Mr. Beecher, dat is alles wat je nodig hebt in het leven. Ik benijd je omdat je net begint. Echt waar. Je kunt er plezier van hebben als je je verstand bij elkaar houdt. En de tijden zijn goed, hè? Grote welvaart, zeggen ze.'

'We proberen voor een eigen huis te sparen,' zegt Sexton.

'Wat krijg je nou voor die schrijfmachines van je?'

'Dat hangt ervan af. Vijfenzestig dollar voor de nummer 7.'

'En hoeveel krijg jíj daarvan?'

'Acht procent. Vijf dollar en twintig cent voor de 7.'

'Dan zul je een tijd moeten sparen, Mr. Beecher.'

Sexton glimlacht. 'We nemen natuurlijk een hypotheek.'

'Die banken,' zegt Hess. 'Ze fluiten een mooi wijsje, maar ze willen alleen maar geld verdienen. Heel simpel. Ze geven niets voor niets. Ze verkopen een product, net als jij met die schrijfmachines. Denk daar goed aan!'

Sexton knikt beleefd.

'Ik zal je nóg iets zeggen,' zegt Hess. 'Trek je laarzen niet uit in een huis dat je niet hebt afbetaald. Huren of oppassen, wát je nu ook doet, is wat anders. Je spaart, en dat is verstandig.'

Sexton knikt opnieuw. Die ouwe sukkels, denkt hij. Ze kunnen het niet meer bijbenen. Wijze raad uit een voorbije eeuw.

42

'En dat is mijn speech voor vandaag,' zegt Hess. 'Soms weet een oude man niet wanneer hij moet zwijgen. Rij gauw terug naar de winkel, dan gaan we mooie spulletjes voor jou en je bruid uitzoeken. Kan ze goed koken?'

Sexton haalt zijn schouders op. 'Geen idee,' zegt hij.

❧ Vivian

Vivian trekt haar hoed zo ver mogelijk over haar hoofd. De strohoed heeft een brede rand, maar tóch draagt ze haar zonnebril. Ze heeft twee aspirientjes weten door te slikken, die tot nu toe echter nog geen zier hebben geholpen, want ze heeft nog steeds hoofdpijn. Toen ze – eerder – op bed lag, besefte ze dat ze frisse lucht nodig had en besloot dapper vrede te sluiten met de brave zonneschijn op het strand.

Een ober brengt een canvas stoel en een gestreepte parasol naar haar toe, waarop ze uiterst voorzichtig gaat zitten. Elke beweging doet pijn. Ik had iets moeten eten, denkt ze. Als de man terugkomt, zal ik iets zoets bestellen. Thee met suiker. Ja, dat is precies wat ik nodig heb.

Het is laag water. Het strand strekt zich uit tot aan de vloedlijn, en de lucht is koel en vochtig. Als ze haar ogen sluit en zich absoluut niet beweegt, is de pijn bijna draaglijk. Wat ze zou moeten doen, is een duik nemen in de oceaan, weet ze. Een betere remedie tegen een kater kent ze niet. Maar om dat te doen zal ze terug moeten naar het hotel om haar badpak aan te trekken, en het ontbreekt haar aan het uithoudingsvermogen dat daarvoor nodig is. Ze ruikt kokosolie. Om haar heen zijn stemmen, onderbroken door het gekrijs van kinderen. Achter de balustrade van de veranda drinkt de menigte martini's als aperitief voor de lunch. Alleen al de gedachte aan een martini maakt haar misselijk.

Ze opent haar ogen even en knijpt ze tot spleetjes. God, daar gaat Dickie Peets. Hij laat een hond uit aan de waterlijn. Met zijn schoenen in zijn hand waadt hij door het water nadat hij de pijpen van zijn lange, witte sportpantalon heeft opgerold. Ze bukt, alsof ze iets zoekt dat ze in het zand heeft laten vallen, in de hoop dat hij niet haar kant op kijkt en haar herkent. Ze blijft zo gebukt staan tot ze denkt dat het veilig is, hoewel haar hoofdpijn er nóg erger door wordt.

44

'Viv?'

Ze gaat rechtop zitten en houdt een hand boven haar ogen.

'Dickie,' zegt ze quasi-verbaasd.

'Ik had niet verwacht je zo vroeg op te zien,' zegt hij. Een zandkleurig hondje legt zijn poten op Vivians rok en Dickie tilt het beestje op.

'Prachtige morgen,' zegt ze. Ze negeert Dickies opmerking. 'Wat is dat voor hond?'

'Een bastaard, denk ik.'

'Hij lijkt op een schaap. Hoe heet hij?'

'Dat weet ik niet. Ik denk dat ik hem Sandy zal noemen.'

'Origineel,' zegt ze.

'Hij is niet van mij,' zegt hij.

'Dat dacht ik al.'

'Ik heb hem vanmorgen gevonden toen hij in het trappenhuis stond te janken.'

Dickie ziet er opmerkelijk fit uit, denkt Vivian, gezien het feit dat hij me gisteravond heeft bijgehouden en me misschien zelfs heeft verslagen. Ze herinnert zich dat hij naakt, in een foetushouding, op zijn badkamervloer lag. 'Ik ben op dit moment niet zulk prettig gezelschap,' zegt ze.

'Ik ook niet, dus dan passen we goed bij elkaar.'

Dickie gaat in het zand zitten terwijl hij zijn gehavende knie ontziet. Ook hij heeft een zonnebril opgezet; ze kan zijn ogen niet zien.

'Ik weet niet zeker of ik wel een gesprek kan voeren,' zegt Vivian.

'Ik zal geen woord zeggen,' zegt hij. De hond naast hem begint te hijgen.

'Ik denk dat hij water nodig heeft,' zegt Vivian.

'Niks aan de hand,' zegt Dickie. 'Ik zal hem straks naar binnen brengen. Met jou alles goed?'

'Zo goed als kan worden verwacht,' zegt ze, en zwijgt even. Dan slaakt ze een diepe zucht en zegt: 'Abominabel, als je de waarheid wilt weten.'

'Ik ook, mocht dat een troost zijn.'

'Niet erg, maar bedankt.' Vivian wrijft over haar voorhoofd. De branding ziet er nu nóg aanlokkelijker uit. Misschien zou ze zich moeten verontschuldigen en haar badpak aantrekken.

'We zijn dronken geworden,' zegt Dickie.

'Inderdaad. Ik wil er niet aan denken.'

'Ik heb je schoen gevonden,' zegt hij. 'Op de gang, vóór mijn kamer.'

Ze legt een hand op haar slaap. 'Stuur hem maar naar me op.'

'Ik krijg de indruk dat ze Sylvia naar haar kamer hebben moeten dragen.'

'Echt waar? Trouwens, waarom huilde ze zo tijdens het diner?'

De oceaan ruikt vandaag naar 'strand', peinst ze. Het is een bepaalde geur, van zee, zand en zonnebrandolie.

'John heeft een vriendinnetje,' zegt Dickie. 'Hij negeert Sylvia met opzet. Ik moest ten slotte tegen hem zeggen dat hij ermee moest ophouden. De man is een sadist, als je het mij vraagt.'

'Raar, dáár kan ik me niets van herinneren,' zegt Vivian. De branding beukt, maar toch is het een geruststellend geluid. Zeemeeuwen, aangemoedigd door een ongelukkig kind dat de dieren eten geeft, duiken naar beneden en scheren over het zand.

'Waarschijnlijk kun je je hele gesprekken niet herinneren,' zegt Dickie.

'Brutale klootzak,' zegt Vivian luchtigjes.

'Nou en of!'

Vivian strijkt de rok van haar witte, linnen jurk glad en legt een hand boven haar ogen. 'Wat zijn we aan het doen, Dickie?'

'Dat weet ik niet, Viv. Wat zijn we aan het doen?'

'We misdragen ons, en we zijn hier nog maar een dag!'

'Is dat niet de bedoeling? Je misdragen? 's Zomers, bedoel ik.'

'Er moet iets beters zijn.'

'Wat bijvoorbeeld?'

'Je hebt geen fantasie.'

'Misschien niet.'

'Iets wat niet zo'n verspilling is. Niet zo alleen maar op onszelf gericht.'

'We zijn wie iedereen wil zijn, Viv.'

'Triest,' zegt ze terwijl ze naar de nevel aan de horizon kijkt. Ze houdt van diffuus licht, licht waarin voorwerpen geen randen hebben.

'Ondraaglijk triest,' zegt Dickie. 'Wil je een martini? Een glaasje om het af te leren?'

Ze steekt haar tenen in het zand. 'Loop heen!'

'IJsthee?'

Ze haalt haar schouders op. Dickie kijkt of hij de ober ziet, trekt zijn aandacht en bestelt twee ijsthee. 'Wat gisteravond betreft,' begint hij.

Vivian brengt hem met een handgebaar tot zwijgen. Dit is een gesprek dat ze niet wil voeren. 'Het spijt me dat ik je moet teleurstellen, Dickie, maar je bent niet de eerste.'

Hij begint het zand tussen zijn benen met een schelp uit te graven. 'Dat dacht ik ook niet,' zegt hij kalm.

46

'De achtste evenmin, als je het wilt weten.'

Hij lijkt lichtelijk verbaasd. 'Is het zó erg?'

'Ik vrees van wel.'

'Hoe komt dat, Viv?'

Ze strekt haar blote benen uit en begraaft haar voeten in het zand. 'Ik ben achtentwintig. Negenentwintig in september. Ik heb mijn kans gemist.'

'Onzin!'

'Bovendien,' zegt ze, 'geloof ik niet in het huwelijk.'

'Echt niet?'

'Noem me eens een goed huwelijk.'

Hij zwijgt even. 'Jean en Eddie?'

'Zij is een onnozele hals. Dat telt niet.'

Dickie denkt over haar vraag na.

'Zie je wel?' zegt Vivian.

'Mijn hersens werken niet zo goed vanmorgen,' zegt Dickie. 'Je hebt vast en zeker huwelijksaanzoeken gehad.'

'Inderdaad!'

'Ik heb een meisje,' kondigt hij plotseling aan. 'In feite ben ik verloofd en gaan we trouwen.'

Er gaat een schok door Vivian heen, en ze buigt zich een beetje voorover. Dickie verloofd? Ze verbaast zich over zichzelf. Ze zou boos moeten zijn. Woest. Zou ze in woede moeten uitbarsten? Maar gek genoeg geeft Dickies aankondiging haar een goed gevoel, zoals wanneer je een duik in de oceaan neemt. Aanvankelijk is het onaangenaam en dan verfrissend.

Ze zet haar zonnebril af en kijkt naar de man naast haar. 'Een klein detail dat je gistermiddag vergat te vermelden, misschien?' zegt ze.

Dickie wendt zijn hoofd af.

'Ik hoop dat ze ruimdenkend is,' voegt Vivian eraan toe. 'Wie is ze?'

'Iemand die ik in Havana heb ontmoet.'

Vivian voelt een kleine steek van jaloezie en dan een grotere van nieuwsgierigheid. Iemand in Havana is ongetwijfeld interessant. Je kunt niet naar Havana gaan zonder interessant te zijn. Ze legt haar hoofd tegen de rugleuning van de canvas stoel, alsof ze in slaap sukkelt.

'Maar ik ben er niet zeker van of ik van haar hou,' zegt Dickie. 'Dat is het punt.'

'Geen gejammer,' zegt Vivian. 'Ik kan niet tegen een man die jammert.'

Dickie gooit de schelp in de richting van het water. 'Ik probeer dat van gisteravond alleen maar uit te leggen,' zegt hij.

'Niet van iemand houden is geen excuus voor ontrouw zijn.'

'Daar geloof je in, hè? Trouw en plechtige beloftes enzovoort!'

'Dat weet ik niet zeker,' zegt ze.

'Het was alleen dat je er zo... zo... Ik weet het niet... dat je er zo mooi uitzag toen je daar bij de hotelbalie stond,' zegt hij. 'Niemand is zo mooi als jij, Viv.'

'Zit niet zo te flikflooien. Dat is beneden je niveau.'

'Maar het is wáár,' zegt hij.

Ze kijkt naar Dickies scheenbenen, lang, bloot en zanderig. Er verschijnt een ober, die twee glazen ijsthee met een schijfje citroen brengt. 'Ik hoop niet dat je verliefd op me wordt,' zegt ze terwijl ze rechtop gaat zitten. Ze pakt haar glas en neemt een slok.

'Dat denk ik niet,' zegt Dickie eerlijk. Té eerlijk, vindt Vivian.

'Wat is je verhaal, Viv?'

'Hoe bedoel je?'

'Het gerucht gaat dat je moeder er met een andere man vandoor is gegaan. Een Franse industrieel of zoiets.'

'Dat is met elkaar in tegenspraak, Frans en industrieel. Maar goed, dat heeft ze inderdaad gedaan. Toen ik acht was.'

'Arme Viv.'

'Ik kende haar amper, dus je hoeft geen medelijden met me te hebben.'

'Ik heb nooit medelijden met je, Viv. Waarschijnlijk ben je de laatste met wie ik medelijden zou hebben. Waarschijnlijk zou ik eerder medelijden met mezelf hebben dan met jou.' Dickie zet zijn glas in het gat dat hij in het zand heeft gegraven, zodat de hond eruit kan drinken.

'Wanneer ga je trouwen?' vraagt ze.

'Met Kerstmis.'

'Ik zal je een cadeautje sturen,' zegt ze, en denkt even na. 'Een mooie, glazen lamp.'

'Viv...'

'Ik meen het serieus. Ik weet waar ik prachtige glazen lampen kan kopen.'

'Wil je lunchen?' vraagt hij.

'Wat staat er op het menu?'

'Schelvis, geloof ik. En aardbeientaart.'

Vivian schudt haar hoofd.

'We kunnen vast wel een paar sandwiches krijgen,' zegt Dickie.

'Komkommersandwiches?' Ze stelt zich een koude komkommersandwich voor.

'Je armen beginnen roze te worden,' zegt hij.

Ze leunt weer achterover in haar stoel en het duizelt haar even. 'Ja, ik moet inderdaad iets eten,' zegt ze.

Dickie gaat staan, veegt het zand van zijn broek en pakt dan haar hand vast. Ze laat zich door hem overeind helpen en daarna legt ze haar voorhoofd tegen zijn borst. 'Wat zijn we aan het doen, Dickie Peets?'

'Ik weet het niet, Viv,' zegt hij. 'Ik wéét het gewoon niet.'

❦ *Alphonse*

Alphonse zit in zijn korte broek op het strand en kijkt naar de donkerharige vrouw en de man die op een deken in het zand liggen. Maar hij moet zijn blik afwenden als de vrouw de bandjes van haar bruine badpak over haar schouders laat zakken. Hij drukt zijn voeten diep in het zand. Zijn huid is glibberig van het zweet. Hij kijkt hoe de vrouw haar bandjes weer optrekt, gaat staan en naar het water begint te lopen. Eerst langzaam en dan sneller, zodat ze bijna rent als ze bij de zee is. Dan blijft ze staan, steekt één voet in het water, maar haalt hem er onmiddellijk weer uit. De man roept: 'Honora.' De vrouw spreidt haar armen om in evenwicht te blijven en loopt met grote stappen door de golven. Dan duikt ze in de oceaan. De kou is zó'n schok, dat ze meteen gaat staan en begint te gillen. De man rent naar de waterlijn, neemt een duik en zwemt onder water naar de vrouw toe. Alphonse wou dat hij kon zwemmen. Hij probeert zich in te denken hoe het voelt om je adem in te houden en in het water te duiken. Sluit je dan je ogen of kijk je of je vissen ziet?

De vrouw staat even rechtop. Dan wordt ze overspoeld door een golf; haar knieën knikken. Ze wrijft in haar ogen en begint te lachen. Ze lacht zoals zijn moeder soms doet wanneer ze op het punt staat in huilen uit te barsten. Hysterisch. Het geluid van de lach stijgt op en zweeft weg. Een golf draagt de vrouw naar de kust, kwakt haar op het zand en begint weer aan haar te trekken. Alphonse doet net of de vrouw verdrinkt en dat hij haar zal moeten redden.

De vrouw drukt haar vingers en haar knieën in het zand. Ze houdt vol, al probeert de oceaan haar mee te sleuren, en ze kruipt naar de waterlijn. Dan draait ze zich om en gaat met haar armen om haar opgetrokken knieën in het zand zitten. Haar donkere, golvende haar is sluik door het water en ligt plat op haar hoofd, als een kapje. De jongen ziet hoe de man zijn lichaam naar de vrouw toe keert en zich op een golfkam werpt. Hij doorklieft het water als een haai.

❦ Honora

Na hun zwempartij wast Sexton het zout van de ramen op de begane grond en schrobt Honora de keukenkastjes. Ze geeft hem een bezem waar ze een doek omheen heeft gebonden en hij veegt de spinnenwebben weg. Terwijl Honora de schimmel van de muren verwijdert, wrikt Sexton met een beitel de uitgezette ramen open. Zij wast het zand van de radiatoren, terwijl hij de kolen verzamelt die op de keldervloer zijn gevallen. Honora legt het tafelkleed dat haar moeder voor haar heeft gemaakt over een verzameling houten kratten, zet er het slecht bij elkaar passende eetgerei op dat Sexton in de plaatselijke winkel heeft gekocht en schikt wilde rozen in een glas. Honora en Sexton drinken samen uit het enige glas dat nog over is. Als avondmaaltijd is er ingeblikt varkensvlees met bonen, bruin brood en maïspudding.

In de daaropvolgende dagen bouwt Sexton een verhoogd bed waarop ze de matras leggen. Ze gebruiken houten kratten als nachtkastjes en Honora maakt gordijnen van de stof die ze in de doos onder aan de trap heeft gevonden. Sexton verwijdert loslatende stroken behang, terwijl Honora een achtergelaten haardstel poetst.

Elke avond nemen Sexton en Honora na hun werkzaamheden een bad. Honora baddert graag in haar eentje, maar Sexton zegt dat hij liever gezelschap heeft. Hij buigt zich een beetje voorover en Honora zeept zijn nek, schouders en rug in. Terwijl ze hem wast, bedenkt ze hoe toevallig het is dat Sexton Beecher een landkaart pakte, een route bepaalde, naar Taft, New Hampshire, reed, een bank binnenliep en Honora Willard aan de andere kant van het loket vond. Wat als ze lunchpauze had gehad? Wat als hij het bord naar Webster had gezien en díe weg was ingeslagen? Wat als hij in Manchester was belaagd? Wat als hij een lekke band had gekregen?

Op een avond, na het bad en de avondmaaltijd, maken Sexton en Honora een strandwandeling. De zon staat op het punt onder te gaan en de laatste zonnestralen werpen hun rozerode gloed op de cottages en het water. De branding is roze. Honora blijft staan en bukt zich om een lichtblauw stuk glas op te rapen. Ze wrijft met haar vingers over de randen, die glad zijn. De verweerde glasscherf is ondoorzichtig, alsof er mist in is opgesloten.

'Wat is dat?' vraagt Sexton.

'Glas,' zegt ze. 'Maar niet scherp. Hier. Voel maar.'

Ondanks het bad zit er nog witte verf op Sextons vingers. Hij houdt het glas tegen het licht. 'Het heeft in de oceaan gelegen, en dan krijg je dat effect,' zegt hij, en geeft de glasscherf terug. 'Mooie kleur.'

'Waar denk je dat die vandaan komt?'

'Het is troep. Rotzooi. Afval van andere mensen.'

'Echt waar?' zegt ze. 'Ik vind hem best mooi.'

'Ik moet weer aan het werk,' zegt Sexton vroeg in juli.

Honora heeft al die tijd geweten dat dit zal gebeuren, maar toch overrompelt de aankondiging haar. 'Zo gauw al?' zegt ze.

'Iemand moet de kost verdienen.'

Het wordt vriendelijk gezegd, zonder arrogantie of irritatie. Honora heeft vanaf haar vijftiende gewerkt, eerst bij de rechtbank en toen bij de bank, maar er is nooit over een baan voor haar gesproken. Ze nemen beiden aan dat ze thuis zal blijven en voor het huis zal zorgen. Er is voldoende werk om een vrouw maanden bezig te houden.

'Ik zou met je mee kunnen gaan,' zegt Honora.

'Dat is tegen de principes van het bedrijf. Ze zouden me ontslaan.'

Ze zitten aan de keukentafel en hebben zojuist kalkoenbrood en uientaart gegeten. Om praktische redenen heeft ze het geborduurde tafelkleed vervangen door een rechthoekig, blauwgeruit tafelzeil uit de winkel van Jack Hess.

'En ík dan?'

'Ik zal je geld geven,' zegt hij.

Ze kijkt naar de krantenkoppen naast zijn bord. VIERING VAN DE VIERDE JULI KOST 148 LEVENS. Ze legt de krant zó neer dat ze het artikel kan lezen. Zeven mensen zijn door vuurwerk omgekomen, eenenzeventig door auto-ongelukken en zeventig zijn er verdronken.

'Hoeveel hebben we?' vraagt ze.

53

Hij kijkt op en denkt even na. 'Tachtig dollar,' zegt hij.

Ze reikt over de geïmproviseerde tafel en legt een hand op zijn onderarm. 'Bij het idee dat je weggaat móet ik je gewoon aanraken,' zegt ze, tot hun beider verrassing.

Zijn huid is warm onder zijn hemd, dat ze al een paar keer heeft gewassen en gestreken. Volgens haar telling heeft hij zes nette overhemden, twee werkhemden, twee pakken, één werkbroek (nu onder de verfvlekken) en één marineblauwe, pluizige trui.

De aanraking schijnt hem te ontroeren. 'Ik zou je kunnen meenemen,' zegt hij. Ze ziet hem over het idee nadenken alsof het zíjn idee is, alsof hij het net heeft bedacht. 'Je zou mijn assistente kunnen zijn. Je kunt toch typen?'

'Dat moest ik leren voor mijn baan op de rechtbank.'

'Je zou achter de schrijfmachine kunnen zitten en een demonstratie geven,' zegt hij peinzend. 'Niemand zou weerstand aan die handen kunnen bieden.' Hij zwijgt even. 'In elk geval kon ík het absoluut niet!' zegt hij.

'Is dat zo?'

'Op de dag dat ik je leerde kennen. Toen ik de bank binnenliep. Het waren je handen die ik het eerst zag. Onder het loket.'

Als om te bewijzen dat zijn verklaring de waarheid is, pakt hij haar hand en houdt hem boven zijn lege bord. Haar huid is slechts een beetje ruw geworden door het wassen. 'Je zou wel wat handcrème kunnen gebruiken,' zegt hij.

Sexton vindt het fijn om te zeggen dat de drie P's – Portland, Portsmouth en Providence – en alles ertussenin tot zijn werkterrein behoort. Hij laat haar op de kaart zien waar ze precies heen zullen gaan, en ze volgt de route met haar vinger. Vanaf Ely zullen ze naar Portsmouth rijden. Dan Route 4 nemen naar Dover, South Berwick en Sanford. Daarvandaan zullen ze de 111 nemen naar Saco en helemaal tot aan Portland op Route 1 blijven. Op de terugreis naar het zuiden zullen ze via Hollis Center en Shapleigh koers zetten naar het westen en Nashua, Lowell en Worcester passeren. Ze zullen naar Boston gaan, naar Woonsocket en Pawtucket en ten slotte naar Providence. En daarna zullen ze wel zien.

'Je kunt mijn overhemden wassen,' zegt hij.

'Waar zullen we overnachten?'

'In vakantiehuisjes.'

Honora weet alles van vakantiehuisjes. De éénkamerwoningen met een keukentje en een gemeenschappelijke badkamer achter de huis-

54

jes zijn populaire bestemmingen voor toeristen die de meren rondom Taft bezoeken.

Maar tóch is het een avontuur.

Sexton laat haar doorgaan voor Miss Willard, zijn assistente. Ze draagt haar botergele trouwpakje en doet haar ring af. Na een aantal dagen volgen ze een vast patroon.

Honora schudt de hand van de klant, trekt dan heel langzaam, vinger voor vinger, haar handschoenen uit, gaat achter de schrijfmachine zitten en strijkt over de kleine toetsen met hun zilveren ringen. Ze kan bijna net zo snel typen als Sexton praat, en haar handen vliegen over de toetsen. Haar man steekt een slim verkoopverhaal af tegen de klant en na afloop biedt Honora de keurig getypte bladzijde aan, als een goochelaar die een konijn uit zijn hoed tovert. Ze heeft een exacte weergave getikt van het gesprek dat zojuist heeft plaatsgevonden.

Een ding dat het waard is om te hebben, is het waard om nú te hebben, staat er.

Hoe eerder u het krijgt, hoe eerder u er geld mee gaat verdienen, zijn Sextons woorden.

Uitstel betekent er meer voor betalen.

Beslis nu, nu het u het minste kost.

Honora ziet aan de verandering op het gezicht van de klant dat hij er steeds meer toe neigt de machine te kopen. Elke klant is onder de indruk van het typewerk.

'Welke schrijfmachinewagen prefereert u?' vraagt Sexton. 'De brede of de smalle? Welke stand denkt u dat het beste is, de hoge of de lage?'

De klant kauwt op de binnenkant van zijn wang terwijl hij constant naar Honora's razendsnelle handen kijkt.

'Wilt u een korting of wilt u het bedrag in vier maandelijkse termijnen aflossen?' vraagt Sexton.

De klant zwijgt even. Misschien ziet hij zichzelf al dicteren, vooral aan een mooie, jonge assistente.

'Dit is een beschrijving van wat u wilt,' zegt Sexton, de genadestoot gevend. 'Mag ik nu uw bestelling noteren?'

Af en toe stribbelt een klant tegen. 'Ja, maar...' zegt de klant.

'Dat is precies de reden waarom...' antwoordt Sexton.

'Ik weet niet zeker of...' wauwelt de klant.

'Daar kom ik nog wel op,' zegt Sexton. En dan, met nauwkeurig afgestemde aandrang, vraagt hij: 'Wat is de échte reden van uw aarzeling?'

Zodra de klant de pen op het papier zet, gaat Honora staan en trekt haar handschoenen weer aan. Het belangrijkste onderdeel van een deal, heeft Sexton haar ingeprent, is op te stappen als de koop eenmaal is gesloten. Blijven hangen levert niets op, en de klant zou zich kunnen bedenken.

Soms maakt Honora zich zorgen om Sextons verkooppraatjes. Is het bijvoorbeeld waar dat iets dat waard is om te hebben het waard is het nú te hebben? En hoe eerder je een schrijfmachine koopt, hoe eerder je er geld mee gaat verdienen? Het lijkt haar dat die redenering niet juist is, dat het wellicht niet klopt dat, als je een aankoop uitstelt, je er meer voor moet betalen.

Ze maakt zich ook zorgen over het langzaam uittrekken van de handschoenen en het ontbreken van haar trouwring. Toen zij en Sexton dit verzonnen, was het grappig en frivool geweest, een lolletje waar ze om moesten lachen. Maar als ze de sketch voor de derde of vierde keer opvoeren, lijkt het steeds serieuzer en voelt Honora zich onbehaaglijk. Er is de onbetwistbare suggestie dat Miss Willard – of het idée van Miss Willard – deel van de deal is.

Tijdens hun eerste zakenreis verkoopt Sexton drieëntwintig machines, met een totale commissie van meer dan honderdvijfendertig dollar. Ze vinden het alletwee een fortuin. 's Middags, in de vakantiehuisjes, met de lucht van schimmel in de dekens, bedrijven Sexton en Honora de liefde op het geluid van de weinige auto's die op Route 4 of 111 passeren. De bedden zakken in het midden door en de kussens zijn dun. Na afloop moeten ze dicht tegen elkaar aan geperst slapen omdat de bedden zo smal zijn.

'Je bent erg lang,' zegt Sexton op een middag tegen haar.

Honora voelt zijn adem in haar oor. Haar nachthemd is helemaal verkreukeld, zodat het net lijkt of haar buik slechts bedekt is door een klein stukje stof. Als ze een eindje opschuift, stroomt er vocht uit haar lichaam en op het laken. Ze is vol ontzag voor de intimiteit, waarover haar moeder, al had ze het gewild, haar nooit iets zou hebben kunnen vertellen.

❧ Sexton

'Ze zeggen dat Bill Stultz dronken was toen zijn vliegtuig neerstortte,' zegt Rowley. 'Hebt u wel eens gevlogen, Mr. Beecher?'

Sexton ruikt whisky in de adem van de bankdirecteur, die aan de andere kant van het bureau zit. Het is nog niet eens elf uur in de morgen. Kenneth Rowley is vrij jong voor een bankdirecteur. Achtendertig, veertig misschien. Hij moet een baan hebben geërfd die hij niet wil, besluit Sexton terwijl hij zijn blik door de kamer laat dwalen: muren met mahoniehouten panelen, vensterbanken die zo hoog zijn dat hij zijn kin erop kan laten rusten en een buitengewoon onberispelijk bureau.

'Nee,' zegt Sexton, 'maar ik zou het graag willen.'

In feite is Sexton er niet zeker van of dat waar is. Hij houdt van avontuur, en vooral van de onbekende verte, maar hij heeft altijd willen weten wát het vliegtuig eigenlijk in de lucht houdt.

Een secretaresse van onbestemde leeftijd komt de kamer binnen met twee grote glazen ijskoffie op een zilveren dienblad. Ze zet het blad neer, strijkt de rok van haar zomerse tweedpakje glad en kijkt Sexton aan. Ze heet Miss Alexander, voorzover zijn geheugen hem niet in de steek laat. Sexton geeft haar een knipoog als ze vertrekt.

'Room?' vraagt Rowley aan Sexton.

'Graag.'

'Bizar hoe ze allemaal uit zijn op een record,' zegt Rowley. 'Van Portsmouth naar Rome, hoorde ik laatst.'

Sexton kijkt naar de ivoorkleurige vloeistof die zich door de koffie mengt en vraagt zich af wanneer hij met zijn verkoopverhaaltje moet beginnen.

'Wat voor auto hebt u?' vraagt Rowley terwijl hij in de koffie roert. Hij schuift een glas naar Sexton toe.

'Een Buick,' zegt Sexton. 'Uit zesentwintig.'

'Bevalt hij?'

'Ik ben er gek op!'

'Hebt u de nieuwe Essex gezien?'

'Niet van dichtbij.'

'Ik heb er vorige week een voor mijn vrouw gekocht,' zegt Rowley, terwijl hij achteroverleunt in zijn stoel. 'Hydraulische schokdempers. Remmen op alle vier de wielen. Radiateurbeschermers. Luchtreiniger. Kostte me 695.'

'Hoe rijdt-ie?'

'Perfect. Bent u getrouwd, Mr. Beecher?'

'Morgen is het een maand geleden dat ik in het huwelijksbootje stapte.'

'Gefeliciteerd.'

Sexton neemt een slok koffie en denkt aan Honora, die nog in het vakantiehuisje is. Hij stelt zich haar graag voor in haar nachthemd met de smalle bandjes die over haar schouders glijden. Toen ze, eerder die morgen, wakker werden, waren de lakens en de kussens vochtig.

Rowley zet zijn koffieglas neer. 'En wat kunt u me laten zien, Mr. Beecher?' vraagt hij.

'Nou,' begint Sexton, en hij ontdoet zich van zijn glas ijskoffie en gaat een beetje vooroverzitten. 'We zijn dolenthousiast over onze 19-30-lijn. Natuurlijk hebben we nog steeds de nummers 6 en 7 in ons assortiment, en we hebben nog een ander model waar ik u straks iets over zal vertellen. Ook hebben we een fantastisch, nieuw apparaat, de Copiograph, die u versteld zal doen staan. Maar de machine die u volgens mij het meest zal interesseren, is onze nieuwe boekhoud-schrijfmachine met de platte buitenkant.' Sexton zwijgt even om het te benadrukken. 'Het is een machine waardoor u voeling kunt hebben met elke transactie van elke afdeling zonder een extra man op de loonlijst te hoeven zetten,' zegt hij. 'Boekhoudmethodes worden samengevoegd tot één eenvoudig stelsel. Hier heb ik een foto van het apparaat.' Sexton haalt een catalogus uit zijn leren tas, zoekt de pagina op en reikt hem Rowley aan.

'Wat vindt u van de Athletics?' vraagt Rowley terwijl hij de brochure bekijkt.

'Ik vind ze geweldig,' zegt Sexton. Hij weet dat de machine verkocht zal worden als Rowley de beschrijving van de boekhoud-schrijfmachine tot aan het eind toe leest.

'Boston is deerniswekkend,' zegt Rowley. Hij legt de catalogus op het bureau zonder de beschrijving te hebben gelezen. 'Wat gaat deze machine me kosten?'

'Ik heb er een in de auto,' zegt Sexton, en probeert de prijs te om-zeilen. 'Zal ik hem halen en een demonstratie geven?'

Rowley zwijgt, alsof hij zich zojuist een belangrijke afspraak her-innert.

'Een ding dat het waard is om te hebben, is het waard om nú te hebben,' zegt Sexton.

Rowley rolt zijn verrijdbare stoel een eindje naar achteren, zodat de afstand tussen hem en Sexton groter wordt.

'Uitstel is er méér voor betalen,' zegt Sexton, terwijl hij zijn schou-ders probeert te ontspannen. 'Ik heb die nieuwe Copiograph waar ik het over had ook in mijn auto. Welke wilt u dat ik ophaal? Of alle-twee?'

Sexton doet alsof hij gaat staan.

De bankdirecteur rolt zijn stoel terug naar het bureau en kijkt Sex-ton aandachtig aan. Dan haalt hij twee whiskyglazen en een fles uit een la en zegt: 'Zullen we iets pittigers drinken dan koffie?'

✌ *Honora*

In Portland hebben Honora en Sexton een badkamer met warm water. Ze gooien een muntstuk op om te bepalen wie als eerste een bad neemt. Wanneer de spiegel door de stoom beslaat, wrijft Honora met haar hand een plek schoon. Haar haar is verward en haar huid is roze door het gloeiendhete water. Ze kan geen uiterlijk verschil zien nu ze een getrouwde vrouw is. Geen duidelijke tevredenheid of knagend onbehagen. Haar ogen zijn nog steeds groot en lichtbruin, en haar wenkbrauwen moeten hoognodig worden geëpileerd. Misschien ziet haar mond er meer ontspannen uit dan voorheen, en eigenlijk is dat een goed teken. Tijdens haar jaren als bankbediende is het haar opgevallen dat ongelukkige vrouwen vaak opeengeklemde lippen hebben met verticale lijntjes erboven.

Onderweg wast Honora de vlekken uit het botergele mantelpakje en ze spoelt ondergoed uit, dat ze onopvallend op de onderste sporten van een houten stoel hangt. Sexton houdt ervan om in wegrestaurants te eten of in goedkope restaurantjes. Hij legt Honora de wiskunde van onkostenrekeningen en commissies uit. Als een man vijftig cent per dag aan eten mag spenderen, maar meer uitgeeft (of als hij én zijn vrouw meer uitgeven) dan houdt hij vijftig cent minder over van de commissies van die dag. Klopt dat of niet?

Als een klant rechtstreekse banden met het hoofdkantoor heeft, gaat Sexton in zijn eentje naar de afspraak en blijft Honora in het vakantiehuisje achter. Ze leest terwijl ze rechtop zit in de dunne kussens. Soms is de plank aan het hoofdeinde van het bed een beetje wankel en stinken de wollen dekens naar schimmel. Ze leest tijdschriften – *Woman's Home Companion* en *The Saturday Evening Post* – en boeken die ze onderweg heeft gekocht, bij benzinestations of in de buurt van de wegrestaurantjes waar ze hebben gegeten. *Dark Laughter. An American Tragedy. Point Counter Point.* Als het koud is, leest ze in haar roze trui, maar als het warm is en er geen ventilator in het huisje is, zit ze voor een raam. Ze beeldt zich in dat ze het verkoopverhaaltje dat Sexton een paar kilometer verderop afsteekt kan horen, en ze vraagt zich af of hij het zonder haar redt. Soms gaat ze voor het raam staan kijken of de Buick al komt aanrijden.

Als het mooi weer is, maakt Honora een wandeling. Ze slentert door dorpen die niet veel meer hebben dan een school, een kerk, een raadhuis en een bank, en dáár probeert ze een glimp van Sexton op te vangen. Ze heeft huishoudgeld in haar portemonnee, en als er een warenhuis in het dorp is, koopt ze een plastic afdruiprek of een glas met sinaasappels en groene blaadjes erop geschilderd. Eenmaal koopt ze een receptenboek en brengt een hele dag in een huisje door terwijl ze op de achterkant van een van Sextons drievoudige formulieren menu's samenstelt. In de steden wandelt ze net zolang door tot haar voeten pijn doen. Ze loopt de weg af naar de haven en gaat dan naar een plein in de stad en rust uit op een bank in het park, samen met andere vrouwen die hoeden en handschoenen dragen. In de steden, waar ze angstig en met opgetrokken schouders rondloopt, is haar tempo hoger dan in de dorpen. En pas als ze New Bedford bereikt en door een straat bij de haven loopt, beseft ze dat steden haar aan Halifax doen denken. En wat haar schouders betreft, ze trekt ze op tegen mogelijk onheil.

Honora houdt ervan om de spoorlijn te volgen. Ze stopt haar handen in de zakken van haar jurk, zet haar clochehoed op en begint noord- of zuidwaarts te lopen langs de treinrails. Ze houdt van de manier waarop ze zich uitstrekken, alsof er nooit een eind aan komt. Het toppunt van vrijheid! Geen stoptekens, geen verkeer. Zelden een ontmoeting met een ander mens, hoewel er leven genoeg is. De achterkant van huizen die niemand ooit ziet. Was aan een lijn. Een oude Ford op blokken. Zomerthee in een pot op een picknicktafel naast een bron. Een open garage vol roestige machineonderdelen. Soms passeert ze een andere vrouw die, met een schort voor en een sjaal om haar hoofd, haar was ophangt. Dan zwaaien ze naar elkaar. Maar wanneer Honora een man een sigaret ziet roken op de veranda van zijn huis, een man die midden op de dag thuis is, zwaait ze níet. Zodra er een trein aankomt, gaat ze naast het grind staan en wacht tot de machinist haar vluchtig groet.

'Wat heb je vandaag gedaan?' vraagt Sexton, opgewonden door een recente verkoop. Hij haalt zijn vingers door zijn keurig gekamde haar, trekt zijn bretels naar beneden en rukt de knoop uit zijn stropdas. 'Gewandeld,' zegt ze.

'Hij is van mijn moeder,' zegt Honora.

'Is er nog nieuws?'

'Het gaat niet goed met May.' Honora legt haar hand op haar katoenen blouse en houdt haar borst vast. Dan laat ze haar hand weer zakken.

'Het spijt me dat te horen,' zegt Sexton.

Toen ze naar het huis terugkeerden, hadden de kamers iets van verwijt uitgestraald. Zoals een hond die de hele dag alleen in huis had doorgebracht en nog niet was uitgelaten. Honora was van kamer naar kamer gelopen, met in haar hand de brief die in de gang op haar had liggen wachten. Pas toen ze het hele huis had geïnspecteerd had ze zichzelf toegestaan aan de keukentafel te gaan zitten en de brief te lezen.

Sexton schenkt een borrel voor zichzelf in uit een fles illegale bourbon die hij van een klant had gekregen om een deal te vieren. Zes schrijfmachines (nummer 7) met vier procent korting aan een textielfabriek in Dracut, Massachusetts.

'En moeder vraagt opnieuw of we met Labour Day bij haar komen logeren,' zegt Honora.

'Wil je een slok?'

Ze knikt. Hij geeft haar zijn glas en vult voor zichzelf een koffiekopje met whisky. Dan zitten ze zwijgend te drinken.

'Ik moet eigenlijk de was doen,' zegt ze.

'Ik zal een wasmachine voor je kopen,' zegt Sexton.

'Meen je dat?'

Hij zet de bourbon neer en buigt zich naar voren om haar hals te kussen. 'Vergeet de was,' zegt hij.

Honora tilt haar blouse hoog op en houdt die, als een vlag, hoog boven haar hoofd. De rest van haar kleren ligt in een hoopje op de grond. Sexton vindt het fijn om haar naakt te zien en houdt haar een eindje van zich af. Het is vanzelfsprekend dat hij haar vertelt wat ze moet doen, dat ze niet over zijn wensen hoeft na te denken of ernaar te raden. Wat háár verlangens betreft, die liggen diep in haar begraven, bloembollen met sterke scheuten die eens door de donkere aarde heen zullen dringen.

❧ *Vivian*

'Ik heb het zó warm dat ik niet kan drinken,' zegt Vivian.

Het is windstil. Dat heeft ze nog nooit meegemaakt, zo dicht bij het water, en dat terwijl ze al zoveel jaar in Fortune's Rocks komt. Achter het strand ligt de Atlantische Oceaan, vlak als een gekreukt laken. Uit elk golfje, hoe klein ook, put Vivian hoop.

'Laten we weggaan,' zegt Dickie.

'Waarheen?'

'Naar mijn huis,' zegt hij.

'Nú?'

'Je hebt het nog nooit gezien,' zegt hij. 'Misschien staat er een windje. Een zeebriesje. Normaal gesproken krioelt het huis van de werklieden, maar nu zal er niemand zijn.'

'We moeten eerst even afscheid nemen,' zegt Vivian. 'Van wie is dit huis eigenlijk?'

Ze werpt een blik in de woonkamer van de cottage. Bij de openslaande tuindeuren brandt een sigaret een gat in een mahoniehouten bureau, en een andere peuk ligt smeulend op het Perzisch tapijt. Ima Thurston is ladderzat. Ze hangt over de armleuning van een zijden sofa, alsof ze ziek is. Iemand zou een emmer onder haar moeten neerzetten. In een hoek zit een nuchter viertal te bridgen. Gelach, melodieus en vrouwelijk, vestigt Vivians aandacht weer op de veranda.

'Van Floyd Holmes,' zegt Dickie.

'Ik ken hem niet eens.'

'Nee, natuurlijk niet.'

Dit is de achttiende of twintigste party die Vivian sinds haar aankomst in Highland Hotel bijwoont. Sommige feestjes hebben in het hotel zelf plaatsgevonden, andere, zoals deze, zijn in de cottages langs het strand gehouden en daarna naar een van de chique huizen rondom de kaap verplaatst, of naar de golfclub, dichter bij het dorpscen-

63

trum. Op de gastenlijst staan vrijwel altijd dezelfde mensen. Cedric Nye en zijn vrouw Natalie uit Raleigh, North Carolina. De gebroeders Chadbourne, Nat en Hunt, uitvinders van een kogellager die hun miljoenen heeft opgeleverd. Cyril Whittemore, een radioacteur wiens Midden-Atlantische accent zó volmaakt is, dat je werkelijk niet kunt zeggen van welke kant van de oceaan hij komt. Dorothy Trafton, die Vivian uit Boston kent, en die ze zo veel mogelijk mijdt. Dorothy was namelijk aanwezig toen Vivian, tijdens een tenniswedstrijd, genoeg kreeg van de arrogantie van Teddy Rice, een racket over de baan gooide en Teddy's enkel verwondde. En er is Harlan Quigley uit New York, en Joshua Cutts, die hier het hele jaar woont, en Georgia Porter uit Washington (haar vader is senator, of afgevaardigde?) en Arthur Willet, die volgens zeggen steenrijk is geworden door een diamantmijn in Zuid-Afrika. Zijn vrouw, Verna, draagt saffieren als een onafhankelijkheidsverklaring.

Konden we allemaal maar naakt komen, denkt Vivian. Ze heeft zich zo luchtig mogelijk gekleed – een zonnejurk met een blote rug, gemaakt van zó'n dunne, gaasachtige stof, dat het bijna onfatsoenlijk is (slechts twee beige, zijden bandjes houden de jurk op) – en toch druipt het zweet van haar hals naar haar borsten. Ze heeft al haar jurken al een keer aangehad en zal weer van voren af aan moeten beginnen. Dickie, die vorige week ineens kwam opdagen na een mysterieuze afwezigheid van twee weken, waarover hij tot nu toe weinig heeft gezegd, kondigde vrolijk aan dat zijn verloving was verbroken. Het verbaasde Vivian niet, aangezien zij en Dickie bijna elke dag samen zijn geweest sinds die eerste morgen op het strand. Maar de reden waarom ze samen zijn blijft haar een raadsel, want ze houden beslist niet van elkaar en ze vraagt zich zelfs af of ze elkaar wel mogen. Af en toe maken ze ruzie als ze dronken zijn. Eenmaal hebben ze publiekelijk gekibbeld, tijdens een dineetje in het huis van de Nyes. Een woordenwisseling die eindigde toen Vivian Dickie een zuiplap noemde en Dickie zijn kristallen glas met whiskysoda opzettelijk op de betegelde keukenvloer van de Nyes liet vallen. Dickie bood meteen zijn excuses aan, maar Vivian voelde dat hij, net als zij, een zeker behagen in het voorval schiep. Op die manier leken ze wel op elkaar.

'Ik weet niet of ik net zoveel van drinken zal houden als het legaal is,' zegt Vivian terwijl ze de cottage door de achterdeur verlaten en naar Dickies auto lopen.

'O, absoluut niet,' zegt Dickie. 'Absoluut niet. Stel dat je een kruidenierswinkel kunt binnenlopen om zomaar een fles te kopen. Dan heeft het de glamour van, wat zal ik zeggen, van frisdrank.'

'Dat zal nooit gebeuren,' zegt Vivian.

Dickie start de motor van zijn nieuwe auto, een buitengewoon lage Packard. Vivian legt haar hoofd achterover tegen de stoel. De luchtstroom die de auto produceert is het tochtje waard. 'Niet stoppen,' zegt Vivian.

'We zouden naar Montreal kunnen rijden,' zegt Dickie.

Hij maakt een grapje. Desalniettemin is het een aantrekkelijk idee. Ze stelt zich de nachtelijke rit naar het noorden voor, rijden door de bergen, de lucht wordt steeds koeler tot ze ten slotte de ramen moeten sluiten. En dan komen ze in Quebec, waar niemand Engels spreekt. Dat op zich zou al zalig zijn.

Dickie rijdt om de kaap heen en stopt voor een huis dat gerestaureerd wordt. Het is gebouwd op een rotspunt, precies bij de grens tussen het strand en de kaap, en kijkt uit op de oceaan. Nog voor ze uit de Packard stapt, ziet Vivian de zee door de ramen van het huis. Steigers maken het moeilijk de omtrekken van het huis te onderscheiden, maar de ongerepte omgeving bevalt haar. De duinen reiken tot aan het huis.

'Ik hoop dat je niet een gazon of zoiets gaat aanleggen,' zegt Vivian.

'Zover ben ik nog lang niet.'

'Je moet het wild laten. Plant struikrozen, als het niet anders kan.'

'Kom mee, dan zal ik je het huis vanbinnen laten zien,' zegt Dickie.

Als hij het portier voor haar opent, pakt ze zijn arm vast. Ze voelt al een briesje. Haar jurk is een paar centimeter te lang, want ze blijft met een zoom ervan haken als ze op een plankenpad stapt dat naar de voordeur leidt.

'Wanneer is het gebouwd?' vraagt ze terwijl ze haar rokken oppakt. 'Trouwens, ik draag voortaan geen jurken meer,' zegt ze.

'Broeken staan je goed,' zegt Dickie. 'Het huis is in 1899 ontworpen voor een dokter en zijn vrouw, maar op de dag dat ze erin zouden trekken ontdekte ze dat hij een verhouding had met een vijftienjarig meisje. Een enorm schandaal. In die tijd, dan. Nu zou niemand zich daar druk om maken, denk ik.'

'Vijftien?' onderbreekt Vivian. 'O, daar zou men zich wél druk om maken.'

'Hij werd uit de stad verdreven en zijn vrouw en kinderen verhuisden naar York. Een schrijver, een dichter, denk ik, van wie nooit iemand had gehoord, kocht het huis voor een lied. Maar hij ging vrijwel meteen failliet en het huis heeft toen jaren leeg gestaan. Ik heb er verwarming in laten aanbrengen.' Hij kijkt haar aan. 'Ik overweeg na de zomer nog een tijdje te blijven.'

'O ja? Waarom?'

'Houd mijn hand vast,' zegt Dickie. 'Het is hier gevaarlijk met al het houtwerk dat nog niet af is. Vorige week is een loodgieter achterover van de overloop gevallen. Er was nog geen balustrade.'

'Wat is er met de loodgieter gebeurd?'

'Hij is gestorven. Niet meteen, maar nadat hij in het ziekenhuis was aangekomen. Inwendig letsel of zo. Ik weet niet zeker of me dat ooit is verteld.'

'Wat is er met het meisje gebeurd?'

'De vijftienjarige? Geen idee.'

'Triest,' zegt Vivian.

'Jij vindt alles triest,' zegt Dickie.

'Je klink nogal kregelig vanavond.'

'Viv, ik heb niet het idee dat het je ook maar íets kan schelen wat er in 1899 met een geruïneerd meisje van vijftien jaar gebeurde. En dat geldt ook ten aanzien van de loodgieter.'

Ze denkt even na. 'Ik wil graag weten hoe verhalen aflopen,' zegt ze. Plotseling beseft Vivian waarom zij en Dickie bij elkaar zijn. Hij is de enige die ervoor kan zorgen dat ze de waarheid zegt. 'Ik hou van een leeg huis,' zegt ze, terwijl ze een kamer binnenlopen die een zitkamer blijkt te zijn. Sandy, de hond, begroet Dickie met een serie flikflaks. Dickie heeft een advertentie geplaatst om Sandy's baas op te sporen, maar er heeft niemand op gereageerd, en nu lijkt hij het huisdier min of meer te hebben geërfd. 'Jammer dat je meubilair moet hebben,' zegt Vivian. 'De kamers zijn zo precies goed.'

'Dan zet ik er géén meubels in,' zegt hij. 'Afgesproken. We eten op de grond.'

Vivian hoort het 'we'. Ze ziet Dickie zijn sigarettenkoker uit zijn jaszak halen en er een sigaret uitnemen. 'Ik vraag me af of ik ooit eerder zulke gevoelens voor iemand heb gekoesterd,' zegt Dickie.

Vivian draait zich om, loopt naar een raam en kijkt naar het uitzicht. 'Ga nou niet sentimenteel doen, Dickie,' zegt ze luchtig, met haar armen over elkaar. Het is eb. De zon, die achter hen ondergaat, werpt een feloranje licht op de zandvlakte. Het doet haar denken aan die afschuwelijke Tangee-lippenstift die in alle tijdschriften wordt aangeprezen.

'Je neemt me nooit serieus,' zegt hij.

'Geef me een sigaret, wil je? Je gaat toch niet de verongelijkte minnaar spelen, hoop ik? Dat past niet bij jou.'

'Alsjeblieft, Viv. Hou op.'

Ze gaat op de vensterbank zitten en volgt met haar vingers het diamanten patroon van de ruiten. 'Je huis heeft charme, Dickie. Het is natuurlijk prachtig met alle ramen, de oceaan en de brullende branding, maar eerlijk gezegd ben ik het een beetje zat om naar water te kijken.'

Dickie loopt naar het raam en geeft haar een brandende sigaret. 'Natuurlijk neem ik je serieus,' zegt Vivian. 'Ik neem je héél serieus, eerlijk gezegd.'

'Omdat ik me afvroeg of je, als het huis klaar is, er met me in wilt wonen.' Hij zwijgt even. 'Tot november of iets dergelijks. Daarna zouden we voor een tijdje naar New York kunnen gaan. In het Plaza logeren. Een kleine excursie naar Havana maken.'

Vivian moet haar uiterste best doen om haar grote verbazing te verbergen. Ze neemt een lange trek van de sigaret en onderdrukt een kuch. Dickie rookt Chesterfields, die te sterk voor haar zijn. 'Doe je me een huwelijksaanzoek?' vraagt ze op luchtige toon.

'Is dat dan nodig?' vraagt hij. Ze blaast een rookwolk uit en kijkt naar de rok van haar zonnejurk. Ze kan haar huid door de dunne stof zien. 'Niet echt,' zegt ze.

'Is het dan afgesproken?'

'Wat ik fijn vind,' zegt ze terwijl ze opkijkt en haar blik rond laat dwalen, 'is het feit dat je door alle ramen de lucht kunt zien. Het is een arendsnest. Het is briljant! Het maakt dat ik wil gaan liggen en slapen.'

Dickie loopt naar haar toe, maar ze duwt hem zachtjes weg. 'Het is te warm. Kom niet te dicht bij me.'

Zou het wat kunnen worden met haar en Dickie Peets? vraagt ze zich af. Ze ziet op tegen haar terugkeer naar Boston. Ze is gewoon te oud om met haar vader samen te wonen, en wat biedt dat voor toekomst? Veel beter om met Dickie te leven, ook al zou er een schandaal van komen. Misschien kan ik een onconventioneel leven gaan leiden, denkt ze. De vrije liefde omhelzen en zo. Even denkt ze na over dat idee terwijl ze Dickie toestaat haar hals te kussen. 'Wat zouden we in godsnaam de hele dag moeten doen?' vraagt ze.

'Naar de oceaan kijken,' zegt Dickie. 'Geen idee. Verder gaan met iets waaraan ik heb gewerkt. Iets wat ik heb geschilderd.'

'Zonder gekheid,' zegt Vivian, té snel. Ze kan zien dat ze hem heeft gekwetst. Ze wikkelt zijn das om haar hand en trekt hem dichter naar zich toe. 'Ik dacht dat je in aandelen deed of iets dergelijks,' zegt ze.

Hij legt zwijgend zijn hand om haar borst. Dan zegt hij: 'Inderdaad, aandelen.'

❧ McDermott

McDermott stopt voor de ingang van het flatgebouw.

'Schiet op, schiet op, schiet op,' zegt Ross terwijl hij met zijn zakdoek zijn gezicht afveegt. 'Blijf daar niet staan.'

'Ik kom eraan,' zegt McDermott.

'God, wat is het warm!' zegt Ross, en stopt zijn vuile zakdoek in zijn zak.

Een beweging trekt McDermotts aandacht; hij laat zijn blik langs de gevel van het bakstenen gebouw naar een raam op de vierde verdieping dwalen. Daar zit een jongen op de vensterbank naar hem te kijken. De hele week is de hitte in de fabriek verstikkend geweest, bijna ondraaglijk. Even heeft McDermott medelijden met de jongen en overweegt hem een muntstuk te geven, zodat hij naar de bios kan gaan. Twee muntstukken, zodat hij een vriendje kan meenemen. Ross trekt aan de mouw van McDermotts overhemd. 'Je wilt toch niet dat ze je zien!' zegt Ross vanuit de bodem van een put. 'Het laatste wat je wilt is op iemands lijst belanden.'

❧ Alphonse

De hele middag heeft Alphonse zitten kijken naar de mannen die heen en weer lopen door de openstaande deur met de afbladderende rode verf. De vader van Arnaud Nadeau, die in de deuropening staat en de mannen gebaart binnen te komen, bedient de fijnspinmachine in de fabriek. Alphonse heeft geen idee wat al die mannen in het appartement van de Nadeaus doen. Ze lopen naar de deur en doen net of ze niet naar binnen gaan, maar dan glippen ze over de drempel met een heimelijke beweging die Alphonse aan Sam Coyne doet denken. Sam komt altijd te laat op school en probeert dan naar zijn stoel te sluipen zonder dat zuster Mary Patrick het merkt. Hij probeert haar voor de gek te houden. Alsof zuster Mary Patrick, die alles ziet en hoort, hem niet in de gaten zou hebben. De mannen kunnen beter gewoon naar de deur lopen, denkt Alphonse, alsof ze op visite gaan. Nu is het voor iedereen duidelijk dat er iets aan de hand is.

Hij kent de donkere man niet die naar hem keek, de man die de mouwen van zijn blauwe overhemd had opgerold en even op de stoep bleef staan. Alphonse is bang. Wie weet wat de mannen in hun schild voeren in Nadeaus flat? Misschien zijn het gangsters en beramen ze een diefstal, hoewel gangsters niet zo openlijk te werk zouden gaan. Bovendien zijn heel wat mannen de flat binnengestapt; Alphonse heeft er minstens twintig geteld.

Als de man met het blauwe overhemd naar binnen gaat, glijdt Alphonse van de vensterbank, gaat op zijn knieën op de grond liggen en gluurt over de rand. Voor alle zekerheid, want hij wil niet dat iemand hem ziet. Marie-Thérèse komt de kamer binnen en zegt: 'Moet je Alphonse zien, hij zit te bidden.' Hij staat snel op. 'Heb je tijdens de mis niet genoeg gebeden?' vraagt Marie-Thérèse met die afschuwelijke, honende stem van haar. Zijn moeder, die een stoofschotel aan het bereiden is, lacht met haar mee. Dan beseft zijn moeder, dankzij Marie-Thérèse, dat Alphonse niets te doen heeft op deze warme zondagmiddag, en ze zegt dat hij de lakens in de wastobbe moet wassen. Alphonse is zó boos op zijn zus, dat hij een trap tegen haar enkel geeft als hij haar passeert. Marie-Thérèse begint te gillen – ze overdrijft altijd – en zijn moeder geeft hem een draai om de oren. Nadat hij de lakens met behulp van het wasbord heeft schoongeboend – de natte lakens zijn zó zwaar dat zijn armen ervan trillen – haalt hij ze door de wringer en hangt ze vervolgens buiten op aan de waslijn. Hij rent de trap af voor zijn moeder hem kan vragen nog iets anders te doen. Alphonse vindt dat hij eigenlijk één middag per week vrij zou moeten hebben, maar dat heeft zelfs zijn moeder niet. Daarom voelt hij zich een beetje schuldig wanneer hij haar alleen laat met Marie-Thérèse, aan wie je vrijwel niets hebt.

Hij overweegt naar het huis van Louis Desjardins te gaan om te vragen wat Louis en zijn broers van plan zijn, of ze mee willen naar het strand. De moeder van Louis heeft een bijbaantje en werkt op zondag in de pastorie. Daarom hebben Louis en zijn broers en zusjes gewoonlijk het huis voor zich alleen. Je kunt erop rekenen dat het er een hels kabaal is. Alphonse is onder aan de trap gekomen. Normaal gesproken rent hij door de steeg naar het huis van Louis, maar nu loopt hij om de muur van het gebouw heen naar de voorkant. Hij blijft dicht in de buurt van de bakstenen muur, in de hoop dat niemand hem ziet. Hij doet net zo stom, beseft hij, als de mannen die door de voordeur van Mr. Nadeau slopen, en hij vraagt zich af of de mannen nog steeds binnen zijn. Hij, Alphonse, heeft minstens een halfuur nodig gehad om de lakens te wassen, dus zijn de mannen misschien al vertrokken. Hij zou naar de deur kunnen gaan en aankloppen, alsof hij alleen maar op zoek was naar Arnaud. Dat zou iets doodnormaals zijn, en dan zou hij snel een blik naar binnen kunnen werpen terwijl Mr. Nadeau vertelt dat Arnaud niet thuis is.

Maar als Alphonse de voorkant van het gebouw bereikt, verliest hij de moed. De straat is verlaten, en zelfs de vrouwen zijn binnenshuis, wat heel ongewoon is. Zondag is een dag waarop je op visite gaat, of het snikheet is of niet. Soms houdt zijn moeder haar zondagse jurk aan en gaat ze op bezoek bij zijn vaders nicht, die aan Fourth Street woont.

De voordeur gaat open en de donkerharige man in het blauwe hemd met de opgerolde mouwen komt naar buiten. Alphonse houdt zijn adem in. De man komt met zijn handen op zijn heupen en zijn hoofd gebogen de cementen trap af en loopt in een kringetje over het trottoir voor het flatgebouw. Zijn stropdas is losgemaakt. In zijn hemd zitten zweetvlekken, onder de oksels. Je kunt zó zien dat de man ergens over nadenkt. Misschien is hij boos. De man heft zijn hoofd op naar de hemel. Alphonse doet een stap naar achteren. Nog twee stappen en ik ben de hoek om en uit het zicht, denkt hij. De man kijkt weer omlaag en haalt zijn handen door zijn haar. Op dat moment ziet hij Alphonse.

'Hé,' zegt de man.

Alphonse kan zich niet bewegen en ook niet ademen.

'Jij bent de jongen achter het raam,' zegt de man.

Alphonse schudt zijn hoofd.

'Kom eens hier.' De man wenkt hem. 'Kom, ik bijt niet!'

Alphonse haalt diep adem, alsof hij op het punt staat te verdrinken. De man lacht en wenkt hem opnieuw. Zijn gezond verstand zegt Alphonse dat hij het op een rennen moet zetten, maar de man glimlacht. Marie-Thérèse glimlacht veel, maar ze is tóch een valserik.

Alphonse steekt zijn handen in zijn zakken en loopt naar de man toe, die voor hem neerhurkt, zodat ze min of meer op gelijke ooghoogte zijn. 'Hoe heet je?'

Alphonse kan geen woord uitbrengen.

'Het is goed,' zegt de man. Hij heeft een middenscheiding in zijn haar en zijn wenkbrauwen vormen bijna één rechte lijn. Hij heeft de blauwste ogen die Alphonse ooit heeft gezien.

'Alphonse,' zegt hij ten slotte.

'Ik ben McDermott.'

Alphonse knikt. 'Is dat uw voornaam of uw achternaam?' vraagt hij.

'Mijn achternaam,' zegt de man, 'maar iedereen noemt me zo. Behalve mijn familie.'

'Hoe noemen zíj u dan?'

'Quillen.'

Alphonse schiet bijna in de lach.

'Je spreekt vrij goed Engels,' zegt McDermott. 'Ik ben een beetje doof, dus moet ik je recht aankijken als je praat.'

'Oké,' zegt Alphonse.

'Wat heb je gezien vanuit het raam?' vraagt de man.

Jemig!

'Het is goed,' zegt de man, terwijl hij een hand uitsteekt en Alphonses arm even aanraakt. 'Ik zal je geen kwaad doen.'

Alphonse haalt diep adem. 'Ik zag mannen naar binnen gaan,' zegt hij.

'Juist, ja,' zegt de man. Zijn glimlach verdwijnt, maar hij kijkt niet boos. 'Je kunt maar beter niet praten over wat je hebt gezien, oké?'

Alphonse schudt verwoed zijn hoofd, en hij balt zijn handen in zijn zakken tot vuisten om het trillen tegen te gaan.

'Hoe oud ben je?' vraagt de man.

'Twaalf,' liegt Alphonse.

'Werk je in een fabriek?'

'Ja.'

'In welke?'

'De Ely Falls.'

'Wat doe je daar?'

'De spoelen.'

De man gaat staan en recht zijn rug. 'De mannen daarbinnen? Die proberen het voor elkaar te krijgen dat je pa meer geld krijgt en dat jij geen geld meer hoeft te verdienen.'

'Ik heb geen pa,' zegt Alphonse.

'Heb je een moeder?'

'Ja,' zegt Alphonse, hevig knikkend, voor het geval de man zijn lippen niet heeft gezien.

'In de fabriek?'

'Ze is wever.'

'Hoe heet ze?'

'Evanthia. Blanchette.'

'Je moeder werkt op mijn verdieping,' zegt de man.

Jemig, denkt Alphonse.

De man legt een hand op de schouder van de jongen. 'Ik wil dat je iets voor me doet,' zegt hij. 'Ik wil dat je naar Tsomides Market rent en een pakje sigaretten voor me haalt. Lucky Strike.' McDermott geeft Alphonse een paar geldstukken. 'Ik ga weer naar binnen, maar over een kwartier kom ik naar buiten,' zegt hij. 'Ik heb je een penny extra gegeven, zodat je snoep voor jezelf kunt kopen.'

Alphonse stopt het geld in zijn zak. 'Ik ben zó terug,' zegt hij. Hij kijkt de man aandachtig aan en zorgt ervoor dat die zijn mond kan zien. 'Ik ben pijlsnel.' Onmiddellijk voelt Alphonse dat hij bloost. Wat een stomme opmerking van hem!

De man glimlacht, steekt een hand uit en maakt het haar van Alphonse in de war. 'Dat wist ik,' zegt hij.

❧ McDermott

'Waar ben je geweest?' vraagt Ross als McDermott terugkeert in Nadeaus woonkamer.

'Ik had frisse lucht nodig,' zegt McDermott.

Uit veiligheidsoverwegingen zijn de twee ramen aan de voorkant gesloten. McDermott kan amper ademhalen. Door de hitte en de sigarettenrook is er bijna geen lucht meer in de kamer. Mironson, de man die uit New York City is gekomen, is nog steeds aan het woord. Hij is lichtgebouwd en heeft een vriendelijk gezicht, slanke handen en kleine voeten. Een zware, donkere haarlok valt steeds over zijn voorhoofd. Met zijn uiterlijk lijkt hij bepaald niet de meest geschikte man om een menigte te bezielen.

Twintig weefgetouwherstellers in een kamer die niet groter is dan een vrij grote auto. McDermott denkt aan dieren in een kooi. De stank van de mannen getuigt van een soort dierlijke rusteloosheid. Hij heeft het gevoel dat Boutet, Tsomides, O'Reilly, Ouellette en alle andere Fransen, Grieken en Ieren hun spieren willen losmaken. En hij vraagt zich af of gekooide woede een eigen geur voortbrengt. Misschien heeft Mironson met opzet een kleine kamer als vergaderruimte uitgekozen, een strategische zet die de mannen nerveus zal maken, popelend van verlangen om te ontsnappen.

'We moeten... sneller en...' hoort McDermott terwijl François Boutet wilde handgebaren maakt. Boutet is klein, maar krachtig gebouwd, met gespierde armen onder de korte mouwen van zijn zondagse overhemd. McDermott kan alleen maar een deel opvangen van wat er in de kamer wordt gezegd, want de woorden lijken zwaarder dan de lucht. Maar hij kan wél de woede op de gezichten van de mannen zien, heel scherp en duidelijk, alsof die erin is geëtst.

'Het werk doen van... of drie,' voegt Paul Tsomides eraan toe. De

73

broer van Tsomides is eigenaar van de winkel waar McDermott zojuist de jongen naartoe heeft gestuurd.

'Ze hebben de loontarieven veranderd... vrouw... stukwerk, en ze krijgt er minder voor,' zegt een dronken man, McAllister geheten. Hij werkt in de Penderton-fabriek, maar McDermott heeft hem vaak in de kroeg gezien.

Sommige mannen staan, anderen zitten op een houten stoel of op de grond, tegen de muur. Alle meubels, op de keukenstoelen na, zijn in de gang neergezet. De kamer stinkt naar uien en vocht. McDermott vraagt zich af waar Nadeaus vrouw en kinderen zijn gebleven.

'Het is te makkelijk... naar huis gestuurd,' zegt Ouellette. 'Als ik... wie geeft mijn kinderen dan te eten? Ik heb er acht.'

'Je... over een staking,' zegt Schwaner tegen Mironson, 'maar als we staken, zullen ze niet-vakbondsleden inhuren en dan verliezen we onze baan. Ik kan me dat niet veroorloven.'

'Je kunt je niet veroorloven om... huidige loon,' zegt Mironson kalm.

McDermott moet zich tot het uiterste inspannen om de man te verstaan, en kijkt gespannen naar Mironsons mond.

'Je kunt je niet veroorloven... nee... veiligheid. Je kunt niet... lange uren.'

'Maar jíj gaat terug naar New York,' zegt Schwaner. 'Intussen... en onze kinderen zullen op straat staan. Banen zijn schaars tegenwoordig. Waar moet ik... geen werk meer heb?'

'Banen zijn inderdaad schaars,' zegt Mironson. 'De fabrikanten... bang geworden... concurrentie van de fabrieken in het zuiden... bezuinigen. Het zal alleen maar... Het is slechts een kwestie van tijd voor jíj' – Mironson wijst naar een man – en jíj, en jíj geen werk meer hebben. Maar met een vakbond zullen onze banen veilig zijn. Jullie kinderen horen op school thuis, niet in de fabriek,' zegt Mironson, terwijl hij McDermott aankijkt.

Ik heb geen kinderen, zegt McDermott bijna.

'En hoe gaan we dat dan doen?' vraagt een man, Delaney geheten. Zijn snauw kronkelt zich door de kamer.

Mironson laat zich niet zo makkelijk van de wijs brengen. 'Door ons te verzekeren van... loon,' zegt hij kalm. 'Door ervoor te zorgen... wet op de kinderarbeid wordt nageleefd.'

Er gaat een gemompel op onder de mannen. Sommige van hen, weet McDermott, hebben drie of vier kinderen die geld verdienen in de fabriek. Het laatste dat ze willen, is dat de wet op de kinderarbeid wordt nageleefd.

'Ja, er zullen offers moeten worden gebracht,' zegt Mironson. 'In sommige gevallen ontzettend... Geen conflict is... risico. Maar mijn vraag... deze: zijn jullie bereid om... gezondheid en je... en de gezondheid en de veiligheid van je vrouw en kinderen in de handen van... die als enig doel hebben nog meer dollars te verdienen? Als die dollars worden verdiend door te besparen op ziektekosten, wat doen jullie dán? Als die dollars worden verdiend door jullie meer uren per dag te laten werken, wat doen jullie dán?'

De mannen schrikken zo van Mironsons plotselinge stemverheffing, dat er een tijdelijke stilte in de kamer valt. Niemand wil een lafaard lijken. Mironson is hier briljant in, denkt McDermott.

'En wat gebeurt er nu?' vraagt Ouellette ten slotte.

'Doe in godsnaam de ramen open,' roept iemand.

Twee ramen en een deur worden onmiddellijk wijd opengezet, en McDermott schuifelt dichter naar het raam toe om een beetje frisse lucht te krijgen. Hij denkt dat de mannen misschien alleen maar instemmen met het vormen van een vakbond om de kamer te kunnen verlaten. Hij bukt zich om zijn hoofd door het open raam te steken, en dan ziet hij de jongen aan de overkant van de straat staan. Op de hoek, alsof hij op de bus wacht. De jongen heeft een Frans kapsel. Zijn dikke, bruine haar valt naar voren en moet hoognodig worden geknipt.

De jongen is zo verstandig niet naar McDermott toe te komen, maar wacht tot McDermott de straat oversteekt. Samen gaan ze de hoek om en verdwijnen uit het zicht van het appartement van de Nadeaus.

'Je bent inderdaad snel,' zegt McDermott.

'Tsomides was niet open,' zegt de jongen, slechts een beetje buiten adem. Hij geeft McDermott de Lucky Strikes en de penny wisselgeld. 'Ik moest naar de snoepwinkel in Alfred Street.'

'Ben je daar helemaal naartoe gegaan?' vraagt McDermott. 'Waarom wilde je het wisselgeld niet?'

De jongen haalt zijn schouders op. Hij draagt een korte broek en een katoenen hemd dat ooit lange mouwen heeft gehad en vlak boven de zak versteld is. Er zitten geen veters in de schoenen van de jongen, en McDermott denkt aan zijn eigen broertjes, Eamon en Michael. Ettertjes! Zíj zouden al het geld hebben gehouden en echt niet met de sigaretten zijn komen opdagen.

'Nou,' zegt McDermott. In de schaduw van een flatgebouw is er in elk geval de illusie van schaduw. McDermott kan zichzelf bijna wijsmaken dat er een windje waait. 'Wat ga je de rest van de dag doen?'

De jongen zwijgt even. 'Ik ga graag naar het strand,' zegt hij ten slotte.

'Het strand bij Fortune's Rocks?' vraagt McDermott. De jongen knikt. Hij heeft grote ogen, bijna puilogen, denkt McDermott. 'Hoe kom je daar?' vraagt hij.

'Ik neem de tram. En daarna loop ik.'

'Het is vandaag best warm voor zo'n lange wandeling,' zegt McDermott, maar de jongen haalt zijn schouders op.

'Heb je geld voor de tram?'

'Ik haal altijd twintig centen uit mijn loonzakje voor mezelf.'

McDermott steekt een sigaret aan en laat de lucifer op het trottoir vallen. 'Kun je zwemmen?'

De jongen schudt zijn hoofd.

'Heb je weleens gevist?'

'Een paar keer. Met mijn vader.'

'Ik hou van vissen,' zegt McDermott.

De jongen knikt.

'Is je vader ervandoor gegaan?'

De jongen schudt zijn hoofd, schuifelt wat heen en weer en zegt: 'Hij is overleden.'

'Jammer. Wanneer?'

'Afgelopen winter.'

'Het spijt me dat te horen,' zegt McDermott. Even later voegt hij eraan toe: 'Als je wilt, zou ik je een keer mee uit vissen kunnen nemen.'

De jongen kijkt verbaasd, alsof McDermott iets volstrekt onbegrijpelijks heeft gezegd. McDermott voelt onder zijn voeten het gekraak en geratel van grote wielen op straatkeien. De ijsman, vermoedt hij. Met deze hitte zal hij goede zaken doen.

'Weet je,' zegt McDermott tegen Alphonse, 'ik wil een ijsje, en ik wil dat jij dat voor me gaat halen. Maar ik wil het alleen als jij er zelf ook eentje neemt.'

Aanvankelijk kijkt de jongen verward, alsof hij de zaak niet vertrouwt. 'Oké,' zegt hij dan.

McDermott haalt geld uit zijn zak. 'Als ik besluit te gaan vissen, weet ik waar ik je kan vinden,' zegt hij.

Alphonse knikt. Hij draait zich om en begint te sprinten. McDermott heeft nog nooit iemand zo hard zien rennen. Zonde dat het kind niet op school zit, denkt hij. Hij zou geknipt zijn voor het atletiekteam.

Maar de jongen zit niet op school. Hij werkt in een fabriek. McDermott steekt nog een sigaret op en wacht op de terugkeer van de jongen.

❧ *Honora*

Honora staat in de keuken een doos met kruidenierswaren uit te pakken. De achterkant van haar kunstzijden blouse plakt aan haar schouderbladen en ze probeert de stof los te trekken van haar huid. Sexton
komt met een brief in zijn hand de keuken binnen en ploft neer in
een stoel, alsof zijn benen het plotseling hebben begeven.
'Wat is dat?' vraagt Honora.
'Een brief van de eigenaar,' zegt Sexton.
'De huiseigenaar?' Honora zet een fles schoonmaakmiddel op het
tafelblad. 'Is het slecht nieuws?'
'Daar ben ik niet zeker van,' zegt Sexton. 'Het zou geweldig nieuws
kunnen zijn. Hij wil met spoed verkopen.'
'Wil hij het huis verkópen?' vraagt Honora. Ze legt een hand op de
rugleuning van een stoel en gaat naast haar man zitten.
'Voor vierduizend dollar. Hij wil weten of wij een bod willen doen
voor hij het op de markt brengt.' Sexton gaat staan, loopt naar het raam
en begint te ijsberen. Hij legt een hand op zijn voorhoofd en zegt: 'Dat
is een fantastische prijs, ondanks de slechte staat waarin het huis ver-
keert. Het kan haast niet anders of die vent heeft het geld hard nodig.'
Sexton leest de brief opnieuw, en van opwinding zwaait hij ermee als
met een zwaard. Hij is atletisch en nauwgezet in zijn gebaren, en zelfs
in de verlammende hitte heeft hij nog iets fris, denkt Honora. Zijn
aanblik doet haar denken aan knapperige boontjes die net uit de tuin
komen, en aan het geluid dat ze maken als haar moeder ze klaarmaakt
voor de weckketel. Knáp, zeggen de kopjes, en knáp, zeggen de staart-
jes. 'We zouden het bijna kunnen kopen,' zegt Sexton.
'Hoe dan?'
'We komen twintig procent te kort,' zegt hij. 'Achthonderd dollar.'
'Waar moeten we in vredesnaam achthonderd dollar vandaan halen?' vraagt ze, een beetje ademloos.

'De Buick is vierhonderdvijfenzeventig waard. Dat zou ik als onderpand voor een lening kunnen gebruiken, zeg voor vierhonderd dollar. En we hebben zo'n honderd dollar gespaard. Dat is vijfhonderd.'
'En hoe zit het met de andere driehonderd?'
'Ik weet het niet. Ik zal wel iets bedenken. Misschien kan ik een voorschot op commissies krijgen.'
'Is dat verstandig?' vraagt Honora, terwijl ze over het gladde tafelzeil strijkt.

Deze zomer heeft Sexton heel veel schrijfmachines verkocht. Honora en hij zijn naar Littleton, Lebanon, Cranston, Pawtucket, Worcester en Springfield geweest. Ze hebben ijshoorntjes in de Buick gegeten, en boterhammen met sterk gekruide ham aan een meer. Ze hebben midgetgolf gespeeld en Mary Pickford in *Coquette* gezien, hebben gedineerd in hotels en in pleisterplaatsen gedanst. Ook hebben ze rolschaatsen, een koelbox, een sofa en een radio gekocht. 's Avonds, als ze thuis zijn, luisteren ze naar Lowe's Orkest en naar *The Dinner Hour*. Sexton houdt de honkbaluitslagen bij en luistert naar het bulletin voor automobilisten en de uitslagen van de paardenrennen. Soms voelt Honora zich net een van de legendarische bankrovers wier heldendaden voorpaginanieuws zijn. Zij en Sexton gaan banken binnen, maken zich snel uit de voeten en houden zich schuil in vakantiehuisjes.
'De zaken gaan uitstekend,' zegt Sexton. 'Vorige maand heb ik meer geld verdiend dan in het hele afgelopen jaar, en mijn assortiment is uitgebreid. Ik doe nu alle kantoormachines, niet alleen schrijfmachines.'
'Heel veel dank, Honora,' zegt Honora vanaf de tafel.
Sexton maakt een buiging. 'Heel veel dank, Honora,' zegt hij, en laat zijn blik door de keuken dwalen. 'Stel je eens voor,' zegt hij. 'Dit zou op een dag van ons kunnen zijn!'
Honora volgt zijn blik. De keuken ziet er vrolijk uit. Ze heeft de planken bedekt met bontgekleurd zeildoek en een zigzagboordje langs de rand, terwijl de muren geel zijn geverfd. Ze heeft gingang theedoeken gemaakt die bij het zeildoek passen. Het serviesgoed op de planken past weliswaar niet bij elkaar, maar het is schoon en netjes.
'Ik heb nu al het gevoel dat het van ons is,' zegt ze.
Ze raapt Sextons krant op, met de bedoeling hem op te vouwen en als waaier te gebruiken, en kijkt naar de krantenkoppen. 204 DODEN DOOR NALEVING DRANKVERBOD, leest ze. STAKERS TEXTIELFABRIEKEN STARTEN RELLEN.

❧ Alice Willard

Lieve Honora,

Ik zal je nog even een kattebelletje schrijven vóór je komt. Het lijkt me geen goed idee om pasteien mee te brengen, tenzij je rechtstreeks hierheen komt. Ze zouden bederven in deze hitte. Gisteren was het hier 37 graden, wat, zoals je weet, een echt record is voor Taft. Ik was in de tuin aardappels aan het rooien. Toen werd ik duizelig van de hitte en moest ik een poosje gaan zitten. Estelle heeft een zonnesteek gehad. Ik wist niet dat dat zo gevaarlijk was, maar ze moest een week lang het bed houden. Ze mocht per se niet naar buiten. Richard moest een ventilator kopen om haar koel te houden. Ook is hij een aantal keren naar het ijshuisje geweest. Als het te warm is, zullen jij en Sexton wel op de veranda willen slapen. Ik zal het divanbed daar opmaken, voor het geval dát. Het bed is smal en niet zo comfortabel, maar ik denk dat jullie dat niet zo erg zullen vinden. Boven slapen is uiterst onaangenaam geworden. Ik heb de oude ventilator die we van Myra hebben gekregen op de vliering gezet. 's Avonds waait het een beetje door in huis. Deze hitte kan volgens mij niet veel langer duren. Als jullie hier arriveren, hebben we misschien onweer gehad en is de temperatuur gedaald.

Ik heb het recept dat je wilde hebben, plus nog een paar andere oude familierecepten. Ik maakte altijd Company Chicken voor je vader. Hij was er dol op. Het zal weer eens wat anders zijn om voor anderen te koken, al is het dan ook heet.

Harold eet tegenwoordig nauwelijks en hij wil nooit een echte maaltijd.

Ik wou dat ik tegen je kon zeggen dat je het huis niet overhaast moet kopen, maar als Sexton vastbesloten is en denkt dat jullie het je kunnen veroorloven, wie ben ik dan om dat te betwisten? Je hebt een goed stel hersens, Honora. Soms moet een vrouw de stem van de rede zijn in een gezin, maar wel zo dat de man denkt dat hij de baas is. Dus wil je niet beschouwd worden als iemand die de broek aanheeft. Je weet hoe

79

dat is. Kijk maar naar Estelle en Richard. De arme man. Soms is hij afgepeigerd.

Ik ben blij dat je besloten hebt meer thuis te blijven en het reizen aan Sexton over te laten. Automobielen maken me altijd nerveus.

Het is gewoon té warm om te eten. Ik denk dat ik wat komkommersandwiches ga klaarmaken. Harold houdt er niet zo van, maar ík ben er vandaag voor in de stemming.

Misschien krijgen we een radio. Hoe vind je díe?

Liefs,
moeder

❧ *Sexton*

Sexton parkeert de Buick achter een groot warenhuis, J.C. Penney's, in de schaduw van een grote iep. Het parkeerterrein is vrijwel verlaten op deze vrijdagmiddag vóór het weekend van Labour Day. 'Hoelang blijf je weg?' vraagt Honora. 'Hooguit drie kwartier,' zegt Sexton. 'Wil je wat kauwgum?' 'Ik heb nog.' 'Sigaretten?'

Ze steekt haar pakje Old Golds in de lucht. 'En ik heb mijn tijdschriften,' voegt ze eraan toe.

Hij buigt zich naar zijn vrouw toe en geeft haar een kus. Ze is gelukkig. Ze gaat naar huis, naar haar moeder. Ze heeft de smaak van Wrigley's Spearmint in haar mond. Haar haren hebben door de hitte hun glans verloren en haar huid is klam. De laatste tijd slapen ze buiten, op de veranda. 's Nachts waait daar soms een zebriesje. Ze hebben er veel last van de muggen, maar het is werkelijk niet te doen om binnen te slapen.

Honora wuift Sexton weg. 'Ga nou maar,' zegt ze glimlachend. 'Ik red me wel.'

Sexton haalt zijn jasje van de haak boven de achterbank. Hij heeft de Buick voor de reis naar Taft ingepakt en een soort koelbox in elkaar geflanst, zodat Honora haar pasteien kon meenemen. Als deze afspraak goed gaat – en ook de volgende – zijn ze om vijf uur vanavond op weg naar Taft, en met een beetje geluk komen ze daar vóór achten aan. Hij is van plan om kort daarna met Honora in het meer te gaan zwemmen. Ze zullen wachten tot alle visite weg is en Harold en Honora's moeder naar bed zijn gegaan. Dan zal hij Honora meenemen naar het meer en zal tegen haar zeggen dat ze haar badpak thuis moet laten.

Hij hangt zijn jasje losjes over zijn schouder, draait zich om en werpt

81

Honora een vluchtige blik toe door de voorruit. Door de weerspiegeling van de iepenbladeren in het glas kan hij slechts een deel van haar gezicht zien. Hij vindt haar mooi. Ze is niet klassiek-mooi, ook niet tijdschriften-mooi, maar echtgenote-mooi. Hij houdt ervan om naar haar gezicht te kijken als ze aan het strijken is of een bed opmaakt. Op die momenten ziet ze er tevreden uit, en tevredenheid staat haar goed. Terwijl Sexton door de straten loopt, repeteert hij zijn toespraak. Alles hangt van timing af, de keuze van het juiste tijdstip. Hij rekent erop dat Rowley halfdronken is, om het lange weekend goed te beginnen. Het weekend zélf maakt deel uit van Sextons plan. Hij hoopt maar dat Albert Norton, het hoofd van de afdeling hypotheken van het Franklin Institution for Savings in Franklin, niet zal besluiten de bank vroeg te verlaten om naar zijn zomerhuis te gaan. Als Sexton vóór halfvier klaar is in Rowleys kantoor, kan hij op tijd in Franklin zijn, want om vier uur heeft hij een afspraak met Norton. Het is een riskant plan, en zo nu en dan beneemt het hem de adem, maar het lijkt hem de enige manier om aan geld voor het huis te komen. Bovendien gaat het niet echt om ernstige misleiding, nietwaar? Slechts een kwestie van data.

En Sexton wil het huis hebben. Zó graag, dat zijn handen er soms van trillen. Hij kan het gevoel niet met zijn verstand verklaren. Rationeel gezien is het huis geen koopje. Het is te groot, te moeilijk te verwarmen, en het staat in een buurt waar 's winters vrijwel niemand woont. Maar als hij dit ene kan bemachtigen, als hij dit ene bezit, zal hij het gevoel hebben dat hij op de een of andere manier een voorsprong heeft. Dat hij het leven een stap vóór is.

In het stenen toegangshalletje van de bank is het koel, en Sexton geniet er even van. Dan trekt hij zijn jasje aan. Zijn overhemd is bijna doorweekt van het zweet. Hij stopt de slippen van zijn overhemd in zijn broek en zet zijn hoed schuin op zijn hoofd. Wanneer hij de glazen deur van de grote hal opendoet, komen er haarscherpe beelden bij hem boven van het moment waarop hij de deur van de Taft Savings and Loan opende en Honora aan de overkant achter haar loket zag zitten. Haar glanzende, kastanjebruine haar trok zijn aandacht. Voor hij het wist liep hij in haar richting, hoewel een andere loketbediende dichter bij de deur zat. Haar haar was kortgeknipt, in een 'jongenskopje', waardoor haar lange, witte hals nog langer leek. Hij haalde de bundel bankbiljetten van tien en vijf dollar te voorschijn en legde het geld in de schuiflade van het loket. Hij keek naar haar handen, de huid als gladde, witte zijde, toen ze het geld telde, en hij werd overweldigd door de aandrang om die handen aan te raken. Toen hij – met tegenzin – vertrok, wist hij zeker dat hij spoedig terug zou komen.

'Hallo,' zegt hij tegen de secretaresse die hem een keer ijskoffie heeft gebracht en aan wie hij drie van zijn machines heeft verkocht. 'Hoe gaat het met nummer 8?'

'Uitstekend,' zegt Miss Alexander. De secretaresse is vandaag gekleed in een groene, mouwloze jurk die de vetkwabben onder haar armen laat zien.

'En met de Copiograph?'

'Die heeft mijn werk een stuk makkelijker gemaakt.'

'Nou, dat hoor ik graag. Zeg, wat heb je een mooie jurk aan!'

'O. Nou,' zegt ze blozend, 'dank u wel.'

'Volgens mij heb ik een afspraak met Mr. Rowley,' zegt Sexton terwijl hij zijn gezicht dicht bij het hare brengt. Miss Alexander, in verwarring gebracht, raadpleegt haar agenda.

Overbodig, denkt Sexton. Hoeveel afspraken zou Rowley kunnen hebben op de vrijdagmiddag vóór het weekend van Labour Day?

'Hij kan u nu ontvangen,' zegt ze.

'Vriendelijk bedankt,' zegt Sexton met een knipoog.

Terwijl Sexton de deur van Rowleys kantoor opent, vangt hij een glimp op van een kleine beweging op het bureau. Een keurige stapel papieren die snel in het midden wordt gelegd, een pen die wordt opgepakt. Maar Sexton ziet dat de stapel té keurig is en dat de dop nog op de pen zit.

'Mr. Beecher,' zegt Rowley terwijl hij opkijkt. Dan gaat hij staan, doet net of hij gestoord is in zijn drukke werkzaamheden en steekt zijn hand uit.

'Mr. Rowley,' zegt Sexton.

'Het is me een genoegen u weer te zien. Ga zitten, ga zitten. Hoe gaat het met u?'

Sexton luistert of Rowley lichtelijk brabbelt, wat Sexton hoopt. 'Prima, Mr. Rowley. En met u?'

'Voortreffelijk, Mr. Beecher. Voortreffelijk. Deze vervloekte hitte buiten beschouwing gelaten.'

Daar is het! *Deezvervloekte.*

'Het valt hier best mee, in deze kamer,' zegt Sexton.

'Dat is niet zo,' zegt Rowley, en schuift de stapel papieren opzij. 'En wat voert u hierheen? Trouwens, mijn meisje zegt dat de boekhoud-schrijfmachine die u aan ons hebt verkocht je ware is.'

'Blij dat te horen,' zegt Sexton. Het meisje is minstens vijfenveertig, denkt hij. 'Er zijn geen problemen mee, neem ik aan?'

'Geen enkel probleem, voorzover ik weet. Natuurlijk is mijn meisje degene die de machine gebruikt. Dat is háár afdeling, weet u.'

Óf Sexton dat weet! Zonder de kantoormeisjes zou Sexton werkloos zijn.

'Wat kan ik voor u doen?' vraagt Rowley.

Sexton leunt een beetje voorover. 'Nou, in feite ben ik hier om...'

'Hé,' zegt Rowley, terwijl hij naar Sexton wijst. 'Die Cubs, hè?'

Sexton beantwoordt het gebaar en knikt. 'Geweldig!'

'Charlie Root?' vraagt Rowley.

'De beste die er is. En Rogers Hornsby?'

'Fantastisch. Zeg, ga je dit weekend nog weg?'

'Inderdaad,' zegt Sexton. 'Naar mijn schoonfamilie in Taft.'

'Waar ligt dat?'

'Een beetje ten noorden van hier. In de buurt van Conway.'

'O, ja. Vroeger had mijn vader daar een boot. Is dit uw laatste afspraak?'

Dizuwlaatzafspaak?

'Ja,' liegt Sexton.

'Nou, laten we het weekend dan maar goed beginnen. Hebt u zin in een glaasje van mijn beste whisky?'

Sexton glimlacht. Hij ontspant zijn schouders en leunt achterover in zijn stoel. 'Graag, Mr. Rowley. Dank u wel.' Hij kijkt naar het nu vertrouwde ritueel met de whiskyglazen en de fles die in een la zijn weggestopt. 'Mijn vrouw en ik hebben pas een huis in Ely gekocht,' zegt hij na zijn eerste slok. De drank smaakt als houtrook die door zijn keelgat glijdt. De whisky zal hem ontspannen voor de volgende afspraak, maar hij moet niet vergeten een stuk kauwgom in zijn mond te stoppen voor hij naar Franklin vertrekt.

'Dat wist ik niet,' zegt Rowley. 'Gefeliciteerd. Dan zal het wel goed gaan met de zaken,' voegt hij eraan toe. Rowley heeft het gezicht van een man die haast nooit naar buiten gaat. Zijn borstkas is mager, ziet Sexton, en zijn buik slap.

'Inderdaad, Mr. Rowley. Ik verkoop behoorlijk wat kantoormachines.'

'Zeg maar "Ken" tegen me.'

'Dank je, Ken. Eigenlijk ben ik hier voor een persoonlijke aangelegenheid. Ik wil met je praten over het huis dat mijn vrouw en ik pas hebben gekocht. Er moet een nieuw dak op, en al het sanitair moet worden vernieuwd. En ik wil graag dat het zo gauw mogelijk gebeurt.'

'Mevrouw wil mooi sanitair,' zegt Rowley met een grijns.

'Klopt, Mr. Rowley. Ken. Ik ken een aannemer die meteen aan de klus kan beginnen, maar hij wil boter bij de vis, eerst zien dat ik de nodige contanten heb.'

Rowley knikt langzaam. 'Dat begrijp ik,' zegt hij. 'Dus u hebt een lening nodig, Mr. Beecher?'

'Inderdaad.'

'Hoeveel?'

'Ik denk dat zevenhonderd wel voldoende is.'

'Hebt u een kostenspecificatie bij u, Mr. Beecher?'

'Noem me Sexton, alsjeblieft. Ja, die heb ik.' Sexton haalt een envelop uit zijn jaszak. 'Hierin staat alles wat je moet weten,' zegt hij, terwijl hij de envelop naar Rowley toe schuift.

Rowley opent hem en leest. 'Hier staat dat je een hypotheek bij het Franklin Institution for Savings hebt. Klopt dat?'

'Ja, dat klopt,' zegt Sexton gespannen.

'Hebben zij de akte van eigendomsoverdracht?'

'Ja.'

'Weet je of die man goed werk levert? Die aannemer?'

'Jazeker. Hij is een huis aan het renoveren, ongeveer twee kilometer bij ons vandaan. Dat doet hij voortreffelijk!' Sexton heeft de steigers gezien rondom het huis dat aan het andere eind van het strand ligt. Hij heeft de naam van de man genoteerd en een valse handtekening op de kostenraming gezet.

Rowley legt het papier neer en tikt met een pen op het bureau. 'Ik denk niet dat dit veel problemen zal opleveren,' zegt hij. 'We kunnen je vandaag het geld lenen en aanstaande maandag of dinsdag de papieren voor het pandrecht op het huis in orde maken.' Rowley denkt even na. 'Nee, maandag of dinsdag waarschijnlijk niet,' voegt hij eraan toe. 'Misschien woensdag of donderdag, vanwege de feestdag.'

Nee, denkt Sexton. Met een beetje geluk wordt het pas volgende week woensdag of donderdag, of nóg later. 'Heel veel dank, Mr. Rowley,' zegt hij. 'Ken. Ik kan je niet zeggen hoezeer ik dit op prijs stel.'

'Geen dank,' zegt Rowley met een achteloos gebaar. 'Mijn meisje zal je straks, voor je weggaat, het geld geven.'

Hij vult Sextons glas opnieuw en heft zijn eigen glas. Sexton proost met Rowley en glimlacht, maar hij is zich nog maar van één ding bewust. Hij moet opstappen! De zaak is rond. Als hij blijft hangen, bedenkt Rowley zich misschien. 'Ik wil dat geld vanmiddag aan de aannemer geven voordat mijn vrouw en ik naar Taft vertrekken,' zegt Sexton. 'Hij zei dat hij morgen al gaat beginnen. Tenminste, als hij het geld van me heeft gekregen.'

'O ja?' zegt Rowley met gefronste wenkbrauwen. 'In het weekend?'

Sexton knippert met zijn ogen en beseft onmiddellijk dat hij een fout heeft gemaakt. Hij is te snel gegaan. En als hij niet oppast, kan hij naar het geld fluiten. Hij ontspant zich met veel vertoon, slaat zijn benen over elkaar, leunt achterover en bestudeert zijn drankje. Hij laat de stilte haar werk doen.

'Zeg, heb je dat gisteren gelezen van die Franse piloot die halverwege de Atlantische Oceaan een landing in zee moest maken?' vraagt Sexton.

Sexton opent zó snel het portier van de Buick, dat Honora schrikt. 'Jeetje,' zegt ze. Ze gaat rechtop zitten in de met marineblauwe mohair beklede stoel. 'Je laat me schrikken.'

'O, schatje,' zegt Sexton. Hij gaat op zijn knieën op zijn eigen stoel zitten, buigt zich naar haar toe en kust haar zó hard, dat haar hoofd naar achteren valt.

'Nou,' zegt ze als ze weer kan ademen. 'Ik neem aan dat je afspraak goed is verlopen.'

'Heel goed,' zegt hij, terwijl hij zich achter het stuur wurmt.

'Wat heb je verkocht?'

'Een Copiograph en twee schrijfmachines nummer 8.'

'Schitterend!'

Sexton start de motor. Als het hem lukt om vier uur in Franklin te zijn, is alles oké. Norton zal, met de papieren voor de hypotheek, zitten wachten. Nu hij, Sexton, het geld voor de aanbetaling heeft, zullen hij en zijn vrouw, met een beetje geluk, om halfvijf een eigen huis bezitten.

❧ Honora

Als Sexton weg is, oefent Honora met koken. Ze maakt plannen voor een moestuin en loopt met tien cent in haar zak naar de winkel om een dozijn eieren te kopen. Ze stopt Sextons sokken, haalt een trui uit die ze niet mooi vindt en begint een geblokt, wollen vest voor hem te breien. Ze hoopt het af te hebben voor het erg koud wordt. Ze gaat in de tuin aan het werk, want ze weet dat hij een hekel aan tuinieren heeft. Ze harkt bladeren bijeen die zich jarenlang onder de haag hebben verzameld en snoeit de struiken met een snoeimes dat ze in de kelder heeft gevonden. Ze probeert de wilde rozen te snoeien, maar sommige, dikkere stengels bieden weerstand aan het botte lemmet. Ze wiedt het tuinpad en maait het gazon met een machine die Jack Hess hun heeft geleend. Ze houdt van het helmgras aan de voorkant van het huis, omdat daar niets aan gedaan hoeft te worden. Ze bestudeert het braakliggende lapje grond aan de zijkant van het huis. In het midden staat een marmeren bank. In de lente zou ik daar een rozentuin kunnen planten, denkt ze. Door de marmeren bank zal het een heerlijk plekje zijn om er te zitten.

's Middags en 's avonds vroeg, als het eb is, gaat Honora op zoek naar zeeglas. Ze vindt een schilfertje amethist en een stukje kobalt dat op een edelsteen lijkt, en raapt een dikke klomp op die eruitziet als vuil ijs na een lange winter, ijs waarop geschaatst is en daardoor dof is geworden. Ze betast een stuk glas dat de kleur heeft van jonge paardebloemen, en scherven die op bloemblaadjes lijken: hyacint, blauweregen, sering. Ze stopt de stukjes in haar zak, neemt ze mee naar huis en legt ze op een vensterbank.

Ze vindt een stuk dat ooit een flessenhals is geweest, raapt een delicate, schelpachtige vorm met geschubde randen op en betast een scherf met de kleur van muntsaus. En een andere, die ijsblauw is en haar aan een bevroren waterval in de winter doet denken. Ze vindt

87

een olijfgroene scherf die op de staat New York lijkt. En eentje die lijkt te zijn gemaakt van het dunne zoutlaagje dat ooit de ramen van het huis bedekte. Ook ontdekt ze witte tinten die niet écht wit zijn, meer crème, ivoor, parelmoer. Op een dag ziet ze bijna een stuk glas over het hoofd, omdat het heel veel op zand lijkt. Als ze het opraapt en tegen het licht houdt, ziet ze dat het een doorzichtige, gouden kleur heeft, ogenschijnlijk zeer oud.

Ze vindt stukjes met de kleur van keramiek, komkommer en jade, groen-zwart gespikkeld en aquamarijn. En een keer stoot ze op een groot stuk dat haar aan afwaswater in een gootsteen doet denken. Ze houdt niet van bruine tinten, maar af en toe neemt ze een theekleurig stuk mee. Soms is er alleen maar bruin te vinden en gaat ze enigszins terneergeslagen naar huis. Ze bewaart nooit een stuk zeeglas als het niet dof is geworden of nog scherpe randen heeft. Die begraaft ze dan diep in het zand.

Het zeeglas varieert qua afmeting. Vanaf die van een gebroken koekje tot aan heel kleine stukjes die niet groter zijn dan een afgeknipte vingernagel. Soms is er iets op geschreven. Op het ene stuk zeeglas staat OCHRANE en op een andere stuk 'eder'. Op weer een andere alleen maar 'zijn'. Op een gedeelte staat DOLPH, alsof het deel uitmaakt van een naam. En is de 12-14 eronder een datum? Soms kun je uit de letters opmaken waar de glasscherf vandaan komt. Bij WINE is dat duidelijk, bij LA minder. Maar op een dag, als ze een pot ingemaakte tomaten oppakt die haar moeder haar heeft gegeven, herkent ze de letters L en A op de glazen pot. Ze legt het stukje zeeglas over het woord ATLAS dat op de pot staat, en heeft het gevoel dat ze een raadsel heeft opgelost.

Als ze het glas nauwkeuriger bekijkt, kan ze soms de piepkleine kerfjes zien, de afdrukken van het zand en de rotsblokken die het hebben beschermd. Er is een groot stuk glas bij met luchtbelletjes erin. En een ander stuk, blauwpaars, in de vorm van een vliegende vogel.

Ze koestert alles wat bijzonder is – een klompje kristal ingebed in roestig metaal. Een blauwgroene rechthoek met de exacte afmeting en de vorm van een objectglaasje van een microscoop, en een scherf die eruitziet als antiek, Romeins glas, prachtig goudgroen gevlekt. Ze vindt een doorschijnend, okergeel stukje met een W erin gegrift, en een ander met een witte arcering, waarvan de verf nog min of meer intact is. Ze vindt grotere stukken die plat zijn, en vermoedt dat ze ooit delen van een raam zijn geweest, en dat doet haar denken aan scheepswrakken. Een keer vindt ze een vervormd stuk van een fles, en dat doet haar denken aan Halifax. Gaat het te ver om je voor te stellen dat een fles ten gevolge van een explosie is gesmolten en door de vloedgolf, die daarop volgde, is meegevoerd? Was een hele stad van scherven door tijd en zand glad gemaakt? Uiteindelijk verzamelt Honora zoveel zeeglas, dat ze het in een schaal moet doen. Maar in de schaal lopen de kleuren door elkaar en nemen ze de tinten aan van de stukjes eronder, en in het algemeen hebben ze niet veel te betekenen. Ze gaat experimenteren en verspreidt de scherven over het beddenlaken. Dan ontdekt ze dat hun echte kleuren goed uitkomen tegen een helderwitte achtergrond.

In haar jasschort loopt ze naar de winkel van Jack Hess, en als ze daar aankomt, zegt ze tegen hem dat ze een grote, witte schotel wil hebben.

Hij denkt even na, verlaat dan het vertrek en blijft lang weg. Ze kan hem boven van kamer naar kamer horen lopen. Als hij terugkeert, heeft hij een witte schotel bij zich met een plat, rechthoekig stuk in het midden en een barst die tot aan een hoek doorloopt.

'Vroeger gebruikte mijn vrouw hem voor gebraad, maar dat zal ik nooit klaarmaken.'

'Ik neem niets aan van wat van uw vrouw is geweest,' zegt ze.

'Ik verkoop hem voor vijftien cent,' zegt hij.

'U zou het niet verkopen als ik u er niet om had gevraagd.'

Jack Hess zet de schotel neer. 'Vijftien cent,' zegt hij.

Ze glimlacht, geeft toe en betaalt. Met de schotel onder haar arm loopt ze terug naar huis, zo snel als een schooljongen die net een pot vol knikkers heeft gekocht. Thuisgekomen, zet ze de schotel op de keukentafel, stalt haar stukken zeeglas uit en bekijkt ze aandachtig.

Sommige zijn stevig, andere flinterdun. Een paar vertellen verhalen, terwijl andere meer gesloten zijn. Vele zijn mooi als verfijnde juwelen, andere zijn plomp en lelijk. Honora rangschikt de stukjes glas, in een poging een bevredigend geheel te vormen, en legt een piepklein stukje kobalt in het midden.

Ze probeert zich voor te stellen waar elk stukje vandaan is gekomen, wie het glas heeft gebruikt en waarom. Is het blauwpaarse van een fles jodium die ooit uit een medicijnkastje is gepakt en daarna voor een geschaafde knie gebruikt? Is de topaas van een fles whisky die door een dranksmokkelaar over boord is gegooid? Hoelang duurt het trouwens om een stuk zeeglas te maken? Een week, een jaar, tien jaar? Had het glas oorspronkelijk die prachtige, zeegroene kleur of heeft de oceaan er zijn eigen kleurstof op overgebracht, alsof hij stukjes van zichzelf uitspuugde?

Soms dwingt ze zichzelf niet te vergeten dat zeeglas slechts de troep van andere mensen is. Het is nutteloos, van nul en gener waarde. Afval, heeft Sexton eens gezegd. En toch, als Honora een stukje aquamarijn of azuursteen in het zand ontdekt, heeft ze het gevoel dat ze een juweel heeft gevonden. Ze raapt het op en stopt het in haar zak. Op goede dagen keert ze met volle zakken huiswaarts.

Een tijdje overweegt Honora iets van het glas te maken. Een mozaïek op een plateau van zand. Een lijst voor een spiegel of een halsketting voor haar moeder. Ze zou een pot met zeeglas kunnen vullen en hem als voet van een lamp gebruiken. Maar na een paar minuten verliezen die ideeën altijd hun aantrekkingskracht. Het zijn de afzonderlijke stukjes die haar interesseren. Ze op te kunnen pakken en door haar vingers te laten glijden. Naar het verhaal erachter raden.

Honora kan geen rode vinden. Dagenlang kan ze nergens anders meer aan denken dan aan rood. Logischerwijs móeten er rode te vinden zijn, maar het lukt haar niet. Ze vindt wel roze, lavendelblauwe en gele. Soms doet het zeeglas haar denken aan gomballen – druif en limoen en citroen. Met een suikerlaagje bedekte gelei.

'Het enige probleem bij het zoeken naar zeeglas,' zegt Sexton op een dag wanneer hij en Honora een strandwandeling maken, 'is dat je nooit opkijkt. Je ziet nooit het uitzicht. Je ziet nooit de huizen of de oceaan, uit angst iets in het zand te zullen missen.'

❧ *Vivian*

Mist onttrekt de horizon aan het zicht. Dan de oceaan, dan het strand, tot Vivian amper verder kan kijken dan de balustrade van de veranda. Het is alsof de mist haast heeft en de hoek van de veranda omslaat. Spoken op bezoek, denkt Vivian terwijl ze een hand uitsteekt en Sandy's nek krabt. Nu Dickie weg is, wijkt Sandy haast niet van haar zijde.

Dickie maakte zich zorgen dat Vivian zich zou vervelen, dat ze niets te doen zou hebben. Hij móest gaan, zei hij. Hij móest naar de stad om zijn bezit te herstructureren. De kansen op de effectenbeurs waren gewoon te goed om voorbij te laten gaan.

Kst, kst, heeft Vivian tegen hem gezegd terwijl ze hem de deur uit duwde.

Er klinkt een misthoorn, en Vivian ziet een gedaante door de mist lopen. Een vrouw in een jas.

Dickie had zich geen zorgen hoeven maken, denkt Vivian. Ze heeft zich geen seconde verveeld. Toen Dickie haar de eerste dag opbelde om te vragen hoe het met haar ging, kostte het haar moeite om niet tevreden te klinken. Ze had niemand gezien of gesproken, vertelde ze, en ze had niet één keer een fatsoenlijke jurk aangetrokken. Ze had gelezen en werkelijk een maaltijd bereid. ('t Is niet waar! zei Dickie.) Ze was naar de winkel gelopen, had kennisgemaakt met de eigenaar en was weer teruggelopen met melk en koffie. Ze had uren op de veranda naar het water zitten kijken. (*Ben je aangeschoten?* vroeg Dickie.) Helemaal niet, wilde ze zeggen. (*Nou, een beetje*, zei ze door de telefoon.) Gisteravond had ze moeten veinzen dat ze teleurgesteld was toen hij vertelde dat hij een dag langer zou wegblijven. (*O, wat vervelend. Is dat écht nodig?*)

De vrouw in de mist schijnt iets in het zand te zoeken. Ze is nu eens wél en dan weer níet zichtbaar. Af en toe vangt Vivian een glimp

91

op van een kleur, het lichte groen van een loden jas, een blauwe glimp van een hoofddoek. Maar dan wordt de vrouw in de mist gehuld en verdwijnen de kleuren. Het is alsof ze er nooit is geweest. Het licht doet Vivian denken aan sommige ochtenden in Venetië: de zon doet zijn best om de mist weg te branden. Raar, ditzelfde uitzicht zou haar vervelen als ze Dickie op sleeptouw had. Ze zou zich dan verplicht voelen over de mist te klagen, over het feit dat ze niet konden varen of golfen. Maar zonder Dickie bij haar op de veranda lijkt klagen over de mist absurd. Het licht is werkelijk prachtig!

De mist trekt een beetje op, waardoor de vrouw in de jas weer zichtbaar wordt. Ze schijnt nog steeds iets in het zand te zoeken. Vivian staat op uit de zwarte, rieten schommelstoel en loopt het strand op, met Sandy in haar kielzog. 'Hallo,' roept ze. 'Bent u iets kwijt?'

De vrouw kijkt op. Ze knippert met de ogen, duidelijk geschrokken van de geestverschijning vóór haar. 'Nee,' zegt ze. 'Ik was alleen... ik was alleen zeeglas aan het zoeken.'

De volle, donkere wimpers van de vrouw en haar bijna vierkante kin vallen Vivian op. Haar doodgewone jas is sjofel, maar eronder ziet Vivian een fraai gebreide, roze, lamswollen trui. Ze stapt naar voren. De vrouw doet haar hoofddoek af, en nu is te zien dat ze prachtige, donkere haren heeft, die onmiddellijk beginnen uit te zakken door het vocht in de lucht. De huid van de vrouw is bleek. Ze lijkt zich opgelaten te voelen, waardoor ze op haar wangen een beetje kleur krijgt.

'Zeeglas?' vraagt Vivian.

'Het is gewoon iets wat aanspoelt op het strand,' zegt de vrouw. 'Ik verzamel het. Waarom weet ik niet. Het is vrij nutteloos. Ik hou gewoon van de vormen en de manier waarop het eruitziet,' voegt ze eraan toe. Ze steekt een hand in haar zak en haalt er een stuk glas uit. 'Alstublieft,' zegt ze, terwijl ze het glas aan Vivian geeft. 'Dit is een stukje dat ik eerder heb gevonden.'

Vivian kijkt naar het voorwerp in haar hand. Het is appelgroen, zo dun dat het aanvoelt als mica. Het licht lijkt van binnenuit te komen, net als bij de mist. Als kind verzamelde ze altijd schelpen en zee-egels, maar het is nooit bij haar opgekomen om glas te verzamelen. Een paar jaar geleden heeft het personeel van het Highland Hotel de gewoonte aangenomen het strand vóór het hotel aan te harken, zodat daar absoluut geen wrakgoed te vinden is. 'Het is erg mooi,' zegt ze, terwijl ze het stukje glas aan de vrouw teruggeeft.

'In feite is het troep, afval,' zegt de vrouw, en stopt het stukje zeeglas in haar zak. 'Mensen gooien dingen overboord of hun afval wordt in zee gedumpt. Het glas breekt en dan krijgt het ervan langs door de oceaan en het zand. Dit is wat aanspoelt.'

'Mijn naam is Vivian Burton. Ik woon daar.' Vivian draait zich om en wijst naar Dickies cottage, nu onzichtbaar door de mist. Ze lacht. 'Het wás daar,' zegt ze.

De vrouw glimlacht. 'Ik heet Honora Beecher,' zegt ze. 'Mijn man en ik wonen aan het eind van het strand.'

'Écht waar? Welk huis?' vraagt Vivian.

'Het is wit, met zwarte luiken. Drie verdiepingen. Ze zeggen dat het vroeger een klooster was.'

'O, ja,' zegt Vivian. Ze heeft een indruk van een totaal vervallen huis.

'Woont u hier het hele jaar?' vraagt de vrouw. 'Leuke hond.'

Vivian trekt haar gebreide vestje strak om zich heen. 'Nee,' zegt ze. 'Vlak voor Thanksgiving vertrekken we.'

'O,' zegt de vrouw. 'Wij wonen hier nu voorgoed. We hebben het huis pas gekocht.'

'Gefeliciteerd,' zegt Vivian.

'Dank u, maar ik maak me een beetje nerveus over de winterstormen. Ik heb nooit eerder aan de kust gewoond. Ze zeggen dat de stormen uit het noordoosten hevig kunnen zijn. Hoe heet hij?'

'Sandy. Is uw man visser?' vraagt Vivian.

De vrouw strijkt een haarlok achter haar oor. Ze is nauwelijks ouder dan twintig, schat Vivian. 'Hij is schrijfmachineverkoper,' zegt de vrouw.

'O,' zegt Vivian enigszins verbaasd.

'Hij reist veel. Nu is hij weg.'

'Vindt u het niet erg om alleen te zijn?'

'Ik mis hem,' zegt Honora blozend. 'Maar ik hou mezelf bezig. Er is zóveel te doen om klaar te zijn voor de winter.'

'Waar komt u vandaan?' vraagt Vivian.

'Uit Taft. Dat ligt in het binnenland. En u?'

'Uit Boston,' zegt Vivian.

'We zijn daar afgelopen zomer geweest,' zegt Honora, 'en hebben in het Parker House gegeten.'

'Wat leuk,' zegt Vivian beleefd.

'Ik kan maar beter teruggaan,' zegt Honora, terwijl ze naar de mist kijkt.

'Weet u zeker dat dat lukt? Ik kan zelfs het water niet zien,' zegt Vivian.

'O, ik red me wel,' zegt Honora. 'Ik kan toch niet verdwalen? De oceaan is aan de ene kant en de zeewering aan de andere. En als ik te ver loop, stuit ik op de rotsen. Ik vind het huis vast en zeker.'

'Nou,' zegt Vivian. Ze vraagt zich af of ze de vrouw in haar huis moet uitnodigen. 'Ik ben hier tot Thanksgiving,' zegt ze. 'Als u nog eens aan dit eind van het strand bent en u hebt behoefte aan een kopje thee, roep dan maar.'

De vrouw glimlacht. 'Dank u,' zegt ze. 'Dat zal ik doen.'

Honora verdwijnt in de mist. En Vivian voelt, heel ongewoon voor haar, een scherpe steek van teleurstelling. Naast haar is Sandy met een krab aan het stoeien.

'Sandy, hou op,' zegt ze.

De hond loopt volgzaam met Vivian mee terwijl ze zich naar de vloedlijn begeeft. Wat ze hoort, leidt haar meer dan wat ze ziet. Het is laag water. Als ze het idee heeft dat ze verder is gelopen dan zou moeten, spoelt er plotseling een golf over haar voeten. Vivian schrikt van het koude water. Haar hoofd wordt onmiddellijk helder, en ze lacht. Zelfs de zoom van haar jurk is nat, maar dat interesseert haar geen zier!

❧ *Honora*

Toen het munitieschip in brand vloog, was Honora acht jaar. Ze woonde met haar familie in oom Harolds huis, dat uitkeek op Halifax Harbor. Honora's drie oudere broers – Charles, Phillip en Alan – waren al naar school, McKenzie Boys' School in Armsdale, een kilometer of drie bij hen vandaan. Honora's nicht Emma, die nog een baby was, lag in bed. De vierjarige Seth, Honora's jongste broertje, rende met oom Harold naar het raam om naar de brand te kijken, en Honora ging ook even voor het raam staan. Ze negeerde het geroep van haar moeder in de kelder, die riep of Honora kwam helpen de was naar boven te brengen voor ze naar school ging. Het winterrooster was al ingegaan, dus begonnen de lessen later. De rookzuil steeg hoger en hoger. Honora zag tientallen kinderen, die op weg waren naar school en nu op straat stonden te kijken naar de gevolgen van wat, zoals Honora later zou ontdekken, een aanvaring was geweest tussen de *Mont Blanc* uit Frankrijk en de *Imo* uit Noorwegen.

Oom Harold kon aan de vurige rook zien dat de brandstof van de *Mont Blanc* in de fik stond.

'Honora!' brulde hij terwijl hij bukte om Seth op te tillen. 'Ga je moeder helpen!'

Met tegenzin verliet Honora de brede ramen van de eetkamer van het huis dat hoog boven de haven lag, in een wijk die bekendstond als Richmond. De ramen waren gemaakt volgens Harolds gedetailleerde aanwijzingen. Precies zo, dat hij en zijn gezin tijdens het ontbijt de grote schepen de haven konden zien binnenvaren. Toen zijn vrouw Marguerite in het kraambed stierf, had Harold zijn zus – Alice, Honora's moeder – gesmeekt of ze naar het noorden wilde komen om bij hem te wonen en hem te helpen met de zorg voor de baby, zijn dochtertje Emma.

'Zeg tegen William dat er werk zat is in de metaalgieterij,' had Harold geschreven. 'Het is hier oorlog. Halifax is de drukste haven van het Britse rijk.'

Honora's moeder had tegen haar man gezegd: 'Het is een manier om voor ons eigen huis te sparen.'

Honora en haar moeder waren nog in de kelder, druk in de weer met rieten wasmanden vol natte lakens en handdoeken, toen de *Mont Blanc* explodeerde met een kracht die de drieduizend ton staal van het schip uiteen deed spatten. De schok werd zelfs in Cape Breton gevoeld, vierhonderd kilometer verderop.

Dikke, donkere rookwolken hingen boven de stad. De explosie verwoestte honderdvijftig hectare grond, verwondde 9000 mensen en doodde er 1600. Ook Honora's vader, die eerder die morgen naar de gieterij was gegaan om zijn administratie bij te werken. Harold kreeg glasscherven in zijn ogen en werd blind, terwijl baby Emma werd verpletterd door vallende dakbalken. De vierjarige Seth verdween simpelweg en er werd nooit meer een spoor van hem teruggevonden. Het was en bleef voor iedereen een raadsel. Misschien was hij meegezogen door het dak, dat, als een hoed op een winderige dag, was opgetild, of was hij weggekropen onder het puin van een nabijgelegen huis dat later afgebrand was tijdens een van de honderden branden die zich door de stad verspreidden. Honora gaf er de voorkeur aan om te denken dat hij was veranderd in atomen, waar de lessen op school over gingen, en dat hij op een dag opnieuw zou worden samengevoegd en op de aarde zou vallen, ongedeerd en ongeschonden, ergens bij haar in de buurt. Zoiets als Dorothy in *The Wonderful Wizard of Oz*. Intussen geloofde ze dat Seth rondzweefde, buiten haar bereik. Toen ze dapper genoeg was om haar gedachte aan haar moeder te vertellen, wekte dat zó'n blik van afgrijzen op, dat Honora er nooit meer iets over zei. Dat de atoomgeest Seth kort na de ramp naar Taft, New Hampsire, had kunnen emigreren, naar wat er nog over was van de familie, was een kwestie van geloof. Net als het wonder van de broden en de vissen, bijvoorbeeld. Of de Opstanding.

Honderden mensen, onder wie Harold, werden blind door rondvliegende glasscherven die zo scherp waren als messen. Als de *Mont Blanc* direct was ontploft en er geen verleidelijke, vurige rookpluimen waren geweest die de halve stad naar de ramen hadden gelokt, waren er wellicht veel minder mensen blind geworden. Maar de ramp was nietsontziend. Huizen werden opgetild en weer neergesmeten. En die overeind bleven, hadden ontzette muren en kamers zonder plafond, die rechtstreeks uitzicht op de hemel boden. Veel lijken hadden geen hoofd meer, wat identificatie moeilijk maakte. De meeste lijken waren, op onverklaarbare wijze, ontkleed. Kort na de explosie werd de stad getroffen door een vloedgolf van epische afmetingen, die tientallen mensen doodde, en 's avonds stak er een sneeuwstorm op die zowel het puin als de verborgen lijken geheel bedekte.

Honora en haar moeder werden bedolven onder een stapel natte lakens en handdoeken, die hun het leven redde. Haar moeders rechterbeen was gebroken, dus moest Honora hulp gaan halen. Ze vond haar oom Harold op zijn rug op de keukenvloer, levend en versuft, maar hij voelde de pijn van het glas in zijn gezicht en hals nog niet. Honora riep om Seth. Ze rende het huis uit, waar ze werd begroet door een verbazingwekkende aanblik. Paarden waren staande gedood en bomen waren met een laag as bedekt. En de wijk Richmond was gewoon verdwenen.

De stad waarnaar Honora terugkeerde was zó anders dan de stad die met de grond gelijk was gemaakt, dat ze jarenlang de Halifax-ramp als een soort nachtmerrie uit haar jeugd beschouwde. Een nachtmerrie die geen betrekking op het heden had. Haar moeder sprak er nooit over. En als hun moeder in de buurt was, zwegen haar broers er ook over. Het kleine huis in Taft, New Hampshire, dat ze gingen bewonen, was van Honora's grootmoeder geweest. Het had groene luiken en stond aan het eind van een zandpad. Het was omgeven door seringenbomen waarin 's zomers bijen zoemden. Een tuinhekje zwaaide heen en weer in de wind. Het huis had slechts drie slaapkamers, en de ramen in de eetkamer werden onmiddellijk dichtgeverfd. De geur van de aarde onder de veranda wekte zozeer herinneringen op aan een jeugd die verdwenen was, dat Honora zich, zelfs op haar elfde, twaalfde en dertiende, niet kon weerhouden onder de veranda te kruipen, de grond om te woelen en de frisse geur in te ademen.

Er was verzekeringsgeld van haar vader. Harold, die het zichzelf niet kon vergeven dat hij het gezin van zijn zus had uitgenodigd naar Nova Scotia te komen, gaf zijn verzekeringsgeld aan Honora's moeder. Het was toereikend om de jongens de middelbare school te laten afmaken. Daarna gingen ze het huis uit en vertrokken naar Syracuse, Arkansas en San Francisco. Vanaf haar veertiende tot aan haar trouwdag woonde Honora alleen met haar moeder en Harold in het huisje aan het eind van het zandpad. Oom Harold klaagde nooit over zijn verwondingen, hoewel hij zó snel was verouderd, dat niemand geloofde dat hij de jongste broer van Alice Willard was. En Alice Willard zelf bande met noeste arbeid haar herinneringen uit haar geheugen. 's Zomers verkocht ze fruit en groenten uit haar tuin, en in

97

de winter maakte ze lappendekens, om het ongewone gezinnetje van drie personen te onderhouden. Touw werd bewaard en badwater werd opnieuw gebruikt. Alles wat rijpte, werd ingemaakt in glazen weckpotten, die de afgelopen winter langzaam leeg waren gemaakt. Op jonge leeftijd leerde Honora spaarzaamheid en gelatenheid, maar vaak was ze verbaasd over haar moeders behoefte aan stilte.

Honora's dierbaarste herinneringen aan haar ouderlijk huis zijn de avonden toen zij en de rest van het gezin Michigan-poker speelden, met Diamond lucifers als fiches. Soms werd ze 's morgens wakker en ontdekte dat het bergdorp in de mist was gehuld. Haar moeder had haar slaapkamer al verlaten, en vanuit de keuken zweefde het geluid van eieren die in het vet sisten langs de trap naar boven. Honora kleedde zich aan en verliet het huis, maar bleef aan het eind van het tuinpad bij het heen en weer zwaaiende hekje staan, en keek door de tunnel van bomen. De lucht was zacht en lichtgrijs. Als de mist net dicht genoeg was, zorgde hij dat het pad zichtbaar bleef en liet dan de hele wereld erachter verdwijnen.

✎ Alphonse

Alphonse wacht op de hoek waar hij de man in het blauwe overhemd vier weken geleden heeft ontmoet. Hij heeft daar elke zondag gestaan, in de hoop dat McDermott zou komen om met hem te gaan vissen. Hij wacht op de hoek, omdat hij denkt dat, als hij in de flat blijft, de man niet de moeite zal nemen de trap op te komen. Bovendien wil Alphonse niet dat zijn moeder of Marie-Thérèse met McDermott praat. Ze zullen een miljoen vragen hebben, en de man zal er natuurlijk genoeg van krijgen om ze te beantwoorden. En dan komt hij nooit meer terug en kan hij, Alphonse, het allemaal wel vergeten.

Waarschijnlijk komt de man vandaag tóch niet, want het is te mistig om te vissen. Het mist zó erg, dat Alphonse het eind van het huizenblok niet kan zien. De dichte mist verspreidt zich als rook door de straten. Alphonse doet net of de Duitsers vlak om de hoek staan en dat de rook afkomstig is van wapens en bommen. 'Pang, pang,' zegt hij. 'Boem, boem.' Hij brengt zijn armen omhoog, alsof hij een geweer vasthoudt, gaat op zijn hurken zitten en zwaait het geweer heen en weer.

De man legt een hand op zijn borst. Hij wankelt achteruit en stort dan neer op het trottoir.

Jemig! denkt Alphonse.

'Je hebt me te pakken,' zegt McDermott.

Alphonse laat snel zijn armen zakken. De man gaat staan. Hij zegt: 'Hallo,' en Alphonse zegt ook: 'Hallo.'

'Ben je klaar om te gaan vissen?' vraagt McDermott.

'Natuurlijk,' zegt Alphonse.

McDermott gaat op zijn hurken voor Alphonse zitten. 'Hé,' zegt hij, terwijl hij Alphonses kin optilt. 'Weet je nog dat je me aan moet kijken? Anders weet ik niet wat je zegt.'

Alphonse vraagt zich af hoe oud McDermott is. Waarschijnlijk nog niet zo oud als zijn moeder.

'Ik zou eerder zijn gekomen,' zegt McDermott, 'maar mijn zus Eileen is ziek geweest en ik moest voor de kinderen zorgen. Mijn broers en zusjes. Een stelletje lastpakken.'

'De mijne ook,' zegt Alphonse. Dat is toch de waarheid?

'Ik ben een kijkje bij de rivier gaan nemen,' zegt McDermott, 'en heb mijn vistuig daar achtergelaten. Je kunt niet eens tot aan de overkant van de rivier kijken, maar dat weten de vissen niet, hè?'

McDermott grinnikt om zijn eigen grapje, en Alphonse vindt het best een leuk grapje, maar het lukt hem niet in lachen uit te barsten. McDermott komt overeind en wijst met zijn hoofd in de richting van de rivier.

McDermott steekt een sigaret op terwijl ze lopen. 'Heb je hier elke zondag staan wachten?' vraagt hij.

'Ja,' zegt Alphonse. 'Maar ik vond het niet erg.' Hij heeft amper aan iets anders gedacht sinds de man aanbood hem mee uit vissen te nemen op de zondag waarop alle mannen het huis van Arnauds vader binnengingen. Arnaud zei dat de mannen plannen smeedden voor een vakbond en dat het een groot geheim was. Maar als Arnaud het wist, kon het toch niet meer een geheim zijn?

'Ik had een van de jongens naar je toe moeten sturen om het je te vertellen,' zegt McDermott. 'Het spijt me. Het is nogal chaotisch geweest in de afgelopen paar weken.'

Alphonse haalt zijn schouders op. Hij weet alles van chaos in huis en kijkt snel naar zijn voeten. Hij heeft zijn schoenen gepoetst en de veters uit de schoenen van Marie Thérèse gestolen. Hij hoopt maar dat ze het pas merkt als hij weer terug is.

'Hebben jullie altijd hier in Ely Falls gewoond?' vraagt McDermott.

'Nee. Vroeger woonden we op een boerderij in Quebec.'

'Wat voor boerderij?'

'Voornamelijk een bosbessenbedrijf. We hadden ook een zootje kippen.'

'Mis je het?'

'Ja,' zegt Alphonse. 'Maar het ging niet goed met de boerderij en daarom moesten we hierheen verhuizen.'

Alphonse kan zich het misselijke, lege gevoel in zijn maag herinneren. Alle kinderen jengelden om voedsel. Hij ook, tot zijn grote schande. Zijn moeder gaf Camille huilend de borst, en zijn vader stond in de deuropening naar buiten te staren, naar kale velden.

Alphonse herinnert zich dat hij vóór die tijd, voordat het slecht ging met de boerderij, blij en gelukkig was, zonder het te beseffen. Hij zou het gevoel niet hebben kunnen benoemen – in feite heeft hij er nooit over nagedacht – maar nu weet hij dat het gelukkig-zijn was. Hij viste met zijn vader in de rivier, raapte eieren in het kippenhok voor zijn moeder en verstopte zich met zijn hond in zijn fort onder de veranda aan de voorkant van het huis.

'Mijn vader is op een boerderij opgegroeid,' zegt McDermott. Hij steekt wéér een sigaret op en drukt de eerste uit op het trottoir. Ze zijn aan het eind van Alfred Street gekomen, weg van de fabrieken en de arbeidershuizen. Alphonse draait zijn hoofd om voor een snelle blik. Hij kan amper de klokkentoren zien, zo dicht is de mist. Zonder de fabrieken en hun dikke rook ziet de wereld er bijna mooi uit.

'Het was in Ierland. Weet je waar Ierland ligt?'

Alphonse denkt het te weten, maar zeker is hij er niet van. Hij haalt zijn schouders op.

'Aan de andere kant van de Atlantische Oceaan,' zegt McDermott.

'O,' zegt Alphonse. 'Wat voor boerderij?'

McDermott draagt een afgedragen leren jasje met vlekken erop en een grijze trui eronder. In de trui zit een gat, vlak onder de halslijn. Hij stopt zijn handen in zijn broekzakken.

'Een melkveehouderij,' zegt McDermott. 'Ze hadden koeien. De boerderij lag aan de oceaan. De velden lagen hoog boven het water. Mijn vader zei altijd: "O, dat was zo'n prachtig uitzicht! Als je door een veld liep, kon je de hemel en het water zien," zei hij.' McDermott kijkt Alphonse aan en vervolgt: 'Hij was bijna even oud als jij toen hij weg moest. Ook zíjn boerderij was onrendabel.'

Alphonse knikte. Vrijwel iedereen die hij kent is afkomstig van een slecht lopende boerderij.

'Wanneer ben je opgehouden naar school te gaan?' vraagt McDermott.

'Vorig jaar.'

'Hoe oud ben je precies?'

'Elf.'

'Dat dacht ik al,' zegt McDermott.

'Ik heb alleen maar deze ene hengel,' zegt McDermott terwijl hij een worm aan het haakje steekt. 'Jij begint. Als je moe wordt, neem ik het over.'

Alphonse pakt de hengel van McDermott aan. Het is een heel gewone, vrijwel hetzelfde als zijn vaders hengel. Hij vraagt zich af wat daarmee is gebeurd. Waarschijnlijk heeft zijn moeder hem verkocht.

101

'Kijk, daar is een heuveltje,' zegt McDermott. 'Ga erop zitten en leun maar tegen die boomstronk.'

Alphonse doet wat hem wordt opgedragen, maar hij voelt zich niet op zijn gemak nu híj de hengel vasthoudt en McDermott met lege handen naast hem zit. Echt waar, hij zou al tevreden zijn als hij toekeek terwijl McDermott viste. Alphonse pijnigt zijn hersens om iets te bedenken wat hij kan zeggen, iets zinnigs, maar na een tijdje moet hij het opgeven. McDermott neuriet af en toe. Of hij gaat op zijn rug liggen en kijkt naar de hemel. Hij steekt de ene sigaret na de andere op. De man rookt veel.

'Je moeder zit in de nachtploeg, hè?' vraagt McDermott ten slotte.

'Ja,' zegt Alphonse.

'Soms werk ik ook 's nachts. Maar niet zo vaak. Wie zorgt er voor jullie als ze weg is?'

'Iedereen zorgt zo'n beetje voor zichzelf,' zegt Alphonse, hoewel dat niet helemaal waar is. Camille kan natuurlijk niet voor zichzelf zorgen, en Marie-Thérèse heeft er geen zin in. Een eendenfamilie, die achter elkaar aan zwemt, duikt uit de mist op. Dan verdwijnen ze weer in de mist.

'Denk je weleens na over wat je later, als je groot bent, wilt worden?' vraagt McDermott.

Alphonse haalt zijn schouders op. Hij heeft de pest aan die vraag. Zuster Mary Patrick vroeg dat voortdurend, en dan probeerde hij iets te bedenken wat nobel en eerzaam was. Hij heeft een keer gezegd dat hij dokter wilde worden, en toen viel ze bijna flauw van blijdschap. Een andere keer zei hij dat hij priester wilde worden. Hij kon toen zien dat hij te ver was gegaan en dat ze hem niet geloofde, en daardoor waarschijnlijk ook aan de dokter begon te twijfelen. Als hij de volgende keer zou gaan biechten, moest hij niet vergeten te bekennen dat hij gelogen had over de dokter en de priester, want beide beroepen waren in de verste verten niet haalbaar voor hem.

'Wever, misschien, zoals mijn moeder,' zegt Alphonse. 'Ze zei dat ze het me zou leren.'

Alphonse weet onmiddellijk dat dit het verkeerde antwoord is, want McDermott vliegt overeind. 'Je wilt toch niet je hele leven in de fabriek slijten?' zegt hij. 'Je wilt toch meer van het leven dan de hele dag achter het weefgetouw staan? Een dezer dagen moet je proberen weer naar school te gaan.'

Alphonse heeft de moed niet tegen McDermott te zeggen dat er geen sprake van is dat hij teruggaat naar school. 'Als ik kon doen wat ik wilde,' zegt Alphonse, 'zou ik gaan vliegen.' Dit heeft hij nog nooit aan iemand verteld, zelfs niet aan zijn moeder.

'Als piloot, bedoel je.'

'Ja.'

'Nou, dat is een goed idee. Maar om piloot te worden, moet je naar school. Wist je dat?'

'Waarom?' vraagt Alphonse. Hij rilt. Maar hij wil niet dat McDermott dat weet, omdat de man dan misschien besluit dat Alphonse naar huis moet. En hij wil niet naar huis voordat hij beet heeft. Had hij maar iets warmers aangetrokken dan zijn dunne jasje. Bijvoorbeeld de trui van Marie Thérése, al heeft die er een versiersel op.

'Je moet allerlei dingen weten, zoals hoe je je koers moet bepalen, windsnelheden en hoe je de instrumenten moet bedienen,' zegt McDermott. 'En je moet ook veel van wiskunde weten. Waarom wil je eigenlijk piloot worden?'

Alphonse heeft een beeld van vliegen, en hij doet zijn best om dat te beschrijven. 'Je bent helemaal in je eentje in de lucht,' zegt hij. 'En je kunt gaan waarheen je wilt en er snel naartoe vliegen. En als je aankomt, ben je een held, zoals Charles Lindbergh.'

McDermott denkt even na. 'Dat zijn goede redenen,' zegt hij.

Alphonse voelt een duidelijke ruk aan de hengel en zijn hart slaat over van opwinding. Hij trekt aan de hengel, zoals zijn vader het hem heeft geleerd – niet te hard, een beetje maar, net voldoende om te zorgen dat de vis aan de haak blijft hangen. Als je te hard trekt, ruk je de haak uit de bek van de vis.

'Kalmpjes aan,' zegt McDermott, die naast hem staat.

De vis sleurt de lijn zó ver mee, dat Alphonse in de mist het eind ervan niet kan zien. Het is een raar gevoel, dat je het eind van de lijn niet kunt zien. Alsof hij een spookvis aan de haak heeft geslagen.

'Jemig,' zegt McDermott. 'Wat een kanjer!'

Alphonse is opgewonden en begint de vis sneller in te halen. Hij ziet de flits van een vin in het grijze water. De torenklok in de verte slaat drie keer.

McDermott trekt zijn schoenen en sokken uit en gaat het water in om de lijn en de vis beet te pakken. Hij springt op en neer van de kou. 'Allemachtig,' zegt hij, 'het is hier ijskoud!' Hij wikkelt de manchet van zijn overhemd om zijn hand en grijpt de lijn vast. 'Het is een schoonheid!'

McDermott brengt de vis naar de oever. Alphonse denkt dat hij sterft van vreugde.

'Haal jij het haakje eruit,' zegt McDermott. 'Als je een vis vangt, moet je weten hoe je het haakje moet verwijderen.'

Alphonse houdt de blauwbaars, die nog steeds kronkelt, stevig vast.

Hij vindt het altijd afschuwelijk als de vis nog leeft, en hoopt dat deze spoedig doodgaat. Hij duwt het haakje helemaal door de wang van de vis, zoals hem is geleerd. De vis ligt spartelend op de oever. Het zal niet lang meer duren, denkt Alphonse.

'Tachtig centimeter,' zegt McDermott. 'Wil je hem mee naar huis nemen?'

Alphonse knikt. Hij denkt aan zijn moeders gezicht op het moment dat hij het huis binnenkomt. Verse blauwbaars voor een zondagse avondmaaltijd. Ze zal hem in boter bakken en viskoekjes maken voor de rest van de week. Als hij eraan denkt krijgt Alphonse al honger.

'Weet je hoe je een vis moet schoonmaken?'

Alphonse schudt zijn hoofd. Zijn vader deed dat altijd.

'Oké,' zegt McDermott. 'Kijk goed naar wat ik doe!'

❧ Honora

Honora maakt Sextons favoriete ontbijt: tomaten met room en suiker. Hij gaat op zakenreis en is pas over een week weer terug. Zoals altijd neemt ze voor zijn vertrek een bad, wast ze haar haar en stift haar lippen. Dan zal hij, als hij weg is en aan haar denkt, zich haar herinneren in een mooie jurk en niet in haar jasschort. Ze draagt de oorbellen van marcasiet en paarlemoer.

Sexton ritselt met de krant, en vanaf haar plek aan de andere kant van de tafel leest Honora de krantenkoppen. ZWARTSTE DAG OP WALL STREET SINDS VELE JAREN. *Verkooporders overspoelen markt New York. Biljoenen op papier. Waarde verdwenen.*

'Sexton?'

Hij steekt zijn hoofd om de krant.

'Wat is er aan de hand met de effectenbeurs?' vraagt ze.

Hij fronst zijn wenkbrauwen, alsof hij herinnerd wordt aan een afspraak met de tandarts later die dag.

'Paniek op de beurs,' zegt hij, 'maar het is niets. Het gaat wel weer over. De beursnoteringen zakken en iedereen verkoopt. Maar vandaag zullen ze als gekken gaan verhandelen. Dat zul je zien.'

'Hoeveel hebben wij op de bank staan?' vraagt ze.

'Ongeveer 35 dollar. Morgen verwacht ik mijn commissie te krijgen. Maar veel zal het niet zijn. Niet na de aflossing van de hypotheek.'

'O,' zegt ze.

Hij kijkt haar aan. Blijkbaar ziet hij nu pas de lavendelblauwe, wollen jurk die ze draagt. 'Breng je me naar de auto?' vraagt hij.

Honora trekt haar jas aan en volgt Sexton naar de Buick. Het is slecht weer. Hondenweer! Het waait zó hard, dat ze zich aan de spijlen van het hek moet vasthouden.

Sexton schuift achter het stuur van de Buick en Honora leunt tegen het portier. Hij draait het raampje naar beneden en stopt zijn vingertoppen in haar decolleté.

'Je ziet eruit als een wilde vrouw,' zegt hij tevreden.

✿ *Vivian*

Dickie, die aan het telefoneren is, trekt wit weg.

Vivian kijkt naar de klok op de schoorsteenmantel, alsof ze het rampzalige moment vastlegt. Kwart over negen in de morgen. Op het moment dat de telefoon ging zat ze in haar bedjasje in de zitkamer te lezen, en Dickie stond op het punt het huis te verlaten voor een lunch in een club in Rye. Dickie zei iets en plofte toen neer in de stoel naast het telefoontafeltje. Dickie, een man die altijd staande telefoneerde en die een bloedhekel had aan de telefoon.

Vivian kan Dickie door de open deur zien. Ze legt haar boek weg en staat op van de sofa. Sandy richt zijn kop op.

Dickie, gekleed in zijn wollen tweedpak, zit ineengedoken. Dan gooit hij zijn hoofd naar achteren en spreidt zijn benen. Ze heeft Dickie, het toonbeeld van elegantie, nooit in zo'n onelegante houding gezien. Zijn hoed valt uit zijn hand.

'Álles?' vraagt hij vol ongeloof.

Vivian gaat vooroverzitten.

'O God,' zegt Dickie. Hij brengt zijn hand naar zijn voorhoofd, alsof hij zijn ogen tegen het zonlicht wil beschermen. 'Mijn hemel!'

Vivian gaat staan. De regen klettert tegen de ruiten.

'Ik spring meteen in de Packard,' zegt Dickie. 'Vanavond ben ik bij je. Blijf waar je bent!'

Dickie legt de hoorn op de haak.

'Wat is er aan de hand?' vraagt Vivian vanaf de deuropening.

Dickie schudt zijn hoofd heen en weer. Het lijkt of hij zich niet van haar aanwezigheid bewust is. Als hij haar aankijkt, knippert hij met zijn ogen.

'Wil je zo lief zijn een koffer voor me te pakken?'

Vivian brengt Dickie naar de auto en staat in haar zijden bedjasje in de regen te wachten. Dat is wel het minste wat ze kan doen. Dickie probeert de auto te starten, maar zijn handen trillen zó erg, dat hij het stuur niet kan vasthouden. Het is voor het eerst dat Vivian een man zó ziet beven. Ze legt haar hand over de zijne. 'Kalm aan,' zegt ze, zoals je tegen een paard praat.

Ze veegt de regen uit haar ogen. 'Alles komt goed,' zegt ze. 'Dat zul je zien.'

Maar ze heeft geen idee of alles al dan niet goed zal komen, niet-waar? Ze zwaait bemoedigend als Dickie wegrijdt. Daarna loopt ze het huis in, droogt zich af met een handdoek en trekt haar groengeel-en-zwartgeruite zijden jurk aan, alsof ze klaar moet zijn voor het erg-ste. Alsof ze wacht op het bericht dat een bloedverwant is gestorven. Ze belt haar vader op.

'Weet je zeker van niet?' vraagt ze. Haar stem klinkt even ongelovig als die van Dickie klonk.

Met een schuldig gevoel van opluchting hangt ze op. Nooit is ze zo dankbaar geweest voor haar vaders conservatisme.

Laat in de middag houdt het op met regenen en breekt de zon door. Vivian staat in de deuropening van de veranda. Ze snakt ernaar om het strand op te lopen en de zon op haar gezicht te voelen, maar ze wil in de buurt van de telefoon zijn, voor geval Dickie belt. Ze heeft naar haar beste kunnen berekend dat hij, zelfs als hij met een nood-vaart naar Boston is gereden, daar nooit vóór vier uur kan aankomen. Om vijf uur, als er veel verkeer op Route 1 is.

Het licht is nooit hetzelfde, denkt ze. Raar dat ze het grootste deel van haar leven in Boston, op een paar kilometer afstand van de oceaan, heeft gewoond en nooit enige aandacht aan de zee heeft geschonken. Natuurlijk is de zee er, en natuurlijk komen en gaan er schepen – en soms gaan en komen er vrienden op diezelfde schepen – maar het wa-ter heeft haar nooit geboeid. Nu lijkt het of ze er geen genoeg van kan krijgen. Alsof ze jaren van verwaarlozing moet goedmaken.

Wanneer de telefoon rinkelt, zet Vivian zich schrap. Het beeld van Dickie in zijn Packard, zijn lijkbleke gezicht en trillende handen, ver-schijnt voor haar geestesoog. Ze leunt tegen de muur naast het tele-foontafeltje en neemt de hoorn van de haak.

'Vivian,' zegt hij.

'Dickie,' zegt zij. 'Lieverd, ben je in Boston?'

'Vivian,' herhaalt Dickie met een eigenaardig kalme stem. Angst-aanjagend kalm.

'O, Dickie, wat is er? Is het heel erg?'

'Het is heel, heel erg,' zegt hij. 'Erger dan ik ooit voor mogelijk heb gehouden.'

'Ik vind het zó naar,' zegt ze.

'Heb je je effectenmakelaar al gesproken?' vraagt Dickie.

'Ja, en er is enige schade,' liegt ze, 'maar het valt mee.'

'Ik vraag dat omdat je iets voor me moet doen,' zegt Dickie.

'Wat je maar wilt,' zegt ze. 'Wat je maar wilt,' herhaalt ze met het schuldgevoel van de overlevende. 'Ik kom meteen naar je toe. Met de trein. Ik kan er morgen rond het middaguur zijn.'

'Nee, kom maar niet,' zegt hij. 'Je moet dáár blijven.'

Er valt een stilte.

'Dickie?' zegt Vivian na een tijdje.

'Je moet het huis kopen,' zegt hij.

Het lukt Vivian het strand op te lopen voor de zon ondergaat. Sandy rent voor haar uit, alsof ook hij heeft gepopeld van verlangen om naar buiten te gaan. Vivian trekt haar pumps en haar kousen uit. Ze draagt nog steeds de jurk met de groengele en zwarte ruiten die ze, in afwachting van een soort verlies, heeft aangetrokken. Aan de telefoon was ze in verwarring en, voor het eerst in haar leven, met stomheid geslagen.

Denk erover na, zei Dickie.

Ze draait zich om en kijkt naar het huis. Het ligt veilig verscholen tussen de duinen, met daarachter de lage zon. Het huis heeft drie puntgevels en een veranda met een hordeur in de middelste. Achter de hordeur is een slaapkamer. Als het mooi weer is, neemt Vivian haar thee mee naar de veranda in plaats van naar haar bed.

Ze wil in het huis blijven en kan het zich permitteren het te kopen. Ziezo, denkt ze. Dat is geregeld.

Ze loopt noordwaarts, naar de post van de reddingsbrigade, en ziet dat de storm meer wrakgoed op het strand heeft achtergelaten dan gewoonlijk. Terwijl ze om het zeewier, de strandgapers, de kamschelpen en een stuk net van een vissersboot loopt, denkt ze aan Dickie in Boston.

Ze zal hem bellen zodra ze weer thuis is en tegen hem zeggen dat ze het huis onmiddellijk zal kopen. Dan zal Dickie terugkomen en zullen ze samen verder leven alsof het afschuwelijke beursdrama nooit heeft plaatsgevonden. Maar terwijl ze zich dit scenario voorstelt, weet ze dat het nooit zo zal gaan. Dickies trots zal hem nooit toestaan in het huis te wonen als zíj er de eigenares van is.

Ze probeert zich in te denken hoe het zou voelen om te weten dat je alles had verloren, dat je alle jurken, sieraden, auto's en huizen moest verkopen. Dat je nooit naar Havana kon gaan, of een fuif in het Plaza Hotel kon geven. Dat je een baan moest zien te krijgen. Ze probeert zich voor te stellen wat voor werk zij zou kunnen vinden als het háár overkwam. Die gedachte maakt haar bang. Ze heeft één jaar op de etiquetteschool in Mount Ida, bij Boston, gezeten. Een jaar dat ze voornamelijk heeft gebruikt om zich voor te bereiden op haar debuut, haar officiële introductie in de grote wereld. Ze kan geen enkele praktische vaardigheid bedenken die ze daar heeft geleerd, en ze is er helemaal niet zeker van dat ze de fatale klap waarmee Dickie nu geconfronteerd wordt zou kunnen overleven.

Vivian hoeft niet erg ver te lopen voor ze vindt wat ze zoekt. Het ligt op het strand, met de iets gebogen randen in het zand. Als ze het opraapt, heeft het glas een gewicht dat haar tevreden stemt. Het is een grote scherf met de kleur van een banaan, een beetje zoals de tint van haar Maggy Rouff. Ze strijkt met haar duim langs de randen, die glad zijn. Dan stopt ze het zeeglas in de zak van haar jurk.

❧ McDermott

McDermott baant zich een weg naar de mededeling die is vastgemaakt aan het hekwerk bij de ingang van de fabriek. De mannen en vrouwen die het bericht hebben gelezen, verwijderen zich. Dan blijven ze met de handen in hun zakken staan, alsof ze twijfelen of ze door de poort zullen lopen. McDermott dringt naar voren. Hij kan Ross bij het hek zien staan, een grote prop pruimtabak in zijn wang.

'Wat is er aan de hand?' vraagt McDermott zodra hij Ross bereikt.
'Lees maar,' zegt Ross.

MEDEDELING
De bedrijfskosten van deze fabriek hebben zoveel veranderingen ondergaan, dat we ons nu in een situatie bevinden die niet alleen abnormaal maar ook uiterst hachelijk is.

LAGERE LONEN ELDERS
In veel textielfabrieken in New England is loonsverlaging van kracht geworden. De lonen van de arbeiders in de textielfabriek de Ely Falls Mill zijn veel hoger dan wat er voor hetzelfde soort werk in concurrerende fabrieken wordt betaald. Sommige fabrieken kunnen 54 uur per week draaien.

ELY FALLS MILL GEHANDICAPT
Het zal duidelijk zijn dat de fabrikanten van de Ely Falls Mill, die zich aan de oude loonschaal en een werkweek van 48 uur houden, met een ernstige handicap handel moeten drijven.

Toen textielfabrikanten in andere delen van New England de lonen verlaagden, heeft de Ely Falls Mill van een dergelijke actie afgezien. Maar door de huidige concurrerende omstandigheden is de Ely Falls Mill gedwongen om met ingang van maandag 24 november de lonen met tien procent te verlagen. Hiervan is mededeling gedaan. Men hoopt dat dit de situatie zozeer zal verlichten, dat de fabriek orders kan aannemen die anders naar concurrenten zouden gaan.

'Ze hebben het eindelijk gedaan,' zegt McDermott.

'Stomme roteigenaren,' zegt Ross.

'Verwachten ze dat wij medelijden met ze hebben?' McDermott kijkt naar de mannen en vrouwen die in groepjes bijeenstaan. Er is nog niemand door de poort gelopen. 'Wat gaat er nú gebeuren?' vraagt hij.

'We krijgen de vakbond.'

'We kregen niet genoeg stemmen,' zegt McDermott.

'Nu wél.'

McDermott weet dat loonsverlaging, naast het opvoeren van de productie, de weefgetouwherstellers die geen vakbond wilden vormen van mening zal doen veranderen. De loontarieven zijn al onder de armoedegrens.

Ross spuwt op de grond. 'Geweldig dat de bazen de boel zo voor je organiseren, hè?'

❦ Alphonse

De hele dag en de hele nacht zijn er mannen het flatgebouw binnengegaan. Ze lopen zelfs buiten rond. Niemand sluipt stiekem naar binnen, zoals de vorige keer. Alphonse heeft ze geteld. Bijna veertig man. Hij vraagt zich af of er zoveel mannen in Arnaud Nadeaus woonkamer kunnen. Alphonse weet dat de drukte verband houdt met de loonsverlaging en het gepraat over vakbonden. Zijn moeder en zijn tante zitten in de slaapkamer zachtjes te smoezen. Ze hebben het over vakbonden en stakingen en wat al niet. Alphonse zou blij zijn met een staking, want sinds hij een jaar geleden op de fabriek begon heeft hij, afgezien van de zondagen, Labour Day en Kerstmis, geen dag vrij gehad. Hij kan zich niet voorstellen wat iemand die niet werkt op een maandag midden in november doet.

Sam Coyne, die vorig jaar van New Bedford naar Ely Falls is verhuisd, heeft hem verteld hoe het is om te staken. Sam zei dat het na een tijdje geen pretje is en dat iedereen sterft van de honger. Het is vooral gunstig voor de kinderen, omdat liefdadigheidsinstellingen hun maag met soep vullen en hun hompen brood geven. Maar soms is het heel vervelend om de hele morgen in een rij te moeten staan om een maaltijd te krijgen. Je moet de soep opeten terwijl je op het trottoir zit, ook al sneeuwt het. Als je naar huis gaat, moet je de soep delen met je zussen en je broers, en misschien ook met je moeder en je vader. En tegen die tijd is er niets meer voor jou over. Alphonse kan zich niet voorstellen dat hij zou proberen zijn soep op het trottoir op te eten als hij wist dat zijn moeder honger had. Als Marie-Thérèse honger had, nou, dat is een ander verhaal.

Sam vertelde hem ook over de onderkruipers, de werkwilligen, aan wie iedereen de pest heeft. De stakers spuwen naar hen en slaan ze zelfs in elkaar, omdat de schoften de fabrieken binnengaan, voor de fabriekseigenaren werken en de banen van de stakers inpikken, waardoor de stakingen nog langer duren. Alphonse hoopt maar dat niemand in zijn familie een werkwillige zal zijn, hoewel Marie-Thérèse een volmaakte zou zijn. Hij zou er absoluut geen bezwaar tegen hebben als hij naar haar mocht spugen.

Zijn moeder zou nooit een werkwillige zijn. Vanavond aan tafel, toen ze stoofpot aten, zei zijn moeder dat ze goed moesten eten, omdat je nooit wist waar je volgende maaltijd vandaan kwam.

Sam zei dat sommige kruidenierswinkels het goedvinden als je rekening hoog oploopt, en dat enkele huisbazen rustig op je huur wachten als de staking snel wordt opgeheven. Maar als de staking een tijd doorgaat, komen de huisbazen je huis leeghalen en zetten je meubilair buiten neer. Als je familie je niet in huis neemt, moet je zowat op straat leven. Dat was Sam Coyne en zijn gezin overkomen. Daarna waren Sam, zijn moeder en zijn twee zusters naar Ely Falls verhuisd. Sam weet niet waar zijn vader en zijn twee broers zijn. Zijn moeder zei dat hij moest ophouden met ernaar te vragen, omdat ze zijn vaders klotenaam niet meer wilde horen. Soms zegt Alphonse in zijn hoofd het woord *klote*, vooral als Marie-Thérèse tegen hem praat op die afschuwelijke, honende toon van haar. En hij zegt in gedachten *klote, klote, klote* om zich beter te voelen. Maar Sam Coyne zegt het woord hardop, alsof hij dat al vanaf zijn geboorte doet.

Allemachtig, zei McDermott.

Zijn moeder geloofde niet dat Alphonse de vis zelf had gevangen. Hij wilde haar niet over McDermott vertellen, omdat ze dan een miljoen vragen zou stellen. Daarom bleef Alphonse maar praten en zei dat de in boter gebakken vis zo lekker smaakte. Na een tijdje vroeg ze niet meer hoe hij eraan kwam.

Toen ze van het vissen terugkwamen, zei McDermott dat het waarschijnlijk te koud zou worden om te vissen, en dat ze in de lente wel weer zouden zien.

Alphonse kijkt naar de mannen die Nadeaus flat verlaten en een sigaret opsteken. Alphonse zoekt McDermott en vindt hem. Hij staat in z'n eentje onder een straatlantaarn en heeft zijn leren jack aan en dezelfde trui die hij droeg toen hij met Alphonse ging vissen. Alphonse vraagt zich af of iemand het gat in de trui heeft gestopt. Het is gaan motregenen. Dat ziet Alphonse in het licht van de lantaarn. Hij wou dat McDermott naar boven, naar zijn raam keek. Maar voordat McDermott zijn lucifer heeft uitgeblazen, lopen twee mannen naar hem toe. Ze zeggen iets wat waarschijnlijk erg grappig is, want McDermott gooit zijn hoofd naar achteren en lacht.

Vreemd, denkt Alphonse, dat niemand boos over de loonsverlaging lijkt te zijn. Het gaat harder regenen, en de mannen zetten de kraag van hun jas op terwijl ze in groepjes staan te praten, te lachen en te roken.

❧ *Honora*

Voor het Thanksgiving-diner maakt Honora een gevulde kalkoen klaar en schalen met pompoen, rapen en aardappels. Ze zet een blad met lekkere hapjes neer terwijl zij en Sexton S.S.Pierce-sherry drinken uit een fles die Sexton van de eigenaar van een papierfabriek in Somersworth heeft gekregen. Na wekenlang op de korst te hebben geoefend, besluit Honora dat haar pasteitjes luchtig genoeg zijn. Sexton eet amper iets van de kalkoen, en ook niet van de rapen of de pasteivulling. Honora vraagt of hij ziek is. Hij zegt van niet. Maar hij eet alsof het hem moeite kost. Hij schuift zijn eten heen en weer, tot Honora het niet langer kan verdragen. Ze staat op en laat de gootsteen vol water lopen. Duidelijk opgelucht legt Sexton zijn vork neer.

Die middag, voor het donker wordt, rijden ze in de Buick naar een schoolplein. Op deze koude maar niet ondrááglijk koude feestdag willen ze iets lichtzinnigs doen, zoals rolschaatsen op het betonnen schoolplein. Ze gaan op een bank zitten. Dan buigen ze zich voorover om hun schaatsen aan te doen, maar het lukt Sexton niet. Na een tijdje geeft hij het op. Hij steekt een hand in zijn zak, haalt er een pakje gomballen uit en geeft ze aan zijn vrouw. Het ontgaat haar niet dat hij er niet eentje voor zichzelf houdt.

In oktober en november is Sexton magerder geworden.

Hij dacht dat de malaise op de effectenbeurs slechts tijdelijk was, maar nu, zegt hij, is hij er niet meer zo zeker van. Honora lijdt met hem mee, want ze is van hem gaan houden, ondanks zijn slechte eigenschap dat hij leugentjes vertelt om een verkoopdeal te sluiten. En nu hij bezorgd is, is hij lang niet zo knap als hij was. De kleine gebreken worden op de een of andere manier vergroot, de scheve tanden vallen meer op en het lijkt of de ogen dichter bij elkaar staan. Ze leert, sneller dan anders het geval zou zijn geweest, hoe het is om van iemand te houden die verandert, en niet per se in positieve zin.

'Neem er ook een,' zegt ze, terwijl ze het pakje gomballen over de bank naar hem toe schuift. Vandaag lijken zijn ogen blauw. Ze veranderen elke dag van kleur, afhankelijk van de tint van zijn huid, van wat hij die dag draagt of van de kleur van de hemel. Minikameleons in zijn gezicht. Blauw, grijs, blauwgrijs, grijsgroen, lichtbruin.

'Ik heb geen honger.'

'Je hebt nauwelijks iets gegeten.'

'Het was een heerlijk feestmaal.'

'Dank je.'

'Ik ben naar Manchester geweest,' zegt hij, terwijl hij de gomballen in zijn zak stopt. 'Ik wilde naar een klant, de Manchester Five Cents Savings Bank. Ik had hun ooit een 8 verkocht, die was vastgelopen, en was van plan de machine mee te nemen, ze een vervangend apparaat te geven en dan ook een nieuwe Copiograph aan hen te verkopen.' Hij zwijgt even. 'Dat was het plan.'

'En wat gebeurde er?'

'Toen ik Manchester bereikte, kon ik de bank niet vinden. Aanvankelijk dacht ik dat ik de juiste straat was vergeten, dus reed ik een paar rondjes. Ten slotte raadpleegde ik mijn adresboek. Ik had het juiste adres.' Sexton leunt achterover. Hij opent zijn handpalmen. 'Er was niets,' zegt hij. 'Alleen een gebouw. Geen bord. Niets. Ik probeerde uit te vissen of de bank was verhuisd en het hoofdkantoor daarvan in kennis had gesteld in plaats van mij. Maar nee – de bank was failliet gegaan.' Sexton stopt zijn handen in de zakken van zijn overjas. In het grijze licht van deze late novembermiddag ziet hij er volgens Honora jaren ouder uit dan een week geleden.

'Zomaar ineens, van de ene op de andere dag,' zegt hij.

Als avondeten dient Honora gebakken macaroni en gestoofde tomaten op, of stukjes kabeljauw in witte saus. Ze is heel zuinig. Ze zoekt in haar receptenboek maaltijden op die zowel voedzaam als goedkoop zijn. Sexton zit vrijwel constant de krant te lezen, alsof de woorden die erin staan zich in aangename verhalen zouden kunnen veranderen. Hij zit aan tafel met behulp van een rekenmachine te rekenen. Maar hoe vaak hij de getallen ook optelt, het eindresultaat is altijd hetzelfde: aan de vooravond van de grootste economische ramp in de Amerikaanse geschiedenis heeft Sexton Beecher alles wat hij bezat op het spel gezet.

Honora vindt een groot, rechthoekig stuk lavendelblauw glas. Ze ontdekt een glasscherf, half in het zand begraven, die zó'n helderblauwe kleur heeft, dat ze aanvankelijk denkt dat het een stukje stof is. Als ze de scherf tegen het licht houdt, krijgt hij een groenblauwe gloed, een kleur die ze nooit eerder op het strand heeft gezien. Ze aarzelt over iets ronds dat in het zand ligt. Misschien is het een kwal, al is het er niet het seizoen voor. Maar als ze er met haar vinger in durft te prikken, ontdekt ze dat het de voet van een kristallen bokaal is. De steel is afgebroken. Het kristal misvormd en gehavend, maar desalniettemin is het een schat.

Ze zegt tegen zichzelf dat Sexton wel door deze moeilijke tijd heen zal komen, dat het er in het huwelijk om gaat de slechte tijden te overleven en van de goede te genieten. Ze voert denkbeeldige gesprekken met haar moeder. Daarin geeft Alice Willard raad over hoe je met een afwezige man moet leven, op dezelfde manier waarop ze Honora zou kunnen vertellen dat een vrouw haar eigen bakmeel kan maken door gewone meel met maïsmeel te mengen, en dat azijn het beste middel is om ramen schoon te maken.

❧ Alice Willard

Lieve Honora,
Harold en ik hebben jullie gemist met Thanksgiving. Ik heb mijn kalkoen met botersaus gemaakt. We hadden Richard en Estelle uitgenodigd. Estelle maakte me woest toen ze zei dat ze de vulling niet kon opeten omdat er uien in zaten. Je weet hoe irritant Estelle kan zijn. Ik zat me daarover op te winden tot aan de pasteien. Ik wou dat jij er was geweest om het uit mijn hoofd te praten, wat je ongetwijfeld zou hebben gedaan.
Probeer je niet zoveel zorgen over Sexton en zijn werk te maken. Je kunt altijd nog gaan naaien. Ik naaide veel op bestelling voor de fabriek in Waterboro, toen de jongens nog op school zaten en we het extra geld nodig hadden. Op bestelling naaien is geen schande, en je bent een uitstekende naaister. Je zou kunnen kijken of een van de fabrieken bij jou in de buurt iemand nodig heeft om gordijnen, losse meubelhoezen en dergelijke te maken. Ik vond het altijd leuk werk, want ik kon het mee naar huis nemen. Ik kon de stof op de woonkamervloer uitspreiden en knippen, spelden en naaien als jullie, kinderen, in bed lagen. Jij hebt zo'n groot huis, dat je vast wel een kamer kunt vinden waarin je de stof kunt uitspreiden. Soms gaat het om lange lappen, weet je, vooral bij gordijnen.
Over de fabriek in Waterboro gesproken, de arbeiders daar zijn begonnen een run op de plaatselijke bank te maken. Het gerucht ging dat er een tekort was in het bankkapitaal, en dus ging iedereen naar de bank om zijn geld op te nemen. Ze moesten de politie erbij halen om de mensen in de rij te houden. In de krant stond dat de bank duizend dollar te kort kwam. Maar Muriel, die daar heeft gewerkt, zegt dat het tekort veel groter is. In de krant stond ook dat er geen gevaar bestaat dat de bank zijn deuren sluit, maar ook dát gelooft niemand. Het is allemaal een kwestie van geloof, nietwaar? Als je denkt dat de bank gezond is, raak je niet in paniek, en dan zál de bank gezond zijn. Ons spaargeld

119

staat op de Five Cents Savings, maar het is niet zoveel dat ik om zou vallen als het er niet was. We leven van week tot week en redden het meestal nét.

Ik stuur de recepten waar je om vroeg. Het tomatenprutje is goed, want je hebt er alleen maar Campbell's tomatensoep voor nodig en een beetje Kraft-kaas. En als je in geldnood zit, kun je het op Saltines doen, zoals wij altijd deden toen jij en de jongens nog thuis woonden. Voor het andere recept, de Spaanse rijst, is ook maar één blikje tomatensoep nodig. En rijst is niet duur. Je hebt slechts een of twee plakjes spek nodig om er smaak aan te geven. Heb je de tapioca al gemaakt?

Kijk bij de post of je een pakket ziet. Samen met je kerstcadeaus stuur ik je wat weckpotten van deze zomer. Harold en ik zijn een hele middag bezig geweest om de doos zo in te pakken, dat de inhoud niet zou breken. Harold heeft veel verstand van inpakken. We hebben hier eten in overvloed, zoals je weet, en ik heb een hekel aan voedselverspilling. Ik denk dat je de bramenjam het lekkerst zult vinden.

Het was heel anders nu jij er niet bij was met Thanksgiving. En we hebben natuurlijk allemaal verdriet over May. Ik hoop dat ik, als het mijn tijd is, geen lange lijdensweg zal hebben.

Zeg tegen Sexton dat hij de moed niet moet verliezen. Het leven is vol ups en downs.

Liefs,
moeder

P.S. Als je voelt dat je huid ruw wordt door het winterweer, probeer dan Frostilla Skin Tonic. Die heeft me nooit in de steek gelaten.

❧ *Vivian*

Dit moet het huis zijn, besluit Vivian. Het heeft drie verdiepingen en is wit met zwarte luiken. Lang niet zo vervallen als ze het zich herinnerde. De voordeur is opgeknapt, en de pergola is pas witgeschilderd. Ze stapt uit de vier jaar oude strandwagen en trekt haar jas om zich heen. 's Morgens is het gaan sneeuwen. Eerst zacht en toen harder. Ze is blij dat ze, ondanks haar vaders protest, haar bontlaarzen en haar met bont gevoerde winterjas uit Boston heeft laten opsturen.

Haar vader belt haar bijna nooit meer. Hij weigert zich van het idee te laten afbrengen dat Vivian met een getrouwde man omgaat, terwijl niets minder waar is. Vivian zou dolgraag willen weten wie dat walgelijke gerucht de wereld in heeft gestuurd! Na Dickies vertrek is ze zelfs niet met een man uit eten geweest. Ze hoort regelmatig iets van Dickie, die bij Johnny Merrill in Marlborough Street logeert. Korte berichten die op enige paniek wijzen. Het ene lek met een vinger dichten terwijl aan het andere eind van de boot een tweede lek ontstaat.

Vivian klopt op een ruitje dat door een krans van hulst is omgeven. Als de deur opengaat, ziet Vivian de gelaatstrekken van de vrouw veranderen – van hoopvol naar teleurgesteld en dan weer verheugd.

'Hallo,' zegt Honora.

Vivian ziet de witte satijnen blouse en de bruine, wollen rok. Oorbellen van marcasiet en paarlemoer. Doodgewone, bruine pumps.

'Kom binnen,' zegt Honora. 'Wat een verrassing!'

'Ik wil u niet storen. Ik was op weg naar het vliegveld; ik ga weg en wil u dit geven.' Vivian opent de peperdure, antilopenleren tas die Dickie haar in september voor haar negenentwintigste verjaardag heeft gegeven, en haalt er een pakje uit dat in vloeipapier is gewikkeld.

'Wanneer vertrekt uw vliegtuig?' vraagt de vrouw.

'Ik heb een paar minuten, maar misschien gaat de vlucht niet door vanwege het slechte weer.'

'Ik ga thee voor ons zetten.'

Vivian veegt haar voeten op een deurmat en volgt Honora de keuken in. De vrouw is zo slank als een den, ziet Vivian van achteren. Ze heeft ook mooie schouders – de bouw van een zwemster.

Honora legt het pakje op de keukentafel, die bedekt is met een linnen kleed en een schort, die er duidelijk in allerijl op is gegooid. Vivian trekt haar zeemleren handschoenen uit en maakt de knopen van haar jas los.

'Zal ik uw jas aannemen?' vraagt Honora.

'Ik kan niet lang genoeg blijven voor een fatsoenlijk bezoek. Ik had eeuwen geleden al eens moeten langskomen. Ik ga naar New York – kerst vieren met een tante – en... nou... maak het pakje maar open.'

Honora neemt plaats op de enige keukenstoel die nog over is en maakt het touwtje los. Op het vloeipapier liggen een stuk of twintig stukjes zeeglas. 'O,' zegt Honora, zichtbaar ontroerd.

'Nadat ik u had ontmoet, ben ik zeeglas gaan zoeken,' zegt Vivian. 'Het is verslavend, hè?'

'Dank u wel. Ze zijn bijzonder mooi.'

'Ik dacht dat u ze aan uw verzameling zou kunnen toevoegen,' zegt Vivian. Haar eigen favoriet is het stuk glas vol luchtbelletjes dat lijkt te zijn gesmolten. Honora pakt een scherf van wit melkglas op. 'Ik wist niet zeker of melkglas telde,' zegt Vivian.

'O ja,' zegt Honora. Dan lacht ze. 'Nou ja, weet ik veel? Ik heb de regels gaandeweg verzonnen. Deze zijn prachtig. Die kleuren vind je zelden. Het meeste zeeglas is wit of bruin.'

'Moet je óns zien,' zegt Vivian. 'We zijn net twee diamanthandelaren die laaiend enthousiast een nieuw binnengekomen zending bekijken.'

Honora staat op om een ketel water te vullen. Vivian ziet de niet bij elkaar passende mokken die aan haken onder een met zeildoek bedekte plank hangen, de twee pasteien op een tafel naast het fornuis, de properheid van elk oppervlak, en zelfs de vloer is brandschoon. Mrs. Ellis, die twee keer per week naar Vivians huis komt, levert nog niet half zo goed werk. Een exemplaar van *Woman's Home Companion* ligt op de keukentafel, naast de schort.

Honora legt een theedoek over een dienblad en zet er twee mokken en een suiker- en roomstelletje van roze glas op. Ze verontschuldigt zich niet voor het slecht bij elkaar passende serviesgoed, een karaktertrek die Vivian onmiddellijk bewondert. 'Kan ik u verleiden met een stukje vleespastei?' vraagt Honora.

'Ik wil niet dat u uw pasteien aansnijdt. Kennelijk verwacht u iemand.'

'Mijn man,' zegt Honora. 'Ik weet niet wanneer hij precies komt. Hij zei dat hij hier voor de lunch zou zijn, maar dat is hem niet gelukt. Hij en ik kunnen de twee pasteien tóch niet op! Ik besefte niet dat u nog steeds hier was. Ik dacht dat iedereen al naar huis was gegaan.'

'Er was een onverwachte wending der gebeurtenissen,' zegt Vivian. 'Mijn vriend Dickie Peets, die eigenaar was van het huis, moest het vrij snel verkopen, en dus heb ík het gekocht. Ik weet niet waarom, behalve dat ik het heerlijk vind om hier te zijn.'

Honora opent haar mond om een vraag te stellen, maar dan sluit ze hem weer. In plaats daarvan haalt ze de ketel van het fornuis. Het water moet tegen de kook aan zijn geweest, denkt Vivian. Weer een aanwijzing van de manier waarop de vrouw zich op de komst van haar man heeft voorbereid. Even benijdt Vivian dat gevoel van gespannen verwachting.

'Dickie en ik leefden in zonde,' zegt Vivian luchtig. 'Ik hoop dat u niet geschokt bent.'

'O,' zegt Honora verward.

'Hij is weg,' zegt Vivian, terwijl ze van haar thee nipt. 'Ik heb nog nooit in mijn eentje gewoond. Wat proef ik?'

'Kaneel. En kruidnagel.'

'Ik ben er zeker van dat uw man in een warenhuis rondloopt. Samen met alle andere echtgenoten die op het laatste moment cadeautjes voor hun vrouw kopen.'

'Wilt u een wolkje melk in uw thee?'

'Nee, nee. Het is uitstekend zo.'

Honora snijdt twee stukken pastei af en legt ze, met twee vorken, op de tafel. Vivian vraagt zich even af hoe het met de sneeuw is. Ze heeft geen idee hoe een Ford zich onder slechte weersomstandigheden houdt. De echtgenoot van Mrs. Ellis heeft Vivian in de strandwagen leren rijden kort nadat ze de wagen van Archie Swetnam had gekocht. Een man die, net als Dickie, in het nauw zat. Aanvankelijk vond Vivian het absoluut immoreel om van het verlies van anderen te profiteren, maar nu heeft ze besloten dat het eigenlijk andersom is: zij helpt haar vrienden uit de problemen. 'Heerlijke pastei,' zegt ze.

'Uw vliegtuig,' zegt Honora, met een blik op de wandklok.

'Ik heb nog een paar minuutjes,' zegt Vivian.

'Mijn man heeft de laatste tijd veel zorgen,' zegt Honora. 'De zaken gaan niet goed.'

'Hij verkoopt schrijfmachines.'

'En andere kantoormachines.'

'Dit kan niet eeuwig zo doorgaan.'

'Nee, maar we hadden net het huis gekocht, weet u.'

Vivian knikt. Opnieuw ervaart ze het schuldgevoel van de overlevende. De beurskrach heeft heel wat van haar vrienden geruïneerd, onder wie de Nyes, de broers Chadbourne en Dorothy Trafton. Ze kan het haast niet opbrengen om medelijden met Dorothy Trafton te hebben. 'Wat geeft u uw man voor de kerst?' vraagt ze.

'Een zogeheten Multi-Vider pen. Hij vermenigvuldigt, deelt en rekent procenten uit.'

'Klinkt ingenieus.'

'Hij is karmozijnrood en zwart, met een verguld bovenstukje,' zegt Honora, blozend van trots.

'Ik weet zeker dat hij er blij mee zal zijn,' zegt Vivian. 'Mannen houden van technische snufjes.' Vivian heeft als kerstgeschenk voor haar vader een filmcamera gekocht. Ze zal de hele avond bezig zijn met het inpakken van cadeautjes, en de komende tien dagen moet ze naar zeven party's, waar alleen maar over de effectenbeurs zal worden gepraat. Wie er is geruïneerd, wie niet, en hoe mensen oplossingen vinden om toch te overleven.

'Ik zou u de pen graag willen laten zien, maar hij is al ingepakt,' zegt Honora.

Vivian voelt opnieuw een steek. Een steek van iets als spijt dat ze geen geliefde heeft om een kerstgeschenk aan te geven. Natuurlijk zal ze Dickie een cadeau geven – een klein schilderij van Claude Legny – maar dat is niet hetzelfde. Hun ontmoeting zal vrijwel zeker geforceerd en gespannen zijn.

'Ik moet gaan,' zegt Vivian.

'Waar is het vliegveld?' vraagt Honora.

'Aan de andere kant van Ely Falls.'

'Hoe komt uw auto dan weer thuis?'

'Ik heb een mannetje dat overmorgen met de tram naar het vliegveld gaat en de auto terugrijdt,' zegt Vivian.

'Ik wilde net voorstellen dat ík dat voor u zou doen.'

'Kunt u dan rijden?' vraagt Vivian. Ze klinkt ongeloviger dan haar bedoeling was.

'Jazeker,' zegt Honora. 'Mijn man heeft het me afgelopen zomer geleerd. Ik ga mijn jas halen.'

Vivian zit even stil. Dan drinkt ze beleefd haar thee op en neemt de laatste hap van haar pastei. Daarna zet ze haar kopje in de gootsteen en trekt haar jas aan. Ze loopt de kamer uit en volgt een gang die leidt naar wat een zitkamer blijkt te zijn. De ramen die van de vloer tot aan het plafond reiken, bieden uitzicht op het strand. De lucht lijkt op te klaren. In het oosten ziet Vivian een streepje blauw. In de ene hoek staat een vleugel, en in de andere een versierde kerstboom, met een paar fraai ingepakte pakjes eronder. Een witte, gehaakte sprei bedekt een kleine sofa naast de boom. Ongetwijfeld om een vlek te verbergen. Vivian heeft plotseling grote behoefte aan vrolijkheid – aan open haarden, whiskysoda's, oppervlakkige gesprekken en in fluweel gehulde, met parels behangen vrouwen.

❧ Sexton

Sexton leunt tegen de lantaarnpaal, alsof hij al dronken is. Het enige dat hij wil, is dronken zijn. Mannen en vrouwen passeren hem. Sommigen hebben hun hoofd gebogen, zodat de rand van hun hoed de sneeuw kan opvangen. Anderen keren de sneeuw lachend hun gezicht toe. Het lijkt wel of de hele stad op straat is. De mensen duiken winkels in, balancerend met pakjes. Iedereen is vol verwachting en doelbewust. Sexton betast de inmiddels verfrommelde oproep in zijn jaszak.

Geachte Mr. Beecher,
  Wees zo vriendelijk op 24 december naar mijn kantoor te komen, 's morgens om negen uur. Ik wil met u praten over een uitermate belangrijke kwestie. We hebben u niet telefonisch kunnen bereiken.
  Met vriendelijke groeten,
  Kenneth A. Rowley

De oproep is getypt op een Fosdick 7, die Sexton persoonlijk aan de bank heeft verkocht. Het briefje was gekopieerd met behulp van een Copiograph die Sexton nog maar een paar weken geleden het gebouw heeft binnengedragen.

Sexton laat zich door de menigte meevoeren. Hij weet nauwelijks waarheen. Hij is zelfs te moe om een sigaret op te steken. Aan het eind van een straat merkt hij dat zijn weg door een groep mannen en vrouwen wordt versperd, die op hun beurt wachten om door de draaideur Simmons Department Store binnen te gaan. Dit herinnert hem eraan dat hij nog een kerstcadeautje voor Honora moet kopen. Hij kan niet met lege handen thuiskomen. Nee, natuurlijk niet. Hij heeft tien dollar gespaard van zijn laatste looncheque, en hij twijfelt er oprecht aan of er ooit nog een looncheque zal komen. De afgelopen nacht heeft hij in de Buick doorgebracht en zich in de toiletruimte van een Flying A-pompstation in Lyndeboro geschoren. Aan zijn gezicht en zijn ogen kan hij nog voelen dat hij slecht heeft geslapen.

Hij loopt door de draaideur het warenhuis in en komt terecht bij de toonbank van de parfumerieafdeling, vlak bij de ingang. Een groep mannen probeert de aandacht te trekken van een blonde vrouw in een mooie, rode jurk, die met een verstuiver parfum op de binnenkant van hun pols spuit. Ook flirt ze een beetje. Sexton zou dolgraag een van die mannen willen zijn, vrolijk vanwege de feestdag en te veel geld uitgevend aan een voor de hand liggend geschenk voor hun vrouw. Hij weet niet eens naar welk parfum Honora's voorkeur uitgaat. Ze ruikt altijd naar zeep.

Hij dwaalt door de hoedenafdeling, en als hij de toonbank van de handschoenenafdeling passeert, wordt hij opzijgeduwd. ('Sorry, sir, ik zag u niet.') Dan merkt hij dat hij zich op de afdeling van de kousen en sokken bevindt. Hij is er vrij zeker van dat Honora blij zal zijn met een paar kousen. Toen hij een keer de slaapkamer binnenkwam, was ze een kous aan het repareren met een piepklein haakje dat vrijwel onzichtbaar was. Ze wilde niet dat hij zag dat ze dat deed, daarom liet ze het verstelwerk heel rustig in haar schoot vallen terwijl ze tegen hem sprak. Hij kan zich het gesprek niet meer herinneren. Alleen het beeld van Honora in haar korte, witte onderrok op het bed, haar benen bloot en prachtig gevormd.

Hij stelt zich haar thuis voor, in afwachting van zijn komst. Ze zit vast op een stoel in de keuken en bladert in een tijdschrift. Van tijd tot tijd kijkt ze door het raam naar buiten. Ze is bezorgd, omdat hij rijdt terwijl het sneeuwt.

Het beeld is ondraaglijk.

'U zult wel begrijpen,' zei Rowley op kille toon. Hij klonk broodnuchter. Geen spoor van de innemende, luie bankdirecteur die over auto's en honkbaluitslagen wilde praten en het aan zijn secretaresse overliet om beslissingen te nemen. Nee, dit was een totaal andere Rowley. Sexton, die tegenover de man zat – hem is niet gevraagd of hij zijn jas wilde uittrekken – had een beeld van Rowleys schouders die aan touwtjes hangen, zoals die van een marionet. 'U zult wel begrijpen, Mr. Beecher, dat deze bank in het huidige economische klimaat, en dat geldt voor de meeste banken die ik ken, heel nauwgezet naar de verstrekte leningen kijkt. En eerlijk gezegd hebben we zo een onregelmatigheid in uw persoonlijke lening ontdekt toen we alle papieren hadden verzameld.'

'Pardon?' zegt Sexton, en probeert te glimlachen.

Rowley werpt hem een flauwe glimlach toe en vervolgt: 'Zoals u zich zult herinneren, Mr. Beecher, kwam u hier op vrijdag vier september met het verzoek om een lening van zevenhonderd dollar ten behoeve van het opknappen van uw huis.'

Hij geniet hiervan, dacht Sexton. Natuurlijk! Man bijt hond bijt kat. De bank had ongetwijfeld enorme tekorten, waarvoor Rowley verantwoordelijk werd gehouden.

'U zei toen dat u de eigenaar was van uw huis aan, eens even kijken, Fortune's Rocks Road. Klopt dat, Mr. Beecher?'

Een zweetdruppel gleed langs Sextons slaap. In een poging tot achteloze onschuld schudde hij zijn hoofd. 'Ik weet niet precies wat je bedoelt, Ken.'

Rowleys gezicht verstrakte, en Sexton besefte dat het fout van hem was geweest om het woordje 'Ken' te gebruiken. De met panelen beklede muren die ooit het toppunt van chic hadden geleken waren nu benauwend, de vensterbanken te hoog. De kamer voelde nu aan als een leslokaal waarin de dreiging van straf hing. 'Ik weet zeker dat er een fout in de papieren staat,' voegde Sexton eraan toe.

'Er is een zeer eenvoudige manier om dat na te gaan. Ik kan Albert Norton van de bank in Franklin opbellen. Dat heb ik in eerste instantie niet willen doen, Mr. Beecher, want het zou vrijwel zeker tot een sneller onderzoek naar uw lening bij hen leiden.' Het is niet nodig nog langer de onschuld te spelen, dacht Sexton: Rowley had hem in de tang. 'Maar ik vrees dat we de lening die deze bank u heeft verstrekt zullen moeten terugvragen. De lening van zevenhonderd dollar voor het opknappen van een huis dat u in feite niet bezat.'

Sexton leunt naar voren. 'Maar in wezen was het wél van mij. Wat maakt een paar dagen nou uit – vooral omdat het vóór het Thanksgiving-weekend was en alles drie dagen stillag?'

'Er kan niet over deze kwestie worden gediscussieerd,' zei Rowley. 'Als bankier kan ik geen onregelmatigheden dulden. Mr. Beecher, kunt zich een depositeur voorstellen die zich niet stoort aan de onregelmatigheid van een onjuist berekend bedrag in zijn depositoboekje?' Rowley wachtte even op een antwoord op zijn retorische vraag. 'Nee, dat denk ik niet,' antwoordde hij zelf.

Is de fles in je rechterla een onregelmatigheid? wilde Sexton vragen. 'Kunnen we over het herstructureren van de lening praten, er een andere, nieuwe structuur aan geven?' vroeg hij in plaats daarvan.

'Nee, dat is onmogelijk.'

Sextons wang was nat van het zweet.

'Mr. Beecher, ik heb ervan afgezien om de bank in Franklin op de hoogte te stellen, in de hoop dat u en ik tot een schikking zouden komen, maar ik heb wel met het hoofdkantoor van uw bedrijf moeten spreken. We konden u namelijk niet telefonisch bereiken.'

Sexton sloot even zijn ogen. Hij zag zijn leven ineenstorten. Zijn baan. Zijn auto. Zijn huis.

'Met wie hebt u gesproken?' vroeg Sexton.

'Het staat hier in mijn aantekeningen. Met Mr. Fosdick persoonlijk, geloof ik. Ja, dat is juist.'

Sexton haalde een zakdoek uit zijn zak en veegde het zweet van zijn gezicht. Rowley zweette ook, zag Sexton. De huid van zijn hals was slap en – was het mogelijk? – vies.

'Mr. Fosdick heeft gevraagd of ik aan u wilde doorgeven dat u hem, zodra het u schikt, moet bellen. Ik raad u aan, Mr. Beecher, om in de toekomst, mocht u een andere baan krijgen, telefoon in uw huis aan te leggen.'

Een andere baan.

'Goed dan. Laten we een einde aan deze onaangename zaak maken. De betrokken lening moet uiterlijk volgende week woensdag zijn terugbetaald.'

'Maar zoveel geld krijg ik in één week niet bij elkaar!' zei Sexton. Hij probeerde de paniek in zijn stem te onderdrukken.

'Dat dacht ik al. Maar ik herinner me, Mr. Beecher, dat u zei dat u in een Buick reed. Klopt dat? Wat denkt u dat die wagen nu waard is?'

Sexton zweeg.

'Ik probeer iets te bedenken waardoor u uw huis kunt behouden, Mr. Beecher. Eerlijk gezegd beschouw ik dit als een zeer edelmoedig gebaar van mijn kant. Als uw auto waard is wat ik denk dat hij waard is, zou u met dat geld een groot deel van de lening waar we het over hebben kunnen terugbetalen.'

Sexton dacht heel diep na.

'Hoeveel denkt u dat hij waard is, Mr. Beecher?'

'Vierhonderdvijfenzeventig dollar,' zei Sexton. 'Dat is wat ik ervoor heb betaald.'

'Goed dan, Mr. Beecher. Als u zo vriendelijk wilt zijn de Buick aanstaande woensdag af te leveren op het adres dat ik op dit papiertje heb geschreven, zouden we u zeer dankbaar zijn. Het is het adres van een veilinghuis. De vierhonderdvijfenzeventig kan ik niet garanderen. Zeker niet in dit economische klimaat. Maar na commissie zouden we vierhonderd kunnen vangen.'

Sexton klonk paniekerig toen hij zei: 'Zonder de Buick, Mr. Rowley, kan ik de kost niet verdienen.'

Rowley kromp ineen alsof Sexton was gaan huilen. 'Ik neem aan dat we hier geen problemen over zullen krijgen,' zei hij kalm.

Sexton kwam moeizaam overeind.

'Goed dan,' zei Rowley, met duidelijke opluchting in zijn stem. En zonder een spoor van ironie voegde hij eraan toe: 'Veel succes.'

'Kan ik u helpen, sir?'

Een elegante, kleine vrouw met beige haar en een beige gezicht – de kleur is zo gelijk aan het product dat ze verkoopt, dat Sexton zich afvraagt of ze plotseling achter de toonbank tot leven is gekomen – tilt haar hoofd op om zijn aandacht te trekken.

'Kan ik u iets speciaals laten zien? Zoekt u een geschenk voor uw vrouw? Uw vriendin? Is ze lang of is ze klein?'

'Ze is... lang,' zegt Sexton. 'Ze is erg lang.'

De beige vrouw kijkt hem doordringend aan, alsof ze met een gek te maken heeft. Of met een man die een beetje te enthousiast het kerstfeestje van zijn kantoor heeft gevierd. Sexton spant zich tot het uiterste in om zich te concentreren. De taak lijkt gigantisch moeilijk, maar hij kan niet met lege handen naar Honora terugkeren.

'Ik kan u een paar prachtige chiffon kousen laten zien,' zegt de verkoopster. 'Heel chic. Heel mooi. Chiffon is in de mode. Maar het is ook sterk en duurzaam. Een vrouw moet duurzaamheid hebben, vindt u ook niet?'

Ja, dat vindt hij ook. Honora hééft duurzaamheid.

De verkoopster houdt een paar ragfijne kousen tussen haar uitgestrekte vingers. Het chiffon stroomt als vloeistof over haar handen. Even stelt Sexton zich het zijdezachte gevoel van de kousen op Honora's benen voor.

'Sir?' zegt de verkoopster.

De kroonluchter boven hem lijkt te fel te branden en, heel even, rond te draaien. De stemmen rondom hem zijn levendig en worden steeds luider. Hij denkt opnieuw aan Honora, die thuis op hem zit te wachten. Hij kan de gedachte om naar haar terug te gaan niet verdragen. Hoe kan hij haar ooit uitleggen wat hij heeft gedaan?

'Schiet eens op,' roept een man achter Sexton. 'Ik heb nog meer te doen vandaag!'

'Ik wil graag twee paar,' zegt Sexton snel. Uit zijn zak haalt hij een bundeltje bankbiljetten met een elastiekje eromheen. Dan geeft hij de verkoopster een tweedollarbiljet en een eendollarbiljet.

Achter hem begint iemand te juichen.

❧ McDermott

McDermott heeft het idee dat hij al eeuwen achter de man in de lange, bruine overjas staat te wachten. De klant staart maar naar een paar kousen, en McDermott kan zien dat de verkoopster ongeduldig wordt en zich een beetje opwindt. Achter McDermott staat een rij van een man of zes. Iemand heeft al geroepen dat de voorste van de rij moet opschieten. McDermott zou allang zijn vertrokken, maar Eileen is heel duidelijk geweest: twee paar zijden Blue Moon-kousen in Mirage, heeft ze gezegd. Op dat moment was McDermott blij geweest met de instructies. Eamon en Michael waren ook duidelijk geweest toen ze zeiden dat ze knipmessen wilden. McDermott vermoedt dat zijn broers tot een van de bendes behoren die regelmatig jonge fabrieksmeisjes terroriseren en hun loonzakjes stelen. McDermott heeft hier en daar geïnformeerd. Als hij het ooit kan bewijzen of hen op heterdaad betrapt, zal hij ze tot moes slaan. Nog geen halfuur geleden heeft McDermott op de sportafdeling hockeyschaatsen voor ze gekocht. Graag of niet, denkt hij.

McDermott wilde dat hij voor twintig mensen een kerstgeschenk moest kopen, want dan had hij een excuus om elke afdeling van het warenhuis te bezoeken. Mannenoverhemden, huishoudelijke artikelen, kinderspeelgoed, zelfs dameshoeden. Hij bewondert de kleurrijke etalages, de glitter en glamour, de wereld die de mannequins tonen, gekleed in een peignoir of een hooggesloten japon. McDermott laat het lawaai om hem heen voor wat het is en spant zich niet in om de woorden te verstaan. Het is voldoende dat de stemmen blij klinken. Blij, vooral omdat de winkel vroeg sluit, denkt hij.

Eindelijk koopt de man vóór hem iets. Achter hem barst iemand in gejuich uit. De verkoopster wikkelt de kousen in vloeipapier en daarna in bruin papier. Vervolgens bindt ze er een touwtje om. Als de man zijn pakje beetpakt en zich omdraait, ziet McDermott een gezicht dat niet verschilt van de gezichten die hij vaak in de fabriek ziet. Een grauw gezicht, bleek van uitputting en gelatenheid. Arme man, denkt McDermott. Hij overweegt met de verkoopster te flirten, hoewel flirten niet makkelijk voor hem is. Een man moet de woorden kunnen horen die uit een vrouwenmond komen, en dat kan McDermott nu eenmaal niet. Hij geeft Eileens instructie door aan het meisje, en ze lijkt opgelucht haar product niet te hoeven laten zien. McDermott kijkt toe terwijl ze een touwtje om zijn pakje bindt.

'Heb je ook lint?' vraagt hij.

'Lint is bij fournituren op de derde,' zegt ze automatisch. 'Geschenkverpakking op de vierde.'

McDermott pakt het cadeautje op van de glazen toonbank, vouwt het dubbel en steekt het in de zak van zijn leren jas.

'Wat ze Mironson aandoen, deugt niet,' zegt Ross hoofdschuddend. Hij peutert in zijn tanden, en zijn adem stinkt naar rotte vis.

Het is bomvol in de kroeg, vanwege de halve werkdag en het kerstloonzakje; een extra dollar, die 'een wagenwiel' wordt genoemd. McDermott is eerst gaan winkelen voor hij zichzelf toestond een borrel te drinken. Hij heeft te veel mannen gezien die hun geld verzopen en na sluitingstijd stonden te janken omdat ze geen kerstgeschenk voor hun vrouw en kinderen hadden en met lege handen naar huis moesten.

Ross doelt op de verhalen in de *Ely Falls Gazette* over Mironsons betrokkenheid bij de communistische partij, over zijn geloof in vrije liefde, en over het feit dat hij drie keer getrouwd is geweest. Ze werden gevolgd door een artikel waarin Mironson werd beschuldigd van het stelen van vakbondsfondsen in North Carolina. Dat hij een communist is, klopt waarschijnlijk wel, denkt McDermott, maar ik weet zeker dat de rest leugens zijn.

'De wevers en de kaarders doen mee,' zegt Ross. 'We zijn er klaar voor.'

'Maar hoe zit het met de anderen?' vraagt McDermott. 'Je kunt geen succesvolle staking voeren zonder de werknemers die níet bij een vakbond zijn aangesloten. Op dit moment is dat negentig procent van het totaal.'

'Ze kijken naar de vakbonden,' zegt Ross. 'Dat is in Gastonia gebeurd. Dat is in New Bedford gebeurd.'

'Beal wilde niet posten.'

'Mironson ook niet,' zegt Ross. 'Heb je ook gelezen dat ze een vrouw die wél wilde werken op straat hebben uitgekleed? Spiernaakt!'

Vanuit zijn ooghoek ziet McDermott een beweging. Een man in een nu bekende, bruine overjas gaat alleen aan een tafeltje zitten. Het is warm in de kroeg in de kelderverdieping. De man doet zijn jas uit en maakt de knoop van zijn das los. Dan legt hij zijn hoed op het tafeltje, haalt zijn vingers door zijn haar en strijkt het glad. Zijn gezicht is nog net zo bleek als op de sokken- en kousenafdeling van het warenhuis.

'De Fransen vertrouwen Mironson niet,' zegt McDermott.

'Ze vertrouwen niemand die niet Frans is,' zegt Ross. 'Als we staken, zullen we naar onze eigen mensen gaan. De kerk, de Ladies' Aid Society, St. Vincent de Paul. Tijdens de staking zullen we de hulp van de arbeidersvakbond, de TWU, inroepen. Ze zullen mee willen doen en de leiding in handen nemen. Tegen die tijd zal iedereen daar dolblij mee zijn.'

Het Engelse meisje, vandaag zonder bril, gaat bij de man met het bleke gezicht zitten, op de lege stoel aan zijn tafeltje. McDermott ziet dat de man zijn bestelling doet en het ene glas whisky na het andere achteroverslaat. Drie in totaal. Het Engelse meisje heeft de oranje lippenstift op. Als ze glimlacht, ziet McDermott een oranje stipje op haar hoektand.

'Wat we nodig hebben,' zegt Ross, 'is onze eigen propaganda. We zijn niet in staat informatie aan de arbeiders door te geven. Er zijn louter geruchten.'

Het Engelse meisje en de man zitten te lachen. Het Engelse meisje is niet dom: een vrouw kan de prijs opdrijven voor een vreemdeling in een gabardine jas en een zijden das met drie borrels achter zijn kiezen.

'We hebben een drukpers nodig. Voor pamfletten en aanplakbiljetten,' zegt Ross.

McDermott kijkt over Ross' schouder naar de schoenen die het kelderraam passeren. Hij houdt ervan om zich de mensen voor te stellen die in die schoenen wonen. Vooral de vrouwen. En vooral de vrouwen die pumps dragen of mooie bontlaarzen. Het is een kortstondig genoegen. Het ene moment zijn de enkel en de kuit zichtbaar, het volgende zijn ze weer weg. McDermott heeft slechts één seconde om zich een gezicht voor te stellen. Hij ziet een paar onpraktische, hoge hakken voorbij trippelen en stelt zich een blondine met roze lipstick voor. Hij ziet een paar stevige gaatjesschoenen het raam passeren en denkt aan Eileen.

'Wat doe je met kerst?' vraagt McDermott.

'Naar de kerk gaan,' zegt Ross. 'Eten bij mijn broer. Ik heb een horloge voor Rosemary gekocht. Zes dollar, bij Simmons.'

'Leuk,' zegt McDermott.

De man, wiens gezicht een beetje meer kleur heeft gekregen, gaat staan, evenals het Engelse meisje. Hij pakt zijn jas, die over de rugleuning van zijn stoel hangt, en McDermott ziet de man weglopen. Pas dan ziet hij een pakje op de grond liggen. Hij slaat heel even zijn ogen neer, als Ross hem een vuurtje geeft. Wanneer hij naar het tafeltje kijkt en overweegt de man met het Engelse meisje te roepen, ontdekt hij dat het pakje al is gegapt. Snel laat hij zijn blik dwalen over de gezichten van de mannen die in de buurt van het tafeltje zitten, maar niemand verraadt zijn vingervlugheid. Hij hoopt dat de man vóór het sluiten van de winkels beseft dat hij het pakje kwijt is.

McDermott kijkt naar het raam. Misschien ziet hij de man passeren, hoewel hij geen idee heeft wat hij dan zou kunnen doen. Achter de passerende voeten kan hij een kiosk zien, en nu en dan kan hij de grootste krantenkop lezen. GOEDE VOORUITZICHTEN VOOR HANDEL IN NEW ENGLAND. Een kleine gestalte gaat voor de krantenkop staan. Spillebenen onder een te korte broek. Schoenen zonder veters. Schoenen die McDermott overal zou herkennen. Hij gooit een paar muntstukken op het tafeltje.

'Vrolijk kerstfeest, Ross,' zegt hij.

De jongen heeft voor de warmte de mouwen van zijn jas over zijn vuisten getrokken. Door de kou heeft hij een loopneus.

'Hallo,' zegt McDermott.

De jongen kijkt op en veegt zijn neus af aan zijn mouw.

'Wat ben je aan het doen?' vraagt McDermott.

'Ik moest voor mijn moeder naar Tsomides Market.'

'En wat is er gebeurd? Heb je het geld verloren?'

De jongen opent zijn vuist en McDermott telt de munten. 'Wat is er dán aan de hand?'

'Ze noemde vijf dingen die ik moest kopen, maar ik lette niet op en nu kan ik me er maar vier herinneren. Als ik er maar met vier thuiskom, is ze boos en laat me nóg een karweitje opknappen. Of ze stuurt me naar de kerk om de rozenkrans te bidden.'

McDermott weet dat Franse ouders hun kinderen naar de kerk sturen als ze zich slecht gedragen. Soms, wanneer McDermott 's zomers langs de St. André loopt en de deur open is, ziet hij een tiental kinderen in de kerkbanken zitten, met een rozenkrans in de hand. Niet zo'n slechte deal, denkt McDermott. Een uur in een stille kerk zitten en de rozenkrans bidden is altijd nog beter dan de lopende band!

'Eens even denken,' zegt McDermott. 'Wat maakt je moeder klaar als kerstdiner?'

'Varkensvlees en vis.'

'Is het de vis? Is het het varkensvlees?'

De jongen schudt zijn hoofd en stopt zijn handen in zijn broekzakken.

'Koffie? Meel? Melk? Brood?'

De jongen blijft nee schudden.

'Room? Spek?'

Het gezicht van Alphonse klaart op. 'Suiker,' zegt hij. Het lijkt of hij een centimeter of twee is gegroeid.

'Hoe kun je nou suiker vergeten?'

Alphonse haalt zijn schouders op.

'Ga maar gauw terug naar de winkel.'

'Bedankt,' zegt Alphonse.

'Je hoeft me niet te bedanken. Heb je zin om een ritje met de tram te maken nadat je de boodschappen naar je moeder hebt gebracht?'

'Waarheen?' vraagt de jongen.

'Dat is een geheim,' zegt McDermott.

❧ Alphonse

Ze hebben een mooi plaatsje in de tram, en Alphonse vindt de sneeuw prachtig in het plotselinge zonlicht. Het is niet de eerste sneeuwval van het jaar, maar deze keer blijft de sneeuw lang liggen. De straten zijn al wit. McDermott zit naast Alphonse te roken en van tijd tot tijd werpt Alphonse een steelse blik opzij. Toen ze in de tram naar het westen stapten, was Alphonse verbaasd, omdat er in het westelijke deel van de stad alleen maar armzalige boerderijen stonden. Verder niets. Misschien heeft McDermott een bloedverwant die op een boerderij woont, besluit Alphonse, en gaan we daar op bezoek. Dat zou hij prima vinden.

Toen ze vertrokken, heeft McDermott aan Alphonse gevraagd of hij een trui had, want het zou wel koud zijn op de plek waar ze heen gingen. Alphonse is meteen weggerend en was binnen vier minuten terug met een trui van Marie-Thérèse, want haar maat past hem het beste. Alphonse is groot voor zijn leeftijd, in tegenstelling tot Marie-Thérèse. De trui is lichtgroen en heeft een versiersel aan de voorkant, maar als Alphonse zijn jas dichthoudt, weet niemand dat het een meisjestrui is. Soms gaat Arnaud Nadeau in een flanellen hemd met een geplooide kraag naar de fabriek. Het hemd is roodgeruit. Arnaud doet net of het een afdankertje van zijn broer is, maar iedereen kan zien dat het hemd van zijn moeder is geweest.

Morgen zullen Alphonse en zijn familie naar de kerk gaan en hun varkensvlees-en-vis diner nuttigen. De nicht van zijn moeder komt met haar zeven kinderen op visite, en als Alphonse niet zorgt dat hij direct na de maaltijd weg is, moet hij 's avonds tot een uur of tien binnenblijven om zijn jongste neefjes en nichtjes in de gaten te houden. En dat zal dan het einde van zijn feestdag zijn. Maar zijn moeder heeft al gezegd dat de feestdag niet veel zal voorstellen, vanwege de loonsverlaging. Het is al moeilijk genoeg om eten op tafel te zetten, zei ze, en dit jaar moesten ze de kerstcadeautjes maar vergeten. En verder wilde ze niet dat iemand klaagde. Marie-Thérèse jammerde en zei dat ze heel erg naar een fluwelen jurk had verlangd, maar alle anderen zwegen en dachten aan hun eigen verlanglijstje. Nou, het had geen zin erom te huilen, zei zijn moeder. Bij uitzondering keek ze naar Marie-Thérèse, die normaal gesproken ongestraft een moord kon plegen! Iedereen voelde de nood, zei zijn moeder. In de hele stad zou het een 'magere' kerst zijn.

McDermott en Alphonse zitten zwijgend in de tram, en Alphonse kijkt naar de mensen die in- en uitstappen. Er stappen er meer uit dan in naarmate ze verder naar het westen rijden. McDermott maakt een praatje met de conducteur en biedt hem een sigaret aan. Als hij zich naar Alphonse omdraait, wijst hij naar buiten. Alphonse ziet een groot, vlak veld met een gebouw, een toren en, opstijgend uit de sneeuw, een vliegtuig. Plotseling wordt de dag, die tot nu toe helemaal níets van een feestdag had, even sprankelend en glinsterend als de sneeuw.

'Af en toe ga ik hierheen om naar het opstijgen en landen van de vliegtuigen te kijken,' zegt McDermott. 'In dat gebouw daar is een kleine wachtkamer waar je een beker warme chocolademelk kunt kopen. Daar heb je nu vast wel trek in!'

Alphonse heeft al zeven vliegtuigen geteld. Hij kent al hun namen niet, maar McDermott vertelt hem het een en ander terwijl ze van de tramhalte naar het vliegveld lopen.

'Zie je die daar met de Texaco-ster?' vraagt McDermott. Hij wijst naar een helderrood vliegtuig. 'Dat is een Lockheed eendekker. Vorig jaar zomer is Frank Hawkes met eenzelfde vliegtuig heen en weer gevlogen van New York naar Los Angeles. 19 uur en 10 minuten naar het westen, 17 uur en 38 minuten naar het oosten. Van west naar oost gaat sneller.'

'Waarom?'

'Door de wind, denk ik. Die grote, rode daar? Dat is een Fokker F-32. Spanwijdte vijfendertig meter. Het toestel heeft vier kamers, een keuken, twee wc's en zestien slaapplaatsen. En die daar – vertrekt hij? – is een Travel Air met een open cockpit. Honderdtachtig kilometer per uur. Zal wel naar New York vliegen. De meeste van deze vliegtuigen gaan naar New York of naar Boston. Dan stappen de passagiers over in een ander vliegtuig en gaan naar Miami, Saint Louis of Havana. Vandaag zal de wachtkamer vol zijn van mensen die allemaal proberen met de kerst thuis te zijn. Die daar? Gaat hij landen?

Dat is een Boeing Mail Plane. Mooi, hè? Hij zal vandaag volgeladen zijn met kaarten en pakjes.'

Alphonse en McDermott lopen door de sneeuw. Al gaat de sneeuw in de zijkanten van zijn schoenen zitten en al komt die soms tot boven zijn sokken, het kan Alphonse geen barst schelen. In de toren ziet hij een man met een microfoon in zijn hand. Het idee dat het vliegveld al die tijd hier is geweest, aan het eind van de tramlijn, en dat híj dat niet wíst! Hij was weliswaar te verlegen om helemaal naar het gebouw te gaan, maar hij had aan het eind van het veld kunnen gaan staan om naar het opstijgen en landen van de vliegtuigen te kijken.

McDermott leidt Alphonse de wachtkamer binnen. De warmte is een verrassing, hoewel iedereen nog een jas aanheeft. In de hoek staat een vrouw in een met bont gevoerde jas met een vrouw in een loden jas te praten. Als Alphonse nogmaals naar hen kijkt, ziet hij dat de vrouw in de loden jas de vrouw is die het bruine badpak droeg toen hij die dag op het strand was, de vrouw die haar handen en knieën in het zand drukte.

Alphonse is bang dat iemand naar McDermott en hem toe zal komen om te vragen of ze weg willen gaan. Iedereen in het vertrek is zo mooi gekleed, en híj draagt schoenen zonder veters en een te korte broek. En McDermott – nou, McDermott ziet er beter uit dan hij, Alphonse, maar niet zo goed als de mensen die koffie staan te drinken en te kletsen alsof ze dat elke dag doen. Als Alphonse naar beneden kijkt, ziet hij de lichtgroene trui met het versiersel. Dat kan iedereen nu zien, want hij heeft zijn jas opengemaakt omdat het zo warm was. Hij verroert zich niet, zoals een hond die weet dat hij iets verkeerds heeft gedaan.

'Ik ga een beker warme chocolademelk voor je halen,' zegt McDermott.

Alphonse trekt zijn jas strak om zich heen en knikt. Hij had zijn moeder moeten vragen de ritssluiting te maken. McDermott loopt naar de balie en komt terug met een witporseleinen beker met een blauwe streep en een vliegtuig erop. Alphonse neemt een grote slok van het hete brouwsel. Zoiets lekkers heb ik nog nooit gedronken in mijn lange leven, denkt hij.

De dienstregeling is met krijt op een schoolbord geschreven, naast het raam van de kaartjesverkoper. De vlucht van 2:15 naar New York is al twee keer doorgestreept. Nu staat er 3:35, dat is al over tien minuten. De vrouw in de met bont afgezette jas zegt iets tegen de vrouw naast haar. Hun lach doet Alphonse denken aan het geluid van heel mooie stukjes vallend glas.

❧ Honora

Honora is nooit eerder op een vliegveld geweest, en ze is blij dat Vivian heeft gevraagd of ze iemand nodig had om haar auto terug te brengen naar het strand. Aanvankelijk voelde de Ford vreemd en moeilijk hanteerbaar aan en vroeg Honora zich af of het haar zou lukken. Koop nooit een Ford, had Sexton op de dag van hun eerste ontmoeting gezegd. Maar voordat ze het moerasgebied passeerden, had ze haar rijstijl aangepast aan de nukken en de eigenaardigheden van Vivians auto. Daarna was de rit gewoon leuk. Honora beseft ineens dat het al een tijdje geleden is dat ze iets leuk heeft meegemaakt. In elk geval niet sinds de zomer, vóór zij en Sexton hoorden dat het huis te koop was. Ze heeft een briefje voor Sexton op de keukentafel gelegd. *Ben naar het vliegveld om een buurvrouw in haar auto weg te brengen. Later leg ik het wel uit. Ben om een uur of vijf terug. Vrolijk kerstfeest. Liefs, Honora.* Natuurlijk zal ze het haar man vergeven dat hij de beloofde kerstlunch heeft gemist, maar het zal Sexton Beecher beslist geen kwaad doen om ook eens op de ander te moeten wachten.

De tocht naar het vliegveld voerde Honora en Vivian door Ely Falls, waar ze langzaam langs de etalages van Simmons Department Store reden. Ze waren opgetogen over de diorama's van ouderwetse kerstmissen met mannequins in hooggesloten japonnen en lange peignoirs, zittend rond kerstbomen die versierd waren met linten, slingers van veenbessen, en brandende kaarsen. (Nu denkt Honora dat de kaarsen natuurlijk niet écht waren.) Vivian en zij speelden een spelletje waarbij ze aan de hand van de houding en de kleren van de mensen die tussen de auto's door glipten om de overkant van de straat te bereiken, probeerden te raden wat er in hun pakje zat. Vivian zag een elegante, kleine man in een tweedjas en een vlinderdas, en gokte op Charis-lingerie, een gordeltje met jarretelles. Voor zijn minnares natuurlijk. Honora zag een mollige vrouw van middelbare leeftijd en gokte op een Hormel-ham. Vivian, naast haar, zat te gillen van het lachen.

Honora en Sexton hadden overwogen de kerst in Taft door te brengen, maar Sexton had gezegd dat hij eigenlijk heel veel tijd aan zijn klanten wilde besteden. Honora had haar moeder in een brief gevraagd of zij en oom Harold per bus naar Ely Falls wilden komen om op Fortune's Rocks kerst te vieren (Honora wil dolgraag opscheppen met haar huis), maar haar moeder had geantwoord dat Harold nog te zwak was om te reizen (niet verbazingwekkend) en dat ze het dit jaar met pakjes en brieven zouden moeten doen.

'Bent u bang om te vliegen?' vraagt Honora.

'Nou en of,' zegt Vivian, terwijl ze een paarlemoeren poederdoos uit haar tas haalt. 'Gedurende de hele vlucht knijp ik 'm als een ouwe dief.'

'Waar is uw bagage?'

'Ik heb de grote koffers vooruit laten sturen. Nutteloze spullen. Wat dacht ik in hemelsnaam met een witte, hermelijnen stola te gaan doen?'

'En neemt u Sandy mee in het vliegtuig?' De hond, in een kleine, houten mand, kijkt bijna net zo bezorgd als Vivian.

'O, hij redt zich wel. In feite zijn de meeste mensen dol op vliegen. Ik moet toegeven dat de service fantastisch is en de gin uitmuntend. Het toestel heeft zes kamers. Het plafond is beschilderd met sterren, de toiletten zijn modern en de fauteuils draaien, zodat je kunt kaarten. Vóór de landing zal ik amper tijd hebben voor een robber.'

'Ik benijd u.'

'Ze zeggen dat het veiliger is dan autorijden, maar daar geloof ik niks van.'

Er staan houten stoelen in een sobere maar pasgeverfde ruimte. Een vrouw in een vliegpak verdwijnt achter een deur waarop 'Operations' staat, en even later komt ze weer te voorschijn met een kaart in haar hand. Als ze door het vertrek loopt, op weg naar de landingsbaan, gaapt iedereen haar aan. Vooral de zes mannen die op hun vliegtuig zitten te wachten. Een jongen bij het raam kijkt met een verrukt gezicht naar buiten. Honora vraagt zich af of het kind ook aan boord van een vliegtuig gaat, maar dan besluit ze van niet. Hij is schamel gekleed en deerniswekkend mager. Ze is verbaasd dat zijn vader, die naast de jongen staat, hem in zulk slecht weer buiten laat lopen in schoenen zonder veters en een te korte broek die niet eens tot aan zijn sokken reikt. Terwijl Honora naar hen kijkt, pakt de vader een lege, porseleinen beker uit de handen van de jongen. Het kind draait zich om en drukt zijn gezicht tegen het glas.

'Dat zal míjn vliegtuig zijn,' zegt Vivian.

'Waar wilt u dat ik de auto neerzet?' vraagt Honora.

'Vlak voor het huis,' zegt Vivian, terwijl ze haar lippen bijwerkt. 'Ik heb een mannetje dat er een oogje op zal houden.'

Vivians haar heeft kleine golfjes, zoals zand na een storm. Honora kijkt aandachtig naar Vivians met bont afgezette jas en het tweedpakje dat ze eronder draagt. Het pakje is fraai gesneden. Het past zó goed, dat het ongetwijfeld speciaal voor haar is gemaakt. Honora is ook jaloers op de met bont gevoerde enkellaarsjes van de vrouw. Veel mooier dan haar eigen kaplaarzen, die ze, in hun haast om te vertrekken, vergeten is aan te doen. Haar bruine pumps zijn nat en koud. Als ze thuis is, zullen ze bij de kachel moeten drogen.

'U hoeft niet op me te wachten,' zegt Vivian, en ze klapt de poederdoos dicht. 'U moet nog een aardig eindje rijden.'

'Ik wil u zien vertrekken. Als er iets gebeurt en uw vlucht gaat niet door, zit u hier vast.'

'Ik zou heus wel een manier vinden om thuis te komen. Het is bijna donker. U moet écht gaan.'

'Wanneer komt u terug?' vraagt Honora.

'Pas in mei, denk ik.'

'O,' zegt Honora. Plotseling vindt ze het erg dat haar pas ontdekte vriendin haar verlaat. 'Wat een lange tijd!'

Vivian stoot Honora aan en wijst met haar hoofd in de richting van een man die een fraaie gleufhoed en een Harris Tweed-overjas draagt. Hij heeft een plat, rechthoekig pakje in zijn hand. Rood papier met een goudkleurige strik.

'Pastelgroen zijden nachthemd, schuin geknipt,' zegt Vivian. De twee vrouwen barsten in lachen uit.

Ondanks de toenemende duisternis kan Honora zich er niet toe zetten de wachtkamer te verlaten. Ze kijkt naar de passagiers die de steile trap van het vliegtuig opklimmen en gebukt onder de lage deur door lopen. Als Honora om zich heen kijkt, ziet ze dat alleen zij en de jongen binnenblijven, en ze vraagt zich af waar de vader naartoe is gegaan. 'Spannend, hè?' zegt ze tegen de jongen.

De jongen draait zich om. Op het glas staat een afdruk van zijn neus en lippen. Buiten wordt de motor van het vliegtuig gestart. Honora legt een hand boven haar ogen, zodat ze in de verlichte ramen van het vliegtuig kan kijken. Als ze Vivian ziet, zal ze zwaaien. Ze ziet wel gedaantes in de ronde ruitjes, maar niemand die haar nieuwe vriendin zou kunnen zijn. Het vliegtuig maakt een bocht en rolt weg.

'Als we opschieten,' zegt een stem achter Honora, 'kunnen we de laatste tram nog halen. Ik heb het zonet aan de onderhoudsman buiten gevraagd.'

Honora draait zich om terwijl ze haar handschoenen aantrekt. Ze heeft een vluchtige indruk van donker, krullend haar en helderblauwe ogen. Nu ze de man van dichtbij ziet, beseft ze dat hij onmogelijk de vader van de jongen kan zijn. Daar is hij te jong voor. Misschien is hij de broer van het kind, hoewel ze helemaal niet op elkaar lijken.

Als Honora de deur openduwt, bolt de wind haar jas op. Ze hoopt maar dat het haar lukt om de strandwagen te starten. Zou er op dit late uur nog een tram naar Ely rijden? De jongen en de man naast haar trekken hun schouders op tegen de koude wind en beginnen de lange weg naar de tramhalte af te lopen. De jongen zal het vreselijk koud hebben, denkt Honora.

'Sorry,' roept ze. 'Kan ik jullie een lift geven?'

De man en de jongen blijven staan. Honora loopt dichter naar de gedaantes toe, zodat ze hun gezichten kan zien.

'Waar gaan jullie heen?' vraagt ze.

'Terug naar de stad,' zegt de man na een korte aarzeling.

'Ik moet door de stad rijden om bij mijn huis te komen, dus kan ik jullie een lift geven. Het is te koud om op een tram te moeten wachten.'

De man legt zijn hand op de schouder van de jongen en zegt simpelweg: 'Bedankt.'

❧ McDermott

McDermott en de jongen volgen de vrouw naar haar auto. Hij heeft het voor de jongen gedaan, anders zou hij het aanbod hebben geweigerd. De wind rukt aan de hoed van de vrouw, en ze moet hem met haar hand vasthouden. Haar schoenen maken een keurig recht spoor in de sneeuw.

McDermott heeft, de tram buiten beschouwing gelaten, sinds november niet in een voertuig gereden, toen Mahon hen allemaal in zijn broodwagen meenam naar een clandestiene kroeg in Rye. McDermott, Ross en Tom Magill zaten achterin op de vloer, omgeven door de geur van gist en waspapier. Na afloop had hij een zeer achterwerk gehad door al het gehots en gehobbel over de weg. Een hevige windvlaag blaast glinsterende sneeuw van de daken van een stuk of vijf auto's die vlak achter de verkeerstoren zijn geparkeerd. McDermott werpt een blik op de jongen. Hij ziet dat Alphonse bijna even opgewonden is als toen hij voor het eerst een vliegtuig zag opstijgen, en hij vraagt zich af of de jongen ooit in een auto heeft gereden.

De vrouw draait zich abrupt om en McDermott botst bijna tegen haar op.

'Hij is niet van mij,' zegt ze. 'Ik hoop dat ik hem aan de praat kan krijgen.'

Haar ogen tranen een beetje door de kou. Hij schat dat ze van zijn leeftijd is, misschien een jaar jonger. Een klein randje haar komt onder haar hoed uit. Donker, zoals haar ogen.

'Ik weet zeker dat we er samen wel uitkomen,' zegt McDermott.

'Weet u iets van motoren?' vraagt ze.

'Ik ben aardig technisch,' zegt hij. Dan steekt hij zijn hand uit. 'Mijn naam is Quillen McDermott.'

De jongen werpt hem een bedenkelijke blik toe. 'Ze noemen hem altijd McDermott,' zegt hij.

'Ik heet Honora. Honora Beecher. En hoe heet jij?'
'Alphonse,' zegt de jongen. 'Ik heb u een keer op het strand gezien.'
'O ja?'
'U had een bruin badpak aan.'
'Dat klopt,' zegt ze. Ze klinkt een beetje verbaasd. 'Zijn jullie broers?' vraagt ze, terwijl ze van McDermott naar Alphonse wijst. McDermott ziet dat Alphonse even aarzelt alvorens zijn hoofd te schudden.

'Ik denk dat we makkelijk met z'n allen voorin kunnen zitten,' zegt de vrouw.

De voorbank van de Ford is stevig geveerd, en de bodem is bedekt met zand en natte sneeuw. De jas van de vrouw valt open, en haar rok kruipt op tot boven haar knieën. McDermott ziet haar slanke been heen en weer bewegen. De jongen, die tussen hen in zit, kijkt met grote ogen door het raampje. Telkens wanneer McDermott een glimp opvangt van de groene trui onder de jas van de jongen, wendt hij glimlachend zijn hoofd af.

De auto glijdt over de gladde weg. Hij wil tegen de vrouw zeggen dat ze het heel rustig aan moet doen, omdat ze anders wegslippen op het glibberige wegdek, maar hij kent haar niet goed genoeg om haar raad te geven. De drie lichamen, dicht tegen elkaar aangedrukt, produceren een soort warmte.

De vrouw vraagt hem iets, maar door het lawaai van de motor kan hij niet precies verstaan wat ze zegt.

'Hij is bijna doof,' zegt de jongen beschermend. 'Je moet hem recht aankijken, zodat hij kan zien wat je zegt.'

De vrouw glimlacht. 'Nou, dan zal ik mijn kiezen maar op elkaar houden,' zegt ze luchtig. 'Mijn man heeft me nog niet zo lang geleden leren autorijden, en ik durf mijn ogen niet van de weg af te houden.'

'Ik zal naar voren buigen,' zegt McDermott. 'Zo, op deze manier.'

Nu kan hij het gezicht van de vrouw goed zien. Ze zit over het stuur gebogen, met een frons tussen haar wenkbrauwen en een flauwe glimlach om haar lippen. 'Ben je doof geboren?' vraagt ze.

'Het is door de fabriek gekomen,' zegt hij. 'De weefgetouwen. De herrie van al die weefgetouwen in één ruimte. Vrijwel iedereen wordt een beetje doof, maar bij mij is het erger.'

'We werken alletwee in de fabriek,' zegt de jongen.

De vrouw kijkt verbaasd. 'Ben je niet te jong om te werken?' vraagt ze.

In de boerderijen brandt licht en uit sommige schoorstenen komt rook. McDermott heeft bijna geen gevoel meer in zijn voeten. Hij wil zijn jas om de natte schoenen van de jongen wikkelen om ze te drogen, en vraagt zich af waar de vrouw woont. Hij probeert zich voor te stellen naar wat voor huis ze terugkeert, maar het enige beeld dat bij hem opkomt, zijn de etalages van Simmons Department Store met van die nagemaakte ouderwetse kerstmissen. Er is toch niemand die zo woont? In de verte ziet hij de contouren van schoorstenen die zich tegen de nachtelijke hemel aftekenen. Het werk in de fabrieken ligt nu stil. Geen rookpluimen die zich boven de stad verspreiden. Vanmiddag zag hij al dat de lucht helderder, zuiverder was. Mannen en vrouwen sluiten zich massaal bij de vakbonden aan. Wanneer het warmer is, zal er ongetwijfeld een staking komen, denkt McDermott. Als je staakt, moet je dat in de zomer doen, heeft Mironson gezegd, zodat de arbeiders die uit hun huis worden gezet niet doodvriezen in het tentenkamp.

Klotebazen, denkt McDermott.

Hij wijst de vrouw de weg naar het huis van de jongen, hoewel hij eigenlijk wilde dat ze gewoon doorreden. Hij stelt zich voor dat ze allemaal bij een wegrestaurant uitstappen om te eten. Het zou er niet druk zijn, want op kerstavond is iedereen thuis, en het zou er lekker warm zijn. Ze zouden met z'n drietjes in een nis zitten, en hij, McDermott, zou grappige dingen zeggen en de vrouw aan het lachen maken.

Wanneer ze de hoek van Alfred en Rose bereiken, stappen McDermott en de jongen uit. Hij geeft de jongen een cadeautje dat in bruin papier is verpakt, legt zijn hand op de schouder van de jongen en zegt: 'Ik hoop dat je een fijne kerst hebt.' Dan kijkt hij hoe Alphonse de hoek om rent.

Daarna loopt McDermott terug naar de auto en leunt tegen het portier aan de kant van de bestuurder.

'Hij is blij,' zegt McDermott.

'Wat heb je hem gegeven?'

'Een zakmes. Voor als we gaan vissen. Dan kan hij er vis mee schoonmaken.'

'Maak je dan uitstapjes met hem?'

'Af en toe. Ik heb best wel medelijden met het joch.' Hij zwijgt even. 'Nou, bedankt voor de lift. Hoever is het nog naar je huis?'

'Niet ver. Tot het strand.'

'Dus je woont aan het strand.'

'Ja.'

'Bofkont.'

'Ik weet het niet. In elk geval niet om deze tijd van het jaar.'

'Maar tóch.'

'Maar tóch,' zegt ze glimlachend.

'Wat ga je doen met kerst?' vraagt hij.

'We staan laat op. Dan lopen we naar de zitkamer en maken onze pakjes open. En jij?'

'Ik ga naar het huis van mijn zus. Het zal er wel weer een chaos zijn. Mijn broers zullen hun cadeautjes niet leuk vinden, zoals gewoonlijk. Wat wil jij eigenlijk als kerstcadeau hebben?'

'Een baby,' zegt ze zonder aarzelen. 'En jij?'

'Rust en vrede.'

Ze lacht. Hij probeert met haar mee te doen, maar zijn mond is bijna bevroren. Allemachtig, wat voelt hij zich gelukkig! Het is kerstavond, en morgen hoeft hij niet te werken, en de stad is bijna mooi. En als het warmer wordt, zal er een staking komen. Met een gebaar dat hem duizelig maakt, steekt de vrouw een hand door het open raampje en raakt even de zijne aan.

'Je krijgt vast en zeker wat je wilt,' zegt ze.

Met veel moeite maakt McDermott zich los van de strandwagen en hij kijkt toe terwijl de vrouw wegrijdt en de hoek omgaat. Dan zet hij de kraag van zijn leren jas op, kijkt omhoog naar de sterren en doet een schietgebedje. Voor Eileen, voor de jongen, voor de vrouw in de auto en zelfs voor zijn broers, die lastposten. Lachend schudt hij zijn hoofd. Sinds zijn jeugd heeft hij nooit meer echt gebeden. Een verwachtingsvol gebed, een rechtstreeks bericht van hem aan God.

❧ *Honora*

Honora rijdt hoofdschuddend door het moerasgebied. Ze kan zich niet voorstellen waarom ze die man heeft verteld dat ze een baby wilde, en ook niet waarom ze zijn hand heeft aangeraakt. Het komt door Kerstmis, besluit ze. Daardoor doe je impulsieve dingen – zoals Vivian aanbieden haar naar het vliegveld te brengen. Ze is blij dat ze het heeft gedaan, want het is fijn om een tijdje weg te zijn uit huis. Ze denkt aan de jongen, zijn bezitterigheid, zijn trots. Zijn verrukte gelaatsuitdrukking op het vliegveld. Zijn grijns toen de man hem het cadeautje gaf. De manier waarop de man haar aan moest kijken om te weten wat ze zei.

Ze hoopt maar dat Sexton niet woedend is omdat ze er niet was om hem te begroeten. Ze zal het uitleggen, en ze is er zeker van dat hij het zal begrijpen. Ze rijdt de strandwagen de hoek om, in de verwachting dat ze het huis zal zien en de Buick op zijn eigen plekje vóór het huis. Maar bijna aan het eind van de bocht schrikt ze zó van wat ze ziet – of beter gezegd, van wat ze níet ziet – dat ze automatisch op de rem trapt en de auto tot stilstand brengt.

Er brandt geen licht in het huis, en de Buick is er niet.

Ze zegt tegen zichzelf dat Sexton naar de winkel is om koffie te kopen. Dat hij geen benzine meer had en naar een pompstation moest lopen. Dat er te veel auto's op Route 1 waren en dat hij onmogelijk contact met haar kon opnemen. Dat hij haar kerstgeschenk op een toonbank in een warenhuis had laten liggen en terug moest om het te gaan zoeken.

Ze gelooft er geen woord van.

Ze start de motor, rijdt door tot aan het huis en parkeert de strandwagen op de plaats waar de Buick altijd staat. Even later stapt ze op de granieten stoep. De deur glanst in het maanlicht. Als ze het huis betreedt, denkt ze aan de eerste keer dat zij en Sexton het huis binnen-

147

gingen. De gang is nu lichter, fleuriger. Het loslatende behang met de lakeien is weg en vervangen door citroengele verf, en de elektrische muurlampen gaan nu heel makkelijk aan. Het huis stinkt niet langer naar schimmel, en ze denkt niet meer zo vaak aan de vorige bewoners. Ze hangt haar jas aan een haak en loopt de keuken in. De ramen zijn schoon, de binnenluiken geverfd en het vuil van jaren verwijderd. De ovendeur gaat nu zonder gepiep en geknars open, en het water stroomt gelijkmatig uit de kraan.

Het geluid van de branding in haar hoofd maakt het denken moeilijk. Ze gaat aan de tafel zitten en strijkt over het geborduurde, linnen tafelkleed. De theespullen staan nog in de gootsteen; er is niets aangeraakt. Sexton is niet thuisgekomen en weer naar buiten gegaan om een pint melk te halen. Hij is helemáál niet thuisgekomen.

Ze kijkt naar de koekoeksklok aan de muur. Tien over zes, en ze begint af te wassen. Ze heeft een menu voor deze kerstavond bedacht: gebraden eend met een vulling van rozijnen, in de schil gekookte aardappelen, spruitjes en een Spaanse uienschotel. Het nagerecht, de pasteien, is al klaar. Noch zij noch Sexton is erg godsdienstig, dus zullen ze om middernacht niet naar de kerk gaan, en morgenochtend waarschijnlijk ook niet. Nee, morgen slapen ze lang uit en dan staan ze op, drinken koffie en lopen naar de zitkamer om de boom te bewonderen.

Hij heeft een ongeluk gehad, denkt ze. De Buick is kapot en ligt in een greppel langs de weg. En Sexton ligt gewond op een brancard.

Ze slaat haar natte handen voor haar gezicht. Nee, nee, zo wil ze niet denken.

Als ze zich omdraait, ziet ze dat Vivian een keurig opgevouwen krant op een stoel heeft laten liggen. Haar nieuwe vriendin moet hem in haar hand of onder haar arm hebben gehouden toen ze op de deur klopte. Misschien was ze van plan hem in de wachtkamer van het vliegveld te lezen. Honora droogt haar handen af, pakt de krant op en vouwt hem open. GOED VOORUITZICHT VOOR HANDEL IN NEW ENGLAND. Honora gaat zitten en bladert de krant door, op zoek naar de advertenties om haar af te leiden, zodat ze niet meer aan de Buick in de greppel denkt. *Cudahy's lunchtong, 21 dollarcent,* leest ze. Sardines kosten 13 cent. Zijden jurken $4,89. Er zijn advertenties voor waspapier, chiffon kousen en ondergoed dat met kant is afgezet. Voor Camay- en Ivory-zeep. Kunstzijden slipjes kosten 49 dollarcent. *Wettelijke bepaling bewaakt portemonnee van echtgenoot,* leest ze. *Heer des huizes ongevoelig voor aanschaf bontjas.* Opnieuw kijkt ze op de klok, waarvan de wijzers zich tergend langzaam bewegen. Ze be-

148

studeert de 'gevraagd'-advertenties. *Vrouw die kan koken. Gezocht: vrouw van middelbare leeftijd. Jong meisje. Meisje voor kantoorwerkzaamheden. Serveerster. Verkoopster. Huishoudster.* Ten slotte legt ze de krant weg en reikt naar het pakje met zeeglas dat Vivian haar heeft gegeven. Elke scherf pakt ze op en bekijkt hem aandachtig. Het licht verandert de kleuren, maakt het lavendelblauw roze en het verbleekte blauw glanzend. Ze gaat staan en loopt de zitkamer in om haar schotel met zeeglas op te halen. Onder de boom liggen diverse pakjes, cadeautjes uit de grote doos die haar moeder heeft gestuurd. Ook de pen waarvan ze Vivian heeft verteld, en een vest dat ze voor Sexton heeft gebreid. Ze tilt de schotel op, draagt hem behoedzaam naar de keuken en zet hem op de tafel. Ze gaat met haar hand door de stukjes glas, nu een paar lagen dik, en laat ze, als zand, door haar vingers glijden. Ze voegt Vivians collectie zeeglas aan haar eigen verzameling toe. De stukjes mengen zich, zodat Honora niet langer kan zien wat van wíe is.

Ze hoort het geluid van een auto op grind, iets tussen gesnor en gebrom in. Een geluid dat ze overal zou herkennen. Ze rent de gang in, opent de deur en roept de naam van haar man.

Sexton stapt wankelend uit de Buick. Hij draait zich om en legt een hand op het dak van de auto, alsof hij steun zoekt. Heel even lijkt hij niet te weten dat zij er is. Ze roept hem opnieuw. Deze keer hoort hij zijn naam en recht zijn rug.

Ze doet een stap naar voren, maar hij houdt haar met een handgebaar tegen.

'Sexton, wat is er met je?' vraagt ze.

'Ik red me wel,' zegt hij.

Hij loopt om de Buick heen, met zijn koffer in zijn hand. Als hij zijn vrouw bereikt, legt hij zijn vrije arm om haar heen en trekt haar zo'n beetje tegen zich aan. Hij stinkt naar zweet en verschaalde alcohol.

Misschien deinst ze terug, en hij laat haar schouder los.

Dan loopt hij naar het huis. Het is alsof hij haar aanwezigheid al is vergeten. Zijn houding is anders dan anders – zijn rug een beetje gebogen, zijn schouders ingezakt. Hij struikelt over een tuintegel. Op de stoep aarzelt hij even, alsof de kerstkrans op de voordeur hem heeft verrast.

Honora loopt achter Sexton het huis in. In het felle keukenlicht kan ze de stoppels op zijn kin zien, de blauwe kringen onder zijn ogen, die roodomrand zijn.

Hij heeft gehuild, denkt ze.

149

'Ik maakte me zorgen toen je niet kwam opdagen,' zegt ze.

'Dat spijt me.'

'Wat is er met je gebeurd?'

'Wat er met me gebeurd is?'

Ze wacht op zijn antwoord, maar hij schijnt de stilte niet te kúnnen of te wíllen opvullen. Na een tijdje tilt ze de ketel op, maar ze moet hem meteen weer neerzetten omdat haar handen beven als een rietje.

'Ik ben mijn baan kwijt,' zegt hij.

Ze drukt haar vingers tegen de rand van het aanrecht.

'Ik raak ook de auto kwijt,' zegt hij. 'De bank vordert de lening terug.'

'Waarom?'

Hij ploft neer in de stoel, alsof zijn benen het domweg hebben begeven. Hij leunt met zijn ellebogen op zijn knieën en legt zijn hoofd in zijn handen. 'In de hele stad vorderen banken leningen terug. Het is overal hetzelfde.'

'Dat kunnen ze niet doen,' zegt Honora. 'Ik snáp het niet. Ze hebben die lening in goed vertrouwen verstrekt.'

'Ze kunnen alles doen wat ze willen.'

Honora wilde dat haar man haar aankeek, maar ze kan alleen de bovenkant van zijn hoed zien. Er zit een vlek op. Het lijkt wel modder, alsof hij de hoed heeft laten vallen. 'Zijn we het huis kwijt?' vraagt ze.

Nog niet.

Nóg niet.

'Wat is er gebeurd?' vraagt ze. 'Heb je een brief gehad?'

'Ik heb een brief gehad, en vanmorgen ben ik naar de bank gegaan.'

'Waarom heb je het me niet verteld?'

Hij kijkt haar nog steeds niet aan.

'En dat is alles?' vraagt ze. Ze kan de toenemende paniek in haar stem horen. 'Ze zeiden alleen maar: "We hebben het geld van de lening gegeven en nu nemen we het terug?"'

'Zoiets.'

Ze loopt naar de koelkast en verwijdert de ijsla. Hij zit vol water, en het klotst als ze de la beweegt. Ze loopt er voorzichtig mee naar de achterdeur en gooit het water naar buiten. Dan schuift ze de ijsla weer in de koelkast.

'Wat ben je aan het doen?'

'De ijsla leegmaken.'

'Alsjeblieft, Honora!'

'Ik zal wat eten opwarmen. Er is geen tijd meer om de eend te braden.'

'Ik heb geen honger.'

Ze loopt naar de keukentafel en gaat tegenover hem zitten. Hij draait zich om en legt zijn arm op het linnen tafelkleed, maar hij reikt niet ver genoeg om haar aan te raken. Hij heeft zijn jas nog aan en ze kan zijn whisky-adem ruiken.

'Ik heb een gokje gewaagd,' zegt hij. 'Ik heb iets gedaan wat niet écht verkeerd was, maar ook niet écht volgens het boekje. Wat ik heb gedaan, is eigenlijk niet helemaal in de haak.'

'Wat heb je dan gedaan?'

'Dat hoef je niet te weten.'

'Hoef ik dat niet te weten?'

'Allemachtig, Honora!'

Ze trekt de schotel zeeglas naar zich toe en denkt aan haar kerstavonddiner – de eend, de uien, de spruitjes, de pasteien. Ze pakt een stuk melkglas en houdt het tegen het licht. Hoe durft hij zo'n toon tegen haar aan te slaan? Het is toch ook háár auto, háár huis en háár leven? Ze pakt een scherf geribbeld glas van de schotel en bekijkt de randen. Ze denkt aan de cadeautjes in de zitkamer: de Multi-Vider-pen, die ze heeft kunnen betalen door heel zuinig met haar huishoudgeld om te springen, het geblokte, wollen vest waaraan ze uren heeft zitten breien. Ze laat het zeeglas door haar vingers glijden. Het ergste van alles is dat hij haar de zuivere edelsteen heeft ontnomen van wat had kunnen zijn.

Ik ben getrouwd met een man die niet volstrekt eerlijk is, denkt ze.

'Jij en je vervloekte zeeglas,' bromt Sexton.

Ze wil dat haar man uit de keuken verdwijnt. Dat hij de trap opklimt, een bad neemt, naar bed gaat en vanavond geen woord meer tegen haar zegt.

'Ga naar boven en neem een bad,' zegt ze. 'Ik zal eten opwarmen.'

Ze schuift haar stoel naar achteren en Sexton gaat staan. Hij buigt zich over het tafelkleed heen, pakt de schotel met zeeglas beet en gooit dan de stukjes glas in de lucht, zoals je iemand in een strakgespannen deken omhoog gooit, of een pannenkoek in een pan. Het glas vliegt alle kanten op en raakt het plafond, de ramen, de muren, de koekoeksklok, het fornuis, de koelkast en de planken. Even lijkt het of het overal gekleurde glasstukjes regent. Honora legt haar armen om haar hoofd om zich te beschermen.

Sexton zet de schotel op de tafel. Hij draait zich razendsnel om en rent weg, met wapperende jaspanden. Honora hoort de voordeur dichtslaan en de motor van de Buick starten.

Honora laat haar armen zakken.

De stilte in de keuken is erger dan de glasscherven die uit de hemel vallen.

Een stukje zeeglas glijdt met een kort, tinkelend geluid van haar schoot op de vloer, en ze bukt om het op te rapen. Het is het stukje kobalt dat op een edelsteen lijkt. Als ze om zich heen kijkt, ziet ze overal zeeglas liggen.

Ze komt overeind en verwijdert het glas van de vensterbanken, van de bovenkant van het fornuis, van de planken en de vloer onder de koelkast. Van de stoel waarop haar man zojuist heeft gezeten en van het waspapier dat ze over de pasteien heeft gelegd. Ze verzamelt alle stukjes die ze kan vinden en legt ze weer op de witte schotel.

Dan gaat ze aan tafel zitten en kijkt aandachtig naar de glasscherven. Het is een wonder, denkt ze. Zeeglas breekt niet.

✑ Honora

Het is altijd meer dan ze had gedacht, zelfs na de ruim driehonderd dagen die ze in dit huis heeft doorgebracht en waarin ze vaak de veranda is opgelopen en naar het natte strand heeft gekeken. Het is eb. Het water staat zó laag, dat het lijkt of het nooit de lange, glooiende helling op kan komen.

Het is het jaar 1930. Een dag in juni. Niet helemaal een gewone dag. De cottages zijn voornamelijk nog leeg, hoewel sommige, die ogenschijnlijk voor de winter zijn afgesloten, stiekem door zwervers worden bewoond. Mannen en vrouwen zonder woon- of verblijfplaats. Als ze over het strand loopt, ziet ze hen. Een gezicht achter een raam, een gestalte die snel een hoek omgaat, rook uit een huis dat verlaten lijkt. En af en toe komen diezelfde mensen naar haar achterdeur, op zoek naar voedsel. Zelfs als Honora haast niets heeft, spreekt het vanzelf dat ze hen niet wegstuurt. In Taft heeft haar moeder altijd soep op het vuur staan en ze bakt elke morgen een extra brood. Honora doet hetzelfde, hoewel ze 's zomers in plaats van warme soep brood en kaas moet geven, als ze dat kan kopen.

Haar voeten zinken een beetje weg in het zachte, natte zand. Als ze de straat bereikt, zal ze die afvegen, haar schoenen aantrekken en het kleine eindje naar de winkel lopen. De terugtocht naar huis zal sneller gaan, want dan zal ze willen opschieten. Van de kreeftenschalen, die deze week acht cent per pond kosten bij de visafslag, zal ze een stoofpot maken. Deze week heeft ze geen geld genoeg om vlees te kopen.

Sexton kwam pas weer opdagen op de avond van Kerstmis, en toen was hun gelukkige huwelijk van zes maanden voorbij. Het gewone, onschuldige universum van geruit zeildoek en vrouwentijdschriften, van erotische baden en pakjes gomballen, van vertrouwen, hoop en bescheiden dromen. Wat het vervangt, is nog steeds een huwelijk, denkt ze, zoals een toneelstuk nog steeds een toneelstuk wordt genoemd, hoewel de personages, de dialoog en zelfs de toon van het drama zó drastisch zijn veranderd, dat het stuk bijna onherkenbaar is. Schouwburgbezoekers zouden verontrust en van streek zijn door zo'n verandering.

Die avond was Sexton hongerig, overstuur en vies, en hij huilde als een bijna volwassen kind, met angstaanjagende, wilde gebaren en hikkende geluiden. Soms denkt ze dat ze alleen maar toestemde hem zijn oneerlijkheid, de paniekerige vlucht met kerst en het afschuwelijke voorval met het zeeglas te vergeven om hem te laten ophouden. Drie dagen later, toen de veilingmeester de Buick kwam ophalen – haar man had geweigerd de wagen naar het adres te rijden dat hij had gekregen – wachtte Sexton op de veranda die uitkeek op de zee, om geen getuige van de beproeving te hoeven zijn. Het was Honora die aan het eind van het tuinpad stond en toekeek toen de assistent van de veilingmeester de motor van de hem onbekende auto liet afslaan op het moment dat hij hem van zijn parkeerplaats wegreed.

In de weken daarna spraken Sexton en Honora nauwelijks met elkaar. Hij was verzonken in een soort verbijsterde halfslaap, alsof hij zijn onheil niet kon geloven. En Honora was zó uitgeput en overgevoelig, dat ze het niet kon verdragen om te worden aangeraakt. Ook kon ze het niet opbrengen om een gesprek te voeren, al ging het over koetjes en kalfjes. Elke dag verliet Sexton het huis, op zoek naar werk. Aanvankelijk zocht hij een baan als verkoper, en toen het duidelijk werd dat niemand personeel aannam, zocht hij werk in een van de kantoren van de elf fabrieken in de stad. Ten slotte, wanhopig geworden, accepteerde hij een baan als 'ringspinner' in de Ely Falls Mill. Hij zorgt ervoor dat twee strengen grof ineengedraaide vezels veranderd worden in één streng gesponnen garen dat om een spoel is gewonden. Honora weet niet veel meer dan dit, omdat Sexton nooit over zijn baan praat. Hij werkt van 's morgens halfzeven tot twaalf uur 's middags, en van halfeen tot kwart over vijf. Hij verdient 22 dollar per week, waarvan er 8 naar het kosthuis gaan waar hij woont, samen met andere fabrieksarbeiders.

Nadat Sexton zijn ene baan had verloren en ten slotte een andere had gevonden (een veel mindere), probeerde Honora tegen haar man te zeggen dat hij het huis maar uit zijn hoofd moest zetten omdat het hen van elke extra cent beroofde. Er was nauwelijks geld over voor voedsel – vaak helemaal níets voor kleren. Ze kon naar Ely Falls verhuizen en een appartement met hem delen. Het zou heus wel meevallen, zei ze, hoewel ze in haar hart wist dat ze het afschuwelijk zou vinden. Maar Sexton peinsde er niet over het huis op te geven. Hij werkte, zei hij, om hun de mogelijkheid te geven in een fatsoenlijk huis te wonen, ver van het vuil van de stad. Hij werkte, zei hij, om het enige dat hem nog niet was ontnomen te behouden. En ten slotte begreep Honora wat ze aanvankelijk niet had begrepen: dat Sextons mannelijkheid meer met het húis was getrouwd dan met háár. Dat iets in hem reddeloos verloren zou zijn als het hem niet lukte het huis waarvoor hij zichzelf had geruïneerd te behouden.

Als Honora Sexton vrijdagsavonds van de tram haalt, kust hij haar wanneer hij uitstapt. Hij is de laatste passagier bij de laatste halte. Even stelt Honora zich voor dat het uitstappen en het kussen van zijn vrouw het verleden uitwist of onbelangrijk maakt, zodat wat er vanaf dát moment gebeurt het échte huwelijk is, het huwelijk zoals het voor hen was voorbestemd. Man en vrouw lopen naar huis. En hoewel Sexton onder de pluizen zit – in zijn haar, op zijn hals en zelfs in zijn neusgaten – zodat hij niet helemaal kan vergeten waar hij vandaan is gekomen, en hoewel ze zó op hun hoede zijn tijdens hun gesprek, dat ze bijna stommetje spelen, houdt ze het idee van een nieuwe start levend. Als ze thuiskomen, neemt Sexton een bad. Soms is Honora geschokt door het vuil dat is achtergebleven. Ze boent zijn nek, zijn gezicht, zijn haar en zijn oren schoon, en intussen raakt hij in een soort trance. De eerste weken, toen hij pas in de fabriek was begonnen, kon hij zijn rechterarm niet omhoogbrengen om zich te wassen. Hij kon niet bij zijn rug en hij kon zijn hand niet optillen om een kan water beet te pakken.

Ergens tussen het bad en de maaltijd, misschien zelfs tíjdens de maaltijd, vangt Honora de eerste ontwijkende blik van haar man op en ziet ze de eerste glimp van zijn strakke kaken. Er wellen wrokgevoelens in haar op, zodat haar zenuwen al tijdens de afwas als een strakke noot onder de stilte zijn gaan klinken. En dan ontmoeten zij en Sexton elkaar in de slaapkamer. Haar man ligt naakt tussen de lakens op haar te wachten – de lakens die 's morgens nog zijn gestreken, omdat er na twee dagen zeelucht weer kreukels in zitten – en dan is het idee van een nieuwe start verdwenen, als een echo. Honora's ledematen zijn stram wanneer ze zich uitkleedt en ze glijdt sneller tussen de lakens dan haar bedoeling is. En hoewel haar man tot leven lijkt te komen, weet ze dat het lust is die hem bezielt. Het vuur van begeerte, te snel ontbrand en te snel gedoofd.

157

Ze weet dat het makkelijker is om over het zanderige plaveisel van de weg naar de winkel te lopen, maar door het glooiende landschap duurt de tocht over het strand slechts half zo lang. Haar voetzolen, gevoelig na de lange winter, doen pijn door het zand en de schelpen. Daarom loopt ze langs de waterlijn en laat de golven over haar tenen klotsen. Na een tijdje ziet ze een bekende vorm glinsteren, aangespoeld door een golf van het opkomende tij. Maar als ze het op een rennen zet en het stuk zeeglas bereikt, wordt het door een andere golf meegesleurd.

Ze heeft nooit haar liefde voor zeeglas verloren, en ook niet de opwinding van de zoektocht ernaar, ondanks dat verschrikkelijke moment op kerstavond, toen het glas regende in de keuken. Ze wacht tot de golf zich heeft teruggetrokken, maar waar het zeeglas was, is nu niets. Alleen een glad, nat zandoppervlak, dat wacht tot er iets anders aanspoelt en weer verdwijnt. Op die manier wordt het strand honderden keren per dag gemaakt en opnieuw gemaakt, het hele landschap wordt steeds uitgeveegd en opnieuw getekend. Soms, wanneer Honora uit het raam van haar slaapkamer kijkt, zijn er heuvels en geulen die er de vorige dag nog niet waren. Af en toe is het zand bedekt met rotsgesteente. Dikke, grijze, bruine en zwarte brokken. Andere keren is het strand zó vies door het zeewier, dat ze het zand amper kan zien. De clandestiene bewoners van de lege cottages hollen naar het strand en verzamelen het zeewier, alsof het een schat is. Ze vermoedt dat ze het koken en dan opeten.

Zo nu en dan, vooral in de winter, ziet Honora, als ze uit het raam van haar slaapkamer kijkt, dat het zand is verdwenen. Bij de zeewering is het strand een paar meter onder het niveau van de vorige dag. Het is alsof het zand gewoon is weggeschept van het strand, en dat wat overbleef netjes is gladgemaakt, als suikerglazuur. Geen teken van onheil, geen strijdgewoel, gewoon iets wat er niet meer is. In de lente keert het zand op raadselachtige wijze terug, van de ene op de andere dag. Alsof het was geleend.

Ze raapt een scherf aardewerk op met ronde randen. Op het glazuur is een roodbruine bloem geschilderd. Achter het verlaten Highland Hotel trekt ze haar schoenen aan. Het hotel is failliet en zal in de herfst worden gesloopt.

Op een dag heeft een man een baan, en dan is het leven vol mogelijkheden. De volgende dag zijn de baan en de auto weg, en dan kan de man zijn vrouw niet recht in de ogen kijken. Er is geen loon en geen manier om geld voor voedsel en kleding te verdienen. Het leven is een poging tot overleven geworden die alle tijd in beslag neemt.

Er zijn dagen geweest waarop ze alleen maar maïsmeel te eten hadden: maïsmeelpap als ontbijt, gebakken maïs als lunch. En omdat er domweg niets anders te eten is en er geen geld meer in het loonzakje zit, warmt Honora 's avonds de gebakken maïs weer op. Nadat ze de radio, de klok en de Multi-Vider-pen – nooit gebruikt – had verkocht en er niets meer in huis was dat ze kon verkopen, hebben ze dagenlang alleen maar gedroogde bessen en boterhammen met pindakaas gegeten. Vandaag gaat ze de kreeftenschalen kopen. Het zal stinken bij de visafslag, en ze zal haar zakdoek om haar neus moeten binden. Er zullen vrijwel geen staarten of scharen zijn, want die worden allemaal per schip naar Boston gebracht. Als ze thuiskomt, zal ze het vlees heel zorgvuldig met een haakje verwijderen en dan haar stoofschotel maken. Soms eet ze avond aan avond niets anders dan kreeftenschalen.

Eenmaal, toen Sexton weg was, heeft ze brood in water gelegd, in een poging een soort pap te maken. De volgende dag is ze naar de winkel van Jack Hess gelopen en heeft toen voor het eerst gevraagd of ze op de pof mocht kopen. Toen Sexton die vrijdag met zijn loonzakje was thuisgekomen (de vier zilveren dollars – wagenwielen, zoals de arbeiders ze noemen – en de tien papieren dollars), is Honora naar de winkel gegaan en heeft Jack Hess betaald. Huis of geen huis, zei ze tegen Sexton, ze zouden niet bij Jack Hess in het krijt staan.

Armoede maakt je slim, heeft haar moeder eens geschreven, en Honora weet dat dat waar is. Als je niet slim bent, heb je niets te eten. Dus móet je slim zijn. Je verwijdert de kanten kraag en manchetten van een jurk, zodat het lijkt of je een nieuwe jurk hebt. Je haalt oude jassen op bij de kerk, tornt voorzichtig de zomen los, keert de jassen binnenstebuiten en maakt nieuwe jassen en jasjes. Je vindt oude truien met een gat erin, je haalt het breiwerk uit, wast de wol en maakt er nieuwe truien van. Je stopt elke zondag nieuw karton in de schoenen van je man, zodat de zolen niet slijten. Je keert de kraag van zijn overhemden om en maakt je eigen waszeep van vet, loog, borax en ammonia. Dergelijke bezuinigingen vindt Honora gênant. Ze praat er nooit met iemand over. Ze houdt deze inspanning verborgen, zoals ze het douchepoeder, de rubberslang en de zak verborgen houdt. Hoog op een plank, zodat niemand het ziet.

En tóch. En tóch. Als het Honora nadrukkelijk zou worden gevraagd, zou ze moeten zeggen dat ze, gek genoeg, tevreden is. Het is een vreemd gevoel dat ze aan niemand kan beschrijven. Niet aan haar moeder, en zeker niet aan Sexton. Zijn ongelukkig-zijn lijkt geen grenzen te hebben. Zijn ongelukkig-zijn wordt bepaald door wat hij níet heeft, wat vrijwel alles is. In zijn gevoel zal hij altijd de verkoper zijn die niets meer te verkopen heeft. Een man die verlangt naar onbekende verten, maar altijd tevergeefs. Terwijl Honora nu, vreemd genoeg, doelbewuster is dan ooit. Ze is een plichtsgetrouwe vrouw die, ondanks zijn zwakheden, voor haar man zorgt. Ze is een vrouw met vernuft. Ze is een vrouw zonder illusies. Ze is vooral een vrouw die het zó druk heeft met haar pogingen tot overleven, dat ze geen tijd heeft om over haar huwelijk te piekeren.

Honora heeft zichzelf aangeboden als huisbewaarder en past nu op vijf cottages. De ene klus heeft naar de andere geleid. De eerste was het gevolg van een aanbeveling van Jack Hess. Meestal moet Honora ervoor zorgen dat er geen kapotte leidingen in de kelder zijn, of dieren in de kasten, of ruiten die tijdens een storm zijn gesneuveld. Als het mooi weer is, zet ze alle ramen open om een huis te laten drogen en de stank van schimmel te verdrijven. In de beste van de vijf cottages haalt ze de lakens van de meubels als ze weet dat de eigenaar in aantocht is. Wanneer er een noodgeval is – vleermuizen in een slaapkamer, een luik dat door de wind is weggeblazen – gaat Sexton in het weekend met haar mee en helpt de boel te herstellen. Met dit werk verdient Honora vijftien dollar per maand, wat allemaal naar de hypotheek gaat.

Telkens wanneer Honora een bezoek aan de winkel van Jack Hess brengt, valt het haar op dat de planken veel leger zijn dan vroeger. Ze vraagt zich af hoe het komt dat Jack zoveel mensen te eten geeft terwijl het lijkt of hij steeds minder heeft aan te bieden. Het is een goocheltruc. Honora stelt zich soms voor dat er in de achterkamer wordt getoverd, een moderne versie van de broden en de vissen. Vandaag zou ze dolgraag twee klontjes boter willen hebben, maar door de hitte is het onmogelijk ze mee naar huis te nemen. Ze heeft niet meer in een auto gereden sinds de kerst, toen ze de strandwagen naar Vivians huis reed en daarna naar haar eigen lege huis terugliep. Honora heeft rijst, bonen, meel en wat groente nodig, maar na een snelle blik om zich heen weet ze dat Mr. Hess niet veel van dat soort artikelen te koop heeft. Vandaag zal ze zich aan aardbeien en suiker te buiten gaan. Ze wil een aardbeien-rabarbertaart maken van de rabarber die vlak bij de weg in het wild groeit. Vandaag is het haar trouwdag.

Vandaag is het een jaar geleden dat Honora en Sexton in het huwelijk traden en gelukkig waren. Waarom zouden ze die gebeurtenis niet vieren, heeft ze zich de hele week afgevraagd, ook als het huwelijk dat volgde vol complicaties en problemen is? Ze kan zich geen leven voorstellen waarin haar trouwdag nooit wordt erkend, nooit in ere wordt gehouden.

'Goedemorgen, Mrs. Beecher.'

'Goedemorgen, Mr. Hess.'

Jack Hess loopt zó krom, dat ze niet snapt hoe hij de voorraad op de planken krijgt, hoe hij slaapt. Zoals gewoonlijk draagt hij zijn vlinderdas en zijn hoed. Een schoon overhemd.

'Was je aan het dagdromen?' vraagt hij.

'Inderdaad.'

'Hoe gaat het met je?'

'Goed, dank u.'

'En met Mr. Beecher?'

'Hij is vanavond thuis. Het is onze trouwdag.' Ze was niet van plan geweest dat hardop te zeggen, want het is niets voor haar om over iets persoonlijks te praten. Maar ze kan niet ontkennen dat ze het iemand wilde vertellen.

'Ik herinner me als de dag van gisteren dat je man hier voor het eerst kwam,' zegt Hess. 'Keurige jongeman, dacht ik bij mezelf. Helemaal opgetogen over het feit dat hij getrouwd is.'

Jack Hess staat achter de toonbank met de grijper die hij voor de spullen op de hoge planken gebruikt. Honora kiest een product uit, en hij legt het op de toonbank. Dan schrijft hij met een potlood de prijs op een grote, papieren zak waarin hij later de kruidenierswaren stopt. Vervolgens telt hij de getallen op. De som is altijd vijf of tien cent lager dan het juiste bedrag. Aanvankelijk voelde Honora zich verplicht hem daarop te wijzen – eenmaal is ze zelfs helemaal teruggelopen naar de winkel – maar nu weet ze beter. Het is Hess' manier om te helpen. Een cynicus, denkt ze, zou zeggen dat het zijn manier is om ervoor te zorgen dat een klant naar de winkel terugkomt, en dat je zijn kortingen kunt vergelijken met reclameaanbiedingen. Maar Honora weet dat Hess' bijdrage aan de gemeenschap uit veel meer bestaat dan alleen maar creatieve wiskunde.

'Tussen haakjes, Mrs. Beecher, u moet weten dat ik de volgende paar weken, of hoelang dit gedonder ook duurt, geen geld van fabrieksgezinnen aanneem.'

Honora kijkt op.

'Tot het voorbij is,' zegt Hess bij wijze van verklaring.

Honora schudt verbijsterd haar hoofd.

'De staking,' zegt Hess.

Honora denkt niet meer aan haar boodschappenlijst.

'Ik dacht dat je het wist,' zegt Hess.

'Nee.'

'Nou, ik denk dat je man je niet ongerust wilde maken tot het écht gebeurde. Het spijt me dat ík het je nu heb verteld.'

Honora loopt naar de toonbank.

'De dag waarop de nieuwe loonsverlaging ingaat,' zegt Jack Hess. 'Maandag. Alle fabrieken zijn erbij betrokken. Ze zeggen dat de spanning in Ely Falls om te snijden is.'

Nee, Honora weet niet dat er een staking ophanden is. Ze weet alleen wat haar man haar vertelt. En als hij thuis is, praat hij nooit over zijn baan. In het begin heeft ze hem naar zijn werk gevraagd, en of hij vrienden had, of er iemand in het kosthuis was die hij sympathiek vond – zoals een goed bedoelende moeder een onbeholpen zoon ondervraagt die er op school niet helemaal bijhoort. Maar algauw werd het duidelijk dat Sexton niet blij was met de vragen, en toen heeft ze het opgegeven. Als hij in het weekend thuiskomt, spreekt hij nooit over waar hij is geweest, en zonder de pluizen in de was en het vuil in de badkuip zouden ze net doen of hij op zakenreis was geweest. Daar is ze zeker van.

'Ik zie niet graag een gezin dat honger lijdt,' zegt Hess. 'De omstandigheden in Ely Falls zijn onmenselijk. Af en toe ga ik erheen om mijn zus en haar gezin te bezoeken. Arlene is met een Fransman getrouwd, weet je. Ik heb nog nooit zoiets als die arbeidershuizen gezien. Niemand kan rondkomen van het geld dat de fabrieken betalen. Meestal wordt er geen toezicht gehouden op de kinderen van mijn zus, omdat er niemand thuis is om op hen te passen. Ze hebben nog nooit zoveel problemen met bendes gehad als nu.' Hess zwijgt even. 'Het spijt me dat ik mijn mond voorbij heb gepraat, maar ik vermoed dat hij van plan is je het nieuws van de staking dit weekend te vertellen. Na jullie feestje.'

Honora betaalt haar boodschappen en stopt de papieren zak in haar tas.

'We redden ons wel,' zegt ze.

'Natuurlijk,' zegt Hess.

Woedend stampt ze over het strand, en de branding wedijvert met de herrie in haar hoofd.

Waarom heb je het me niet verteld? denkt ze.

Ze is het verzwijgen en de misleiding spuugzat. Hoe kan ze de man vertrouwen? De oneerlijkheid, de onrechtvaardigheid ervan vervult haar met woede. Dat zal ze vanavond tegen Sexton zeggen. Vanavond zullen ze alles uitpraten wat ze maanden geleden al had moeten doen. Desnoods zal ze tegen hem schreeuwen. Ze kan niet langer zwijgen. Wat voor zin heeft het om heel zuinig aan te doen en te sparen? Ze zullen het huis tóch verliezen. Ze kunnen niet eens een staking van twee weken overleven. Al hun spaargeld is in het huis gestopt, en hun hele huwelijk is kapotgemaakt door een hypotheek. Ze blijft abrupt op het strand staan. De kreeftenschalen stinken vandaag. Ze stínken gewoon! Ze steekt een hand in haar tas, haalt er de waspapieren zak met de schaaldierkarkassen uit, loopt naar de vloedlijn en gooit alles in het water van de zee.

ᴥ McDermott

De machines zouden orgels, violen of piano's kunnen zijn. De mannen en vrouwen die ze bedienen zijn net zo soepel als musici. Hun bewegingen zijn nauwgezet: deze noot en die noot en dan díe noot, uitlopend in een wild crescendo. Er klinkt een speciale maat als de muziek een climax bereikt en dan tot een eenvoudige melodie afzakt. De muziek is altijd veeleisend en herhaalt zich steeds. De musici hebben geen tijd om weer op adem te komen, en ze moeten onmiddellijk opnieuw beginnen. En opnieuw, en opnieuw. Zó vaak, dat ze elke maat, elke nuance, elke noot uit hun hoofd kennen. Maar meer dan uit hun hoofd kennen ze het in hun bloed en hun botten. Ze kunnen hele gesprekken met hun geest voeren terwijl hun lichamen een virtuoze uitvoering geven met de spoelen en de klossen, de schietspoelen en de haspels.

Over een minuut zal de sirene loeien. McDermott heeft geen horloge nodig; hij weet het dankzij zijn innerlijke klok. Sean Rasley, een wever, werpt hem een blik toe. Het is slechts een blik – kalm, geen glimlach, geen knikje – maar hij zegt alles wat McDermott moet weten.

Ik ben gereed, zegt de blik.

Rasley bedoelt de staking. Hij bedoelt maandag. Het zou heel goed kunnen dat deze dag voor weken hun laatste dag aan de weefgetouwen is.

McDermott knikt. Nog maar tien, vijftien seconden tot de sirene loeit. Een voor een zetten de wevers om hem heen hun machine stil. Lunchpauze. Dertig minuten. De eerste kans die ze krijgen om te gaan zitten sinds ze vanmorgen om halfzeven de fabriek zijn binnengekomen.

De lucht is zacht en raakt McDermott vol in het gezicht als hij door de fabriekspoort naar buiten gaat. Zomer, denkt hij. Het is nu officieel zomer. De lucht ruikt een beetje naar de zee achter de stad, en de hemel boven hem is bijna onnatuurlijk blauw. Hij stopt de handen in zijn zakken en gaat op weg naar het kosthuis.

Als hij een kauwgommetje in zijn zak zoekt, vindt hij in plaats daarvan een verfrommeld stukje papier – een van de pamfletten die hij, Ross en Tsomides vlak voor de overval hebben verspreid. Bij de gedachte aan de overval krimpt McDermotts maag samen, hoewel het drie weken geleden is dat de mannen met hun maskers, die er griezelig uitzagen zoals die van de Ku-Klux-Klan, het verlaten pakhuis waren binnengevallen waar McDermott en vijf anderen affiches voor de naderende staking aan het drukken waren. Even was McDermott te verbaasd geweest om zich te verroeren toen de mannen deuren en ramen vernielden en het gebouw binnenkwamen. Zwaaiend met mokers hadden ze de drukpers verbrijzeld die uit New York afkomstig was, en ze hadden Paul Tsomides zó'n harde klap op het hoofd gegeven, dat hij naar het ziekenhuis moest worden gebracht. McDermott, neergehurkt achter een vat, had toegekeken voordat hij door een zij-ingang was weggevlucht.

Achttien maanden van gedwongen ontslagen en loonsverlagingen hebben voor de meeste arbeiders tot een bijna rampzalige armoede geleid, leest hij al lopend.

Een half dozijn beroepsverenigingen zijn operationeel gemaakt. Ze hebben hun krachten gebundeld voor een staking die maandag zal beginnen. Vijfentwintighonderd vakbondsmannen en vakbondsvrouwen, die ook spreken voor tien keer zoveel mensen die geen lid zijn van een vakbond, hebben al unaniem en van harte vóór een staking gestemd. Vakbondsleden zullen tijdens de staking twintig procent van hun zuur verdiende loon ontvangen. Niet-vakbondsleden zullen de nodige steun ontvangen in de vorm van bijdragen van hun kameraden in andere bedrijfstakken. Het Citizen Welfare Committee, het Catholic Relief Bureau en het Soldiers and Sailors Relief Fund zullen vanaf maandag gaarkeukens beschikbaar stellen. Bevrijd je van de ketenen van onderdrukking en sluit je aan bij de internationale broederschap van arbeiders!

McDermott heeft gehoord dat het heel belangrijk is de arbeidersgezinnen te vertellen waar ze hulp kunnen krijgen. De arbeiders van New England staan erom bekend dat ze geen enkele hulp aannemen, in de overtuiging dat bijstand tegen hun eigen (of hun geërfde) yankeecultuur indruist. Daarom komen ze sneller om van de honger en geven ze eerder toe aan de eisen van hun werkgevers. Om de staking te doen slagen, heeft Mironson benadrukt, moeten stakers overtuigd worden van de noodzaak hulp te aanvaarden. *De werkgevers hebben de lonen tot vrijwel niets gereduceerd,* leest McDermott. *De bazen leiden een luxeleven aan de andere kant van de rivier.* McDermott kan de enorme huizen vanaf de binnenplaats van de fabriek zien – dat is niet slim bekeken, denkt hij. Daarginds is geen spoor van een economische depressie, met al die krachtige grasmaaiers, zwembaden en mooie auto's. In feite gaat het de bazen beter dan ooit. Vandaag de dag is geld veel waard: tuinlieden, koks en chauffeurs zijn spotgoedkoop. Wanneer McDermott snel de trap van het kosthuis op loopt om te gaan lunchen, weet hij dat de staking hét onderwerp van gesprek zal zijn. Als het maandag niet gebeurt, denkt McDermott, zal de hele stad ontploffen door de opgekropte energie.

McDermott wast zijn handen en loopt naar een tafeltje met mannen die er niet voor terugschrikken om te laten zien dat ze trek hebben. Ze eten alsof ze morgen niets te eten zullen hebben, en het doet er zelden toe hoe slecht het voedsel is, hoe raadselachtig de ingrediënten zijn in de stoofpot die hun bord vult. Vandaag is het vis. McDermott wil er niet over nadenken wat voor vis het is. Madame Derocher heeft een ondoorgrondelijk gezicht, dat niet voor een gesprek of vragen uitnodigt. Als ze voldoende geërgerd is, antwoordt ze met een Frans dialect dat, volgens McDermott, een Parijzenaar niet zou begrijpen. Het is bekend dat ze eens een bord met stoofpot uit de handen van een klagende kostganger heeft gerukt en de man vervolgens zonder eten heeft achtergelaten. Een kostganger maakt die fout maar één keer.

Soms is het vreemd stil tijdens de lunchpauze. De mannen zijn dan zo op hun eten geconcentreerd, dat ze niet praten. Zó snel verzadigd en versuft aan het eind van de maaltijd, dat ze niet goed kunnen denken. Praten kost energie. De mannen waken er angstvallig voor, heeft McDermott gemerkt, niet te veel energie te verspillen. Na de lunch moeten ze nog viereneenhalf uur in de fabriek werken.

Maar vandaag is er een levendige discussie, hoewel McDermott slechts een paar woorden kan verstaan. Mannen met een volle mond zijn onder de beste omstandigheden moeilijk te verstaan. De kosthuizen bieden tijdelijk onderdak, want de mannen gaan en komen. Ze verkassen als een van de huizen van eigenaar verandert, als het huurcontract wordt beëindigd of als de bank beslag legt. De laatste tijd is er meer verloop dan gewoonlijk. McDermott heeft slechts gesproken met een handjevol van de twintig mannen die aan de lange tafel zitten. Maar hij houdt ervan om te luisteren en doet zijn best te volgen wat er wordt gezegd. Hij moet weten hoe de stemming van de mannen is, hoe ze praten en wat belangrijk voor hen is.

Hij stopt een pil in zijn mond en neemt een hapje van de stoofschotel. Hij heeft weer meer last van zijn maagzweer dan in de afgelopen weken. Soms kan hij het voedsel van madame Derocher absoluut niet verdragen, en moet hij bij Eileen gaan eten. Ze maakt dan een kom met in melk geweekt brood voor hem klaar, zodat hij niet verhongert. Er is over een operatie gesproken, maar McDermott heeft op dit moment noch de tijd noch het geld voor zo'n drastische stap.

Tegenwoordig is het ongewoon stil als hij Eileen bezoekt. Eamon is naar Texas vertrokken, en McDermott weet niet waar Michael is. Zijn zus Mary is getrouwd, waardoor alleen Rosie, Patricia en Bridget overblijven die 's avonds te moe lijken te zijn om veel kabaal te maken. McDermott heeft medelijden met Eileen, en hij geeft haar nog evenveel geld als toen ze de zorg voor alle kinderen had. Hij moedigt haar aan mooie dingen voor zichzelf te kopen. Soms brengt hij cadeautjes mee: bonbons van Harley's chocoladefabriek, of een Italiaanse Morain-broche uit een tweedehandswinkeltje. Eenmaal heeft hij bij Simmons een broodrooster voor haar gekocht.

Vorige winter heeft hij een vriendinnetje gehad – Evangeline, een weefster van zijn verdieping. Ze had vuurrood haar en de gaafste huid die hij ooit heeft gezien. Hij leerde haar kennen toen hij het raam van haar weefgetouw moest repareren. Een week later was het raam opnieuw kapot. Nu vermoedt hij dat ze het waarschijnlijk met opzet kapot heeft gemaakt, zodat ze nog een keer met elkaar konden spreken. Gedurende de tijd dat hij haar kende had hij er geen flauw vermoeden van dat ze zo uitgekookt was. Hun relatie was heel onschuldig en hij overwoog haar ten huwelijk te vragen. Zaterdagsavonds gingen ze dansen of naar de bios. In april kocht hij voor haar een horloge dat hij in de etalage van een juwelier had gezien, maar op paaszondag, toen hij naar haar huis ging om haar het horloge te geven, vertelde ze hem huilend dat ze zwanger was. Ze verliet Ely Falls om met de vader te trouwen, een metselaar uit Exeter. McDermott kan zich nóg de schok van dat verraad herinneren: hij had zelfs niet één keer haar borsten aangeraakt!

Naast hem laat een kaarder een boer omdat hij te snel heeft gegeten, en McDermott reikt naar een kan melk. Hij kan de stoofpot niet naar binnen krijgen, maar als hij wat brood en melk heeft, redt hij zich wel. De mannen zitten dicht tegen elkaar aan geperst rond de tafel. Het lijkt of ze met meer zijn dan de dag ervoor. Madame Derocher stopt ze als ratten in een hok, denkt hij. Alles om een paar centen te verdienen.

McDermott hoort de woorden 'handel' en 'machines'. Hij zet de melkkan neer en kijkt wie de spreker is. Een man die hem vaag bekend voorkomt, gebaart met zijn hand en zegt het woord 'verkoper'. McDermott heeft de man eerder gezien, maar waar? Hij buigt zich voorover en legt zijn hand om zijn oor, in een poging de hele zin op te vangen. De man heeft donkerblond haar, in het midden gescheiden, en bloeddoorlopen ogen. Hij gebaart met militaire precisie.

De wever aan de andere kant van McDermott begint te lachen om wat een goede grap moet zijn geweest. De mannen tikken met lepels tegen borden, met glazen tegen hout. Ze schuiven stoelen naar voren en schreeuwen om gehoord te worden. Iemand eist meer voedsel. Hij zegt dat hij meer brood wil nu hij acht dollar per week voor kost en inwoning betaalt. Madame Derocher zit in haar stoel in de hoek, alsof ze niets heeft gehoord. Te midden van al het lawaai zweven drie woorden langs de houten tafel. McDermott probeert ze op te vangen. Drie doodgewone woorden, die voor niemand van belang zijn, alleen voor McDermott. McDermotts hart springt op.

Schrijfmachine, hoort hij.

En *Copiograph-machine*.

❧ *Alphonse*

Tegenover hem zit McDermott, die een pakje brood openscheurt. De pakjes liggen met honderden opgestapeld op ijzeren platen, met Alphonse als een reusachtig brood ertussenin geklemd. McDermott, Ross, Rasley en een andere man nemen elk drie sneetjes, en als ze klaar zijn, krijgt Alphonse de kapjes. Zo gaat het nu eenmaal. Alphonse vindt het niet erg. Hij heeft nog nooit zo goed gegeten als in de afgelopen paar maanden, sinds McDermott tegen hem zei dat hij de fabriek vaarwel moest zeggen, want dat hij ander werk voor hem te doen had tegen het loon dat hij in de fabriek kreeg. Alphonse was bijna flauwgevallen van vreugde, omdat haast niets erger is dan het werken met spoelen.

Nu rent hij de hele dag. Hij rent rond met pamfletten en geeft ze aan de fabrieksarbeiders die de fabriekspoort uitkomen. Hij moet razendsnel zijn en zorgen dat hij weg is voordat een van de bazen hem te pakken kan krijgen. Hij hangt ook affiches op aan telefoonpalen. Hij is watervlug, zodat het lijkt of de affiches vanzelf uit de palen zijn ontsproten. Hij brengt berichten naar mannen in de fabrieken, en in kamers waarover hij zwijgt. Dat heeft hij plechtig beloofd. Hij haalt voedsel, sigaretten en kranten, tilt dozen op en is urenlang aan McDermotts zijde, behalve als hij een boodschap doet. Winkeliers geven McDermott en zijn vrienden eten. Soms kan Alphonse gewoon níet geloven dat hij zo'n bofferd is.

Ross geeft hem de twee kapjes. Alphonse wilde dat ze een doos met cakejes openmaakten, maar hij is zo verstandig er niet om te vragen. Het geheim om zijn baan te houden, heeft hij geleerd, is om geen woord te zeggen. Hij zegt nooit iets, tenzij het werkelijk belangrijk is. Zoals toen hij McDermott vertelde dat pater Riley uit de kerk, de St. André, was gekomen om een affiche met een ruk te verwijderen. Ooit heeft McDermott eens aan Alphonse gevraagd of hij niet liever naar de fabriek terug wilde gaan, omdat het werk daar niet zo gevaarlijk was en hij er mensen van zijn eigen leeftijd kende. Die vraag schokte Alphonse zozeer, dat hij sprakeloos was. Hij schudde heftig zijn hoofd totdat McDermott begon te lachen en een hand op zijn schouder legde.

Alphonse vraagt zich af wie de nieuwe man is. Hij komt hem niet onbekend voor. Niemand heeft hem voorgesteld, en dat zal ook nooit gebeuren, weet Alphonse. In feite zegt haast niemand iets, omdat het zo lawaaierig in de truck is. Een man, Mahon geheten, zit achter het stuur. Alphonse heeft al een keer of vijf in de auto gereden. Hij houdt van de geur van brood die uit de waspapieren pakjes opstijgt. Hij heeft altijd honger, al eet hij beter dan ooit tevoren. McDermott zegt dat het komt omdat hij in de groei is.

Voordat Alphonse de fabriek verliet heeft McDermott gevraagd of hij een woordje met de moeder van Alphonse mocht wisselen. Alphonse stond buiten op de veranda terwijl ze met elkaar spraken. En toen hij weer binnen mocht komen, keek zijn moeder hem heel anders aan. Op een manier die hem een geweldig gevoel gaf, al was hij een beetje bang. En toen hoefde hij niet langer de vloer te schrobben, de lunchtrommeltjes te vullen en de was te doen. Dat zou Marie-Thérèse voortaan doen, zei zijn moeder, en Augustin zou haar helpen. Alphonse had nu andere verplichtingen. Alphonse zal nooit vergeten hoe Marie-Thérèse keek. En eigenlijk maakt het bijna niet uit wat hij voor deze baan moet doen, want alleen al die blik is alles waard wat hem ooit zal worden opgedragen. Soms stopt hij stukjes kaas, appels of stukjes chocola in zijn zak en brengt die naar zijn moeder. Hij zegt nooit iets tegen haar over waar hij mee bezig is, hoewel ze het schijnt te weten. Soms geeft ze hem een knuffel als hij het huis verlaat, alsof ze hem nooit meer zal zien, alsof hij met de noorderzon vertrekt, zoals de vader van Sam Coyne.

Alphonse kan het amper geloven, maar Ross, die tegenover hem zit, maakt een doos met cakejes open. Snel telt Alphonse hoeveel er in de doos zitten. Als elke man, Mahon inbegrepen, er eentje neemt, zal hij de laatste krijgen. Ze zien er zó lekker uit, dat het water hem in de mond loopt. Ross geeft de doos aan McDermott. En dan doet McDermott iets geweldigs. Hij geeft de doos meteen door aan Alphonse. Op dat moment trapt Mahon hard op de rem, alsof hij een paal heeft geraakt, en voordat Alphonse een hap van het chocoladecakeje kan nemen, zwaait de achterdeur open en moet hij een arm optillen om zijn ogen tegen het licht te beschermen.

❧ Vivian

Ze zet de hond, die probeert weg te rennen, op de parketvloer.
'Ik heb de lakens verwijderd, miss, zoals u zei.'
'Dank u, Mrs. Ellis.'
'En ik heb melk, eieren, een mooie lamsbout, een kip en wat al niet in de koelkast gelegd.'
'Fantastisch,' zegt Vivian.
'Uw wisselgeld ligt op het aanrecht.'
'Geweldig.'
'En Mr. Ellis heeft de strandwagen in gereedheid gebracht. Hij heeft vanmorgen de accu laten opladen.'
'Heel veel dank,' zegt Vivian, terwijl ze een vijfdollarbiljet uit haar portemonnee haalt. Als ze de vrouw niet snel een fooi geeft, zal ze naar een hele litanie van geklaarde klussen moeten luisteren.
'Dank u, miss. Het water en de elektriciteit zijn aangesloten.'
Vivian knikt en loopt de zitkamer in. De rimpelloze, zwembad-blauwe oceaan weerspiegelt een wolkeloze hemel.
'Dus er is niets anders dat...'
Vivian draait zich om. 'O nee, ik red me wel. Absoluut!'
'Ik zag toevallig dat u deze keer slechts één koffer bij u hebt.'
'Ja.'
'De vorige keer waren het er acht.'
'Dat klopt,' zegt Vivian. 'Ik heb hier niet veel nodig, hè?'
'Nou, dat is úw zaak. Ik neem aan dat u wilt dat ik de was doe?'
'Zoals altijd.'
'Goed, dat is dan afgesproken. Ik ben blij dat u er weer bent.'
Vivian wacht tot ze de grendel van de achterdeur hoort klikken. Dan slaakt ze een zucht, maakt de cape van haar lichtgele mantelpak-je los, trekt haar schoenen uit en loopt naar de voordeur om Sandy uit te laten. Na vijf maanden New York zweeft de hond bijna van vreugde

omdat hij over iets kan lopen wat niet van beton is. Zeemeeuwen! Krabben! Dode vissen! Paradijs! Iets in Vivian begint ook te zweven. Het is prachtweer, en de zon schittert aan de heldere hemel. Morgen gaat ze misschien aan het werk, maar vandaag niet. Gerald heeft gezegd dat ze, als ze elke dag – behalve zondags – schrijft, vóór september de gecorrigeerde versie af kan hebben. Een voorspelling die Vivian buitengewoon optimistisch vindt.

'Maak het personage van Roger sterker,' had Gerald gezegd. 'Gebruik minder toneelaanwijzingen.'

Hij wilde het stuk begin december op de planken brengen. Vivian hield haar adem in, stomverbaasd dat hij zoveel beloofde. Haar toneelstuk, *Ticker*, over het uiteenvallen van een familie na de beurskrach, beviel Gerald, maar hij had wél bedenkingen. 'Dit wil geen tragedie zijn,' zei hij toen hij het eerste concept had gelezen. 'Nu is het vlees noch vis. Er zit een komedie in die te voorschijn probeert te komen.'

Vivian had Gerald op een avond in januari ontmoet, in het Plaza Hotel in Havana. Ze hadden whiskysoda's met de Gibsons zitten drinken en Gerald had de hele avond grappige verhalen verteld. Vivian had niet op de tijd gelet, tot hij om zes uur in de morgen, met al zijn kleren aan, op haar bed in slaap viel. Ze had niet écht met de man geslapen. Ze was er min of meer achtergekomen dat hij een homo was, wat een enorme opluchting was. Twee dagen later, tijdens het diner, zei Gerald plotseling: 'Vertel me een toneelstuk.' Vivian vroeg wat hij bedoelde. 'Geef me een idee,' zei hij. 'Je bent schrander. Vertel me een toneelstuk.' Ze dacht snel na en stelde Gerald als idee *Ticker* voor. Iedereen wist dat Gerald onlangs succes op Broadway had gehad met een parodie op een mysteriespel, een middeleeuws, godsdienstig toneelstuk. Het idee kwam pas bij Vivian op terwijl ze sprak. Natuurlijk ging ze er niet van uit dat iemand het zou willen ontwikkelen, en zeker niet samen met háár!

'Oké,' zei hij.

'Oké?'

'Schrijf het,' zei hij. 'Je hebt het praktisch al geschreven terwijl je het me vertelde.'

'Ik kan geen toneelstukken schrijven,' zei Vivian.

'Waarom niet?'

'Ik kan niet eens een fatsoenlijke brief schrijven.'

'Ik zal het je leren. We zullen naar het theater gaan. Je zult toneelstukken lezen. Je kúnt het.'

Na Havana verhuisde Vivian naar New York. Vooral vanwege de

belofte dat ze elke avond een bezoek aan het theater zouden brengen en ook aan de party's erna. En, echt waar, ze was dol op het Plaza Hotel. Maar toen ze op een avond in maart zaten te dineren, zei Gerald dat hij haar niet meer naar het theater zou meenemen tenzij ze hem een bladzijde liet zien. De volgende morgen ging Vivian in het Plaza achter haar bureau zitten en begon te schrijven.

Terwijl ze haar blik over het strand laat dwalen, denkt Vivian na over Geralds advies ten aanzien van het eerste concept. Ze is met hem eens dat er iets op de loer ligt onder de oppervlakte van *Ticker*, iets wat dreigt het te verzwakken en er een klagende toon aan te geven. Als ze er echt voor gaat zitten, kan ze dat eruit halen. En natúúrlijk wil ze een komedie schrijven. Ze wantrouwt drama en vindt het vaak pompeus en onecht: al dat gejammer en tandengeknars! Geef haar maar scherpte, gevatheid, spetterende dialogen, personages die zichzelf niet al te serieus nemen of, als ze dat wél doen, op een verrukkelijke, vakkundige manier worden gevild. Twee bladzijden per dag. Dat was alles, volgens Gerald.

Ze staat aan de vloedlijn en kijkt achterom naar de cottages, zich afvragend of er deze zomer iemand van het oude clubje zal komen opdagen. De Nyes beslist niet. En Dorothy Trafton evenmin. Misschien zal ze Dorothy Trafton zelfs missen, al was het maar als iemand om een hekel aan te hebben. Zonder het oude kliekje bekenden kon je je hier verschrikkelijk eenzaam voelen. Dickie is in Indianapolis en werkt voor het bedrijf dat Arrow-overhemden produceert. Ze heeft geprobeerd hem over te halen naar het oosten te komen en te blijven logeren, maar hij zei dat dat niet kon, dat hij, nu hij net een nieuwe baan had, minstens een halfjaar moest wachten voor hij vakantie kon nemen. Vivian was ontzet. Geen van hen sprak over het huis.

Ze kijkt naar elke cottage, op zoek naar een teken van leven. Dan dwaalt haar blik naar het eind van het strand, waar ze het huis ziet van de vrouw die zeeglas verzamelt. Ze heeft Honora een ansichtkaart uit Havana gestuurd, maar de vrouw had natuurlijk geen adres om een kaartje naar terug te sturen. Misschien zal zij, Vivian, later in de middag een ritje met de strandwagen maken, kijken of hij het nog goed doet, en dan bij Honora's huis stoppen. Misschien zal ze de echtgenoot ontmoeten – de altijd afwezige schrijfmachineverkoper die op de dag vóór kerst te laat was voor de lunch.

Vivian duwt haar tenen in het zand. 'Sandy, kom hier,' roept ze.

De hond draaft gehoorzaam naar haar toe. Ze tilt hem op en loopt het water in tot haar enkels zó koud zijn, dat ze pijn doen.

❧ Alice Willard

Lieve Honora,
Ik dacht: kom, laat ik je eens een briefje schrijven. Ik heb het tegen-woordig zó druk, dat ik er amper tijd voor heb. Harold is verre van ge-zond. Hij heeft veel gewicht verloren, en, zoals je weet, woog hij al niet zoveel. Vorige week zei hij tegen me dat hij zich sinds Halifax niet meer echt een man voelt. En vanmorgen zei hij: 'Het leven is een lange lad-der, Alice, en ik ben niet bang voor de bovenste sport.'
Als je kans ziet hem een briefje te schrijven, zou hij dat heel erg op prijs stellen. Dat weet ik.
Eet je wel goed? Ik maak me daar het meest zorgen om, omdat ik weet hoe krap je zit. Ik weet niet wat wij zonder de oogst van afgelopen jaar zouden moeten beginnen. Als er een mogelijkheid is om een moestuintje te maken, al woon je aan zee, probeer het dan. Laat Sexton je helpen met spitten.
We zijn allemaal zwaar getroffen in deze streek. De fabriek in Water-boro heeft haar deuren gesloten, evenals de bank. Hier in Taft betaalt de bank zijn klanten met een spaarboekje nog vijftig cent per dollar uit. In juli gaat hij dicht. Bernice Radcliffe zei laatst dat ze geen rozijn meer kan zien. Ik weet precies wat ze voelt. In mei kun je goedkoop rozijnen en honing kopen, en dat is al wekenlang alles wat iedereen eet.
Gisteravond vertelde Richard ons een leuk verhaal. Toen zijn broer Jack op bezoek was en ze weer naar huis teruggingen, dachten ze niet ge-noeg benzine te hebben voor de terugreis. Dus keerde Jack zijn T-Ford om en reed achteruit de heuvel op, aangezien de benzinetank zich onder de voorbank bevindt. Benzine kost nu negentien cent per gallon.
Azijn is goedkoop, dus zorg dat je er wat van in huis hebt. Het maakt dat appels niet bruin worden, zoals je weet, en je kunt er vlees mals mee maken. Een scheutje azijn in brood en broodjes en ze worden knapperig. Een eetlepel in schuimgebak zorgt dat het mooi hoog wordt.

Hier is een goed recept voor English Monkey, waarvoor niet zoveel ingrediënten nodig zijn. Ik heb het uit Estelles Ladies' Home Journal geknipt. Week een kopje broodkruimels in een kopje melk. Smelt een eetlepel vet. Voeg er een half kopje zachte, geraspte kaas aan toe. Doe dat bij het kruimelmengsel. Kluts een ei en voeg het aan het bovenstaande toe, met zout en peper. Drie minuten bakken. Giet het over toast en dien op.

Liefs,
moeder

❧ Honora

Honora laat de brief op de keukentafel vallen en denkt aan Harold. Harold, die haar vader zo goed mogelijk verving, zowel in het dagelijkse leven als in de kerk. Harold, die zich sinds Halifax geen man meer heeft gevoeld. Harold, die karakter heeft, die je kunt vertrouwen.

Ze stopt haar zakdoek weer in haar mouw en denkt even na over het maken van de taart. De rabarber is al klaar. Ze moet alleen nog de aardbeien klaarmaken en het deeg rollen. Ze gaat staan en haalt de schaal rabarber uit de koelkast. De moes lijkt op een slijmerige zeeslak in de ondiepe, witte schaal. Maar ze is gewoon te hongerig en te moe om een taart te maken. Als ze de doos Saltines uit de kast heeft gehaald, smeert ze wat rabarber op twee crackers en eet ze op. Ze kauwt aarzelend en dan met meer enthousiasme. De rabarbermoessandwich is verrukkelijk! Ze gaat voor het raam staan dat uitkijkt op de roze wilde rozen, die net zijn gaan bloeien. Dan krijgt ze een idee. Een heel goed idee, vindt ze.

Ze gaat op zoek naar haar botergele trouwpakje. Het hangt in een kast in een lege kamer van de bovenverdieping. Ze heeft de grote, papieren zak van de winkel van Jack Hess nog. In haar slaapkamer knipt ze de zak open om er pakpapier van te maken, stopt er het pakje in en schrijft een briefje.

Beste Bette,
Het spijt me dat ik dit pakje zo lang heb gehouden. Het is nog in goede staat. Ik wil mijn geld niet terug, en ik hoop dat het goed gaat met je winkel.

Groetjes,
Honora Willard Beecher

Ze bindt een touwtje om het pakje en legt het op haar nachtkastje. Ziezo, denkt ze. Dat is gebeurd.

Ze draait zich om en kijkt in de spiegel. Haar gezicht is smaller dan normaal en haar wangen zijn ingevallen. Haar huid is nog winterwit, ondanks een aantal lange strandwandelingen. Maar er is nóg iets, iets wat er een jaar geleden níet was – een spanning in de spieren, een knagend gevoel van onbehagen.

Wanneer wil je me over de staking vertellen, Sexton? denkt ze.

Vanavond zal ze haar man niet ophalen van de tram, en waarschijnlijk heeft ze de tram al gemist. Dat zal hem ongerust maken, op z'n minst verbazen. Ze heeft geen avondmaaltijd klaarstaan en hij moet ook maar rabarber met Saltines eten, zoals zíj.

Ze loopt naar het raam dat op de oceaan uitkijkt. De zee is vlak vanavond, blauw, met roze overgoten. Ze kijkt naar een visser op een kreeftenboot die zijn fuiken binnenhaalt. Gewoonlijk ziet ze de kreeftenvissers bij zonsopgang, als ze wakker wordt. Ze houdt van de manier waarop ze altijd zo aandachtig en methodisch te werk gaan, en ze vraagt zich af of ze net zo de pest aan kreeften hebben als zij.

O, het is zó jammer, denkt ze terwijl ze naar het bed loopt en op de rand gaat zitten. Ze houdt van dit huis, ze hóudt ervan, en nu raken ze het kwijt. Wie weet wat de toekomst zal brengen? Wat als de staking maanden duurt en alle fabrieken als gevolg ervan sluiten? Ze heeft gehoord van stakingen die hele dorpen hebben uitgeput, uitgedund. Zij en Sexton zouden altijd nog naar Taft kunnen gaan en bij haar moeder wonen, daar werk zoeken en vinden. Het zou geen schande zijn. Niet écht.

Ze hoort een diep, rommelend, schurend geluid en dan een kort gepiep van banden. Honora loopt de gang in, en hoort een metalen deur dichtslaan, stemmen door een open raam. Dan beseft ze dat er mannen beneden in haar huis zijn.

'Honora,' roept Sexton. Zijn stem klinkt opgewekter dan in maanden het geval is geweest. 'Honora.'

Drie lettergrepen. Een stemgeluid met een uithaal aan het eind.

Ze loopt naar de balustrade boven aan de trap en heeft een indruk van donkere jassen en petten, een rusteloos heen en weer geloop in een besloten ruimte. Ze ziet Sexton, die naar haar opkijkt. Even lijkt hij zich niet te herinneren wat hij wil zeggen. Ze denkt dat zijn gelaatsuitdrukking weer zal veranderen in de uitdrukking die haar sinds de kerst heeft begroet, en dat ze, zoals altijd, de ontwijkende blik, de strakke kaken zal zien.

'Er zijn hier mensen,' zegt hij.

Ze daalt de trap af, terwijl ze zich aan de leuning vasthoudt. Een gestalte komt van achter Sexton te voorschijn. Het woordje 'jij' ligt op haar lippen. En misschien ook wel op de zijne. Het lijkt een ander leven waarin ze deze man ontmoette en hem een lift naar de stad gaf. Bijna onder aan de trap ziet ze de jongen, die haar met open mond staat aan te kijken.

'Honora, dit zijn mannen van de fabriek. Dit is...' Sexton schijnt de naam van de man al te zijn vergeten.

'McDermott,' zegt de man, terwijl hij een stap naar voren doet. 'Quillen McDermott.'

'Hallo,' zegt Honora. Ze kijkt of de jongen hen eraan zal herinneren dat ze elkaar al eens hebben ontmoet.

'En dit is Alphonse,' zegt Sexton. 'En, mannen, dit is Honora, mijn vrouw.'

Honora knikt in de richting van de anderen, die hun pet hebben afgezet en hun ogen op de vloer gericht houden.

'Ze zijn van een organisatiecomité,' zegt Sexton snel. 'Er komt een staking. Deze mannen moeten zorgen dat er pamfletten komen. Ze willen graag de schrijfmachine zien en de Copiograph.'

Schrijfmachine? denkt Honora. Copiograph?

'Op zolder,' zegt hij, terwijl hij zijn hoofd afwendt.

Onder aan de trap gekomen gaat ze bij de anderen in de gang staan.

'Ik neem ze mee naar de zolder,' zegt Sexton, 'om naar de apparaten te kijken.' Hij is net een jongen met een schat in zijn slaapkamer die hij door zijn nieuwe vriendjes wil laten bewonderen. Verlegen stapt een man naar voren, een doos chocoladecakejes in zijn handen. 'Deze zijn voor u, ma'am,' zegt hij.

O God, wat moet ik die mannen te eten geven? denkt ze. Ze hebben vast nog niet warm gegeten.

Sexton loopt naar haar toe en geeft haar een snelle kus. 'Gefeliciteerd met onze trouwdag,' zegt hij.

McDermott staat aan de kant, zijn pet achter zijn rug. De jongen schuifelt met zijn voeten over de houten vloer. En dan verschijnt er een zeer gesoigneerde, stralende vrouw achter de grijze en bruine mannen.

'Joehoe,' roept Vivian vrolijk vanuit de deuropening. 'Is daar iemand?'

❧ McDermott

Hij zit op een houten stoel in de keuken een sigaret te roken. De vrouw staat bij de gootsteen aardappels te schillen met een schilmesje. Ze werkt langzaam en methodisch en probeert zo dun mogelijk te schillen. De keuken heeft een koelkast en planken die met zeildoek zijn bedekt, en voorzover hij het kan beoordelen, is elk oppervlak schoon. Door het raam ziet hij de lucht steeds donkerder worden. Hij kan alleen de achterkant van de vrouw bij de gootsteen zien. De roze blouse is in een grijze rok gestopt die net over de knie valt. Ze heeft enkelsokjes aan en bruine pumps. De huid tussen haar sokjes en rok is onbedekt. Misschien zou hij zijn hulp moeten aanbieden, maar hij voelt dat ze zou weigeren. Een minuut geleden waren Ross en de nieuwe man, die Sexton heet, en de andere vrouw, Vivian, nog in de keuken, en het vertrek leek vol mensen en lawaai. Maar toen zei Sexton dat hij de Copiograph ging smeren. De vrouw en Alphonse vertrokken naar haar huis om eten en drinken te halen. En Ross, nou, hij heeft geen idee waar Ross is. Maar nu is het stil en leeg in de keuken. Té stil. Té leeg. Hij vraagt zich af of hij zou moeten weggaan, of hij er misschien voor zorgt dat de vrouw zich niet op haar gemak voelt.

'Je zult wel niet gekregen hebben wat je wenste,' zegt hij.

Ze draait zich om, haar handen nog steeds boven de gootsteen. 'Pardon?'

Hij neemt een trek van zijn sigaret en blaast de rook uit zijn mondhoek. De rook blijft even bij het raam hangen en kringelt dan terug in de keuken, alsof hij een eigen leven heeft. 'Met Kerstmis,' zegt hij, terwijl hij de as van zijn sigaret in een glazen asbak op de tafel tikt, 'zei je dat je een baby wilde.'

Ze glimlacht. 'O,' zegt ze. 'Nee, niet echt.'

Ze heeft de mouwen van haar roze blouse tot aan haar ellebogen

179

opgeschoven. Op de huid van haar onderarmen bevinden zich fijne, donkere haartjes. 'En jij?' vraagt ze. 'Jij wilde vrede en rust.'

Hij haalt zijn schouders op. 'Ik zoek er nog steeds naar,' zegt hij.

Ze moet zich weer omdraaien om haar werk af te maken, en hij ziet wel in dat het onmogelijk is hun gesprek voort te zetten als hij aan tafel blijft zitten. Hij loopt door de keuken en leunt tegen de muur naast de gootsteen. Zijn ene hand stopt hij in zijn broekzak, de andere houdt de sigaret vast. 'Je bent een prima mens,' zeg hij. 'We zijn hier zomaar binnen komen vallen met z'n allen.'

'Ik had er inderdaad niet op gerekend,' zegt ze, 'maar ik maak me alleen zorgen dat ik niet genoeg eten in huis heb.'

'Die vrouw, hoe heet ze ook alweer, Vivian, is naar haar huis gegaan om het een en ander op te halen.'

'Ja.'

'Is ze een vriendin van je?'

'Zoiets, ja. Een nieuwe vriendin. Ze was die dag ook op het vliegveld.'

'Echt waar?' Hij kan zich haar niet herinneren. Hij herinnert zich wel de pilote in haar vliegeroverall, en de jongen die er deerniswekkend maar gelukkig uitzag.

Honora spoelt een aardappel af. 'Ik was best verbaasd toen ik je zonet zag,' zegt ze.

Hij knikt. Hij was méér dan verbaasd geweest – verbíjsterd! Even daarvoor had hij zich gerealiseerd waar hij de nieuwe man, die met hen meereed in de broodwagen, had gezien: het was de man die drie borrels in de kroeg achterover had geslagen en met het Engelse meisje was weggegaan. Hij had zich het pakje herinnerd dat de man op de vloer had laten liggen. In de broodwagen was dat alles voor McDermott van geen enkel belang geweest. Hij was alleen blij geweest dat het hem was gelukt het zich te herinneren, omdat zoiets je de hele dag kon achtervolgen, tot je er gek van werd. Een gezicht dat je niet kunt thuisbrengen, een lied waarvan de naam je is ontschoten. Maar toen ze allemaal in de gang stonden en de vrouw de trap afkwam – hij wist meteen dat ze de vrouw op het vliegveld was. Hoe zou hij dat ooit kunnen vergeten – en de man naar de vrouw liep, haar kuste en met hun trouwdag feliciteerde, voelde McDermott het woord 'nee' door zich heen gaan, helemaal vanuit zijn tenen.

'En de jongen,' zegt ze. 'Hoe is het met hem?'

'Goed, denk ik,' zegt hij. 'Hij werkt voor me. Voor ons. Ik denk dat hij het nu beter heeft dan in de fabriek. Hij is in elk geval gelukkiger.'

'Is het veilig wat jullie doen?'

McDermott zwijgt even en dooft zijn sigaret. Even ziet hij het beeld voor zich van de moker die Tsomides' hoofd raakt. 'Min of meer,' zegt hij.

'Mag ik vragen wát jullie doen?'

'Ja, dat mag je. Je hebt elk recht nu wij van je huis en zo gebruik-maken.' Hoewel hij niet meteen weet hoe hij precies moet omschrij-ven wát ze doen. Hij kijkt hoe ze haar handen onder de kraan afspoelt, ze even schudt en aan een theedoek afdroogt. Ze haalt vervolgens een pan van een plank en vult hem met water. 'Je weet dat er maandag ge-staakt gaat worden,' zegt hij.

'Nu wel,' zegt ze, terwijl ze de aardappels in het water legt.

'We proberen pamfletten en een nieuwsbrief te maken en te ver-spreiden. De vakbonden hebben vóór een staking gestemd, maar ze vertegenwoordigen slechts tien procent van de fabrieksarbeiders van de stad. We proberen een industriebond te vormen van de niet tot een vakbond behorende arbeiders, en noemen die de Ely Falls Inde-pendent Textile Union.'

'Staken jullie vanwege de loonsverlaging?'

Hij neemt de zware pan van haar over en draagt hem naar het for-nuis. 'De lonen in Ely Falls zijn de laagste van New England. Dat zul je wel weten.'

'Ik wist dat ze laag waren, maar ik wist niet dat ze het laagst waren,' zegt ze terwijl ze de brander met een lucifer aansteekt.

'Hoelang werkt je man al in de fabriek?'

'Sinds februari.'

'Hij zei dat hij verkoper is geweest.'

'Ja.'

'Is hij ontslagen?'

'Zoiets.' Hij kijkt toe terwijl ze spek en meel uit de kast haalt. Ze weegt alles af, zeeft het meel in een schaal en laat dan een theelepel ijswater in het mengsel vallen.

'Wat ben je aan het maken?' vraagt hij.

'Een taart. Aardbei-rabarber.'

'Lijkt me lekker.'

'Wat doe jíj in de fabriek?' vraagt ze, terwijl ze het meel mengt.

'Ik ben weefgetouwhersteller,' zegt hij. Hij leunt tegen de rand van de gootsteen, zodat hij haar gezicht kan zien.

'Wat is dat?'

'Ik repareer kapotte weefgetouwen.'

Ze lacht, met haar hoofd een beetje achterover. Ze heeft een lange, witte hals en bijna vierkante kaken.

'Kan ik je helpen?' vraagt hij.

Ze denkt even na. 'Zou je de aardbeien willen snijden?'

'Graag.'

'Ze liggen in de koelkast. Gewoon in plakjes snijden.'

Hij voelt zich wat beter nu hij een taak heeft, hoewel het daardoor moeilijker is om met de vrouw te praten. Daarom wast hij zwijgend de aardbeien en snijdt ze. Hij heeft het gevoel dat hij twee linkerhanden heeft bij het klaren van deze simpele klus. 'Je wist niet van het bestaan van de Copiograph en de schrijfmachine, hè?' vraagt hij na een tijdje.

Even geeft ze geen antwoord.

'Nee,' zegt ze ten slotte.

'Dat kon ik van je gezicht aflezen.' Hij legt de gesneden aardbeien terug in hun houten kistje.

'Daar ben je vast erg goed in,' zegt ze.

'Dat moet wel,' zegt hij. Hij draait zich opzij en droogt zijn handen af aan de theedoek.

'Ik ga je man maar eens een handje helpen,' zegt hij.

❦ Honora

De zitkamer gonst van het soort activiteit dat ze in geen jaren heeft meegemaakt, misschien niet meer sinds de ongehuwde moeders in drukke groepjes bijeenzaten terwijl ze theedronken – Honora stelt zich hen voor terwijl ze babykleertjes breiden – en af en toe een blik naar buiten wierpen, op de zee. *Voorkom honger in Ely Falls,* typt ze. Haar vingers vliegen over de vertrouwde toetsen, de emaillen ovalen in hun zilveren ringen. Ze is haar behendigheid niet verloren sinds de tijd dat ze Sextons verkoop-verhaaltjes in de gelambriseerde kamers van banken vastlegde. In de hoek maakt de arm van haar man steeds een ronddraaiende beweging en zet de Copiograph-machine dan weer stil. Hij inspecteert elke kopie en legt die vervolgens op een geïmproviseerde tafel, gemaakt van een deur die de vorige avond uit zijn scharnieren is gelicht en over twee zaagbokken uit de kelder is gelegd. Sexton draagt zijn beste gabardine broek (zijn zondagse-visite-broek, zou Harold hebben gezegd) en een overhemd dat hij voor speciale gelegenheden bewaart (hoewel er sinds Kerstmis verduiveld weinig speciale gelegenheden zijn geweest). Als Honora opkijkt, beseft ze dat het lang geleden is dat ze haar man zó energiek heeft gezien.

Afschuwelijke armoede bedreigt duizenden arbeiders van Ely Falls, typt ze terwijl de man die Mironson heet de woorden dicteert vanaf een blad papier dat hij vasthoudt. Hij strijkt een lange haarlok van zijn voorhoofd. Het is een kleine, bijna tengere man. Zijn gewelfde mond is bijna als die van een vrouw en past, volgens Honora, heel slecht bij zijn zelfverklaarde roeping als vakbondsorganisator – alsof een priester in een overall langs is gekomen, of een artiest met een priesterboord om. Aan de overkant van de kamer staat Quillen McDermott in blauwe hemdsmouwen de bladzijden van een nieuws-brief aan elkaar te nieten. De jongen, Alphonse, bindt pamfletten samen met een touwtje. Vivian, in een smetteloze, witlinnen broek en een blouse, ijsbeert door de kamer met een nieuwsbrief in haar hand.

'Dat kun je niet menen,' zegt Vivian tegen niemand in het bijzonder, en ze blaast een lange, blauwe rookpluim uit. 'Dit gezwam kun je niet afdrukken!'

McDermott en Mironson kijken haar aan.

'Luister,' schreeuwt ze tegen de kamer in zijn geheel. '*Je hebt op nobele wijze aan de industriële depressie deelgenomen en zonder morren de schraalheid van de stuntelende textielmarkt voor lief genomen.*'

McDermott grinnikt even, en zelfs Mironson lijkt in verlegenheid gebracht. 'Dat was een stakingslied in New Bedford,' zegt hij.

'Ik kan de woorden niet eens opzeggen, laat staan zingen,' zegt Vivian. 'En textielmarkt?'

Mironson strijkt opnieuw het haar uit zijn gezicht. 'Het idee is om politiek inspirerende gedichten of liederen te drukken. Het doet er niet toe of het allemaal klopt of niet,' zegt hij.

'Ik denk dat het ertoe doet of je ze zonder te kokhalzen kunt opzeggen,' zegt ze. Ze neemt opnieuw een trek van haar sigaret en houdt het weerzinwekkende gerijmel van zich af.

'Bravo,' zegt Ross vanuit een hoek van de kamer.

'Denk je dat je het beter kunt?' vraagt Mironson aan Vivian.

Vivian neemt hem koeltjes op, en Honora vraagt zich af of Mironson het als een berisping of als een uitdaging bedoelt.

'Ik zou het kunnen proberen,' zegt Vivian.

'Ga je gang,' zegt Mironson – een leider die gewend is te delegeren.

Alsof de voorgaande woordenwisseling de gewoonste zaak van de wereld is, gaat Vivian met de nieuwsbrief op schoot aan de geïmproviseerde tafel zitten. Ze zoekt in haar tas en haalt er een pen uit.

'Wanneer was die industriële depressie?' vraagt ze onschuldig.

'Sinds 1924 is er al malaise in de fabrieken,' zegt Mironson.

'O,' zegt Vivian met getuite lippen. Honora ziet haar iets op het papier schrijven.

'*De kraan van werkgelegenheid en de bron van levensonderhoud is vanaf vandaag dichtgedraaid door de stopzetting van de fabrieken in Ely Falls,*' dicteert Mironson vlak achter Honora's schouder. Ze typt de woorden vrijwel tegelijkertijd. Misschien wil Vivian ook een blik op dít pamflet werpen, denkt ze. '*Men kan niet zeggen dat ze deze toestand zelf hebben gecreëerd,*' dicteert Mironson.

'Voor wie is dit bestemd?' vraagt Honora.

'Het is een oproep tot het geven van geld. Het pamflet zal worden

184

gedistribueerd in fabrieken, vakbondszalen, bij sportevenementen en in de arbeiderswijken van deze stad en de omringende steden.'
'Wilt u niet dat er een oproep tot het geven van geld naar ríjke mensen gaat?'
'Natuurlijk,' zegt Mironson, 'maar dit is meer een oproep tot solidariteit.'
'Ik snap het,' zegt Honora, hoewel ze daar niet helemaal zeker van is. Als het doel het oplossen van het hongerprobleem is, denkt ze, zouden pamfletten die gericht zijn aan winkeleigenaren, kruidenierszaken, kerken en gezelligheidsverenigingen meer hout snijden. Maar ze heeft te weinig van Vivians lef om bezwaar te maken.
'*Het is een vaststaand feit dat de textielarbeiders van Ely Falls door dit voortdurende gebrek aan middelen om de kost te verdienen uiteindelijk tot absolute armoede zullen vervallen,*' leest Mironson.
'Jezusmina,' zegt Ross.

De zeven mannen en de jongen slapen in slaapzakken in de lege slaapkamers op de bovenverdieping. Kort nadat Sexton en de andere mannen in de broodwagen waren gearriveerd en McDermott en Ross de schrijfmachine en de Copiograph-machine hadden gezien, en, belangrijker volgens Honora, het lege huis ver van de stad – niemand zou ooit op het idee komen stakingsleiders in dat huis te gaan zoeken – reden Ross en Mahon naar de stad. Ze keerden terug met Mironson en drie anderen. Ook Vivian kwam terug, met een strandwagen vol levensmiddelen: een lamsbout, een gebraden kip, groenten, boter, brood, melk en een paar flessen wijn. Ook bracht ze al het bestek, alle glazen en al het serviesgoed uit haar eigen huis mee. Echt zilver, echt kristal en fraai porselein. 'Ik eet tóch niet,' zei ze. Honora maakte de avondmaaltijd klaar en bakte nóg een taart. Sexton zette de geïmproviseerde tafel – van de zaagbokken en de deur – in de zitkamer neer, en Honora legde haar moeders tafelkleed eroverheen om er een eettafel van te maken. De maaltijd leek meer op een feestmaal dan op een simpele maaltijd van fabrieksarbeiders en stakingsleiders, en de wijn verdween alsof het water was. Sexton, die snel een bad had genomen en schone kleren had aangetrokken, zat in het midden van de tafel. Hij had de charme en innemendheid die hij als verkoper had weer opgepoetst, en zijn aura van mislukking en wanhoop begon te verdwijnen. Zozeer zelfs, dat Honora, toen ze na middernacht in hun slaapkamer eindelijk alleen met hem was – ze waren beiden doodop en hadden voor het eerst in weken een overvolle maag – de woede die ze eerder die dag had gevoeld niet kon oproepen. Haar man de les lezen omdat hij haar niet over de staking had verteld leek absurd in het licht van de verbazingwekkende komst van de stakingsleiders zélf. Bovendien zou ze dan fluisterend ruzie met Sexton moeten maken, want beiden beseften heel goed dat ze niet alleen waren in hun huis, voor het eerst sinds ze het bewoonden. Sexton deed geen enkele poging haar aan te raken, en ze dacht dat hij zich misschien niet op zijn gemak voelde met de andere mannen in de buurt. Hoe dan ook, Honora was opgelucht. De mannen hadden hun eigen slaapzakken, maar Honora had op zoek moeten gaan naar extra handdoeken en zeep. Ze maakte zich zorgen om de jongen, die te midden van zoveel mannen sliep, maar ze had gezien dat McDermott zich over zijn jonge pupil ontfermde. Toen ze in bed lag en de slaap niet kon vatten, kon ze de mannen horen snurken, zelfs boven het geluid van de branding uit.

Vivian was teruggereden naar haar huis, en Louis Mironson was even met haar meegegaan om van haar telefoon gebruik te maken. Honora kon werkelijk niet slapen. Ze sloop de trap af om de kostbare grapefruit die Vivian had meegebracht in stukjes te snijden en alvast het ontbijt klaar te maken. Ze was nog in de keuken toen Mironson via de veranda het huis binnenkwam. Op zijn voeten waren nog sporen van nat zand te zien. Een tijdje zaten ze samen in de keuken, elk met een glas melk. Hij was over het strand teruggelopen en had zijn schoenen uitgetrokken en in zijn hand gedragen, maar zijn jas en stropdas had hij aangehouden. Het maanlicht had hem geleid, zei hij. Hij voegde eraan toe dat het lang geleden was dat hij een poos in de buurt van de oceaan verbleef. Hij was haar dankbaar, zei hij, dat ze gebruik van het huis mochten maken. Ze vroeg hem of hij getrouwd was, of hij een gezin had. Hij antwoordde ontkennend, en zei dat hij al een paar jaar op en neer reisde langs de oostkust en nog niemand had gevonden met wie hij het leven wilde delen. Het werk was té belangrijk en té dringend, zei hij. Ze merkte dat hij zich nog net kon weerhouden er *té gevaarlijk* aan toe te voegen. Hij wendde zijn blik af, bedankte haar nogmaals en zei dat er mogelijk meer mensen zouden kunnen komen, en of dat goed was. Honora zei dat het kennelijk niet aan háár was om daarover te beslissen. Hij zou ervoor zorgen, zei hij, dat zij en Sexton een vergoeding kregen. En als ze hielp met het bereiden van de warme maaltijden, voegde hij eraan toe, zou hij uiterst dankbaar zijn, maar hij zou voor de nodige levensmiddelen zorgen. Het ontging Honora niet dat Mironson met háár onderhandelde, en niet met Sexton.

Sadie, een vrouw die een 'kameraad uit New York' bleek te zijn, zou zich bij hen voegen, zei hij, Honora's antwoord op het beladen woord inschattend.

'Bent u een communist?' vroeg Honora.

'Ja,' zei Mironson. 'Inderdaad. Maar de anderen zijn dat niet.'

'Waarom werken jullie samen?'

'Dit land heeft een lange geschiedenis van spontane stakingen die in niets verschillen van de openlijke revolutie.'

'Met andere woorden, jullie gebruiken elkaar.'

'Kort samengevat, ja,' zei Mironson.

Hij voegde eraan toe dat Honora in de keuken niet veel hulp van Sadie moest verwachten, zo'n vrouw was ze niet. Honora ging staan, bracht de lege melkglazen naar de gootsteen en waste ze af.

'Nou, welterusten,' zei hij, terwijl hij ook overeind kwam. Honora was verbaasd toen ze zag hoe klein hij was. Hij rolde zijn broekspijpen naar beneden, waardoor er een dun laagje zand op de vloer achterbleef. Hij probeerde het zand met zijn vingers op te rapen. 'O, maakt u zich daar maar niet druk om,' zei ze. 'Ik heb een bezem.'

'Dit is belangrijk, weet je,' zei hij.

'Ik kan niet net doen of ik het begrijp,' zei ze.

'Er valt niet veel te begrijpen,' zei hij. 'De arbeiders en hun gezinnen leven als honden.'

Honora dacht dat Louis Mironson verbaasd zou zijn hoeveel ze wist over het leiden van een hondenleven.

's Morgens kwam Vivian weer vroeg terug. Ze zag er elegant en stralend uit in een perzikkleurig, linnen pakje, terwijl achter haar een zekere Ellis dozen voedsel – de ene na de andere – naar binnen bracht die Honora's organisatorische vaardigheden in de keuken op de proef stelden. Maar het was een leuke taak om alles op haar planken en in haar koelkast op te bergen. Vivian gaf Jack Hess de eer en zei dat het voedsel aan hem te danken was, hoewel het overduidelijk was dat Vivian de bevoorrading financierde. In haar ochtendjas maakte Honora een ontbijt klaar van eieren, spek, ham, toast en koffie – samen met de kostbare grapefruit– terwijl de mannen en de jongen een voor een naar beneden kwamen, een beetje verlegen en met een slaperig gezicht. Ze aten opnieuw in de eetkamer. De zon in het oosten deed het ongewone tafereel in een licht baden dat maakte dat iedereen zijn ogen tot spleetjes kneep. De jongen, zag Honora tot haar genoegen, at vier eieren en een door hemzelf klaargemaakte boterham met spek, en hij dronk een porseleinen kopje melkachtige koffie. Na de maaltijd stuurde McDermott Alphonse naar de keuken om te helpen afwassen. Honora was van plan hem te vragen of hij wilde afdrogen, maar voor ze tijd had gehad om het eten op te bergen, zag ze dat hij al bijna klaar was met de afwas.

'Dat kun je goed,' zei ze.

'Ja, ma'am,' zei hij.

'Je hebt zeker veel ervaring.'

'Ja,' zei hij. 'Maar...' Hij zweeg.

'Maar wát?' vroeg ze zacht.

'Nou, dit is makkelijk, hè? Het water komt warm uit de kraan.'

'Hebben jullie dan geen warm water?'

'Nee, ma'am.'

Honora knikte, en dacht dat ze misschien tóch niet wist hoe het was om als een hond te leven.

'Ga me nou niet vertellen dat je deze arbeiders-van-de-wereld-verenigt-u onzin gaat afdrukken,' zegt Vivian terwijl ze een nieuwe kopie van de eerste pagina's van de nieuwsbrief leest.

'Miss Burton,' zegt Mironson kalm, terwijl hij zich naar haar toe draait, 'hoewel het in eerste instantie om de loonsverlaging en de ontstellende omstandigheden van de arbeiders in Ely Falls gaat, zijn de onderliggende problemen veel ernstiger.'

'Misschien,' zegt Vivian, 'maar ik ben ervan overtuigd dat het de mannen en vrouwen die maandag bij uw stakerspost verschijnen geen moer kan schelen dat...' Vivian kijkt naar de precieze formulering in de nieuwsbrief, *de hevige strijd die het onomstotelijke bewijs levert van de ontwikkeling waardoor de inwendige tegenstrijdigheden van het kapitalisme in de imperialistische periode tot economische gevechten leiden die snel een politiek karakter aannemen.*'

'Jezusmina,' zegt Ross, die in een hoek staat en bundels pamfletten in dozen legt. Mironson werpt hem een scherpe blik toe, alsof hij wil zeggen: 'Wie heeft jou iets gevraagd?'

'Waar de arbeiders zich volgens mij maandag druk om zullen maken,' zegt Vivian, 'dit wordt maandag toch verspreid?'

Mironson knikt.

'Is voedsel voor hun gezin, waar ze de huur van moeten betalen, waarom ze staken – dat wil zeggen, wat de directe reden van de staking is – hoe lang de staking zal duren, waar ze naartoe moeten en wat ze moeten doen. Ik neem aan dat ze ook iets zullen willen weten over de gevolgen van hun daden. Zullen ze uiteindelijk hun baan verliezen, ook als de bazen capituleren? Dat soort dingen.'

Honora kijkt naar McDermott, die glimlachend een wenkbrauw optrekt.

'Ik geloof dat de arbeiders zullen willen weten op welke manier ze worden uitgebuit,' zegt Mironson, 'en hoe ze verenigd zijn met arbeiders in de hele wereld, niet alleen in Ely Falls en niet alleen in Amerika, maar internationaal. Door maandag te staken, zullen ze deel uitmaken van een internationale broederschap.'

'Ik weet vrijwel zeker dat iemand die maandag staakt geen zier om een internationale broederschap geeft,' zegt Vivian, 'of zullen we het beestje bij zijn naam noemen, Mr. Mironson – de Communistische Partij.' Vivian zoekt in haar tas naar haar zilveren sigarettenkoker. 'Later misschien, als iedereen zich een ongeluk verveelt omdat de staking al weken duurt en ze dagen aan een stuk niets te doen hebben, dan kunt u ze deze *internationale* en marxistische flauwekul voorschotelen, en misschien, misschíen, zullen ze het lezen. Maar als u ze dit nú geeft, ligt het straks als oud papier op straat!' Vivian steekt een sigaret aan met de sigaret die ze net heeft opgerookt. Ze houdt Mironson de open sigarettenkoker voor.

'Ik rook niet,' zegt Mironson, en op de een of andere manier klinkt zijn weigering, hoewel gerechtvaardigd, Honora lomp in de oren.

'Mijn advies,' zegt Vivian, terwijl ze de koker sluit, 'hoewel mijn advies natuurlijk volstrekt nutteloos is, is een nieuwsbrief opstellen in de vorm van vragen en antwoorden. Begin met de belangrijkste vraag die de stakers maandagmorgen zal bezighouden en ga vandaar uit verder.'

Vivians voorstel is zó simpel en toch zó inzichtelijk, denkt Honora, dat Mironson wel móet inzien hoe briljant het is. Er valt een lange stilte in de zitkamer, waarin zich vrijwel niemand beweegt. Met uitzondering van Vivian, die doorgaat met roken, alsof alles haar compleet koud laat. Mironson strijkt zijn hinderlijke haarlok van zijn voorhoofd. Honora ziet dat Sexton de Copiograph abrupt heeft stopgezet.

'Misschien zit er wel wat in,' zegt Mironson kalm.

'Fantastisch,' zegt Vivian, alsof deze kleine overwinning geen enkele persoonlijke betekenis voor haar heeft. 'Zullen we dan de koppen een paar minuten bij elkaar steken, u en ik, en een reeks vragen en antwoorden opstellen? Of wilt u het in uw eentje doen?'

Maar Mironson is nog niet klaar. 'Wat hier op het spel staat, miss Burton...'

'O, noem me toch Vivian,' zegt ze.

Mironson slaat zijn armen over elkaar, en het papier waarvan hij dicteerde bungelt aan zijn hand. '... is niets minder dan een levenswijze en de toekomst van dit land. Ik denk niet dat u het belang kunt inzien van zo'n cruciale omslag van deze levenswijze, aangezien u tot aan uw nek toe tot de kapitalistische klasse behoort. U kúnt het domweg niet inzien. Uw liefdadigheid en edelmoedigheid zijn be-wonderenswaardig en het is vanzelfsprekend dat we heel dankbaar zijn, maar ik kan werkelijk niet verwachten dat u de onderliggende betekenis begrijpt van wat hier en in het hele land gebeurt.'

McDermott werpt Mironson een scherpe blik toe en hij opent zijn mond, alsof hij iets wil zeggen, maar Vivian steekt een hand op, ten teken dat ze dit zelf wel afkan. 'Ik snap wat je bedoelt, Mr. Miron-son. Mag ik je Louis noemen? Het klinkt zo "onkameraadschappe-lijk" om elkaar niet bij de voornaam te noemen.'

'Ja, natuurlijk,' zegt hij.

'Je kunt het allemaal heel goed onder woorden brengen, Louis. En, echt waar, ik vroeg me zojuist af waar je op school hebt gezeten. Het is duidelijk dat je een geweldige scholing hebt gehad.'

'Ik denk niet dat het nu gaat om de plek waar ik geschoold ben.'

'O, maar daar gaat het mij juist wél om,' zegt Vivian, terwijl ze keurig haar benen over elkaar slaat.

Honora vindt dat Mironson niet kan weigeren de vraag te beant-woorden. 'Ik heb op Yale gezeten,' zegt hij ten slotte.

'Aha. Met een beurs?'

'Nee.'

Vivian knikt. Haar koperkleurige haren fonkelen in het licht van de ochtendzon. 'Is het te persoonlijk als ik je vraag wat je vader doet? Of deed?'

Mironson aarzelt. 'Hij was schoenfabrikant.'

'Maakte hij de schoenen zelf of was hij eigenaar van de fabriek?'

'Mijn grootvader heeft het bedrijf opgericht, in Brockton, Massa-chusetts. Hij maakte de schoenen zelf.'

'Maar je vader?'

Mironson trok zijn das recht. 'Hij was eigenaar van de fabriek.'

'En heeft nooit een schoen gemaakt.'

'Nooit kan ik niet zeggen.'

'Zou het dan redelijk zijn om te stellen dat je bent opgegroeid in de kapitalistische klasse?'

Mironson haalt een zakdoek uit zijn zak. 'Ik ben een jood, miss Burton,' zegt hij. 'Mijn klassebewustzijn is heel anders dan dat van u.'

'O, is me soms iets ontgaan?' vraagt Vivian liefjes. 'Kunnen joden geen kapitalisten zijn?'

'Ik bestudeer dit al jaren,' zegt Mironson, terwijl hij zijn voorhoofd dept. 'Ik werk hier al mijn hele volwassen leven aan, ik ben naar Moskou geweest en heb met Eugene Debs gewerkt.'

'Natuurlijk,' zegt Vivian. 'En ik kan je niet zeggen hoezeer ik je toewijding bewonder. We bewonderen allemaal je toewijding. En ik denk dat de mannen in deze ruimte hopeloos verloren zouden zijn zonder jou. Maar wat betreft het kunnen begrijpen van wat er op het spel staat...' Ze zwijgt even. 'Laten we eens kijken of ik het snap. Kapitalist bezit textielbedrijf, verdient enorm veel geld en woont aan de overkant van de rivier in een groot huis met een luxe koelkast, een GE-wasmachine en een Packard plus een Chris-Craft-motorjacht, terwijl hij honderden arbeiders in dienst heeft die een armzalig loontje verdienen. En al die tijd vindt hij het doodnormaal dat ze in afschuwelijk vieze flats wonen zonder stromend water, zonder sanitaire voorzieningen ín de woning en zonder voldoende geld om hun kinderen te voeden. Hoe doe ik het tot nu toe?'

De spanning in de kamer doet aan het naspel van een donderslag denken: vol geluid en toch heel stil.

'En dan besluit voornoemde kapitalist om wat voor reden ook,' vervolgt Vivian, ' – misschien gaat het niet goed met zijn bedrijf, misschien wil hij een reisje naar Havana maken – om het loon van zijn arbeiders met tien procent te verlagen, zodat híj meer winst in zijn zak kan steken. En daar hebben de arbeiders, wonderlijk genoeg, bezwaar tegen!'

Mironson zegt niets, maar Honora ziet een spiertje bij zijn mondhoek trillen.

'Arrogante, onbeschaamde arbeiders,' zegt Vivian, terwijl ze een lange, blauwe rookpluim uitblaast.

Mironson schudt glimlachend zijn hoofd.

'Natuurlijk, het is ingewikkelder dan ik kan begrijpen,' zegt Vivian minzaam. 'Dat spreekt vanzelf. Eerlijk gezegd weet ik niet eens wie Eugene Debs is. Mijn bedoeling is het simpel te houden. Aan de stakers hoeft alleen maar te worden verteld wat ze moeten weten om tot dinsdag te overleven. En dan tot woensdag. En dan tot donderdag. Enzovoort. En als iemand je later vraagt wat het allemaal betekent, nou dan kun je hun alle marxistische retoriek voorschotelen die ze naar jouw idee kunnen verdragen.'

'Ik hoop dat je lid was van het debatingteam, op welke school je ook zat,' zegt Mironson.

'Nou, nee,' zegt Vivian. 'In feite ben ik er niet zeker van dat mijn school een debatingteam had. Ik heb les gehad in etiquette en tafelmanieren.'

McDermott lacht, en zelfs Ross grinnikt.

'Hoe zullen we hem noemen?' vraagt Mironson aan Vivian. 'Deze práktische nieuwsbrief van ons.'

Vivian blaast een lange rookspiraal uit en dooft dan haar sigaret in een asbak op de geïmproviseerde tafel. Naast de asbak ligt een verfrommeld sigarettenpakje.

'Lucky Strike,' zegt ze zonder enige aarzeling.

❧ *Alphonse*

Gisteren hebben ze de hele dag aan de nieuwsbrief gewerkt, die Alphonse nu wel een beetje kan lezen. Deze nieuwsbrief is duizend keer beter dan die ze aan het inpakken waren voordat miss Burton haar mening zei en daarna met Mironson in beraad ging. Intussen zaten zíj allemaal te lanterfanten en ontbeten ze zelfs voor de tweede keer, wat Alphonse geweldig vond. En toen zag de andere vrouw, Mrs. Beecher, dat Alphonse broodjes met kaas in zijn zakken stopte. Ze vroeg hem of hij ze niet liever in waspapier wilde verpakken, en Alphonse stierf bijna van schaamte. Hij bekende dat hij ze voor zijn moeder meenam, en toen zei Mrs. Beecher dat het misschien niet zo'n goed idee was om broodjes met kaas in je zak mee te nemen, vanwege de kruimels. Zou het niet beter zijn als ze een paar boterhammen voor zijn moeder klaarmaakte vlak voordat hij naar de stad vertrok? Gisteren was hij de hele dag boos op zichzelf geweest omdat hij haar niet eens fatsoenlijk had kunnen bedanken.

Laat in de middag gingen Ross, McDermott en Alphonse terug naar de stad, met bundels nieuwsbrieven en pamfletten. Alphonse had het idee dat de arm van Mr. Beecher er bijna af zou vallen met al dat gezwengel aan die vernuftige kopieermachine. Nadat ze de pamfletten in Nadeaus appartement hadden afgeleverd, vroeg McDermott aan Alphonse of hij niet even bij zijn moeder op bezoek wilde gaan. Dan zou hij Alphonse over een uur ophalen en hem mee terugnemen naar het huis aan het strand. Alphonse wist dat McDermott, Mahon en Ross naar de kroeg wilden om te drinken, maar hij was blij dat hij de kans kreeg zijn moeder, Augustin en Gérard te zien. En zelfs, dat moest hij toegeven, Marie-Thérèse, die een stuk kalmer leek te zijn geworden. En hij kon dan ook kijken of hij al langer was dan Marie-Thérèse – hij vond het fijn om dat wekelijks te doen – hoewel ze weigerde rug aan rug te staan.

En toen haalde McDermott hem op, zoals hij had beloofd. Voor het eerst in zijn leven wilde Alphonse niets eten van het overgebleven brood of de cakejes in de truck, omdat hij wist dat hij en de mannen op weg waren naar een lekkere maaltijd. Mrs. Beecher maakte voortreffelijke taarten en pasteien, en aardappels en eieren, en koffie. Vanmorgen had het spek weer zó heerlijk geroken dat Alphonse bijna was gestruikeld toen hij de trap afliep om te ontbijten.

Gisteravond had de vrouw met het koperkleurige haar nog meer voedsel gebracht. De mannen hadden veel gedronken en Alphonse had gezien dat miss Burton ook tamelijk veel dronk. Ze leerde Mironson hoe hij iets moest maken wat een 'sidecar' heette, in een mooie, zilveren schudbeker. En nadat Mironson er slag van had gekregen, werd iedereen nóg meer dronken, zelfs miss Burton. Maar Mrs. Beecher dronk niet zo veel. Trouwens, je kon wel aan haar zien dat ze geen drinkster was.

Na de avondmaaltijd hielp Alphonse Mrs. Beecher met de afwas. McDermott was behoorlijk dronken, maar niet zo erg als Ross, Mahon en Mr. Beecher, die straalbezopen op de veranda stonden. McDermott zat aan tafel te roken, terwijl Mrs. Beecher en Alphonse afwasten en afdroogden. Alphonse had helemaal geen hekel aan afwassen, omdat het warme water uit de kraan kwam en het min of meer een feest was om zijn handen eronder te houden. Onwillekeurig dacht hij dat het een stuk makkelijker zou zijn om de vloer schoon te maken en de kleren te wassen en alle andere dingen te doen als ze in hun huis aan Rose Street warm water uit een kraan hadden. Maar dat was niet zo. Punt uit!

Het hele weekend moest Alphonse zichzelf in herinnering brengen dat er maandag gestaakt zou worden, want je zou niet denken dat er zware tijden in aantocht waren als je naar de mannen en miss Burton keek, die dronken werden en heel veel lachten. Zelfs Mrs. Beecher giechelde tijdens het eten.

Vanmorgen – zijn tweede ochtend in het huis – was Alphonse als eerste beneden geweest voor het ontbijt. Miss Burton was naar huis gegaan en alle mannen sliepen uit en zouden waarschijnlijk met barstende hoofdpijn wakker worden. Mrs. Beecher zat met Alphonse aan tafel en stelde hem de gebruikelijke vragen. Alphonse overwoog haar te vertellen dat hij dokter wilde worden, omdat hij wist dat ze teleurgesteld zou zijn als ze hoorde dat hij wever werd. Maar toen het zover was, kon hij echt niet tegen haar liegen. Daarom haalde hij zijn schouders op en hoopte maar dat ze hem niet nóg een keer zou vragen wat hij later, als hij groot was, wilde worden.

Nu zitten ze allemaal op het strand, op dekens die miss Burton uit haar huis heeft meegebracht. Alphonse is verbaasd dat ze zo levendig is, gezien de hoeveelheid drank die hij haar gisteren achterover heeft zien slaan. In feite is ze veel levendiger dan sommige mannen, zoals Ross, die niet eens zijn ontbijt naar binnen kon krijgen. Alphonse vermoedt dat miss Burton thuis een soort vitaminetonicum heeft voor tijden als deze. Mrs. Beecher en Vivian hebben boterhammen ingepakt en salades en gevulde eieren gemaakt. En hoewel ze allemaal vóór het huis zitten en zo naar binnen kunnen gaan en aan een tafel eten als ze willen, houden ze een picknick, alsof het een dagje op het strand is, wat het volgens hem ook is. Mr. Beecher heeft zijn zwempak aan, en de andere mannen hebben hun broekspijpen opgerold. Ross was heel grappig toen hij opstond, met zijn kleren aan de oceaan inliep en daarna van de ene voet op de andere hinkte, alsof hij geëlektrocuteerd was. Maar op het moment dat hij uit het water kwam, zag hij er zó'n stuk beter uit dan toen hij erin ging, dat Mahon, McDermott en Mironson ook gekleed en wel de oceaan inliepen. Mr. Beecher rende naar het water en nam een duik, en plotseling besefte Alphonse waar hij de nieuwe man eerder had gezien – afgelopen zomer, die dag op het strand, de man die als een haai het water doorkliefde. McDermott en Ross kwamen uit de zee, grepen Alphonse vast, droegen hem, schoppend en schreeuwend, naar het water en plonsden hem erin. Allemachtig, het was zó koud, dat Alphonse niet kon ademen. En toen hij weer bovenkwam en het water uit zijn ogen veegde, stonden Ross, McDermott, Mahon en zelfs Mironson, druipend als natte eenden, te lachen alsof ze nog nooit zoiets grappigs hadden gezien in hun lange leven. Als dit is wat het betekent om in staking te gaan, denkt Alphonse, zou ik willen dat de staking eeuwig blijft voortduren.

❧ *Vivian*

'Het zijn net kleine jongens, hè?' zegt Vivian terwijl ze naar de mannen kijkt die Alphonse in het water gooien. En hoewel ze bedoelt 'zijn ze niet dwaas?', denkt ze dat ze allemaal zo jong, zo heel erg jong zijn. Honora en McDermott zijn nog maar eenentwintig, Louis vijfentwintig.

'Op hun manier,' zegt Honora.

'Arme Alphonse. Denk je dat hij kan zwemmen?'

'Zo te zien kan hij dat niet.'

Vivian streelt Sandy's vacht en zegt: 'De afgelopen maanden ben ik amper buiten geweest.'

'Was je in Boston?'

'Nee, in New York,' zegt Vivian. Ze is een beetje jaloers op de mannen in het water. Ze wilde dat ze haar badpak had meegebracht, zodat ze ook een duik kon nemen. 'Ik probeer een toneelstuk te schrijven.'

'Voor het theater?'

'Ja, het is een ongelooflijk staaltje van geluk, of misschien wel van pech. Ik weet het niet precies. Ik heb een man in Havana ontmoet, een producer uit New York. Op een avond tijdens het diner vertelde ik hem een idee voor een toneelstuk dat min of meer bij me opkwam terwijl ik tegen hem sprak. Hij zei – voornamelijk omdat hij dronken was, denk ik – dat ik het stuk moest gaan schrijven. Aangezien ik geen andere zinnige bezigheid had, besloot ik het te proberen. Het is heel leuk om te doen, hoewel ik nog veel moet leren.'

'Wat spannend! Waar gaat het over?'

'Over de beurskrach, en de gevolgen ervan.'

'O,' zegt Honora, terwijl ze haar jurk tot boven haar knieën optrekt.

'Ik ben bang de tragedie van andere mensen te kleineren,' zegt Vivian snel.

'Is het een komedie?'

'Nog niet, maar ik denk dat het wel een komedie wil zijn. Ik weet niet zeker of ik komedie kan schrijven. Op dit moment is het een beetje een zootje.' En waarschijnlijk zal het een zootje blijven als ik niet aan het werk ga, denkt ze. 'Je hebt het niet gemakkelijk gehad,' zegt Vivian opeens.

Honora werpt haar snel een blik toe en zegt eerlijk: 'Dat klopt.'

'Is je man zijn baan kwijtgeraakt?'

'Inderdaad. Op de dag dat ik je voor het laatst heb gezien, eerlijk gezegd. Kerstavond.'

'O, wat naar voor je,' zegt Vivian. Ze herinnert zich de boom met de cadeautjes eronder, keurig gerangschikt, en de pasteien op het aanrecht.

'Het was vreselijk,' zegt Honora met een zucht. Vivian vraagt zich af of dit de eerste keer is dat ze erover praat.

'Wat is er gebeurd?'

'Hij werd ontslagen, zou je kunnen zeggen. Hij was, ik weet het juiste woord niet, verpletterd. Het duurde weken voor hij was hersteld, zelfs gedeeltelijk. Hij probeerde een baan als verkoper te vinden, maar niemand nam hem aan. En toen ging hij naar de fabrieken en probeerde een baan op een van de kantoren te krijgen, maar ook daar namen ze niemand in dienst. En toen moest hij in de fabriek zelf gaan werken. Hij is ringspinner.'

'O,' zegt Vivian, terwijl ze Sandy uit haar beker water laat drinken. 'Maar het is je gelukt het huis te behouden.'

'Ternauwernood.'

'En nu deze staking,' zegt Vivian. 'Ik hoop dat die niet lang zal duren.'

'Nee,' zegt Honora.

'Mocht je ooit behoefte heb...' begint Vivian.

'O God, nee,' zegt Honora snel. 'Geen haar op mijn hoofd.'

Vivian wil Honora naar haar huwelijk vragen, maar ze voelt dat het daar nu niet het geschikte tijdstip voor is. Hoewel ze nooit snapt wat echtparen in elkaar zien, staat ze wat Honora en Sexton betreft écht voor een raadsel. Natuurlijk, hij is een knappe man, maar hij heeft iets... nou... iets kruiperigs dat háár althans afstoot. Hij lijkt te gretig om te behagen, maar als Honora in de kamer is, negeert hij haar volkomen.

'Stoor je je aan al die mannen in je huis?' vraagt Vivian na een tijdje.

'Ik weet niet zeker of ik begrijp wat de gevolgen zijn. Ik heb het gevoel dat ze iets voor me verzwijgen. Dat voelde ik toen Quillen... nou, ik mag hem niet Quillen noemen, hij heeft de pest aan die naam,

197

McDermott dan... toen McDermott sprak. En ook toen Louis...' Ze zwijgt even. 'Je ging gisteren flink tegen Louis tekeer!'

'O, ik meende het maar ten dele,' zegt Vivian. 'Hij is aanbiddelijk. Een heilige! Ik heb geen ervaring met onzelfzuchtige mannen. Ze zijn verre van sexy, vind je ook niet?'

'Vivian, weet je dat hij een communist is?'

'Ja, daar ben ik min of meer achter gekomen.'

'Waarom doe je dit?' vraagt Honora. 'Uitgerekend jíj?'

'Nou, ik neem het allemaal niet zo serieus. Het is een geintje.'

'Maar ze hebben het op jóuw klasse gemunt.'

'Louis, ja. En op een nogal abstracte manier, vind ik. Hij lijkt meer op me dan je zou denken. Wat mijzelf betreft, nou, vorig jaar ging ik bijna dood van verveling. Bovendien,' voegt ze eraan toe terwijl ze zich dichter naar Honora toe buigt, 'aanbid ik jou en Alphonse.'

Honora glimlacht. 'Ik maak me zorgen om Alphonse,' zegt ze. 'Hij is nog zo jong.'

'Hij is dol op McDermott.'

'Terecht, volgens mij.'

'En je man vindt het ook niet erg dat al die mannen hier zijn?' vraagt Vivian aarzelend. Een echtgenoot zou heel veel reden hebben om zich eraan te storen, denkt ze.

'Nee,' zegt Honora. 'Hij heeft er geen bezwaar tegen. Eerlijk gezegd heb ik hem in maanden niet zo gelukkig gezien. Sinds afgelopen herfst.'

'Het was me het feestje wel gisteravond!'

'Ik telde vanmorgen acht flessen,' zegt Honora terwijl ze weer op de deken gaat liggen en haar gezicht met haar hoed tegen de zonnestralen beschermt. 'Wat is er met die man gebeurd?' vraagt ze. 'De man die de eigenaar van jouw huis was?'

'Dickie? O, die arme Dickie,' zegt Vivian. Ze denkt aan de laatste keer dat ze Dickie heeft gezien, in januari. Dickie met zijn bleke gelaatskleur, zijn met was opgestreken snor, zijn rotanwandelstok en zijn Haskell & Haskell-das met een tomatensausvlek. Tenminste, daar leek het op. 'Hij is geruïneerd. Hij werkt nu in Indianapolis voor het bedrijf dat Arrow-overhemden produceert. Als verkoper, denk ik. Hij heeft de baan via een vriend van een vriend gekregen.' Onmiddellijk beseft Vivian dat het ongevoelig van haar is om te zeggen dat een man die een baan als verkoper heeft geruïneerd is. 'Het was niet mijn bedoeling om...' zegt ze.

Honora maakt een achteloos handgebaar. 'Het is allemaal... ik weet het niet... betrekkelijk.'

'Dat denk ik ook,' zegt Vivian, met een blik op Sandy. 'Dit zielige hondje hijgt als een postpaard.'

'Waarom gooien we hem niet in zee?'

'Hij heeft de pest aan water.'

'Het zal hem goed doen,' zegt Honora.

❧ *Honora*

Het strand is vlak en helemaal schoon, op gebogen, witte schelpen en gladde, ovalen kiezelsteentjes na. Honora loopt in noordoostelijke richting over het strand, met de zon in de rug. Aan één kant wordt haar schaduw steeds langer. Aan de rand van het strand, waar het zachte zand begint voor het de duinen bereikt, zitten groepen mensen, hier en daar verspreid. Bewoners van cottages die hier de zomer doorbrengen en pas zijn aangekomen. Ze zien er bleek uit, zijn te opzichtig gekleed en zitten enigszins in shock op hun canvasstoelen. Honora slaat haar armen om zich heen en probeert zich te beschermen tegen een oostenwind die net is opgestoken en de toppen van de golven wegblaast. Ze heeft alleen een eigengemaakte rayonrok aan en een katoenen, mouwloze blouse. Ze heeft haar schoenen op de deken achtergelaten nadat de meeste mannen, Sexton inbegrepen, op het strand in slaap waren gevallen en Vivian met haar natte hond naar haar cottage was gegaan. Honora loopt langzaam, met gebogen hoofd. Af en toe kijkt ze op, steeds weer verbaasd over de blauwe kleur van het water, hoe vaak ze het ook ziet. Een blauw dat levend lijkt te zijn. Een zeilboot die voor de wind gaat stuift langs de kustlijn. Morgen begint de staking. Het lijkt nauwelijks mogelijk.

Sinds Kerstmis is Honora slechts een paar keer in Ely Falls geweest. Ze vindt het geen bijzondere stad, overheerst door fabrieken, lange flatgebouwen met enorme ramen en rook die uit schoorstenen omhoog kringelt. De woningen, van baksteen en hout, zijn gebouwd in de heuvels die het centrum van de stad omringen. Onaantrekkelijke huizen zonder tuin en met de was aan een lijn boven een houten veranda die er levensgevaarlijk uitziet. Ze is nooit in Sextons kosthuis geweest, maar de buitenkant heeft ze wél gezien. Een bakstenen huis, een van de vele rijtjeshuizen die allemaal hetzelfde zijn. Ze kon niet naar binnen, volgens Sexton, omdat er alleen mannen werden toegelaten.

Een stuk flessengroen glas trekt Honora's aandacht, en ze bukt zich om het uit het natte zand op te rapen. Ze wrijft het glas schoon tussen haar handpalmen. Het is een prachtige scherf, bijna een centimeter dik. Ze probeert zich voor te stellen wat het ooit is geweest. Het lijkt op een fles, maar het is te ruw. Kan ook geen stuk van een raam zijn. Een of andere pot? Misschien een stuk van een schaal? Het omhulsel van een lantaarn? Iets van een schip? Ze raapt een grote, witte schelp op, stopt de scherf erin en legt de schelp in haar handpalm.

'Wat heb je daar?'

Honora krimpt ineen, geschrokken van de stem. McDermott is een beetje buiten adem en buigt zich voorover om weer op adem te komen. Zijn haar, stijf van het zeewater, is in een komische vorm opgedroogd. Hij draagt een blauw overhemd, waarvan de mouwen tot boven de ellebogen zijn opgerold.

'Zeeglas,' zegt ze.

'Wat is dat?' vraagt hij.

'Dat is glas dat door de zee is verweerd en op een strand aangespoeld. Ik verzamel het.' Ze laat de schelp zien met het stukje groen glas erin. Hij bekijkt het in haar handpalm.

'Waar komt het vandaan?' vraagt hij, terwijl hij de scherf aanraakt.

'Een scheepswrak, misschien? Iets dat iemand overboord heeft gegooid? Een brand aan de kust? Soms vind ik glas dat gesmolten is, met verkoolde stukjes erin. Dat is nou het mysterie, dat je niet weet waar het vandaan komt.'

'Een geheim dat een geheim blijft,' zegt hij. Zijn huid is roze door de zon. Hij knippert met zijn ogen tegen de weerspiegeling van het felle licht in het water.

'Zoiets,' zegt ze, terwijl ze haar hand laat zakken. 'Jullie lagen allemaal te slapen.'

'We vertrekken,' zegt hij. 'Ik ben gekomen om afscheid te nemen.'

'Gaan jullie wég?' vraagt ze verbaasd.

'We moeten vroeg in de morgen, als de staking begint, op onze post zijn om ervoor te zorgen dat niemand de fabrieken binnengaat, en ook moeten we de pamfletten verspreiden.'

'O,' zegt ze, een beetje verstoord omdat Sexton haar niet heeft verteld dat ze vóór het avondeten zouden vertrekken. Als ze dat had geweten, had ze geen limoentaarten gemaakt. Maar misschien heeft Sexton het ook niet geweten. 'Dan loop ik met je mee,' zegt ze.

'Bedankt voor je gastvrijheid,' zegt hij terwijl ze op weg gaan. 'Vooral gisteravond. We waren allemaal een beetje door het dolle.'

'Iedereen heeft zich vermaakt, denk ik,' zegt ze.

'Pardon?'

Ze herinnert zich dat ze McDermott recht moet aankijken als ze iets tegen hem zegt. Het gebulder van de branding maakt het zelfs onder de beste omstandigheden moeilijk een gesprek te voeren. 'Kijk,' zegt hij, terwijl hij voor haar uit gaat lopen en zich omdraait. 'Ik loop gewoon achteruit. Zó!'

'Weet je het zeker?'

'Dat doe ik altijd.'

Ze ziet dat zijn hemd gekreukt is en ook stijf staat van het zout. Zijn broekspijpen zijn tot halverwege de kuiten opgerold. Het is een onhandig gedoe, McDermott die achteruit en Honora die vooruit loopt, en het is ook een beetje ongemakkelijk – ze moet haar gezicht heel dicht bij het zijne houden om te zorgen dat hij kan zien wat ze zegt.

'Ik zei net dat ik denk dat iedereen zich heeft vermaakt,' zegt ze, in het besef dat ze elke lettergreep overdreven duidelijk uitspreekt. Ze probeert haar lippen te ontspannen.

Hij haalt zijn schouders op. 'We hebben te veel gedronken.'

'Ja.'

'Wil je een gombal?' vraagt hij, terwijl hij haar een zakje voorhoudt.

'Graag.'

Hij haalt twee gomballen uit het zakje, verwijdert de papiertjes en geeft er haar een. 'Dat was leuk daarnet,' zegt hij. 'De manier waarop je probeerde Alphonse te leren zwemmen.'

Honora had haar rok opgebonden en was met Alphonse naar de vloedlijn gelopen. Ze had tegen hem gezegd dat hij moest gaan liggen en zich zo plat mogelijk moest houden. Zij zou hem vasthouden en hem pas loslaten als hij gereed was. Maar telkens wanneer hij knikte en ze hem losliet, waren zijn voeten onmiddellijk naar de bodem gezonken. 'Hij heeft een zwempak nodig,' zegt ze. 'Zijn broek trok hem telkens naar beneden.'

'Hij heeft veel dingen nodig.'

'Je geeft veel om hem, hè?'

McDermott haalt zijn schouders op. 'Ik denk van wel.'

'Hij was als de dood voor het water,' zegt Honora.

'Is dit het?' vraagt hij, terwijl hij zich bukt om een grasgroene glasscherf uit het zand op te rapen. Ze bekijkt de scherf tussen haar duim en wijsvinger. 'Ja,' zegt ze. 'Een mooie kleur. Heel bijzonder.'

'Alsjeblieft,' zegt hij, en geeft haar het glas, 'voor je verzameling.'

'Dank je,' zegt ze.

'Eigenlijk ben ik je gaan zoeken omdat ik je iets wilde vertellen,'

zegt hij. 'Vrijdagavond, toen we voor de eerste keer in je huis waren en jij en ik in de keuken stonden te praten, vroeg je me of het veilig was wat we deden. Min of meer, zei ik toen tegen je.'
Honora knikt.
'Nou.' Hij wendt zijn blik af. 'Dat is het níet,' zegt hij.
Honora gaat langzamer lopen.
'Het is gevaarlijk,' zegt McDermott. 'Ik vind dat je dat moet weten.'
'O.'
'We gebruiken je.'
Even wordt ze overdonderd door de botheid van zijn verklaring. 'Dat heb ik begrepen,' zegt ze, 'net zoals Louis júllie gebruikt.'
'Maar wíj gebruiken Mironson, vergeet dát niet.'
'Ben je een communist?' vraagt ze.
'Van mijn leven niet! Een goede Ierse katholiek als ik? Nee, ik ben loyaal aan de vakbond, niet aan de communisten.'
Een man en een vrouw, die beiden een strohoed dragen en in een normaal tempo lopen, halen Honora en McDermott in. Hij wacht om ze te laten passeren voor hij opnieuw zijn mond opendoet. 'Het is volmaakt voor ons, een huis ver van de stad. Je man zegt dat niemand in de fabriek weet waar hij woont en dat het kosthuis het enige adres is dat men van hem heeft. Dus als we deze plek geheim kunnen houden...'
Honora knikt.
'De organisatie waar Mironson voor werkt stuurt een drukpers op uit New York, en waarschijnlijk zullen we die deze week hierheen brengen,' zegt hij. 'De Copiograph kan de hoeveelheid die we nodig hebben duidelijk niet aan.'
'Nee,' zegt ze, haar haar uit haar gezicht strijkend. Door de oostenwind heeft ze kippenvel op haar armen en ze probeert ze warm te wrijven.
'De reden waarom ik zeg dat het gevaarlijk is,' zegt McDermott, 'is deze: we hadden een drukpers in een pakhuis in de stad neergezet. Op een avond kwamen er gemaskerde mannen met mokers binnen en vernietigden de pers en alle andere apparatuur. Een van onze mannen werd ook in elkaar geslagen. Hij ligt nog steeds in het ziekenhuis.'
Honora blijft staan.
'Luister,' zegt hij, 'als je nu tegen me zegt dat je niet wilt dat we hier zijn, zorg ik dat geen van ons ooit terugkomt en je opnieuw lastigvalt.'
'Wie waren die mannen?'
'Dat weten we niet. Ze waren door de bazen, de fabriekseigenaren, gestuurd. Het waren leden van de burgerwacht, tenminste, zo noe-

203

men ze zich. Ik denk dat een van hen de hoofdcommissaris van politie was, hoewel je niet veel kon zien in het donker.'
'Was jij erbij?'
Hij knikt.
'En ben je gewond geraakt?'
'Ik ben ontsnapt.'
'O, dit overvalt me,' zegt ze, terwijl ze een hand naar haar borst brengt, 'maar eigenlijk had ik het kunnen weten.'
McDermott staat zwijgend naar haar te kijken.
'Het is een beslissing van mijn man,' zegt Honora.
'Als wij van je huis gebruikmaken,' zegt hij, 'ben jij er ook bij betrokken.'
Honora en McDermott lopen weer verder. Deze keer zij aan zij. Honora is stil en stelt zich een overval op haar eigen huis voor. Ze passeren drie kleine meisjes die een zandkasteel bouwen, en ze moeten eromheen lopen. Dan maakt Honora een draaibeweging, zodat ze McDermott kan aankijken. 'Wat zal er morgen gebeuren?' vraagt ze, terwijl ze achteruit begint te lopen.
'Als het gaat zoals het in New Bedford en Gastonia is gegaan,' zegt hij na een minuut, 'zal er een massale bijeenkomst zijn en dan zullen posters, dat zijn mensen die bij de staking posten, naar de fabrieken opmarcheren. De stakingsleiders zullen ervoor zorgen dat niemand de fabrieken binnengaat.'
'Werkwilligen, bedoel je, zwartwerkers die geen lid zijn van een vakbond,' zegt ze.
'Ja. We weten al dat er gewapende bewakers zullen zijn, en de posters zouden weleens strijdlustig kunnen worden. In de stad hangt veel woede in de lucht. Mironsons toespraken zullen steeds marxistischer worden...'
'Maar niet als het aan Vivian ligt,' zegt Honora.
McDermott lacht. 'Veel stakers zullen ergens anders werk gaan zoeken, en er zullen huisuitzettingen plaatsvinden. De fabriekseigenaren zouden dat als wapen kunnen gebruiken. Alle posters uit hun huizen zetten, want die zijn eigendom van de fabriek. De vakbonden zullen voor een tentenkamp zorgen. En misschien...' Hij zwijgt abrupt.
'Misschien wát?'
Hij wendt zijn hoofd af. 'Misschien zal het dan voorbij zijn.'
'Dat is niet wat je wilde zeggen.'
'Niemand kan iets voorspellen.'
'Wat is er in Gastonia gebeurd?'

'Er was enig geweld,' zegt McDermott. 'Er waren pistolen en geweren. Bajonetten. Traangas, braakgas.'
'En hoe kom ík nou te weten wat er gaande is?' vraagt ze.
'We zullen je een bericht sturen als er moeilijkheden zijn,' zegt hij. 'Maar maak je geen zorgen om je man. De eerstkomende dagen is hij op de stakerspost, zoals ieder ander. Hoogstwaarschijnlijk is dodelijke verveling het ergste dat hem zal overkomen.'
'En hoe zit het met jóu?'
'Ik betwijfel of ik me zal vervelen,' zegt hij.
Ze loopt met licht gespreide armen om in evenwicht te blijven. Achteruitlopen is lastig, vooral in het zand en met al die schelpen onder je voeten. 'Hoe waarschijnlijk is het dat de staking spoedig voorbij zal zijn?' vraagt ze.
'Dat is niet erg waarschijnlijk,' zegt hij. 'De fabrieken hebben een overschot aan goederen. In zeker opzicht zullen ze blij zijn met de staking, zodat ze van het teveel af kunnen komen zonder lonen te hoeven betalen om de fabriek draaiende te houden. Maar na een paar weken, als ze vrijwel geen goederen meer hebben om te verkopen, zullen ze pas écht merken dat er gestaakt wordt.'
'Een paar weken?'
'De staking in New Bedford duurde zes maanden.'
'Mijn God,' zegt ze, terwijl ze abrupt blijft staan. McDermott kan zijn pas niet zo snel inhouden en botst tegen haar op. Hij steekt zijn armen uit om zich schrap te zetten en even houdt hij haar armen vast terwijl haar handpalmen tegen zijn borst drukken. Ze laten elkaar onmiddellijk weer los.
Strandlopers springen als vlooien om hen heen. 'Ik wil je niet bang maken zonder dat daar reden toe is,' zegt hij.
'We zullen het huis kwijtraken,' zegt ze. 'We kunnen de hypotheek nu al amper betalen.'
'Dat zal Mironson niet laten gebeuren.'
'Nou,' zegt ze, 'dat is tenminste íets positiefs.' Ze kijkt naar het huis in de verte. 'Waarom doe jij dit?' vraagt ze.
'Ik ben ervoor gestrikt,' zegt McDermott glimlachend, 'toen ik met de verkeerde mensen omging.'

❧ *Sexton*

'We moeten nu écht weg,' zegt Sexton in de keuken tegen Honora. Hij kijkt hoe ze een stuk of zes boterhammen en een paar pasteien in waspapier verpakt, en wil tegen haar zeggen dat ze haast moet maken. Mironson, Ross en McDermott staan klaar om te vertrekken.

'Morgen zul je op de stakerspost zijn,' zegt ze.

'Dat zal wel. Ik zal alles doen wat ze me opdragen.'

'Wees voorzichtig.'

'Ja, hoor. Zit maar niet over me in.'

'De zak met schone was staat in de gang,' zegt ze.

'Ja, dat heb ik gezien.'

'Hebben jullie vorken nodig?'

'We krijgen vorken van het kosthuis,' zegt hij ongeduldig, hoewel hij niet weet of dat waar is. Madame Derocher is een kenau. Ze bewaart de vorken achter slot en grendel. Maar hij vermoedt dat ze de pastei in de truck met hun vingers zullen opeten.

'Wat moet ik met al dat eten?' zegt ze. 'Jij kunt het net zogoed meenemen.'

Ze stopt de boterhammen in een papieren zak. De manier waarop de andere mannen dit weekend naar Honora hadden zitten lonken als ze dachten dat hij niet keek, had Sexton beslist niet aangestaan. Hoewel hij niet kan ontkennen dat hij trots op haar is. In zekere zin zou hij moeten zeggen dat Vivian knapper is – ze is in elk geval slanker en beter gekleed (en absoluut grappiger) – maar, gek genoeg, niet zo sexy, ondanks al haar brutale opmerkingen. En ze is natuurlijk veel ouder. Bijna dertig, schat hij. Nee, Honora is de verleidelijkste van de twee. En als hij de afgelopen twee avonden niet zo dronken was geweest, had hij misschien wel met haar gevrijd.

Allemachtig, die kerels kunnen heel wat drank verstouwen! Hij had hen met moeite kunnen bijhouden. Vooral Ross. Sexton is blij dat ze teruggaan naar de stad, al heeft hij een bloedhekel aan het kosthuis. Alleen maar om een avondje vrij te zijn.

De staking is een wonder, denkt hij. Gewoon een wonder. Mironson zorgt nu voor de hypotheek – en dat is een grote last van Sextons schouder – en hij en Honora eten beter dan ze sinds oktober hebben gedaan. En dat allemaal vanwege de Copiograph en de nummer 8 die hij had bewaard en op zolder verstopt. Op zijn eerste dag in het kosthuis, tijdens de lunch, had hij al geweten dat hij iets had verkocht. Dat had hij aan McDermotts gezicht gezien. Niet tegen contante betaling, maar zogoed als. Beter, in feite.

Vreemd dat de man je alleen kan verstaan als je hem recht aankijkt, denkt hij. Eigenlijk een beetje griezelig.

'Wanneer wilde je me over de staking vertellen?' zegt Honora terwijl ze zich omdraait en zó zacht praat, dat alleen híj het kan horen.

'Wát?'

'De staking,' zegt ze, vlak bij zijn gezicht. 'Wanneer wilde je het me vertellen?'

Sexton is zó verrast door de vraag en de toon van haar stem, dat hij niet weet wat hij moet antwoorden. 'Wat maakt het nou uit wanneer ik je over de staking wilde vertellen?' zegt hij.

'Ik moet weten wat jíj weet.'

'Het zou je van streek hebben gemaakt.'

'Zou je iets voor me verzwijgen als je dacht dat ik erdoor van streek zou raken?' vraagt ze.

Hij werpt snel een blik in de gang, maar kan de mannen niet zien. Ze zouden wel buiten bij de truck staan wachten. 'Ik moet gaan,' zegt hij.

'Als je een vriendin had,' zegt Honora, 'en dacht dat ik van streek zou raken als je het me vertelde, zou je dat dan ook voor me verzwijgen?'

'Waar héb je het in godsnaam over, Honora?'

'Ik moet weten wat jíj weet, Sexton. Daar gaat het om in een huwelijk. Het gaat om vertrouwen, en dankzij jou vertrouw ik je niet meer.'

'Waarom begin je daar nú over?'

'Omdat ik je, sinds je komst hier, niet alleen én wakker in een kamer heb gezien,' zegt ze.

Allemachtig, waarom doet ze dit? Snapt ze niet dat hij zich voor het eerst sinds Kerstmis geen mislukkeling heeft gevoeld? Sinds de herfst, bijna een jaar geleden, heeft hij zich niet zo goed, zo nuttig gevoeld. En nu wil ze uitgerekend op dít moment ruziemaken! Is ze vergeten hoe het de hele winter en de hele lente was, toen hij zo moe en gedeprimeerd was en... zich zo schaamde... dat hij haar amper kon aankijken? 'Zonder Louis, McDermott en Jack Hess zou ik geen flauw idee hebben van wat er gaande is.' Ze vouwt de theedoek in haar handen op. 'Ik vertel je wat je moet weten,' zegt hij. 'Zoals het feit dat je een nummer 8 en de Copiograph op zolder bewaarde? Machines die we hadden kunnen verkopen in plaats van te verhongeren en de schoorsteenmantel op te stoken toen we geen geld voor kolen hadden?' 'Dat is jouw zaak niet,' zegt hij, hoewel hij zich er in feite schuldig over had gevoeld sinds hij de machines uit de Buick haalde vóór de komst van de veilingmeester. Niet-bestaande leveringen aan een niet-bestaande bank van een spoedig (hoewel Sexton dat toen nog niet wist) niet-bestaand kantoormachinebedrijf. Destijds had hij gedacht dat hij slechts tijdelijk op non-actief was en op een dag weer volop aan het werk zou zijn, en dan een voorsprong zou hebben met de twee machines. Of had hij ze alleen maar beschouwd als trofeeën die hij van tot tijd te voorschijn haalde om zichzelf aan een ander leven te herinneren, het leven waarin hij een tijd succesvol was geweest? 'Luister, ik werk van zes uur 's morgens tot vijf uur 's middags in een smerige, lawaaierige hel in de stad,' zegt hij. 'En dan ga ik vijf avonden per week terug naar een van ratten vergeven kosthuis en slaap met vier andere kerels in één kamer, als een kind dat op kamp is. En dat allemaal om het mogelijk te maken dat jij hier boeken kunt zitten lezen en die vervloekte stukjes zeeglas van je kunt zoeken.' Ze hangt de theedoek over de rand van de gootsteen. Langzaam en behoedzaam, als iemand die probeert zich te beheersen. 'Denk je dat ik de hele dag niets anders doe dan dát?' 'Je moet je niet met mijn zaken bemoeien, Honora. Ik weet heus wel wat ik doe.' 'Je weet dat Louis een communist is,' zegt ze. 'De rest niet.' 'Het zou gevaarlijk kunnen zijn.' Hij buigt zich samenzweerderig naar haar toe. 'Kijk naar de geweldige deal die we nu hebben. Ze zullen voor de hypotheek zorgen en ons voedsel verschaffen. Wat wil je nog meer?' 'Wat ik nog meer wil? Een man hebben die geen informatie voor me achterhoudt. Een man hebben die ik kan vertrouwen. Dát is wat ik nog meer wil!' 'Ik had die machines niet kunnen verkopen,' zegt hij. 'Dat zou onwettig zijn geweest.'

'Sinds wanneer kan het je wat schelen of iets al dan niet wettig is?' snauwt ze. Hij ziet meteen dat ze weet dat ze te ver is gegaan, want ze brengt een hand naar haar voorhoofd. 'Het spijt me,' zegt ze. 'Dat had ik niet moeten zeggen.'

Maar het is goed, denkt Sexton. Ze heeft nu een zwak moment en daar kan ik van profiteren.

'Je laat me mijn zaken zélf regelen, oké?' zegt hij, terwijl hij zich vooroverbuigt en haar een snelle kus geeft. 'Tot ziens,' voegt hij eraan toe. 'Volgend weekend of eerder.'

'Sexton,' roept ze, maar hij is al bijna de keuken uit. Hij besluit net te doen of hij haar niet heeft gehoord.

In de gang staat McDermott bij de voordeur. Heeft de man al die tijd op hem staan wachten? Heeft hij iets van het echtelijk ruzietje in de keuken opgevangen?

Sexton blijft staan, haalt een pakje sigaretten uit zijn zak en haalt er een uit. Hij neemt alle tijd om hem op te steken, klapt zijn aansteker dicht en pakt zijn zak met schone was, die bij de voordeur staat.

'Er zitten boterhammen in, mocht je er zin in hebben,' zegt Sexton tegen McDermott.

McDermott

Hij beeft terwijl ze op het tuinpad staan, en hij steekt zijn handen in zijn zakken om een einde aan het trillen te maken.

'Alles goed met je?' vraagt Ross.

Het duurt een eeuwigheid voor Mironson klaar is met afscheid nemen. Alphonse en Sexton zitten al in de truck. McDermott werpt een laatste blik op Honora, die in de deuropening staat.

'Alles kits,' zegt hij, terwijl hij zich naar Ross omdraait.

❧ Alice Willard

Lieve Honora,
Ik heb je drie brieven gestuurd en maak me zorgen omdat ik nog geen antwoord heb gehad. Ik ben blij dat het je gelukt is Harold te schrijven. Ik neem maar aan dat Sexton en jij het druk hebben vanwege de staking.
Is het geen prachtig weer de laatste tijd? Ik kan me niet heugen dat het zó lang mooi weer is geweest. In de herfst zal iedereen wel klagen over het gebrek aan water en dat het gras zo bruin is, maar voorlopig is het heerlijk.
Bernice Radcliffe zei tegen me dat ze de dienst voor Harold heel mooi vond, maar ik vind dat dominee Wolfe in zijn preek een beetje persoonlijker had kunnen zijn. Wat hij zei was vrijwel voor iedereen uit deze buurt van toepassing, en ik vind dat hij een paar unieke eigenschappen van Harold negeerde, zoals het feit dat hij zijn best deed er ondanks zijn blindheid wat van te maken. Maar de dienst was in elk geval niet zo overdreven sentimenteel als sommige die ik heb bijgewoond. En Harold hoeft niet meer te lijden. Het is hier heel stil.
The Concord staat vol verhalen over de staking in Ely Falls, en het verhaal over de vrouw die een pak slaag van de politie kreeg terwijl ze alleen maar probeerde voedsel voor haar gezin te bemachtigen, vond ik vreselijk. Blijf uit de buurt van Ely Falls! Ik weet dat Sexton daarheen moet en op de stakerspost moet zijn, zoals ieder ander, maar ik hoop dat jij verstandig bent en niet bij een of andere vechtpartij betrokken raakt. Ik heb gelezen dat het leger is opgeroepen, en dat maakte me ook nerveus.
De tuin is overvol. Met moeite kan ik de bonen, de wortels en wat al niet bijhouden. Ik kan er niet tegen een tuin te zien verwilderen, en bovendien kan ik het voedsel aan de zwervers geven die vrijwel dagelijks langskomen. Vrouwen beginnen nu ook aan de deur te kloppen. Sommigen herken ik van mijn bezoekjes aan de stad. Ik denk dat ze liever

211

naar mijn deur komen dan dat ze voor steun naar het stadhuis moeten. Dat nieuws zou algemeen bekend worden en de ronde doen. Ik heb het meest medelijden met de vrouwen die baby's bij zich hebben, want die kleintjes zien er werkelijk uitgemergeld uit.

Eet jij wel goed? Ik zal Richard vragen of hij me naar het postkantoor wil brengen, zodat ik je een doos kan toesturen. Pas goed op jezelf.

Liefs,
moeder

❧ *Alphonse*

Als Alphonse langs de bekende stakingspost glipt, denkt hij dat hun borden er altijd eigengemaakt uitzien en dat de stakers er misschien beter aan doen de woorden INTERNATIONALISME ZAL ONS VOEDEN en GEEN VAKBOND ZAL VERHONGEREN te drukken. Je hoeft maar één blik op de borden van de fabrieken te werpen – ALLE STAKENDE ARBEIDERS ZULLEN WORDEN VERVANGEN – om te weten wie er beter is georganiseerd. Dáár zijn geen met de hand geschreven borden!

Alle posters zien er verveeld en warm uit, alsof ze liever willen dat ze níet in kringetjes over het beton buiten de fabriekspoorten lopen. Zelfs Alphonse is gewend geraakt aan de aanblik van de soldaten van het leger, met hun petten met een klep en hun geweren met een bajonet, en ze zullen wel stikken van de hitte in die lange, bruine jassen. Af en toe gooit iemand van de stakerspost een steen naar de bewakers. Dan richten alle soldaten hun bajonetten op de menigte en dreigen aan te vallen. Maar slechts twee keer, voorzover Alphonse weet, zijn er mensen met een bajonet neergestoken. De vader van Arnaud Nadeau en een andere man, die Alphonse wel kent, moesten naar het ziekenhuis worden gebracht. Alphonse snapt niet waarom ze blijven vechten, aangezien de ene partij stenen heeft en de andere geweren. Het is vrij duidelijk wie de strijd uiteindelijk zal winnen.

Mironson zegt dat het belangrijk is dat de posters vreedzaam zijn en dat hij geen geweld zal dulden, maar het is te zien dat de posters, vooral de mannen, meestal staan te popelen om te vechten. Alphonse vindt de speciale agenten die in burgerkleren en gemaskerd rondlopen, zodat niemand ze kan herkennen, veel angstaanjagender dan het leger. De speciale agenten maken gebruik van stenen en mokers. Ze gaan 's nachts het tentenkamp binnen, nemen mannen mee en ranselen ze af. En er wordt gezegd dat ze een poging hebben gedaan de watervoorraad te vergiftigen, maar dat de bewakers van het kamp ze hebben betrapt en hebben weggejaagd. Alphonse weet niet of dit verhaal waar is, want er doen zoveel verhalen de ronde. Hij denkt dat mensen ze soms gewoon maar verzinnen wanneer ze een saaie dag hebben. Dit is al de vierde week van de staking. Het is niet langer interessant om meubilair op straat te zien of mensen die uren in de rij staan om meel en bonen van het distributiepunt te krijgen. Als Alphonse geen voedsel voor zijn moeder kan bemachtigen, koopt ze botten bij de slager. Ze kookt die, verwijdert de schuimlaag in de pan en maakt dan stoofpot van de bouillon. De stoofpot smaakt afschuwelijk. Alphonse durft haar niet te vragen wat voor vlees het is, voor het geval ze antwoordt dat het paardenvlees is. Vier keer per week eet en slaapt hij thuis, maar in het weekend gaan ze met z'n allen naar het huis van Mrs. Beecher. Er is daar veel werk te doen, maar toch is het een paradijs. Een écht paradijs!

Hij glipt een steeg in om een kortere weg naar de snoepwinkel aan Alfred Street te nemen, waar de mannen in de achterkamer op hem wachten. Dit is al de vijfde plek die ze als geheim stakingscentrum gebruiken, want telkens wanneer ze zich ergens hebben geïnstalleerd, ontdekken de speciale agenten waar ze zijn. Dan komen ze binnen en slaan het meubilair kort en klein. Ze delen zelfs een paar klappen aan McDermott uit of aan Mironson, die een heel goede baas is maar beslist niet terug kan vechten. Hij slaat als een meisje! Of ze halen uit naar Ross of Tsomides, die net uit het ziekenhuis is ontslagen, of naar een van de andere twintig stakingsleiders, als die toevallig aanwezig zijn.

Elke morgen is er een vergadering van het stakingscomité, en gewoonlijk is Alphonse dan ook van de partij om zijn orders voor die dag van McDermott te krijgen. Alphonse is verreweg de jongste, maar er zijn twee oudere jongens van een jaar of zestien die af en toe de broodwagen besturen. Alphonse wilde dat hij oud genoeg was om auto te rijden, want het zou fantastisch zijn om chauffeur van Mahons broodwagen te zijn, hoewel je niet kunt zitten maar achter het stuur moet stáán.

Na de vergadering is er altijd een grote bijeenkomst bij een van de fabriekspoorten, en gewoonlijk wordt daar gezongen om de posters op te peppen. Maar sommige liederen zijn gewoon te gênant om te zingen. En dan geven enkele stakingsleiders interviews aan de journalisten die naar de stad zijn gekomen. Er was ook een verslaggever van een New Yorkse krant, wat iedereen heel spannend vond. Toen Alphonse die dag naar de stakingspost ging, zag hij dat de vrouwen hun zondagse kleren droegen, in de hoop te worden geïnterviewd.

Alphonse kleedt zich nu beter, voornamelijk omdat zijn moeder niet hoeft te werken en tijd genoeg heeft. Ze heeft een overhemd van goede, witte katoen voor hem gemaakt en een broek die eens een keertje níet te kort is. Soms draagt hij die broek als hij naar het huis van Mrs. Beecher gaat. Mrs. Beecher heeft een paar sokken voor hem gebreid, maar de laatste tijd is het te warm geweest voor sokken. En vanavond, heeft McDermott gezegd, gaan ze naar het huis van Mrs. Beecher omdat ze een andere nieuwsbrief moeten uitbrengen, want het moreel van de posters moet hoog worden gehouden. Bovendien heeft Mrs. Beecher gezegd, toen ze afgelopen zondag vertrokken, dat ze, als ze allemaal terugkwamen, gebraden kip, maïs, ham en perzikijs zou maken. Alphonse is heel benieuwd hoe dat zal smaken.

❧ McDermott

Hij zet de drukpers stil en loopt naar de zitkamer. Aan de ontspannen gezichten en schouders kan hij zien dat iedereen blij is even verlost te zijn van het lawaai dat de pers maakt. Thibodeau moet de tweede pagina zetten, dus is McDermott voorlopig vrij. Hij veegt zijn handen af aan een zakdoek die nodig moet worden gewassen, en stopt hem terug in zijn zak.

Honora zit met haar rug naar hem toe, en haar handen vliegen over de toetsen. Mironson, naast haar, zit langzaam te dicteren. *'Een socialistische maatschappij is alleen mogelijk als het kapitalisme volledig instort en zelfmoord pleegt,'* zegt hij. *'Als we samenkomen, zullen we niet te stuiten zijn.'* Honora typt zonder naar de machine te kijken, hoewel ze af en toe naar voren buigt om een blik op het papier in de cilinder te werpen. Haar haar valt in haar nek, ook al steekt ze het op. Voorzover McDermott weet, heeft ze vier jurken, die ze beurtelings draagt, in een afwisseling die hem een raadsel is. Zijn favoriete jurk is de lichtblauwe met de mannenkraag en de ceintuur om de taille. Sinds het begin van de zomer is haar huid steeds bruiner geworden en heeft nu de kleur van toast. In tegenstelling tot McDermott, die al zo rood als een kreeft wordt als hij maar naar de zon kijkt. Ieren hebben mazzel, volgens Ross. Ieren hebben pech, volgens McDermott.

Hij staat in de deuropening zonder de behoefte de kamer binnen te lopen. Hij is tevreden om daar alleen maar te staan, naar Honora te kijken en een sigaret te roken. Alle ramen staan open, en hij voelt de vochtige lucht die slechts een vleugje verkoeling brengt. Honora zit met een rechte rug op haar stoel. Af en toe wrijft ze over een spier boven aan haar ruggengraat. Hij is jaloers op Mironson, die zo dicht bij haar kan zitten, haar misschien kan ruiken, terwijl hij, McDermott, alleen maar kan kijken.

En op Sexton Beecher is hij zó jaloers, dat hij er maar beter niet aan kan denken.

Toen Vivian en McDermott eens alleen waren op de veranda, zei ze tegen hem dat hij een beetje op Honora leek, alsof ze het net over Honora hadden gehad, wat natuurlijk niet het geval was. Hij vroeg zich toen onwillekeurig af of Vivian iets had gezien wat hij voor zichzelf wilde houden.

Hij kijkt aandachtig naar het blote plekje, een beetje vochtig, boven aan Honora's ruggengraat, het plekje waar ze zojuist over heeft gewreven. Kon hij haar daar maar aanraken! Hij sluit zijn ogen en stelt zich die aanraking voor. Dan stelt hij zich voor dat hij met zijn vingers door haar haar strijkt en kijkt hoe er kippenvel op haar huid verschijnt. Hij stelt zich voor dat zijn vingers een spoor over haar blote arm trekken en dat zijn mond zijn hand volgt. Hij heeft zich dat allemaal voorgesteld, elke dag sinds hij Honora voor het eerst de trap af zag lopen. En hij is zich gaan afvragen of er soms iets mis met hem is, omdat hij zo verlangt naar iets wat hij niet kan hebben. Vorige week heeft hij tegen Mironson gezegd dat hij een boodschap moest doen, en toen is hij naar de kerk, St. André, gegaan. Daar is hij bij alle onhandelbare Franse jongens en oude vrouwtjes gaan zitten en heeft geprobeerd om een wonder te bidden, maar algauw besefte hij dat het wonder waarnaar hij verlangde de dood of de verdwijning van Sexton Beecher zou inhouden, en dát kon een man natuurlijk niet van God vragen. Daarom heeft hij geprobeerd in plaats daarvan te bidden om bevrijding uit de afschuwelijke greep van de begeerte. Een begeerte waarvan hij bijna nooit vrij is, die zijn eetlust wegneemt en hem slapeloze nachten bezorgt. Maar dat kon hij natuurlijk ook niet doen, omdat hij niet écht bevrijd wilde worden. Dus heeft hij het maar opgegeven en is buiten, op de trappen van de kerk, een sigaret gaan roken, in het besef dat hij eigenlijk niet meer gewend was in een kerk te bidden. Het gaf hem het gevoel dat hij de boel belazerde.

Honora schuift haar stoel naar achteren, gaat staan en strekt haar armen boven haar hoofd, waardoor haar jurk tot een paar centimeter boven haar knieën wordt opgetrokken, en Mironson maakt een paar ontspannende schouderbewegingen. Honora laat haar armen weer zakken en draait zich om, met één hand op de stoel. Dan ziet ze McDermott in de deuropening staan. Hij kan haar glimlach tot in zijn voetzolen voelen.

'Nemen jullie pauze?' vraagt McDermott.

'Een korte,' zegt Mironson.

'Hebben jullie honger?' vraagt Honora.

'Ja,' zegt McDermott, hoewel hij de laatste tijd amper iets door zijn keelgat kan krijgen.

'Wil je me helpen een paar boterhammen klaar te maken?'

'Ja,' zegt hij opnieuw. Het lijkt wel of hij in haar bijzijn alleen nog maar éénlettergrepige antwoorden kan geven.

Hij maakt de deuropening vrij om haar te laten passeren. Soms praten ze een minuutje met elkaar in een gang. Af en toe spreken ze elkaar langer, als ze in de keuken staat te koken of op de veranda zit. Het is niet moeilijk een gesprek met haar te voeren, en op goede dagen kan hij zichzelf wijsmaken dat ze slechts een vriendin is, een collega – een kameraad, zoals Mironson zou zeggen. Hij heeft met haar over Alphonse gesproken, over Eileen, en over de broers die altijd zo lastig zijn. Over de boerderij in Ierland, die hij nooit heeft gezien maar waar zijn vader het constant over had gehad. Over de manier waarop Ross hem min of meer heeft gedwongen te helpen met het organiseren van de vakbond die nu zijn leven lijkt te zijn. Hij praat met Honora terwijl ze wortels schrapt, de tafel dekt of de kruidenierswaren opbergt. Eenmaal heeft hij haar vergezeld tijdens haar zeeglaswandeling, en toen speelden ze een raar spel waarbij ze de mensen in het huis een kleur gaven die bij de stukjes glas paste. Honora was blauw, zonder enige twijfel, zei McDermott, en zij zei toen dat hij groen was, voor Iers. En McDermott zei dat hij akkoord ging, hij zou het flessengroen zijn als Alphonse het lichtgroen mocht zijn. Of ze het daarmee eens was? En Honora zei dat dat zinnig klonk, al was Alphonse een Fransman. En McDermott vroeg wat voor kleur een Fransman zou zijn, en Honora zei dat ze geen flauw idee had, en McDermott zei: 'Ere-Ier, dan.'

Maar Mahon en Ross waren absoluut bruin, dat waren ze met elkaar eens, en Vivian – geen twijfel mogelijk – was lavendelblauw, en Mironson ondoorzichtig wit, vanwege zijn proza, zei Honora, en McDermott lachte. De enige man die geen kleur kreeg toegewezen, was Sexton. 'Jeetje, ik weet niet wat voor kleur Sexton is,' zei Honora. McDermott vond dat Sexton het meest leek op slijmerig geel met bruine strepen, zoals de strepen van een kwal. Die gedachte deed McDermott ineenkrimpen, in het besef dat hij zo jaloers was als een schooljongen.

'Wat kan ik voor je doen?' vraagt hij terwijl hij achter Honora de keuken binnenloopt.

'Praat met me,' zegt ze. Dan verwijdert ze het waspapier waarin een brood is verpakt. Hij kijkt hoe ze naar de koelkast loopt en er een

218

pakje Bologneser worst en een pakje kaas uithaalt. 'Je hebt de pers stopgezet.'

McDermott gaat zó staan, dat hij haar mond kan zien. Het is, denkt hij, de mooiste mond die ik ooit heb gezien. Soms bezoekt die mond hem in zijn dromen – de volle, fraai gewelfde bovenlip die meer Frans dan Amerikaans lijkt. 'Thibodeau moest de tweede pagina zetten.'

'Waar is Alphonse vandaag?'

'Mironson heeft hem opgedragen pamfletten in gezelligheidsclubs in Portsmouth uit te delen.'

'Komt hij dit weekend nog?'

'Reken maar van wél,' zegt McDermott. 'Al moet hij kruipen! Je zei dat je perzikijs voor hem zou maken. Hij heeft het er de hele week over gehad.'

Ze lacht. 'Ik heb alle ingrediënten.'

'En hij wil nóg een zwemles hebben.'

'Hij doet het goed,' zegt ze, terwijl ze een stuk of twaalf boterhammen met mayonaise besmeert.

'Als je klaar bent met hem, wil je míj dan leren zwemmen?' vraagt McDermott. Onmiddellijk heeft hij spijt van de vraag, want het klinkt allemaal zo goedkoop en gladjes.

Maar Honora schijnt het verzoek acceptabel te vinden. 'Natuurlijk,' zegt ze. 'Als je het écht wilt leren.'

'Dat wil ik,' zegt hij. Als het niet om Honora ging, zou hij nooit in de buurt van de zee komen!

'Je zult een zwempak nodig hebben.'

'Dat koop ik wel.'

'Volgende week dan.'

'Mooi zo.'

Hij kijkt toe terwijl ze de boterhammen belegt – een plakje Bologneser worst, een plakje kaas, een blaadje sla en nog wat mayonaise. Hij wilde dat hij honger had.

'Louis zegt dat de stemming onder de stakers slecht is,' zegt ze.

'Dat klopt,' zegt hij, opgelucht dat hij zich op bekend terrein bevindt. 'Het feest is voorbij. Bill Ayers, de eigenaar van het Emporium Theater, zei dat hij de projector tijdens de eerste week dag en nacht moest laten draaien.'

Ze glimlacht. 'En nu?'

'Nu is iedereen aan het eind van zijn Latijn. Ze hebben honger en zijn moe. Sommige mannen hebben hun gezin verlaten om ergens anders werk te zoeken. Je weet van het uit huis zetten en het tentenkamp. En de waarheid is dat mannen niet goed posten. Vrouwen zijn daar veel beter in.'

'Waarom?'

'Ze hebben meer geduld.' Meer dan eens is McDermott dankbaar geweest, en dat is hij nóg, dat hij lid is van het stakingscomité. Hij betwijfelt of hij tegen de verveling van de stakingspost zou kunnen.

'Ik ben er geweest om het met eigen ogen te zien.'

'Echt waar?' vraagt hij verbaasd.

'Ongeveer tien dagen geleden. Op een donderdag. Ik wilde het zien.'

'En wat héb je gezien?'

'Ik had het gevoel dat ik geblinddoekt was en voelde me afgesloten van de buitenwereld. Dus nam ik de tram naar Ely Falls. Zodra ik een menigte zag, stapte ik uit. Buiten een fabriek stonden zo'n tweehonderd posters. Eén man droeg een bord waarop stond: "De waarheid staat aan onze kant". En er was een kind met een bord waarop was geschreven: "De tien procent loonsverlaging nam ons onze melk af".'

McDermott knikt.

'Ik heb de soldaten van het burgerleger met hun bajonetten gezien. Ik begreep niet waarom ze vonden dat ze dat moesten doen. De vrouwen waren in zomerkleren en de mannen in hemdsmouwen en stropdassen. De kinderen zaten op de stoep, en ze droegen stoffen schoenen met gaten op de plek waar hun grote teen zat. Iemand had de kinderen zonnekleppen gegeven, wat er best komisch uitzag.'

McDermott glimlacht.

'Ik zag nóg een rij posters, maar ontdekte dat het helemaal geen posters waren. Ze waren allemaal bloedverwanten die wachtten om hun familie de gevangenis uit te krijgen. Een vrouw vertelde me dat het twee dollar kost om je man vrij te kopen. Een andere vrouw vertelde dat de politie zoveel posters per dag arresteerde, dat ze trucks van andere steden moesten huren.'

'Dat is waar.'

'Ik heb het tentenkamp niet echt gezien, maar kon het wel ruiken. Het stonk naar het riool. Ik heb nog een uur of zo rondgelopen, in de hoop jou, Sexton en Alphonse tegen het lijf te lopen, maar ik zag jullie niet. Toen ben ik in een eetbar gaan zitten, heb een milkshake besteld en ben daarna weer naar huis gegaan. Wat denk je dat er zal gebeuren?'

Hij leunt tegen het aanrecht, met zijn armen over elkaar. 'Ik denk dat de stakingsleiders precies zullen doen wat ze zich hebben voorgenomen – de fabrieken in New Engeland te gronde richten. Maar waar Mironson en ik van mening over verschillen, is dat ík denk dat

220

de fabrieken dan óf sluiten óf naar het zuiden verhuizen, en dat dan niemand werk zal hebben.'

'Ik hoop dat je ongelijk hebt,' zegt ze.

'Ik ook.'

'Wat zou je doen als de fabrieken naar het zuiden gaan? Zou je met ze mee verhuizen?'

'Nooit van mijn leven! Een goede Ierse katholiek als ik? Ik zou me als een vis op het droge voelen.' Hij wilde dat hij zijn laatste sigaret niet had opgerookt. 'En hoe zit het met je man?' vraagt hij. Hij kan de naam van de man niet uitspreken, alsof die, als McDermott zijn naam hardop zei, meteen zou verschijnen, hier in de keuken.

'Ik weet het niet,' zegt ze. 'Het was heel moeilijk om zijn huidige baan te vinden. We zouden natuurlijk bij mijn familie kunnen gaan wonen.'

'Waar is dat?' vraagt McDermott.

'In Taft. Het is een stadje aan een meer, noordelijk van hier. Vlak bij Lake Winnipesaukee.'

'Leven je ouders nog?' vraagt hij.

'Mijn moeder.'

McDermott kijkt hoe Honora haar vingers over de boterham spreidt om hem bij elkaar te houden, en dan onder haar hand gaat snijden. Haar bewegingen zijn afgepast en nauwgezet, niets extra's, niets overbodigs. Hij heeft haar nog nooit zenuwachtig gezien, al was er een dozijn of meer mannen in het huis, een dozijn of meer monden om te voeden.

'Soms denk ik weleens dat ik daar ook zou moeten zijn,' zegt ze. 'Op de stakingspost.'

'Jij levert je bijdrage al,' zegt hij. 'Méér dan dat!'

'Maar tóch.'

'Maar tóch,' zegt hij, en vraagt zich af of ze zich nog herinnert dat ze die woorden met Kerstmis ook hadden gebruikt.

Honora kijkt snel op en glimlacht tegen hem, en hij wordt helemaal warm vanbinnen, alsof zich een golf warm water door zijn lichaam verspreidt. 'Het lijkt zo lang geleden,' zegt ze.

Hij stopt zijn handen in zijn zakken. 'En dan te bedenken dat je die avond naar dít huis terugkeerde,' zegt hij.

Hij loopt naar het raam en kijkt naar het gazon, de haag en daarachter de smalle weg die leidt, dat weet hij nu, naar een klein dorpje met een visafslag en een winkel waar van alles en nog wat wordt verkocht. Op een dag, een paar weken terug, toen hij snakte naar een wandeling, is hij de kustweg af gaan lopen, zonder te weten waarheen

221

die voerde. Hij is bij de winkel gestopt, heeft een flesje frisdrank gekocht en een babbeltje met de eigenaar gemaakt.

'Het lijkt me dat je hier veel vrede en rust hebt,' zegt hij.

'De laatste tijd niet,' zegt ze met een glimlach.

'Hij kan niet veel langer doorgaan,' zegt McDermott. 'De staking, bedoel ik. De stad is een kruitvat.'

'Geloof je in je hart,' zegt Honora, over een orgaan sprekend dat de laatste tijd een eigen leven leidt, dat hem naar plaatsen heeft gevoerd waarvan hij dacht dat hij er nooit heen zou gaan, 'geloof je écht dat het kapitalisme slecht is? Dat krijgen we de hele dag te horen, maar ik vraag me af hoe jíj erover denkt. Diep vanbinnen.'

McDermott kijkt toe terwijl ze nog een waspapieren pak met brood openscheurt en nog eens een dozijn sneetjes op de broodplank snijdt. 'Ik zou graag willen dat aan de basisbehoeften van iedereen wordt voldaan. Neem nou de moeder van Alphonse. Ik zou graag willen dat ze op z'n minst warm water heeft, een binnen-wc, voldoende eten op tafel, toegang tot een dokter die geen kwakzalver is, en een soort van bijstand, aangezien ze probeert zonder echtgenoot een gezin groot te brengen. Maar ik ben er niet van overtuigd dat het ten gronde richten van het kapitalisme het antwoord is. Eerlijk gezegd ben ik niet zo erg in politiek geïnteresseerd. Ik hou van mijn werk, maar denk nauwelijks na over de dingen waar Mironson het over heeft.'

'Begrijp je ze wél?'

McDermott lacht.

'Ik zie je zelden lachen,' zegt ze. 'Het klinkt goed!'

Hij bloost en hoopt dat de plotselinge kleur niet opvalt door zijn roodverbrande huid.

'Hoe komt het dat je geen vriendinnetje hebt?' vraagt Honora. 'Ik zou denken dat je vriendinnen bij de vleet hebt.'

'Ik heb een vriendinnetje gehad,' zegt hij, 'maar het is anders gelopen dan ik hoopte.'

'Hoe heette ze?'

'Evangeline.'

'Zoals het gedicht,' zegt ze.

'Dat zal wel.'

'Ken je het gedicht niet?'

'Eileen heeft me erover verteld. Ik lees haast geen poëzie.'

Ze glimlacht. 'Dat dacht ik al.'

'Ze is zwanger geraakt van een andere vent,' zegt hij, iets wat hij nog nooit aan iemand heeft bekend.

Honora kijkt op van haar werk, en haar grote verbazing is van haar gezicht af te lezen. 'Wist je het niet?'

'Ik wist niets. Ik had nooit... Ik tastte compleet in het duister. Ik stond op het punt haar ten huwelijk te vragen.'

Ze legt het mes neer. 'O, het spijt me,' zegt ze. 'Wat jammer!'

'Het was beter zo,' zegt hij schouderophalend. 'Stel dat ik met haar was getrouwd. Dát zou pas jammer zijn geweest.'

Ze draait zich om en pakt het mes weer op, en hij vraagt zich af of ze spijt heeft van haar huwelijk. Soms wordt hij er gek van dat hij iets van haar man weet wat hij haar nooit kan vertellen – de enige informatie die hem goed van pas zou kunnen komen, het enige feit over haar man dat vrijwel zeker haar hart zou breken en haar op een dag in vrijheid zou kunnen stellen. Zelfs hij, McDermott, begrijpt dat, al heeft hij de laatste tijd geen contact meer met God. Hij doet zijn uiterste best om er niet aan te denken. Maar toen hij twee weken geleden zag dat Sexton Beecher met het Engelse meisje de kroeg verliet, was hij zó woest geweest (en ook zo onvergeeflijk opgetogen), dat hij later die avond moeite had om met de man te praten. En als ze samen in de truck zitten, met de drukpers in de weer zijn of in het kosthuis aan de eettafel zitten, kan McDermott zich amper weerhouden de man bij zijn revers te pakken, hem hard heen en weer te schudden en tegen hem te zeggen dat hij zich fatsoenlijk moet gedragen. Ziet hij niet wat hij thuis heeft? Weet hij niet wat hij op het spel zet? Wat is er toch aan de hand met die rotvent?

Natuurlijk, McDermott weet heel goed wat er met die rotvent aan de hand is. Hij is een man. Hij is eenzaam en wil een meisje. Nou, en? Als McDermott Honora niet kende, zou hij waarschijnlijk geen aandacht aan de zaak besteden. Hij zou denken dat het hem niets aanging.

'Wat ben je aan het maken?' vraagt hij.

'Koolsla.'

Misschien heeft hij tóch wel een beetje honger. Hij vraagt zich af of hij zijn medicijnen bij zich heeft. Met al dat heen en weer reizen – van het strand naar de stad, van de stad naar het strand – komt het vaak voor dat zijn pillen niet zijn waar ze moeten zijn.

'Het is spannend om hier deel van uit te maken.'

'De stad is tot leven gekomen,' zegt hij.

'Ik weet niet wat ik doe als jullie allemaal vertrekken,' zegt ze. 'Tegenwoordig vind ik het heel naar om hier in mijn eentje te wonen.'

'Ik zou denken dat je blij was als wij vertrokken,' zegt hij.

'Ik mis jullie als jullie weg zijn.'

Zijn hart, stom genoeg, springt op van vreugde – bereid zich aan elke strohalm vast te klampen.

'Wat mij betreft, ík vind het afschuwelijk om hier weg te gaan,' zegt hij na een minuut. 'Dit huis. Ik heb ervan genoten.' Ze likt een kwak mayonaise van haar vinger. 'Dank je,' zegt ze. 'Ik heb dan geen excuus meer om met je te praten,' zegt hij, in een poging het gesprek luchtig te maken.

McDermott hoort Vivian in de zitkamer roepen: 'Hallo, schat.' Het geschuif van een stoel over een houten vloer. Mironson zegt: 'Ik verga van de honger.' Door het raam hoort McDermott het geluid van golven die het strand beuken, en de drukpers begint weer.

Honora kijkt naar het platte bord met boterhammen vóór haar. 'In de koelkast staat een kan limonade,' zegt ze. 'Wil je die even voor me pakken?'

❧ Honora

'Geen wapens,' zegt Mironson. Boterhammen en koolsla worden doorgegeven aan de eettafel, en Vivian, in knisperend batist, schenkt limonade in glazen. McDermott is niet aan tafel verschenen om te lunchen. Honora kan hem door de deuropening zien. Hij leunt tegen de balustrade van de veranda.

'Maar de posters moeten zich kunnen verdedigen,' zegt Sexton vanaf het midden van de tafel. Louis, in een wit overhemd met korte mouwen, zit schrijlings op zijn stoel, alsof hij er wel is, maar niet helemáál. Zijn houding is die van een ontzettend vermoeide man, wat hij volgens Honora ook is. Ze vraagt zich af hoe het komt dat hij dit voor de kost doet. Van stad naar stad gaan, stakingen leiden, stakingen in gang zetten, vertrekken en dan weer helemaal opnieuw beginnen. Als dit klaar is, zal hij Ely Falls verlaten en in een geheel nieuwe gemeenschap een rol gaan spelen. Ze vraagt zich af of hij het erg vindt, en of hij zich wel eens eenzaam voelt.

'Geen wapens,' herhaalt Louis. 'Mannen van het burgerleger kunnen niet weven. Ze kunnen angst aanjagen, maar ze kunnen de staking niet in hun eentje breken.'

'Maar ze geven ons een pak slaag, en we hebben niets anders dan stenen om mee terug te vechten.'

Honora denkt dat haar man het woordje 'ons' beter niet had kunnen gebruiken – niet alleen omdat het duidelijk is dat Sexton zelf met geen vinger is aangeraakt, maar ook omdat Louis nooit post.

'Er mag geen geweld aan te pas komen,' zegt Louis. 'Het moet gaan zoals het nu gaat. Ja, de bazen staan te popelen om te vechten. Ze snakken naar een excuus om de machinegeweren te voorschijn te halen en ons stuk voor stuk neer te maaien.'

'Gossie, ik hoop van niet,' zegt Vivian, terwijl ze haar plooirok gladstrijkt.

'Niet echt,' zegt Louis, 'maar zogoed als. Het zullen geen machinegeweren zijn, maar wel geweren en bajonetten. Traangas. Braakgas. Je hebt pas geleefd als je een aanval met braakgas hebt meegemaakt.'

'Moeten we hier nou echt tijdens de lúnch over praten?' vraagt Vivian.

'Als we wapens hadden,' zegt Sexton, met militaire precisie gebarend, zijn vingertoppen blauw van de drukinkt, 'zou dit alles morgen voorbij zijn.'

'Inderdaad, het zou morgen voorbij zijn,' zegt Louis.

'Nou dan,' zegt Sexton.

'Snap je het niet?' vraagt Louis. Hij kijkt Sexton aan alsof hij een buitengewoon weerspannig kind is. 'Als een van ons met een wapen wordt betrapt, wat zouden dan de gevolgen voor óns zijn?'

'De pers schildert ons toch al af als buitenaardse wezens die een levenswijze vernietigen,' zegt Sexton.

'Wat voor levenswijze?' vraagt Ross, terwijl hij in zijn tanden peutert.

'Ze schilderen ons af als rooien,' zegt Sexton.

'Ze noemen ons het "Rode gevaar". O, dat is zó angstaanjagend!' zegt Tsomides.

'We zouden op z'n minst de werkwilligen angst aan kunnen jagen,' zegt Sexton.

'Dat hébben we gedaan. En vergeet niet dat de werkwilligen van vandaag de stakers van morgen zijn,' zegt Louis automatisch, alsof het een zin is die hij vaak heeft herhaald.

Door de deuropening ziet Honora dat McDermott beide handen op de balustrade legt en zijn hoofd buigt.

'We hebben steun nodig, geen wapens,' kan Honora Louis horen zeggen. 'Er is te weinig hulp voor de mensen.'

'We hebben altíjd steun nodig,' zegt Mahon. 'Het houdt nooit op.'

McDermott maakt zich los van de balustrade, draait zich om en werpt een blik op het huis.

'Amberkleurige appelbrandewijn,' zegt Ross tegen Vivian. 'Vijftig cent per borrel. Drie, je voelt je een koning. Vier, je voelt je een tsaar. Vijf, je voelt je verschrikkelijk.'

'Honora?' zegt Sexton.

'Sorry, wat zei je?' vraagt ze, terwijl ze haar blik weer op de tafel richt.

'Ik vroeg wat jíj ervan vindt.'

'Waarvan?'

'Wapens,' zegt Sexton geërgerd. 'Wat jóuw mening daarover is.'

Honora kijkt van Louis, die er nog steeds hondsmoe uitziet, naar Ross, die op zijn tanden zuigt, en naar Vivian, die een slokje limonade neemt. Tsomides en Mahon stoppen hun tweede (of is het hun derde?) boterham achter de kiezen. Sexton wacht op haar antwoord. 'Geen wapens,' zegt Honora ten slotte. Louis kijkt haar met oprechte bewondering aan. 'Ik geloof dat de staking zonder wapens gewonnen kan worden,' zegt ze. 'En ik geloof, zoals Louis, dat steun belangrijker is dan vuurkracht. Als de stakers genoeg voedsel hebben en een plek om te slapen, en als de staking voorbij is voor het weer omslaat, denk ik dat ze de fabriekseigenaren kunnen dwingen de lonen weer op het niveau van vóór de laatste loonsverlaging te brengen.'

Sexton leunt met duidelijke afkeer achterover in zijn stoel, en Ross trekt een wenkbrauw op, zichtbaar verbaasd dat de vrouw die kookt en typt een mening heeft.

'We maken hier geschiedenis,' zegt Louis, en draait zich om naar de groep. Honora denkt, niet voor het eerst in de afgelopen weken, dat het heel opmerkelijk is dat zo'n onopvallende man zoveel respect kan afdwingen. 'Elk van ons maakt deel uit van iets veel groters, iets wat niet kan worden tegengehouden,' zegt hij. Honora ziet dat hij zijn blik langs de tafel laat gaan, en om de beurt iedereen aankijkt. 'Honora, je bent van onschatbare waarde geweest. *Lucky Strike* heeft al de aandacht van organisatoren in Boston en New York getrokken. Ik heb gehoord dat *The Federated Worker* het over wil nemen. We drukken tienduizend exemplaren per week.' Hij zwijgt even. 'Vivian, je bent een topper! Zonder jou zou niemand de nieuwsbrief lezen.' Vivian wuift het compliment weg. 'Ross, Mahon, Tsomides en Thibodeau, jullie zijn eikels geweest,' zegt Louis, en iedereen lacht. 'En Sexton, dit zou nooit van de grond zijn gekomen als jij ons niet naar je machines, je mooie huis en je nog mooiere vrouw had gebracht.'

'Bravo!' zegt Ross. Honora glimlacht en kijkt snel naar de deuropening om nogmaals een glimp van McDermott op te vangen, maar de veranda is leeg.

'Ons gedrag in Ely Falls zal voor altijd in de herinnering blijven,' zegt Louis. Even lijkt het of het zware gewicht van de geschiedenis rondzweeft en op de tafel neerdaalt. Het is zó stil in de zitkamer, dat Honora Ross, die aan het eind van de tafel zit, door zijn open mond kan horen ademen.

Vivian kijkt met opmerkelijke belangstelling naar haar bord. 'Ik geloof niet dat ik ooit een boterham met Bologneser worst heb gegeten.'

❧ *Sexton*

Sexton bekijkt nóg een vel papier en geeft dan een harde draai aan de zwengel, met meer kracht dan wellicht goed is voor de kopieermachine. Hij kan niet geloven dat zijn eigen vrouw hem tijdens de lunch, nog maar een uur geleden, belachelijk maakte door het openlijk oneens te zijn met wat hij over wapens had gezegd. Het is overduidelijk dat ze deze strijd onmogelijk zonder wapens kunnen winnen, dat het voor altijd zal doorgaan.

En dat is het interessantste, denkt hij, omdat hij niet goed begrijpt waarom hij niet wil dat het voor altijd doorgaat. Het is niet het feit dat de mannen in zijn huis zijn. Dat vindt hij juist leuk. Toen hij en Honora nog alleen waren, was het altijd te stil. En het is beslist niet zo dat hij terug wil naar de fabriek, omdat hij niet verwacht daar ooit weer te zullen werken. Hij is er zeker van dat Mironson hem ergens in zijn organisatie zal kunnen gebruiken. Of, nog beter, misschien kan hij nu wél een baan als verkoper krijgen. In januari en februari, toen hij op zoek was naar werk, had hij een houding van niks gehad en was hij al verslagen geweest voor hij was begonnen. Nu voelt hij zich allesbehalve verslagen. Wat hij nu voelt is... Nou, wat hij nu voelt, is dat hij er vurig naar verlangt dat er iets gebeurt.

Hij had gedacht dat hij die deal kon afmaken.

Hij was er zeker van geweest dat hij Ross, Mironson en Tsomides kon overtuigen. Ross, een sergeant die voorraden en troepen mobiliseert. Mironson een tactische generaal, die op zijn eigen, mismoedige manier over de dingen nadenkt, en Tsomides omdat hij gewond was geraakt. Wat McDermott betreft, Sexton weet niet zeker waar híj in het plaatje past. Maar McDermott was niet aanwezig bij de lunch, dus had hij zijn zaak alleen aan Ross, Mironson en Tsomides moeten zien te verkopen, maar geen van hen was geïnteresseerd geweest. Hij, Sexton, had aangevoerd dat ze in elk geval de stákingsleiders moesten bewapenen, zodat

ze zich tegen de speciale agenten konden beschermen, die, zoals algemeen bekend is, niets anders waren dan door de bazen ingehuurde mis-
dadigers. Hij had gezegd, in de overtuiging dat het beeld van een man
die zijn huis beschermt de anderen tot andere gedachten zou brengen,
dat hij bang was dat de speciale agenten op een dag bij Fortune's Rocks
kwamen opdagen, dat ze dit huis niet voor altijd geheim konden houden en het hem eigenlijk verbaasde dat dit al zolang was gelukt.

Maar Mironson had nóg niet willen toebijten.

Misschien is McDermott degene die van mijn gelijk overtuigd moet
worden, denkt Sexton. Nee, McDermott zou nooit tegen Ross en
Mironson in gaan. Je kunt wel zien dat de man er niet voor de volle
honderd procent bij is met zijn gedachten. Een nogal dromerig type.
Waarschijnlijk omdat hij niet zo goed kan horen. En ook dát is verbazingwekkend. Waarom hebben ze een dove in het team? Die vent is
toch een enorm blok aan het been?

Hij draait de vellen papier zo snel mogelijk door de kopieermachine.
Het irriteert hem dat hij alleen de programmapunten drukt, maar
voorzover hij weet is er niemand die ze leest. Wat écht interessant is,
staat in de nieuwsbrief met die stomme naam. Niet te geloven dat dat
ding zo populair is geworden. Het lijkt of ze de laatste tijd de helft van
hun geld aan papier uitgeven.

Mironson heeft Sexton in elk geval opgedragen de boekhouding te
doen. Mironson kon amper overweg met de telmachine die ze hadden gekocht, en niemand anders wilde het doen, zodat Sexton het
baantje kreeg, wat tenminste íets was. Maar het is werk waarbij je niet
op de voorgrond treedt, en dát is wat Sexton wil, dát is waar hij zou
moeten zijn. Om zaken te doen.

Wat Honora betreft, haar zal hij later onder handen nemen, en
tegen haar zeggen dat ze haar bek moet houden. Nou, díe woorden
zal hij niet gebruiken, maar hij zal haar wel laten weten dat hij er niet
blij mee was en niet wil dat het nog eens gebeurt. Maar wannéér hij
dat tegen haar zal zeggen, is een mysterie. Tegenwoordig staat ze altijd af te wassen als hij naar hun slaapkamer gaat. En meestal is hij
zó moe – met een beetje hulp van de drank – dat hij niet lang genoeg
wakker kan blijven om op haar te wachten. En als hij 's morgens
wakker wordt, is ze al op en maakt ze het ontbijt klaar in de keuken.
Hij zal haar vóór zijn vertrek in het nauw moeten drijven, hoewel hij
niet wéér zo'n scène wil als tijdens het eerste weekend in de keuken.
Sexton is er zeker van dat McDermott hen toen heeft gehoord.

Een echtgenote moet respect voor haar echtgenoot hebben. Hem
niet tegenspreken aan tafel. Niet in het bijzijn van de mannen.

Hij vraagt zich af of hij nu naar een baan moet gaan uitkijken, zien of hij als verkoper aan de slag kan, al zou hij daarvoor ergens anders moeten wonen, bijvoorbeeld weer in Portsmouth. Honora is gewend dat hij dagen aan één stuk weg is, en ze zou zich heel goed kunnen redden; daar is ze een kei in. Maar wie weet hoelang de staking zal duren. Hij kan het team toch niet tijdens het staken in de steek laten? Ik hoop dat de staking in oktober voorbij is, denkt hij, anders vriezen die arme schooiers in dat tentenkamp allemaal dood. Wat een puinhoop! Hij vindt het afschuwelijk als hij met Mironson en Ross het kamp binnen moet gaan. Het stinkt er als een buiten-wc die in geen jaren is geleegd.

Hij controleert of de hoogte van de stapel gedrukte papieren gelijk is aan die van de andere stapel. Nu moet hij ze samenvoegen en aan elkaar nieten. Hij voelt zich verdomme net een secretaresse! De telmachine en de Copiograph zijn vrouwen- en geen mannenapparaten! En hij zou een leidende functie moeten hebben, en niet een ondersteunende. Hij zou zaken moeten doen!

❧ Honora

Op vrijdagavond, als Sexton na een week in de stad thuiskomt, heeft hij een zak met wasgoed bij zich. De overhemden stinken naar metaal, en soms sneeuwt het pluizen wanneer Honora de zak op zijn kop houdt om hem leeg te maken. Zaterdagsmorgens wast ze de kleren op het wasbord, haalt ze door de mangel en hangt de was buiten op om te drogen. Zes overhemden, twee broeken, die eigenlijk niet geschikt zijn voor het werk in de fabriek (en ook niet voor het posten), vijf onderbroeken en vijf paar sokken. Ze heeft geen hekel aan wassen, hoewel het de afgelopen winter niet meeviel. De kleren hingen toen stijf en bevroren aan de lijn, en soms moest Honora ze naar binnen brengen om ze een voor een bij de kachel te verwarmen. Ze was bang voor brand en vond het vervelend dat ze soms geen geld voor een behoorlijk stuk zeep had.

Maar sinds de staking heeft ze zelden moeten wassen, en ze wast als ze tijd heeft. Kort nadat ze klaar is met de afwas (de boterhammen met Bologneser worst, de koolsla en de havermeelkoekjes zijn opgegeten) en Alphonse naar buiten heeft gejaagd, die halverwege de lunch arriveerde en Honora tot in de keuken volgde (als een zwerfhond, denkt ze liefdevol), pakt ze Sextons zak met vuile was op, die op de gebruikelijke plek bij de achterdeur staat. Ze brengt de zak naar de veranda en houdt hem op zijn kop. Er vallen kleren uit van bijna een week: overhemden, broeken, onderbroeken, sokken en een paar zakdoeken. Ze kijkt naar de stapel, die heel normaal is, en bedenkt dat het wassen een stuk makkelijker is sinds Sexton niet meer in de fabriek werkt.

Een oranje vlek trekt haar aandacht.

Ze buigt voorover om een zakdoek op te pakken. Ze heeft al eens eerder zo'n oranje vlek gezien, op de voorkant van een blauw werkhemd, en toen dacht ze, voorzover ze erover nadacht, dat Sexton in het kosthuis voedsel had gemorst – pompoen of raap, misschien, of Campbell's tomatensoep. Maar deze keer is de afdruk op de zakdoek zó duidelijk, dat het beslist niet voor voedsel kan worden aangezien. Honora laat de zakdoek los, en hij zweeft naar de vloer. Ze legt haar hand op haar borst, niet in staat ook maar enig geluid te maken, alsof ze oog in oog staat met een gewapende man. Als ze eindelijk weer kan ademhalen, raapt ze de zakdoek op en raakt de vlek aan. Ze weet precies wat het is. Ze weet zelfs het merk. Ruth Shaw deed het altijd op als ze zaterdagsavonds naar McNiven's ging.

Honora loopt de trap op naar de slaapkamer, legt de zakdoek op het bed en strijkt hem glad. Dan gaat ze op een stoel zitten wachten. Ze weet dat Sexton zal komen. Tijdens de lunch zat er inkt op zijn overhemd, en vroeg of laat zal hij een schoon hemd willen aantrekken.

Ze zit bij het raam als hij de kamer binnenkomt. 'Wat zit je daar te doen?' vraagt hij, terwijl hij de slippen van zijn hemd al uit zijn broek trekt.

De zakdoek ligt uitgespreid op de sprei, als een sjaal die is uitgestald op de toonbank van een warenhuis, met de oranje vlek als prijskaartje. Ze kijkt toe terwijl hij de zakdoek bekijkt, het moment van herkenning.

Natuurlijk zal hij net doen of hij van niets weet, denkt ze. Hij zal proberen zich door bluf eruit te redden. Uiteindelijk is hij een verkoper die zijn vak nog niet helemaal heeft verleerd.

'Het is lippenstift,' zegt ze.

'Wat?' Schijnbaar kalm maakt hij de knoopjes van zijn overhemd los.

'Het is lippenstift,' herhaalt ze. 'De oranje vlek.'

'En wat dan nog?'

'En wat dan nog?' herhaalt ze.

'Er zit dus lippenstift op een zakdoek,' zegt hij, trekt het hemd uit en gooit het op het bed, waar het bijna, maar niet helemaal, de weerzinwekkende zakdoek bedekt. 'Hij zal wel van jou zijn,' zegt hij.

'Nee,' zegt ze, enigszins verbaasd dat hij zich er niet van bewust schijnt te zijn dat ze tegenwoordig haast nooit meer lippenstift op heeft.

'Misschien heb ik de zakdoek aan Vivian geleend,' zegt hij.

'Je zult Vivian moeten neerschieten vóór ze dat merk lippenstift op haar lippen smeert,' zegt Honora.

'Hoe moet ik nou weten wie de zakdoek heeft gebruikt? Ik kan hem aan vrijwel iedereen hebben geleend.'

Geen van beiden verroert zich. Zij bij het raam, Sexton kijkend naar het bed, alsof hij aan de rand van de Grand Canyon staat.

'Honora,' zegt hij.

'Wat?' vraagt ze, en kijkt hem aan.

'Voel je je wel goed?'

'Ja, hoor,' zegt ze, in haar ogen wrijvend.

'Je bent doodop,' zegt hij.

'Ja.'

Hij pakt een schoon hemd van een plank in de kast en zegt: 'Nou, ik zal je het voordeel van de twijfel moeten geven.'

'Voordeel van de twijfel?'

'Vandaag tijdens de lunch. Dat was ongepast.'

'Dat was mijn mening,' zegt ze.

'Maar het was vernederend,' zegt hij. 'Een vrouw spreekt haar man niet tegen in het openbaar.'

'Het was slechts een mening,' zegt ze. 'Het was niet bedoeld om jou te vernederen. Het is wat ik vind. Ik vind wapens een afschuwelijk idee.'

'En wat ga je doen als hier criminelen met mokers en baseball-knuppels komen opdagen?'

'Ik weet niet wat ik dan zal doen,' zegt ze, 'omdat ik hier meestal alleen ben.'

'Daaróm juist!'

'Alsjeblieft, Sexton, je verwacht toch niet dat ik een wapen draag?'

Nee, hij verwacht niet dat zij een wapen draagt. Híj is het die een wapen wil. 'Ik snap je werkelijk niet,' zegt hij, terwijl hij zich naar haar omdraait en het overhemd in zijn broek stopt. 'Eerst maak je me tijdens de lunch belachelijk en dan suggereer je dat ik... wat?... ben vreemdgegaan? Vroeger had je meer gezond verstand dan nu, Honora.'

Het huwelijk zou zo makkelijk kunnen eindigen, denkt ze. Het zou nú, op dit moment, kunnen eindigen. De gedachte is zowel angst-aanjagend als opwindend.

Ze zwijgt, en dat maakt hem ongerust. En als hij ongerust is, is hij bepaald niet knap. Zijn ogen lijken dan dichter bij elkaar te gaan staan en hij legt een hand op zijn voorhoofd, alsof hij lijdt. 'Ik heb je nooit reden gegeven om argwaan te koesteren,' zegt hij. Misschien klinkt hij een beetje deugdzamer dan nodig is.

Honora kijkt uit het raam en dan weer naar Sexton. Is het moge-lijk dat ze zich heeft vergist?

'Koken en schoonmaken voor al die mensen,' zegt hij, terwijl hij

233

met één behendige beweging zowel het vuile hemd als de zakdoek oppakt. Ze kijkt hoe hij het hemd tot een bal verfrommelt en in een hoek gooit. Hoewel ze het hem niet heeft zien doen, is ze er vrijwel zeker van dat hij de zakdoek in zijn zak heeft gestoken. 'Ik zal tegen hen zeggen dat ze weg moeten gaan,' zegt hij.

'Doe dat niet,' zegt ze.

'Ik heb hem waarschijnlijk gewoon aan iemand van de stakingspost uitgeleend,' zegt hij.

Is het mogelijk dat ze zich in de oranje vlek heeft vergist, dat die vlek zo onschuldig is als hij zegt?

'Kom op, Honora,' zegt Sexton terwijl hij naar haar toe loopt. Hij raakt haar schouder aan en ze krimpt ineen. Dan gaat hij achter haar stoel staan en begint over haar nek te wrijven. 'Waarom ga je geen dutje doen?'

Misschien komt het alleen maar door de staking, denkt ze. Of door de mannen in haar huis. Of door het werk aan de nieuwsbrief. Ze is zichzelf niet. Nee, ze is absoluut zichzelf niet.

Sexton loopt naar het bed en slaat de chenille sprei uitnodigend terug. Honora hoort de drukpers met zijn zware, ritmische bewegingen, een hoge vrouwenlach, mannenstemmen op de veranda. Buiten op het strand zijn McDermott en Alphonse met een bal aan het spelen, en Sandy rent tussen hen heen en weer. Een zeemeeuw scheert in duikvlucht langs het raam en hangt even stil in de lucht.

Honora gaat staan, loopt naar het bed, stapt erin en sluit haar ogen. Ze voelt de lippen van haar man op haar wang.

'Ik zou je nooit pijn doen,' zegt hij.

Ze hoort hem door de kamer lopen, de deur opendoen en die met een zacht klikje sluiten. Ze gaat op haar zij liggen en slaapt zoals ze in geen weken heeft geslapen.

Zachte vingers strijken het haar van haar voorhoofd.

'Hé, liefje,' zegt Vivian.

Honora gaat moeizaam rechtop zitten. 'Hoe laat is het?'

'Halfnegen.'

'Echt waar? Heb ik zó lang geslapen? Hebben jullie allemaal gegeten?'

'Ja, en Ross heeft gekookt.'

Honora wrijft in haar ogen. 'Dat méén je niet,' zegt ze.

'Ik meen het wél, en het smaakte lekker, geloof me.'

'Wat was het?'

'Een soort lamspot. Iers, zei hij. Maar luister.' Vivian gaat op de rand

van het bed zitten. 'Sadie is beneden. Ze is vóór de avondmaaltijd aangekomen. Ross zegt dat hij een dancing in Rye kent, en Louis zegt dat
we allemaal een vrije avond verdienen. Dus wat vind je ervan?'
'Nu?' vraagt Honora.
'We zullen op je wachten,' zegt Vivian.

'Hij ziet er niet oud genoeg uit. Ze zullen hem verbieden de dancing
binnen te gaan,' zegt Ross. Hij heeft zijn haar gekamd en draagt voor
deze bijzondere gelegenheid rode bretels.
'Ik weet zeker dat ze hem binnenlaten,' zegt Tsomides.
'Als hij niet naar binnen mag, moet iemand met hem mee teruggaan naar huis,' zegt Ross een beetje knorrig.
'Ik blijf buiten op jullie wachten,' zegt Alphonse kalm. Hij kijkt of
hij het liefst door de grond zou willen zakken.
'Allemachtig, hij is langer dan ik,' zegt Sadie Vassos. Dat is natuurlijk waar. Sadie, amper 1,65 meter, staat naast Alphonse in haar
denim overall en een witte blouse. Ze draagt vaak een werkmanspet,
maar vanavond niet. Vanavond gaat ze dansen. Ze geeft Alphonse
een arm en zegt: 'Jij bent vanavond mijn vriendje.'
'Oké, dat is geregeld,' zegt Sexton, terwijl hij zijn met olie inge-
smeerde krullen gladstrijkt. Hij kijkt Honora aan en wendt vervolgens zijn blik weer af. 'Laten we naar buiten gaan, jongens,' zegt hij.
Ross, Alphonse, Sadie, Sexton en Tsomides, die nog steeds een verband om zijn hoofd heeft, rijden in Mahons broodwagen, en Honora,
Louis en McDermott stappen in Vivians strandwagen. McDermott
heeft een fles bij zich. Louis, ingeklemd tussen Honora en McDermott, neemt een flinke teug, veegt zijn mond af en geeft de fles door
aan Honora, die ook een slok neemt. Plotseling beseft ze dat het waarschijnlijk een heel slecht idee is, want sinds de lunch heeft ze niets
meer gegeten. 'Gin?' vraagt ze.
'Mahons beste,' zegt McDermott.
'Het is goed om eens een beetje stoom af te blazen,' zegt Louis. De
gin verspreidt zich langzaam door Honora's lichaam en maakt het
idee van een dancing in een andere stad uiterst aantrekkelijk.
'Dat ben ik helemaal met je eens,' zegt ze.
'Af en toe heb je een verzetje nodig,' zegt Louis.

Het is meer een wegrestaurant dan een dancing, en niemand kijkt
Alphonse achterdochtig aan. Naast de band is een stuk van de vloer
afgezet met touw, en op dit vroege tijdstip bewegen zich slechts drie
paren op de muziek. Ross en McDermott schuiven twee ronde tafels

tegen elkaar en pikken stoelen van andere tafels. Alphonse, in zijn mooiste witte overhemd, lijkt erg ingenomen met zichzelf en bestelt een cola. Als McDermott een andere kant op kijkt, giet Ross een flinke scheut rum in Alphonses cola, uit een fles die hij in een papieren zak heeft gestopt. Overal zijn er van die papieren zakken, merkt Honora op. De politie van Rye knijpt vast wel een oogje dicht, denkt ze. Alle klanten lijken ontspannen, en zo te zien verwachten ze niet dat er spoedig een razzia zal worden gehouden.

In principe kun je in een wegrestaurant iets te eten bestellen, maar Honora heeft geen enkele serveerster langs hun tafeltje zien lopen. Ze heeft trek, en eigenlijk moet ze pas iets drinken als ze heeft gegeten. En, nou ja, ze kan toch al niet zo goed tegen drank. Alphonse is zichtbaar blij, en Vivian zit te gillen van het lachen, terwijl Sexton druk in gesprek is met Sadie. McDermott is teruggekeerd met twee glazen en een fles tonic en maakt een drankje voor hen beiden klaar.

Ross zingt mee op de muziek: *Embraceable yoooou...*

'Iemand moet die Ier tot zwijgen brengen,' zegt Tsomides vanaf het eind van de tafel.

'Hé, Tsomides, je bent zeker wat hersens kwijtgeraakt toen je beschoten bent,' zegt Ross.

'Het huwelijk is slavernij,' zegt Sadie Vassos. Ze houdt een glas tegen haar wang die voornamelijk met ijsblokjes is gevuld. 'De geslachtsdaad zou geen staatszaak moeten zijn.'

Honora kijkt snel naar Alphonse en ziet dat zijn ogen nog meer uitpuilen dan gewoonlijk. Ze zal tegen Ross moeten zeggen dat hij stopt met die rum. 'Jammer dat we vandaag onze zwemles hebben gemist,' zegt ze tegen de jongen. 'Morgen misschien?'

'Jíj gelooft in vrije liefde, Louis,' zegt Sadie met nadruk. Ze spuwt tabakssap in een asbak die op de tafel staat. 'Nee, maar!' zegt Vivian.

'Ik geloof erin,' zegt Louis, 'maar ik weet niet of ik het ooit heb beoefend.'

'Terwijl ík het wél heb beoefend,' zegt Vivian, 'en er níet in geloof.'

'Hé, schatje,' zegt Ross, en hij fluit zachtjes.

'Maar ik ben heel, heel kieskeurig,' zegt Vivian, terwijl ze hem uitnodigend aankijkt.

'Heb je het perzikijs al geproefd?' vraagt Honora aan Alphonse, die zijn voeten om de sporten van de houten stoel heeft gehaakt.

'Ik heb twee schaaltjes op,' zegt hij.

'Misschien ga ik proberen bosbessenijs te maken,' zegt Honora, 'want het is nu het seizoen voor bosbessen.' Ze neemt een slok van haar gin-tonic. Vanavond smaakt het verrassend lekker.

'Ik heb vroeger op een bosbessenboerderij gewoond,' zegt Alphonse.
'O ja?' vraagt Honora oprecht verbaasd. Ze weet ook zo weinig van Alphonse. 'Wanneer was dat?'
'Tot mijn negende. De boerderij liep niet goed.'
'Je legt een gelofte af, gaat een verplichting aan, en dan moet je die verplichting nakomen,' zegt Sexton, wonderlijk genoeg, vanaf zijn plaats in het midden van de tafel. Het is Honora opgevallen dat, als ze bijeenkomen, voor een maaltijd of voor een vergadering, Sexton er op een slinkse wijze in slaagt een plaats in het midden te krijgen. De scheiding in zijn haar is volmaakt en zijn donkerblonde krullen zijn glad als die van een filmster. Zijn keurig verzorgde snor is opgestreken met was. Als je hem zo ziet, denkt ze, zou je niet zeggen dat hij ringspinner in de Ely Falls Mill is.
What is this thing called love?
'Ik vraag me af of het zo'n goed idee was om Alphonse mee te nemen,' zegt Honora tegen McDermott.
'Het doet hem goed,' zegt McDermott, met een blik op de jongen. 'Het verruimt zijn blik.'
'Volgens mij heet dat het verpesten van een minderjarige,' zegt Honora. 'Maar het zijn niet de *ideeën* waar ik me zorgen om maak.'
'Vertel het maar niet aan zijn moeder,' zegt McDermott. Honora denkt dat hij misschien al een beetje dronken is, en ze kan zijn lichaamswarmte voelen.
'Mag ik tegen je zeggen dat je er vanavond heel mooi uitziet?' vraagt hij.
'Dat mag je.'
'Je ziet er vanavond heel mooi uit,' zegt hij.
Vanaf het midden van de tafel werpt Sexton Honora een blik toe.
'Je geeft elkaar de huwelijksgelofte,' zegt hij, 'en die is bindend.' Honora vraagt zich af of deze toespraak voor háár bedoeld is. Sinds het voorval in de slaapkamer hebben ze niet meer met elkaar gesproken.
'Waarom moet die gelofte bindend zijn?' vraagt Sadie.
My baby just cares for me.
'Hoe zit het met jou, Ross?' vraagt Sadie plotseling als Sexton geen antwoord geeft.
Ross knippert met zijn ogen. 'Met míj?'
'Geloof jíj in vrije liefde?'
'Niets in dit leven is vrij,' zegt hij.
'Absuluut bruin,' zegt McDermott tegen Honora.
'Kom, spetter, dans met me,' zegt Vivian tegen Louis, en ze strekt haar lange, sierlijke armen boven haar hoofd. 'Mijn voeten popelen!'

237

Louis gaat glimlachend staan.

'Sadie, zullen we dansen?' vraagt Sexton. 'We kunnen ons gesprek op de dansvloer voortzetten.'

'Ik zal met je dansen,' zegt Sadie terwijl ze overeind komt en een ijsblokje terug laat vallen in haar glas, 'maar ik vind je een kapitalistische klootzak.'

Honora kijkt hoe Sexton en Sadie zich een weg door de menigte banen, die sinds hun komst al lijkt te zijn verdubbeld – Sexton, lang, breedgeschouderd en bijna te onberispelijk in dit ietwat smoezelige wegrestaurant, en Sadie, die amper tot aan zijn borstkas reikt, in haar overall. Mensen draaien hun hoofd om en staren hen aan.

'Hij neemt het sportief op,' zegt McDermott naast haar.

'En zij is oké,' zegt Honora.

'O, ik mag Sadie graag,' zegt hij. 'Ik vind haar fantastisch. Ik weet alleen niet of ik wel met haar wil dansen.'

'Stoort die snor je?' vraagt Tsomides vanaf zijn plaats aan het eind van de tafel. 'Wij Grieken houden ervan als onze vrouwen een snor hebben.'

'Doe maar net of je dat niet hebt gehoord,' zegt Honora tegen Alphonse.

'Hé, kakkerlak,' zegt Tsomides tegen Alphonse. 'Kom hier zitten, dan kan ik met je praten.'

Alphonse schuift zijn stoel naar achteren. Honora ziet dat de jongen een beetje wankelt terwijl hij naar het eind van de tafel loopt, en ze ziet ook dat Ross en Mahon zijn verdwenen. 'Ik denk dat Alphonse aangeschoten is,' zegt ze tegen McDermott.

'Hij redt zich wel,' zegt hij, en zwijgt even. 'Ik zou je ten dans moeten vragen.'

'Ja, dat zou je misschien moeten doen,' zegt Honora op een ietwat flirterige toon.

'Maar ik weet niet hoe.'

On the sunny side of the street.

'Je zou nog een keer tegen me kunnen zeggen dat ik zo mooi ben,' zei ze.

'Hé, Honora, je ziet er vanavond heel mooi uit.'

Ze maakt een achteloos handgebaar. 'Ik moet iets te eten zien te krijgen,' zegt ze. Door de zwakke verlichting is het moeilijk de overkant van de zaal te zien. McDermott verschuift zijn stoel zodanig dat hun ellebogen elkaar plotseling raken, maar Honora kan zich er niet toe zetten haar arm terug te trekken. Ze kijkt naar de voorkant van McDermotts hemd, waarvan het bovenste knoopje open is. Zijn mouwen zijn opgerold, en ze ziet, zoals zo vaak in de afgelopen paar weken, de fijne, donkere haartjes op de achterkant van zijn polsen. Er zitten zweetplekken onder zijn oksels. De temperatuur in het wegrestaurant is gestegen, en de open ramen en de deuren bieden weinig soelaas. McDermott neemt een slok en vraagt: 'Wat was er vandaag met je aan de hand?'

'Ik heb een dutje gedaan,' zegt ze, 'en toen heb ik me verslapen.'

'Je man zei dat je je niet lekker voelde.'

'Zei hij dat?' vraagt ze verbaasd.

Can this be love?

'Geloof je in die onzin?' vraagt hij.

'Wat voor onzin?'

'Wat Sadie zei. Over vrije liefde en zo.'

'Ik heb het begin van het gesprek gemist,' zegt ze. 'Dus ik weet het niet zeker.' Ze zwijgt even. 'Maar waarschijnlijk geloof ik er niet in, nee.' Ze kijkt toe terwijl hij met zijn vinger over de rand van zijn beslagen glas strijkt. 'Moeten we de glazen niet in een papieren zak doen?' vraagt ze.

'Wat? Deze onschuldige glaasjes tonic?'

'Wat als de politie komt?'

'Die is er al,' zegt McDermott, en hij wijst met zijn duim. 'Zie je die kale vent daar?'

Honora kijkt in de richting die McDermott aanwijst, en haar blik blijft op een glanzende schedel rusten.

'Hoofdcommissaris van politie,' zegt McDermott.

Sigarettenrook kringelt omhoog in het zwakke lichtschijnsel, en vlak boven hun hoofd hangt een blauwe walm. 'Ik moet écht iets eten,' zegt Honora, en ze gaat staan.

Zodra ze naar buiten loopt, voelt ze de zeelucht op haar gezicht. Ze trekt haar pumps uit, die knellen door de warmte, en haalt een paar keer diep adem, in de hoop dat haar hoofd er helder door wordt. Door een met een jaloezie bedekt raam komt de geur van gebraden vlees, en even overweegt ze op het raam te kloppen en iemand te vragen haar iets te eten te geven. Het kan niet schelen wát, zou ze zeggen. Ze doet een paar stappen naar voren en hoopt maar dat ze niet struikelt, zoals sommigen die op weg zijn naar hun auto. Maar omdat het parkeerterrein met grind is bedekt, draait ze zich om en loopt langzaam naar de achterkant van het gebouw. Ze geniet van de koele grasprieten onder haar voetzolen. Ze loopt het duister in, weg van het licht, met uitgestoken handen, zodat ze niet tegen een boom op kan lopen. Misschien is het beter als ik ga zitten, of nog beter, ga liggen, denkt ze. En na een tijdje doet ze dat ook. Ze voelt de dauw op haar rug. Vuurvliegjes flitsen heen en weer en plagen haar met hun licht. Ze probeert ze te volgen, maar het zijn sluwe insecten en zijn nooit daar waar ze dénkt dat ze zijn. Ze sluit haar ogen, en haar hoofd begint te tollen. Boven haar maken de bladeren van een boom een geluid dat, vreemd genoeg, op water lijkt.

Ze ruikt sigarettenrook en zeep. Ze opent haar ogen.

❦ McDermott

'Je volgt me,' zegt ze.

McDermott laat zich naast haar in het gras zakken.

'Ik ben dronken,' zegt ze.

'Dat heb ik gemerkt.'

'Ik kan slecht tegen drank.'

'Je hebt niet gegeten.'

'Dat is geen excuus.'

Hij kan de branding achter de zeewering horen, maar op het parkeerterrein is er veel lawaai.

'Is alles goed met Alphonse?' vraagt ze.

'Sadie heeft hem onder haar hoede genomen.'

'Dan zal hij vanavond wel het een en ander leren.'

'Hij is onomkoopbaar.'

In de verte zegt een vrouw: 'Ik zag wel hoe je naar haar keek!'

Er komt vanaf de waterkant mist opzetten. McDermott kan de muziek horen die door de open deur naar buiten komt, en de lantaarn bij de ingang van het wegrestaurant verspreidt een zacht licht. McDermott strijkt Honora's haar van haar voorhoofd, bang dat zijn eeltige vingers te ruw zijn.

'Honora,' zegt hij, en draait haar gezicht naar zich toe, zodat hij het kan zien. 'Ik moet je mond zien, weet je nog?'

Heel langzaam, om haar tijd te geven haar hoofd af te wenden als ze dat wil, buigt hij voorover en kust haar lippen. Haar mond is open, alsof ze verbaasd is, en hij kust haar opnieuw. Ze maakt een geluidje dat achter uit haar keel komt. 'Ik...' zegt ze.

'Niet praten,' fluistert hij met gesloten ogen. 'Mijn ogen zijn dicht, dus ik kan niet zien wat je zegt.'

Hij opent zijn ogen om te zien of ze kijkt, en ze lacht.

Hij kust haar opnieuw. Dan tilt hij de zoom van haar rok op en laat zijn hand over haar achterbeen omhoog dwalen. Dat heeft hij de hele avond al willen doen. Dat heeft hij wekenlang al willen doen. Ze verschuift een beetje, maar maakt zich niet helemaal van hem los. 'Ik wou...' begint ze.

Boven hen maakt de boom een geluid als water. Hun gezichten zijn heel dicht bij elkaar. Hij kan haar adem voelen.

'Wát wou je?' vraagt hij.

❧ *Honora*

Het zou zo makkelijk zijn, denkt ze. Ze zou zich alleen maar een centimeter naar hem hoeven om te draaien. Dat is alles. Ze worden niet door het licht beschenen, en niemand zou het ooit weten. Hij streelt haar haren, zegt haar naam en draait haar gezicht naar het zijne. 'Ik moet je mond zien, weet je nog?'
Ze weet dat hij haar gaat kussen, en ze wil dat het gebeurt. Ze wil haar lichaam tegen hem aan drukken en haar rug krommen. Haar mond is gedeeltelijk open, en ze maakt een geluid dat achter uit haar keel komt.
'Ik...' zegt ze.
Niemand behalve ik en McDermott zal het weten, denkt ze.
'Niet praten,' zegt hij.
En heeft Sexton het huwelijk al niet bezoedeld?
McDermott kust haar nog een keer, en boven hen maakt de boom opnieuw een geluid als stromend water. Een beek, misschien.
'Ik wilde...' begint ze.
Wát wilde ze? Ze wilde dat haar huwelijk weer zo zuiver was als toen ze net getrouwd waren. Ze wilde dat ze zich door McDermott kon laten beminnen. Ze wilde dat ze niet maalde om eer, vertrouwen of de toekomst. Of hoe ze dan over zichzelf zou denken – dag na dag na dag, week na week na week.
Zijn gezicht zó dicht bij het hare, dat ze zijn adem bij haar ogen kan voelen.
'Wát wilde je?' vraagt hij.
Ze drukt haar handpalmen zacht tegen zijn borst.

❧ McDermott

De maan, die vanavond rafelige randen heeft, werpt een kegelvormige lichtbundel op het water. Het is eb, en de branding onder aan het strand breekt nauwelijks. Alphonse lag te snurken toen McDermott hem in zijn slaapzak achterliet – een vrijwel onhoorbaar geluid, zoals dat van een vrouw. De jongen slaapt met open mond en weggedraaide oogbollen. Zijn oogleden knipperen tijdens zijn dromen. Dromen over perzikijs, hoopt McDermott. Dromen over vliegende vliegtuigen.

Hij neemt nog een slok uit de fles whisky die hij op de keukentafel heeft gevonden. Op het moment dat hij in zijn slaapzak wakker werd, had hij tot zijn verbazing gemerkt dat hij honger had. En toen hij in de keuken een restje lamsstoofpot stond te eten, had hij de fles op het zeildoek zien staan. Hij krijgt er altijd maagpijn van, maar het is wel een goed slaapmiddel. Hij kan zich niet herinneren wanneer hij voor het laatst de hele nacht heeft doorgeslapen. Hij wordt steeds onrustig wakker, en het komt niet door de slaapzak op een van de dunne matrassen die Mahon met de truck naar het huis heeft gebracht. Het overkomt hem ook in het kosthuis, maar daar kan hij niet naar beneden gaan om te proberen zijn honger te stillen. Madame Derocher houdt de koelkast op slot.

Hij legt zijn voeten op de balustrade van de veranda. Zijn stoel balanceert op twee poten. Vanmorgen zal hij vertrekken.

Soms ziet hij haar in de gang als hij op weg is naar de badkamer om zich te wassen, en af en toe loopt ze in haar ochtendjas en draagt een stapel schoon wasgoed of handdoeken voor de mannen. Ze houdt de deur van haar slaapkamer dicht. Hij heeft de kamer niet willen zien of zich willen indenken wat er achter die deur gebeurt. In zekere zin is dat het moeilijkste van zijn vertrek: haar in dit huis achterlaten, in de wetenschap dat hij haar bij Sexton Beecher achterlaat. Ross had tegen hem gezegd dat Beecher tijdens de lunch maar bleef doorzagen over wapens, en ze waren het erover eens geweest dat de vent zo gek was als een deur. Maar het is zíjn huis, zei Ross, en het zijn zíjn schrijfmachine en zíjn Copiograph. Je kunt niet gebruikmaken van iemands huis en hem dan op de keien zetten, hoorde McDermott zichzelf tot zijn grote verbazing zeggen, en Ross sloot zich daar schoorvoetend bij aan. Maar hou hem in de gaten, zei Ross. McDermott dacht toen dat hij Ross eigenlijk moest vertellen dat hij de volgende morgen zou vertrekken, dat Sexton Beecher niet langer zijn probleem zou zijn. Maar hij had er nog niet met Mironson over gesproken en Mironson moest het nieuws als eerste horen.

McDermott voelt een hand op zijn schouder. Vivian loopt langs hem naar een andere stoel op de veranda, op de voet gevolgd door Sandy. 'Hallo, spetter,' zegt ze, en ze gaat zo zitten dat hij haar gezicht kan zien.

'Ik wist niet dat je nog hier was,' zegt McDermott, terwijl hij een hand uitsteekt, Sandy achter zijn oor krabt en zijn voeten op de grond zet.

'Ik schaam me te moeten zeggen dat ik op de bank in katzwijm ben gevallen,' zegt ze gaperig. 'Ik zag licht branden en vroeg me af wie er op de veranda was.'

'Ik slechts.'

'Kon je niet slapen?'

'Nee, eigenlijk niet.'

'God, ik zie er niet úit!'

'Ik vind dat je er fantastisch uitziet,' zegt McDermott. En dat is de waarheid. Vivian ziet er altijd chic en keurig uit, om door een ringetje te halen.

'Ik heb behoefte aan mijn bed,' zegt ze.

'Ik wil best met je meelopen naar je huis,' zegt hij.

Ze wijst zijn hoffelijk aanbod af. 'Ik ben met de strandwagen.'

'Mooie nacht,' zegt hij, terwijl hij haar een sigaret aanbiedt. Ze neemt hem aan, buigt zich naar hem toe voor een vuurtje, inhaleert diep en plukt een sliertje tabak van haar onderlip.

'Heb je over het heelal zitten peinzen?' vraagt ze.

'Ik weet niet genoeg van het heelal.'

'Hoe zit het met je persoonlijke heelal?'

'Niet waard om erover te peinzen. Wil je een slok?' Hij houdt haar de fles whisky voor.

'Ik denk dat ik al te veel op heb,' zegt ze, met haar hand op haar voorhoofd.

'Een beetje kan geen kwaad,' zegt hij.

'Een klein beetje om het af te leren?'

Zelfs als ze uit een fles whisky drinkt, is ze elegant in haar gebaren, denkt McDermott. Ze geeft hem de fles terug en hij neemt ook een teug. 'Gaan jullie morgenavond allemaal terug?' vraagt ze. 'Nou, eigenlijk is het vanavond, nietwaar?'

'Ik ga vanmorgen terug,' zegt McDermott. 'Vroeg.'

'Vanwaar die haast?'

'Ik moet nog van alles doen,' zegt hij.

'Gaat Alphonse met je mee?'

Bij uitzondering heeft McDermott niet aan Alphonse gedacht. Aangezien de jongen in de loop van het weekend is gearriveerd, zal hij nog niet willen vertrekken. 'Nee,' zegt hij. 'Hij vertrekt later, samen met de anderen.'

'Dat perzikijs vond hij heerlijk,' zegt ze glimlachend.

'Hij ligt er op dit moment over te dromen,' zegt McDermott. Vivian lacht. Ze neemt nog een trek van haar sigaret en slaat haar benen over elkaar. 'Waar droom jíj over, Quillen McDermott?'

De vraag is zó onverwacht en zó direct, dat McDermott niet zo snel een antwoord weet.

'Je mag er niet over nadenken,' zegt ze. 'Je moet meteen antwoord geven.'

'Wiens regels zijn dat?' vraagt hij, om tijd te rekken.

'De mijne, natuurlijk.' Ze glimlacht, en er verschijnen een paar lachrimpeltjes rond haar ogen.

'Ik kan me mijn dromen niet herinneren,' zegt hij.

'Dat geloof ik niet.'

'Waarom niet?'

'Ik denk dat er meer in je omgaat dan je laat merken.'

'Daar vergis je je in!'

Hij neemt nog een slok, slaat een vlieg weg en heeft gemerkt dat Vivian nooit wordt gestoken. Het zal wel met haar parfum te maken hebben. McDermott voelt de whisky door zijn slokdarm glijden en wacht op de pijn. Hij moet kalm aan doen. Hij heeft al meer dan genoeg gedronken.

'Waar droom jíj over?' vraagt hij aan haar.

'O, over van alles en nog wat. Over mijn Maggy Rouff-jurk, mijn Houbigant-verstuivers en mijn Van Cleef en Arpels-armband, die bezet is met saffier en diamanten. Over mijn kamer in het Plaza Hotel.'

Hij lacht.

'Ik méén het,' zegt ze.

'Dat weet ik.'

'Ik vond het énig om aan de nieuwsbrief te werken,' zegt Vivian. 'Ik zou de tijd die ik hier heb doorgebracht voor geen goud hebben willen missen.'

'Dat is erg aardig van je,' zegt hij.

Ze buigt zich samenzweerderig naar McDermott toe. 'Zeg het alsjeblieft niet tegen Louis of Sadie, maar ik denk dat ik geïndoctrineerd word,' zegt ze, achteroverleunend in haar stoel. 'Als je de wereld eenmaal ziet zoals Louis dat doet – als je jezelf eenmaal tóestaat om de wereld zo te zien – kun je bijna niet meer terug. Mensen van mijn slag lijken, nou ja, verachtelijk.'

'Dat vind ik niet,' zegt hij.

'Hoe komt het dat je geen vriendinnetje hebt?' vraagt ze. 'Een knappe jongen als jij!'

'Ik heb er wel eentje gehad. Vorig jaar. Ze heeft me voor een metselaar in de steek gelaten.'

'Wat triest,' zegt Vivian.

'Nee, eigenlijk niet.'

In het maanlicht is Vivians koperkleurige haar als dof metaal dat geen kleur meer heeft. 'Was je verliefd?' vraagt ze.

'Destijds dacht ik van wel,' zegt McDermott terwijl hij een tweede sigaret met de eerste aansteekt. Ook wat dít betreft zou hij moeten matigen.

'Maar nú ben je níet verliefd,' zegt ze met een scherpe blik.

Hij laat de as van zijn sigaret op de veranda vallen. 'Nee, nu niet,' zegt hij. Uit het raam boven hen komt het geluid van een man die in zijn slaap hartstochtelijk een naam roept. *Rosemary.* 'Dat is Ross,' zegt McDermott, naar boven wijzend. 'Zijn vrouw heet Rosemary.'

Vivian glimlacht. 'Zwaar voor hen om niet bij hun gezin te kunnen zijn,' zegt ze.

'Daar heb ik geen ervaring mee,' zegt hij.

'Het is duidelijker dan je wellicht denkt,' zegt ze.

'Wát is duidelijk?'

'Dat wat duidelijk ís.'

McDermott bukt om zijn schoenveters te strikken, langzaam en behoedzaam. Hij heeft het gevoel dat zijn vingers dikke worstjes zijn.

'Het is een nogal lastig probleem, hè?' zegt Vivian.

'Ik weet niet wat je bedoelt,' zegt McDermott.

'De onbetrouwbare echtgenoot incluis,' zegt Vivian.

McDermott kijkt instinctief om zich heen, alsof iemand het heeft kunnen horen.

'Maak je geen zorgen,' zegt Vivian. 'De echtgenoot is traag van begrip. Ik zíe dingen gewoon. Daar ben ik goed in. Het is mijn hobby.'
'Fijn voor je,' zeg McDermott met bonzend hart.
'Je geheim is veilig bij me,' zegt Vivian.
'Ik heb geen geheimen,' zegt hij. Vivian zoekt naar een asbak.
'Doof hem maar uit met je voet,' zegt hij.
Vivian zet de punt van een elegante, hooggehakte schoen op haar peuk. 'Ik denk dat ze hetzelfde voelt, mocht je dat tot troost zijn,' zegt ze.
McDermott strijkt zijn haar naar achteren en legt zijn voeten weer op de balustrade.
'Geloof me, er is geen woord over gesproken, ik wéét het gewoon,' zegt Vivian.
Hij staart naar het kegelvormige maanlicht op het water.
'Ik maak je van streek,' zegt Vivian terwijl ze een hand uitsteekt en zijn schouder aanraakt. 'Dat was niet mijn bedoeling.'
'Ze is getrouwd,' zegt hij.
Met een zucht trekt Vivian haar hand terug. 'En dat is héél jammer!' zegt ze.

Mironson loopt zo zacht mogelijk door de gang, een natte handdoek over zijn arm.
'Jij ook al?' vraagt McDermott, bijna fluisterend.
'Ik dacht dat een bad zou helpen,' zegt Mironson.
'Het moet iets in de lucht zijn,' zegt McDermott. 'Vivian is zojuist vertrokken.'
'We zijn allemaal gespannen,' zegt Mironson.
'Ik vertrek vroeg in de morgen,' zegt McDermott, 'en ik zie je wel weer in de stad.'
'Waarom?' vraagt Mironson.
'Eileen heeft me nodig. Ik ben in geen weken bij haar geweest.'
'Dat spijt me. Natuurlijk moet je gaan. Maar luister, er zijn nog zo'n honderd nieuwsbrieven die in elkaar moeten worden gezet. Als je dat vóór je vertrek zou kunnen doen, kun je ze meenemen. Maak Mahon maar wakker en zeg dat hij je naar de stad moet rijden.'
Alphonse beweegt zich op de matras; zijn slaapzak is uren geleden al van hem af gegleden. McDermott trekt zijn schoenen, broek en hemd uit en probeert Alphonse, die dwars over de matras ligt, zachtjes naar zíjn kant van de matras te schuiven, maar de slapende Alphonse is een dood gewicht waarin moeilijk beweging te krijgen is. McDermott legt zijn slaapzak op de vloer. Hij gaat er, in zijn onder-

goed, op liggen en kijkt naar het mysterieuze maanlicht op de witte vensterbank. Naast hem ligt Alphonse nog steeds te snurken, en verderop in de gang, duizend kilometer bij hem vandaan, ligt een vrouw die hij kent te slapen.

Ik denk dat ze hetzelfde voelt, mocht je dat tot troost zijn.

Hij legt zijn armen onder zijn hoofd en staart naar het plafond. Vanaf die eerste dag, op kerstavond, heeft Honora bezit genomen van zijn hart. Destijds wist hij dat nog niet, maar hij herinnert zich het duizelige gevoel toen ze wegreed, zijn schietgebedje tot God. Hij denkt aan wat er eerder op het natte gras is gebeurd. Hoe haar huid onder zijn hand aanvoelde. Hij denkt aan de kussen. Waren het er twee of drie? Het geluid dat ze maakte achter in haar keel. Hij weet dat hij zich haar gekreun zijn hele leven zal herinneren, dat hij er steeds opnieuw naar zal moeten luisteren – een grammofoonplaat op een pick-up.

Alphonse maakt krampachtige bewegingen op de matras. McDermott draait zich om en kijkt naar hem. Hij kan het magere lichaam in het maanlicht onderscheiden. De jongen gaat al slapend op zijn buik liggen en strekt zijn armen uit naar de muur. Hij lijkt zienderogen te groeien, denkt McDermott.

❧ *Honora*

Ze heeft stemmen gehoord, die van Vivian en McDermott, buiten op de veranda, en later, op de gang, Mironsons zware bromstem. Sexton, naast haar, ligt in zijn onschuldige houding te slapen, zijn armen boven zijn hoofd gestrekt. Hij ziet er kwetsbaar en tevreden uit. Even heeft Honora een vaag, onzinnig verlangen iets zwaars op zijn keel te leggen en zijn luchtpijp in elkaar te drukken. Mijn God, denkt ze terwijl ze rechtop gaat zitten. Ze trekt haar ochtendjas aan en sluit heel zacht de slaapkamerdeur achter zich. Ze tilt haar voeten op om niet met haar slippers over de houten vloer te sloffen. Ze wil niet dat iemand in de andere slaapkamers wakker wordt. Onder aan de trap blijft ze staan luisteren. Ze kan de branding horen, altijd aanwezig, en nog iets anders. Papiergeritsel. Het geluid komt uit de zitkamer, daar is ze zeker van.

'Ik ben dit even aan het afmaken,' zegt McDermott wanneer ze de deuropening bereikt.

'O,' zegt ze verbaasd. 'Je bent vroeg uit de veren.' Een streepje ondraaglijk fel licht glipt over de horizon. Honora krimpt ineen en wendt haar hoofd af.

'Ik vertrek,' zegt hij, en wendt ook zijn hoofd af.

'Nú?' Ze leunt tegen de deurpost.

'Ja.'

'Waarom?'

'Mijn zus heeft me nodig,' zegt hij, terwijl hij de stapels nieuwsbrieven ordent.

'Is alles goed met je?' vraagt ze.

'Alles is prima,' zegt hij.

McDermott is een slechte leugenaar, denkt ze. 'Het is vanwege gisteravond, hè?' zegt ze. Ze komt een stap dichterbij, maar hij concentreert zich op zijn taak, zonder antwoord te geven.

250

'Ik wou...' zegt ze.

Zijn hoofd schiet met een ruk omhoog. 'Wát wou je?' Ze weet niet of hij hoopvol is of boos.

'Ik zal een ontbijt voor je klaarmaken,' zegt ze. De zon schijnt door de ramen aan de oostkant naar binnen en maakt elk stofdeeltje op de tafel zichtbaar. De zijkant van McDermotts gezicht is roze. Ze trekt haar ochtendjas om zich heen.

'Ik heb geen honger,' zegt hij.

'Hoe ga je terug naar de stad?' vraagt ze.

'Mahon brengt me.'

'Is hij al op?

'Ik zal hem over een paar minuten wakker maken.'

'Dan zal ik een ontbijt voor hém maken,' zegt ze.

'Het is net vijf uur, Honora. Ga maar terug naar bed.'

'Hij moet eten. Jij trouwens ook.'

McDermott zwijgt.

'Je moet 't zélf weten!' zegt ze.

Met een vork schuift ze de repen spek heen en weer, het vet sist in de gietijzeren pan. Ze stelt zich voor dat de geur van het spek naar boven drijft, onder Alphonses deur door glipt en de jongen wakker maakt, waarna hij vrijwel meteen de keuken binnenstormt. Twee keer heeft ze voetstappen op de trap gehoord, maar tot nu toe is Alphonse niet verschenen. Ze verlangt ernaar om zijn komische gezicht te zien, het piekhaar, de uitpuilende ogen, het overhemd dat in de haast verkeerd is dichtgeknoopt. Ze heeft bijna nog nooit iemand zó gelukkig gemaakt als ze Alphonse gelukkig schijnt te maken. Vandaag zal ze hem zeven meter alleen laten zwemmen. Hij kán het. Soms moet je een kind dwingen, wil je hem iets leren.

Ze hoort een geluid in de deuropening. 'Ik heb hier vier repen met je naam erop,' zegt ze.

'Je zou me moeten laten verhongeren.'

Honora, die op haar hurken voor de koelkast zit, kijkt verbaasd op. 'Ik dacht dat je weg was,' zei ze.

'Ik kom mijn excuses aanbieden,' zegt McDermott.

'Dat is niet nodig. Veel mannen zijn chagrijnig als ze wakker worden,' zegt ze, terwijl ze gaat staan en een doos eieren naar het fornuis brengt. 'Mijn broers waren verschrikkelijk.'

'Ik heb vannacht geen oog dichtgedaan,' zegt hij.

'Dan kunnen we elkaar een handje geven.' Met behulp van de vork legt ze de repen spek een voor een op een oude krant om ze te laten uitlekken, en houdt vervolgens een ei boven de lege koekenpan, zich ervan bewust dat McDermott de kamer is binnengelopen.

'Ik zal je niet terugzien,' zegt hij. Per ongeluk maakt ze met haar duim een gat in het ei.

Het trage ochtendritme van haar hart versnelt. 'Hoezo?' vraagt ze, terwijl ze stukjes eierschaal uit het snel bakkende ei vist.

'Honora, kijk me aan,' zegt hij.

Ze draait zich om. Aan haar vingers hangt een slijmerige sliert eiwit.

'Haal de pan van het vuur,' zegt hij. 'Ik wil met je praten.'

Ze veegt haar handen af aan een theedoek. McDermott doet een stap naar voren. In de keuken, aan de westkant van het huis, schijnt 's morgens niet het verblindende licht van de zitkamer, maar het is voldoende om zijn gezicht te kunnen zien – bleek en ruw, ogen zo blauw als de oceaan bij zonsondergang.

'Ga zitten,' zegt ze. Haar handen trillen. 'Ik zal een kop koffie voor je inschenken.'

Hij aarzelt. 'Goed,' zegt hij, 'ik kan wel wat koffie gebruiken.'

Ze brengt de koffiekan naar de tafel en schenkt beverig een kopje voor hem in. Normaal gesproken is ze dol op de geur van koffie, maar vanmorgen dreigt ze er hoofdpijn van te krijgen. Ze gaat op de lege stoel tegenover hem zitten. 'Slapen de anderen nog?' vraagt ze.

'Ik heb twee keer geprobeerd Mahon wakker te schudden, maar er is geen beweging in hem te krijgen.'

Ze vouwt haar handen in haar schoot en wacht.

'Ik kom niet terug,' zegt hij, 'en dat geeft me de vrijheid alles tegen je te zeggen wat ik misschien in een ander leven zou hebben gezegd.'

'In een ander leven,' herhaalt ze.

'Ik wou dat je vrij was,' zegt hij.

Ze drukt haar handen tegen haar lippen. Haar hele lichaam wordt overspoeld door een golf van warmte.

'Ik hou van je mond,' zegt hij.

Ze schudt haar hoofd.

'Ik haat je man,' zegt hij. 'Het spijt me, maar het is de waarheid.'

Ze haalt snel adem.

'Ik hou van de manier waarop je met Alphonse omgaat.'

Er welt paniek in haar op.

'Gisteravond, op het gras, wilde ik met je vrijen. Ik verlangde er zó naar, dat ik bijna alles wilde doen om het te laten gebeuren,' zegt hij.

Ze sluit haar ogen. Ze laat een hand zakken, en hij grijpt hem vast.
'Je was bang,' zegt hij.
Ze schudt van nee. 'Ja,' zegt ze.
Hij kust de binnenkant van haar pols en zegt: 'Dat is wat ik kwijt wilde.'

❧ *Alphonse*

Hij droomde van spek, en als hij rechtop gaat zitten, beseft hij dat er wérkelijk spek wordt gebakken. Dus staat hij op en trekt, hinkend op één been, zijn broek aan. Hij rammelt van de honger, of misschien heeft hij dat alleen maar gedroomd. Hij is dolblij dat hij niet in Portsmouth of Ely Falls moest blijven en de nacht thuis moest doorbrengen, in plaats van hierheen te komen en naar de dancing in Rye te gaan. Hij knoopt zijn overhemd dicht en kamt zijn haar met zijn vingers naar voren. Dan beseft hij dat McDermott al op is. Hij kijkt snel uit het raam. Nee, de zon is nog maar een klein beetje over de horizon, dus hij heeft zich niet verslapen! Hij rent op blote voeten de gang in en houdt zich stevig aan de trapleuning vast terwijl hij met twee treden tegelijk de trap afstormt. Beneden gaat hij langzamer lopen, want hij wil niet al te gretig lijken! Hij haalt diep adem en luistert of hij een van de anderen hoort, maar er is helemaal níets te horen. Hij loopt quasi-onverschillig verder. Als hij de deuropening van de keuken bereikt, blijft hij staan.

McDermott en Mrs. Beecher zitten aan tafel, McDermott met zijn rug naar Alphonse toe. Mrs. Beecher heeft haar ogen gesloten en haar wimpers zijn nat. Alphonse kan het niet geloven, maar het is waar. McDermott en Mrs. Beecher houden elkaars hand vast, op een beetje vreemde manier. Alphonse wil weten waarom ze huilt. Hij wordt er bang van en wil een vraag stellen, maar hij durft zich niet te bewegen of adem te halen, omdat hij begrijpt dat dit een van die privé-momenten is waaraan volwassenen soms behoefte hebben. En dan doet Mrs. Beecher haar ogen open, glimlacht, maakt een gesmoord geluidje en kijkt McDermott aan. Op dat moment ziet ze Alphonse, die het liefst wilde dat hij ter plekke in rook kon opgaan.

Hij ziet hoe Mrs. Beecher haar hand losmaakt van die van McDermott.

'Alphonse,' zegt ze.

ꙮ *Honora*

Ze loopt van kamer naar kamer, nauwelijks wetend wat ze doet of hoe laat het is. Zo is het al sinds zondag, sinds het vertrek van de mannen. En als ze aan het eind van de dag haar verrichtingen optelt, is ze steeds verbaasd dat ze zo weinig heeft gedaan. Soms zijn haar ledematen zwaar en loom en wil ze alleen maar slapen. Andere keren gaat ze zitten en huilt – korte huilbuien zonder aanwijsbare reden. Ze eet kliekjes uit de koelkast, een paar hapjes, als het haar lukt ze naar binnen te krijgen. Ze denkt altijd dat ze honger heeft, maar ontdekt dan dat het helemaal niet zo is. Toen Alphonse zondagmorgen de keuken binnenkwam, was McDermott gaan staan. Hij had het haar van Alphonse in de war gemaakt en gezegd dat hij vertrok. En toen was hij weggelopen. Zij, Honora, had geen kans gekregen nog iets tegen hem te zeggen – waardoor ze nu het gevoel heeft dat ze voortdurend op het punt staat een zin uit te spreken waarvan ze de woorden niet kent.

In haar ochtendjas had ze het ontbijt klaargemaakt, en iedereen, behalve Louise, had zijn verbazing over McDermotts vertrek uitgesproken. Ze had Sextons kleren niet gewassen – ze zou nooit meer zijn was doen, had ze besloten – en hij was gedwongen in zijn kasten te snuffelen, op zoek naar overhemden en broeken om mee te nemen. En toen had hij zijn grootste fout gemaakt. Als hij werkelijk onschuldig was, denkt ze, zou hij radelozer zijn geweest omdat ze zijn was niet had gedaan.

'Misschien kom ik halverwege de week terug,' had hij bij zijn vertrek gezegd terwijl hij haar snel een kus gaf, alsof er niets was gebeurd. En toen waren de mannen en Alphonse weg, en was ze alleen in haar huis. Ze kon niets anders dan van kamer naar kamer lopen, uit het raam kijken en de paar momenten bij het wegrestaurant en aan de keukentafel steeds weer opnieuw beleven, tot ze er elke mogelijke betekenis uit had gehaald. Destijds leek het allemaal te gebeuren vóór haar geest het kon bevatten, hoewel het duidelijk was dat haar lichaam het onmiddellijk wist. Verbazingwekkend dat het lichaam uit zichzelf kan reageren terwijl de geest het niet kan bijhouden.

Ze gaat de zitkamer binnen, die ze al een paar dagen niet heeft schoongemaakt. Ze loopt er vaak rond, elke keer met de bedoeling de overvolle prullenbak te legen, de stapels papier op de tafel recht te leggen, de asbakken te legen, de Copiograph en de schrijfmachine af te stoffen en de glazen op te rapen die hier en daar rondslingeren, onder stoelen, achter de sofa en op de vensterbank. Maar telkens wanneer ze in de kamer staat, wordt ze overvallen door een verlammend gevoel en zit ze, voor ze het weet, in een stoel, starend naar de zee, denkend aan de gesprekken en de gebaren van de afgelopen weken. En dan loopt ze de veranda op en gaat verder met dagdromen. Met een vaag schuldgevoel, zich er vaag van bewust dat ze eigenlijk haar huis aan kant moet maken.

Een beweging aan de zijkant van het huis trekt haar aandacht, en even later hoort ze een zacht klopje op het ruitje van de achterdeur. Als ze de keuken in loopt en de deur opendoet, ziet ze een vrouw in een grijze, katoenen jurk staan. Honora heeft gehoord dat vrouwen die niet eten hun haar en hun tanden verliezen, en dat dat zelfs vrouwen van in de twintig kan overkomen. De vrouw vóór haar heeft een kale plek aan de zijkant van haar hoofd.

'Sorry, miss,' zegt de vrouw voordat Honora iets heeft gezegd.

De aanblik van de vrouw, in haar monsterlijke, mouwloze jurk, brengt Honora meteen bij haar positieven, wat sinds afgelopen zondag niets anders heeft kunnen bewerkstelligen.

'Bent u op zoek naar eten?'

'Ja, miss. Mijn man en ik hebben sinds vrijdag niet gegeten.'

Honora begint onmiddellijk te rekenen. Vier dagen zonder voedsel. 'Kom binnen,' zegt ze snel.

'O, nee, miss, dat kan ik niet doen. Alstublieft, miss. Als u me wat brood of soep geeft, ben ik zó vertrokken.'

'Kom binnen en ga zitten,' zegt Honora op een voor haar ongebruikelijke toon. Een commanderende toon, die haar aan haar moeders stem doet denken. De vrouw gehoorzaamt en loopt met opgetrokken schouders door de deuropening. Nu ziet Honora dat het haar van de vrouw stijf staat van het zout; ze heeft een bad in zee genomen.

In de keukenkastjes en de koelkast ligt meer voedsel dan Honora had gedacht. Ze haalt een restje kip te voorschijn, een schaal witte bonen in tomatensaus en een perziktaart die de mannen om de een of ander reden niet hebben opgegeten. In een kastje boven de koelkast liggen twee dozijn cakejes die Mahon heeft meegebracht en niet zijn opgegeten. Ze vindt sperziebonen, tomaten en een half dozijn verse perziken.

'Hebt u water?' vraagt ze aan de vrouw.

'Nee, miss.'

Honora vindt een paar grote potten, afkomstig uit de winkel van Jack Hess. In de ene hebben bonen gezeten, herinnert ze zich, en in de andere gedroogde erwten. Ze spoelt de potten om, vult ze met water en zet ze op tafel. De vrouw buigt zich onmiddellijk voorover en neemt een slok.

Honora schenkt koud water in een groot glas en geeft het aan de vrouw, die het in één teug leegdrinkt. 'Niet zo snel,' zegt Honora, 'anders krijgt u last van maagkrampen.'

Ze vult een bord met kip en witte bonen in tomatensaus, zet het voor de vrouw neer en pakt daarna de rest van het voedsel in. De vrouw met het stijve haar begint te huilen.

'Is het écht zo erg?' vraagt Honora.

De vrouw veegt haar neus af met de rug van haar hand. Honora geeft haar een zakdoek. 'Mijn man is vanaf het begin op de stakerspost geweest en is tweemaal gearresteerd,' zegt ze. 'We zijn uit onze flat gezet. Hij zei dat we naar het strand konden gaan en in de verlaten cottages wonen, maar toen begonnen de eigenaren terug te keren, en nu moeten we voortdurend verhuizen. We hebben vijf meisjes bij ons. We zitten aan het andere eind van het strand en we hebben geen water. We hebben het ontzettend moeilijk.'

'Is het vlak bij het huis op de duinen?'

De vrouw neemt een hap witte bonen en doet er het zwijgen toe.

'Het is oké, u kunt het me rustig vertellen,' zegt Honora. 'Heeft dat huis lichtblauwe luiken en is er op de eerste verdieping een veranda die op de oceaan uitkijkt?'

De vrouw, die niet veel ouder dan acht- of negentwintig kan zijn, knikt.

'Als u naar dat huis met de blauwe luiken gaat, zal de vrouw die erin woont u water geven. Ze heet Vivian.'

'Dank u wel, miss.'

Honora heeft het voedsel nog maar nauwelijks ingepakt en in een papieren zak gestopt, als de vrouw klaar is met eten en opstaat. 'Neem dit maar mee,' zegt Honora. 'Ik zal de potten buiten naast

de achterdeur zetten en ze afdekken, dan kunt u ze later komen ophalen.'

'Dat zal ik doen, miss.'

'U kunt de potten gebruiken als u water bij Vivian gaat halen. Ze
zal er geen bezwaar tegen hebben. Trouwens, ik denk dat ze een bui-
tenkraan heeft voor het douchen. Zeg maar tegen haar dat Honora u
heeft gestuurd.'

'U bent een heilige, miss,' zegt de vrouw.

'Niet echt,' zegt Honora.

'Ik moet naar Ely Falls om mijn smaragden ring te laten taxeren,'
zegt Vivian, die op de stoep staat. In haar roomkleurige jurk van tus-
sorzijde ziet ze er geweldig uit, om door een ringetje te halen. 'Ik ben
het de hele zomer al van plan, maar op de een of andere manier heb
ik er gewoon geen tijd voor gehad. Ik dacht: laat ik even bij je langs-
gaan en je gedag zeggen.'

'Kom binnen,' zegt Honora onmiddellijk. Alleen Vivian zou op
het idee komen naar Ely Falls te gaan om een ring te laten taxeren
terwijl er een staking gaande is, denkt ze. 'Ik heb net een boterham
gemaakt voor de lunch. Zal ik er ook een voor jou maken?'

'Ik heb gegeten voor ik wegging, maar zal voor de gezelligheid een
kopje thee drinken.'

Vivian volgt Honora de keuken in en legt haar zijden tas met benen handvat op tafel. 'Heb je iets van Sexton gehoord? Of van een
van de andere mannen?'

Honora schudt haar hoofd en vult de ketel met water. Bij de achterdeur is enige beweging. De vrouw die Honora eerder heeft ontmoet, nu in gezelschap van een man, pakt de potten op en begint
terug te lopen naar het strand.

'Wie is dat?' vraagt Vivian.

'Krakers die in een van de cottages op het strand wonen. Vlak bij
jou, in feite. Ik hoop dat je het niet erg vindt, maar ze hebben geen
water, en ik heb gezegd dat ze jou af en toe om water konden vragen.
Is dat goed?'

'Natuurlijk, lieverd. Hebben ze helemaal geen water?'

'Geen drup! En ze zei dat ze vijf meisjes bij zich hebben. Je kunt je
niet voorstellen hoe snel ze het bord met eten dat ik voor haar heb
neergezet leeg had. Haar man werkte in een van de fabrieken in de
stad. Na uit hun huis te zijn gezet, zijn ze hierheen gekomen om
onderdak te zoeken.'

'Goeie genade,' zegt Vivian, terwijl ze gaat zitten.

Honora zet water op voor de thee en gaat bij Vivian aan tafel zitten. Honora bestudeert haar boterham alsof het iets van een andere planeet is.

'Eet,' zegt Vivian. 'Je ziet erg pips, sorry dat ik het zeg. Je zorgt uitstekend voor ieder ander, maar soms vraag ik me af of je wel voor jezélf zorgt.'

'Ik slaap slecht,' zegt Honora terwijl ze een hap neemt. 'En overdag lijkt het wel of ik de hele tijd wil slapen.' Ze legt de boterham neer. Misschien heeft ze tóch geen honger.

'Nog steeds geen bericht van Sexton? En ook niet van McDermott?'

'Niets van Sexton,' zegt Honora. 'En waarom zou ik iets van McDermott moeten horen?' Haar hart begint te bonzen.

'O, dat weet ik niet,' zegt Vivian vaagjes. 'Het lijkt me het soort man dat je op de hoogte houdt van wat er gaande is.'

Honora knikt.

'Ik dacht dat het deze week tot grote rellen zou komen,' zegt Vivian, 'maar Jack Hess zegt dat de stakingsleiders iedereen rustig proberen te houden.'

'Dat is wel te hopen,' zegt Honora.

Vivian pakt een sigaret uit haar zilveren koker. 'Wil je er ook een?' vraagt ze.

Honora schudt haar hoofd. 'Ik heb gehoord dat de fabriekseigenaren werkwilligen uit Dracut aantrekken.'

'Prima idee, maar niet heus,' zegt Vivian, terwijl ze een rookwolk uitblaast. Honora overweegt een raam open te zetten, want ze voelt hoofdpijn opkomen. Dat komt vast door de huilbuien die ik heb gehad, denkt ze. Haar ogen voelen gezwollen en zwaar aan.

'Hebben ze je verteld wanneer ze hier ongeveer terug zouden zijn?'

Honora kijkt naar de postbode die voorbij fietst. Vandaag dus geen brief van haar moeder. 'Nee,' zegt Honora. 'McDermott komt niet terug.'

Vivian kijkt stomverbaasd op.

'Hij zegt dat hij voor zijn werk in de stad moet blijven.'

'Wat jammer,' zegt Vivian, met een scherpe blik op Honora. 'Ik vind hem heel sympathiek.'

'Ja,' zegt Honora.

'Ik hoop dat dit niet betekent dat Alphonse ook niet meer zal komen. Zonder hem zou het niet hetzelfde zijn.'

'Inderdaad,' zegt Honora.

'Hij is gek op je, weet je.'

'Het is een lieve jongen.'

259

'Ik bedoelde McDermott. Dat zei hij zaterdagavond met zoveel woorden. Toen we op de veranda zaten te praten.'

'Zei hij dat?'

'Ik denk dat hij zich nogal wanhopig voelde.'

Honora verwijdert het beleg van haar boterham. Misschien kan ze dan wél een hapje brood door haar keelgat krijgen.

'Het kán gewoon niet,' zegt Honora.

'Je moet doen wat je hart je ingeeft,' zegt Vivian.

'Geloof je dat?'

'Ik weet het niet zeker. Liefde is altijd knap lastig, nietwaar?' Vivian dooft haar sigaret. 'Eerlijk gezegd, denk ik niet dat hij helemaal gezond is.'

'Hij heeft een maagzweer.' Honora snijdt een stukje van haar boterham af en begint er aarzelend op te kauwen.

'Nou, ik vind hem een schat, een spetter!' zegt Vivian vastbesloten. 'Ik zou hem meteen inpikken als hij belangstelling voor me had.'

Honora slaagt erin het brood door te slikken voordat ze kotsmisselijk wordt. Ze drukt haar vingers tegen haar mond.

'Neem me niet kwalijk,' zegt ze, en gaat staan.

Aanvankelijk loopt ze langzaam, maar dan steeds sneller, door de gang, de trap op en de badkamer in. Ze tilt het deksel van de wc op, buigt zich voorover en braakt. Daarna gaat ze op de betegelde vloer zitten, met een handdoek tegen haar gezicht. Ik heb vast griep, denkt ze. Waarschijnlijk heeft een van de mannen me afgelopen weekend aangestoken. Ze probeert zich te herinneren of een van hen zich niet lekker voelde. Dat zou verklaren waarom ze de laatste tijd zo van slag was, waarom ze zichzelf niet was.

'Last van je maag?' vraagt Vivian vanaf de deuropening.

Honora kijkt naar haar op. 'Ik weet niet wat het is,' zegt ze, 'maar ik heb al een paar dagen het gevoel dat ik een griepje onder de leden heb. Alleen al het zien van die boterham...'

'O, lieverd,' zegt Vivian. Ze pakt een schone handdoek en geeft hem aan Honora.

'Wat?'

'Dit zou weleens een verschrikkelijke schok voor je kunnen zijn.'

Honora komt overeind.

'Ik denk dat je zwanger bent,' zegt Vivian.

Honora zit op de keukenstoel en probeert het nieuws te verwerken.

'Wat kun je eten?' vraagt Vivian. 'Wat lijkt je lekker?'

'Geen idee,' zegt Honora. 'Iets kouds, denk ik. Iets zouts, misschien?'

Vivian vindt een doos crackers en een pot pindakaas. Ze schenkt melk in een limonadeglas en zet dan het bord met crackers en de melk voor Honora neer.

'Ik had het natuurlijk moeten raden,' zegt Honora. 'Ik ben twee maanden niet ongesteld geweest, maar daar heb ik gewoon geen aandacht aan besteed.'

'Ik wist het alleen omdat ik een vriendin heb gehad die zwanger raakte van een getrouwde man. Zij zag er net zo uit als jij nú.'

Honora neemt een slok melk. Ze had zich niet gerealiseerd dat ze zo'n dorst had.

'Nou, mijn vriendin was verre van blij toen ze het besefte,' zegt Vivian terwijl ze haar handen aan een theedoek afveegt. 'Ik weet nog dat ze hysterisch werd.'

Wat niet zo vreemd is, denkt Honora. Ook zíj heeft het gevoel dat ze hysterisch wordt.

'Je ziet zo wit als een doek,' zegt Vivian. 'Ik maak me zorgen om je. Zal ik je naar de zitkamer brengen, zodat je op de sofa kunt liggen?'

Honora schudt haar hoofd. Het laatste wat ze wil zien, zijn asbakken vol peuken.

'Een kopje thee misschien?' vraagt Vivian.

Honora denkt aan het nieuwe leven binnen in haar. Ze zou uitzinnig van vreugde moeten zijn. Hier heeft ze toch vurig op gehoopt?

'Vivian,' zegt Honora, 'ik weet niet wanneer ik het Sexton kan vertellen. Laten we het voorlopig onder ons houden, oké?'

Vivian doet net of ze haar mond op slot doet en de sleutel weggooit.

Honora eet gehoorzaam de crackers met pindakaas op en drinkt het glas melk leeg. De misselijkheid is nu verdwenen, maar haar ledematen zijn nog steeds loom en zwaar.

'O, Vivian,' zegt ze.

Honora loopt het strand op. In huis is het te warm, en ze heeft behoefte aan frisse lucht.

Ze slentert met gebogen hoofd over het zand, op zoek naar kleurige vormen die op New York, Kansas en Louisiana lijken. Ze zweet onder haar kunstzijden jurk en moet de stof lostrekken van haar lichaam om haar huid af te koelen. Ze loopt de oceaan in, en het ijskoude water bezorgt haar scheenbenen aangename rillingen.

Ze denkt terug aan McDermotts gezicht vlak boven het hare. De geur van zeep, zweet, kauwgom en sigaretten vermengd met de geur van de zee bij laagtij. De boom die een geluid voortbracht als van water.

261

Ze bukt om een scherf ondoorzichtig wit zeeglas op te rapen, maar ontdekt dan dat het maar een schelp is.

Hij had zijn hand onder haar rok gelegd, en niemand, behalve McDermott en zijzelf, zou het geweten hebben.

Ze drukt haar tenen diep in het natte zand terwijl ze loopt.

Ze had 'ik wilde' tegen McDermott gezegd.

Ze vindt een stuk bruin aardewerk met een scherpe rand en gooit het in het water.

Hij had tegen haar gezegd dat ze bang was.

Ze laat haar blik over het strand dwalen, over de oceaan en de cottages in de duinen, en ze weet dat ze inderdaad bang was. Niet voor fysieke liefde, want daar verlangde ze naar. Maar voor wíe ze zou worden.

Het zou, denkt ze nu, het slechtste besluit van haar leven kunnen zijn geweest. Omdat nu... omdat ze nu wel kan vergeten dat ze ooit nog met McDermott samen zal zijn. Ze verwacht een kind van haar man.

Over twee of drie jaar, denkt ze, zal ik een kleine metgezel hebben tijdens mijn wandelingen. Voor het eerst kan ze een beeld zien van een kind dat het zand afzoekt naar stukjes kostbare schat. Hij zal Sextons donkerblonde krullen hebben, en misschien háár bruine ogen. Hij zal naar beneden kijken en een hemelsblauw stukje zeeglas met gladde, veilige randen vinden, en de buit vol trots aan zijn moeder laten zien. Ze zal hem Seth noemen. Als het een jongen is, zal ze hem naar haar broer vernoemen. Ze heeft zich al die jaren voorgesteld dat Seths atomen net buiten haar bereik rondzweefden. Seth zal uiteindelijk opnieuw worden samengevoegd.

Je wens is uitgekomen, zal McDermott zeggen.

Een huivering van spijt, diep en verwoestend, gaat door Honora's lichaam, alsof het strand door een kleine aardbeving wordt getroffen. Ze knielt neer op het zand om het te laten voorbijgaan.

In een ander leven, had hij gezegd.

Een golf komt aanrollen, spoelt over het zand en trekt zich weer terug. Een natte, gekleurde vlek trekt Honora's aandacht. Ze komt wankelend overeind. Dan rent ze naar het stukje glas en zet er haar voet op. Als een tweede golf zich heeft teruggetrokken, buigt ze zich voorover om de schat op te rapen die ze met de bal van haar voet heeft gevangen. Ze kan niet geloven dat ze zoveel geluk heeft! Een scherf met een doorsnede van een centimeter en een dikte van drie millimeter ligt in de palm van haar hand. Als het glas bruin of ivoorkleurig was, zou het haar amper zijn opgevallen. Ze houdt het tegen het licht.

Karmozijnrood.
Scharlakenrood.
Bloedrood.

❧ Alice Willard

Lieve Honora,
Ik ben zo blij met je nieuws, dat ik als een kip zonder kop rondloop.
Ik schrijf je meteen terug. Mr. Pollop heeft je brief vanmorgen gebracht.
Ik wist gewoon dat Harold, toen hij ons verliet, plaatsmaakte voor een
nieuw leven.
Als het zover is, kom ik naar Ely Falls. Ik zou de geboorte van de baby
voor niets ter wereld willen missen. In je brief staat dat je denkt dat je
twee maanden zwanger bent. Weet je al wanneer je het kind verwacht?
Ga je naar een kliniek? Ik vind dat je dat moet doen, en dokter Kennedy
vindt dat ook. Ik weet dat je het nog aan niemand wilt vertellen, maar
Estelle had vanmorgen dokter Kennedy op bezoek voor een van haar
aanvallen (die, als je het mij vraagt, alleen maar een manier zijn om
aandacht te krijgen) en toen zag ik zijn auto staan. Dus ben ik naar
hem toe gegaan. Ik moest het hem toch vertellen? Hij zei meteen dat je
in het ziekenhuis moet bevallen, niet thuis, omdat ziekenhuizen tegenwoordig een stuk veiliger zijn. Hij zei dat tien dagen ziekenhuis vijfenveertig dollar kost en de verdoving tweeëneenhalve dollar. De medicijnen
kosten een dollar vijfentwintig. Hij zei dat elk fatsoenlijk ziekenhuis al
met vijfendertig dollar tevreden zou zijn.
Ik ben naar de zolder gegaan en heb mooie lappen zijde, katoen en batist gevonden waarvan ik babykleertjes zal maken. Nachtkleertjes en
babyslaapzakken en zo. Ik weet dat het ongeluk brengt om de doopjurk
van tevoren te maken, dus zal ik dat niet doen, hoewel ik wel patronen
zal bekijken.
O, Honora, ik kan niet zeggen hoe blij ik ben met je nieuws!
Vergeet niet dat het heel belangrijk is om goed te eten als je een baby
verwacht. Ik snakte naar donuts toen ik van Charles in verwachting
was, en als je vader niet zo verstandig was geweest, had ik maandenlang
alleen maar donuts gegeten.

Schrijf me alsjeblieft vaak, lieve schat. Ik wil van álles op de hoogte worden gehouden!

Liefs,
moeder

❧ *Alphonse*

Hij hapt naar adem en weet dat de pijn in zijn zij niet zal overgaan. Hij rent zó snel over de weg die door het moerasgebied loopt, dat hij voortdurend vogels en eenden verrast die snaterend uit het gras springen en eventjes voor zijn gezicht fladderen alvorens weg te vliegen. Het is hoogwater in de moerassen. Wonderlijk dat het hier bij het strand zo mooi en stil kan zijn terwijl er in de stad geschreeuw was, rondvliegende stenen, vuur, rook – en daarna de schoten! En toen waren ze opeens allemaal in zijn huis aan Rose Street. Hij weet vrijwel zeker dat hij nooit de uitdrukking op zijn moeders gezicht zal vergeten, en hoe Marie-Thérèse met haar vuisten voor haar mond stond te jammeren en tekeerging alsof zíj gewond was en bloedde, en niet een wildvreemde die ze nooit had ontmoet.

Mrs. Beecher zal heel, heel erg van streek zijn. Waarom, o waarom moet híj, Alphonse, het haar vertellen?

Rennen, had Ross tegen Alphonse gezegd toen het hun gelukt was boven aan de trap te komen. Vier mannen droegen de gewonde man alsof hij een opgerold tapijt was. Toen zijn ene been een tree raakte, kwam de man bij bewustzijn en slaakte een kreet. En al die bloedvlekken op de houten trap toen Alphonse die als laatste van de rij beklom.

Alphonse rende naar de Ely Road. Hij was van plan de tram te nemen, maar toen hij besefte dat dat te veel tijd zou kosten, stak hij zijn duim op. Langzaam passeerde er een roestige, rode groentewagen. Alphonse klom in de achterbak en ging tussen de rottende kolen zitten. Toen de wagen vlak bij de strandweg stopte, sprong hij op de grond.

De hele dag had hij al het gevoel gehad dat er iets ergs zou gaan gebeuren. De posters hadden zich al vanaf maandagmorgen kribbig gedragen, en gisteravond was het zó warm en zó benauwd geweest dat je binnenshuis amper adem kon halen, laat staan je bewegen of slapen. En vanmorgen op de stakerspost kon je zien hoe warm en geër-

266

gerd iedereen was, alsof ze net waren beledigd en geen vinnig antwoord hadden kunnen bedenken. Eerst waren er een paar stenen, en toen werd er geschreeuwd en geduwd, of misschien was het net andersom. En Mironson probeerde ieders aandacht te trekken en zei: 'Hallo!' en 'Hé!' en 'Wacht even!' en ten slotte '*Stop!*' Maar niemand lette op hem. De mannen van het burgerleger en de politie stonden, als een onwrikbare muur, aan de overkant van de straat om de werkwilligen te beschermen. De menigte drong op, in een soort golvende beweging, en werd steeds groter en groter naarmate de mensen hoorden dat er eindelijk, godzijdank, iets interessants ging gebeuren. Alphonse herinnert zich de meisjes, tienermeisjes in zomerjurken en met hoeden op, die probeerden boven op een auto te klimmen en vroegen wat er aan de hand was. En toen klom Mironson op de motorkap van een stilstaande T-Ford. Dit leek Alphonse een heel slecht idee, omdat Mironson op die manier een schietschijf van zichzelf maakte, terwijl iedereen kon zien dat de mannen van het burgerleger en de politie bijna stierven van de hitte en alleen maar wilden dat er een einde aan het conflict kwam. En toen hoorde Alphonse het eerste schot.

Een politieman viel, hij viel gewoon ter plekke neer, niets dramatisch, geen krampachtig grijpen naar het hart, zoals je in de gangsterfilms in het Emporium ziet. En dat bracht de menigte heel even tot zwijgen. Toen richtte een andere politieman zijn geweer en vuurde drie of vier schoten af. Alphonse hoorde een man schreeuwen. Hij dacht dat het Mironson was, maar Mironson keek verbijsterd, alsof hij heel slecht nieuws te horen had gekregen. Alphonse zag dat Tsomides boven op de Ford sprong en Mironson eraf sleurde. En op dat moment vroeg Ross: 'Alphonse, is je moeder thuis?' En toen zei Ross: 'Verdomme, verdomme, verdomme.' Dat maakte Alphonse bang, omdat Ross nooit enige emotie toonde. En toen legden ze de man in de Ford en reden weg, en het bloed maakte vlekken op de trap en het been raakte de tree.

De steken in zijn zij doen zó'n pijn, dat hij betwijfelt of hij het wel zal halen. Maar daar, aan het eind van de straat, ziet hij het huis staan. En daar is zíj, ze staat buiten de was op te hangen. Het is hard nodig dat hij stopt met rennen, want zijn adem voelt als schuurpapier in zijn longen. Hij wilde dat hij Mrs. Beecher niet het vreselijke nieuws hoefde te vertellen dat hij haar móet vertellen.

❧ *Honora*

Het natte laken waait tegen haar jurk en blijft plakken, als een stukje krantenpapier dat de wind tegen de zijkant van een gebouw blaast. Met veel moeite hangt ze het laken op en maakt het met houten knijpers aan de waslijn vast. Ze kijkt naar de weg, waar een kleine beweging haar aandacht trekt. Een krekel die hupt, een wiel dat door het stof rolt. Ze tuurt even in de verte en doet dan een paar stappen naar voren, in de richting van de weg. Er rent een jongen, zijn hoofd en lichaam naar voren gebogen, zijn armen maaiend door de lucht, zoals crawlzwemmers bij het naderen van de finish. Aanvankelijk ziet ze niet wie de jongen is, maar dan beseft ze, door de vorm van het hoofd, het spichtige lichaam, dat het Alphonse is. Snel kijkt ze of hij wordt gevolgd.

Ze heeft een natte handdoek, nog stijf van de wringer, in haar handen als hij haar bereikt.

Hijgend als een postpaard buigt hij zich voorover, niet in staat een woord uit te brengen. Ze laat de handdoek vallen, pakt hem bij de schouders en brengt haar hoofd dicht bij het zijne, terwijl hij hoest en probeert te praten. Ze geeft hem een stevige knuffel en zegt dat hij mee naar binnen moet komen. 'Het is Mr. Beecher,' zegt hij.

Ze zegt: 'Wát?'

En hij zegt: 'Er is op hem geschoten. Hij is gewond, en Ross heeft gezegd dat ik het u moet vertellen en dan miss Burton moet ophalen, en dat zij u naar hem toe moet brengen omdat hij om u blijft roepen.'

'Waar is hij?' vraagt ze.

'In mijn huis,' zegt Alphonse. 'In Rose Street.'

✨ McDermott

'Hij heeft een politieagent neergeschoten,' zegt Ross in de smerige keuken. McDermott, die in de woonkamer zit, hoort Sexton Beecher grommen. Dan is hij even stil, en vervolgens brult hij, alsof hij niet helemaal goed bij zijn hoofd is.

'Wat is er gebeurd?' vraagt McDermott.

'De klootzak had een geweer.'

'Hoe kwam hij daaraan?'

'Hij zegt dat hij een paar oorbellen heeft verpand.'

'Mijn God,' zegt McDermott.

In de hoek zit een jong meisje te jammeren. Haar moeder is bij Beecher. 'Ik heb de broer van het kind weggestuurd om de kwakzalver te halen,' zegt Ross. 'Beecher heeft een badkuip vol bloed verloren.'

Op de houten vloer is een bloedspoor te zien, alsof iemand een pas gedood hert door de keuken naar de woonkamer heeft gesleept.

'Waar was jíj?' vraagt Ross.

'Op de terugweg van Exeter,' zegt McDermott.

'Ik wist niet dat een man zóveel bloed in zijn lijf had,' zegt Ross.

'Waar heeft de kogel hem geraakt?'

'In zijn been. In zijn dij. Is daar niet een grote slagader?'

'Als de kogel een slagader heeft geraakt,' zegt McDermott, 'zou hij nu dood zijn.'

De hordeur gaat open en meteen weer dicht. Mironson en Tsomides komen de keuken binnen. Het meisje in de hoek begint harder te huilen, alsof de mannen zijn gekomen om ook in háár been een gat te schieten.

'Ik wou dat ze ophield met dat stomme gejank,' zegt Ross tegen McDermott. 'Ze werkt me op de zenuwen.'

Mironsons gezicht is wit, en zijn voorhoofd glimt van het zweet. Hij rukt zijn das los en maakt de bovenste vier knoopjes van zijn dunne overhemd open, alsof hij astmatisch is en haast geen lucht meer heeft. 'We moeten hem hier weg zien te krijgen,' zegt Mironson. 'Hij heeft een spoor op de trap achtergelaten dat een blinde kan volgen.'

'Waar is Alphonse?' vraagt McDermott, om zich heen kijkend.

'Ik heb hem weggestuurd om Honora op te halen,' zegt Ross.

McDermott brengt zijn hand naar zijn voorhoofd. 'Mijn God,' zegt hij. 'Dat méén je niet!'

In de andere kamer brult Sexton Beecher de naam van zijn vrouw. Een emmer in de gootsteen is vol rood water. De zool van McDermotts schoen plakt aan de houten vloer. Hij werpt een blik op het vergeelde behang op de muren, op het kleine, witte fornuis met een vuile pan erop, de kastjes zonder deuren. 'Ik moet gaan,' zegt hij, terwijl hij Ross opzij duwt. 'Ze hadden hier niet moeten komen. Het is te riskant.'

Maar dan staat er een vrouw in een glanzend blauwe jurk op de veranda achter de hordeur, en haar koperkleurige haren fonkelen in het zonlicht. Alphonse glipt onder Vivians arm door en opent de deur. Honora, op slippers, haar blouse uit haar rok en haar haar wild om haar hoofd, loopt de kamer in.

McDermott weet dat hij nooit meer iets of iemand zó zal begeren als hij deze vrouw begeert.

'Waar is hij?' vraagt ze.

❦ *Alphonse*

Hij wilde dat iemand Marie-Thérèse tot zwijgen bracht, want dat ge-jammer is erg irritant en het verandert niets aan de situatie. Zijn huis is vol mannen die er bleek en warm uitzien en wensen dat ze ergens anders waren. Zijn moeder houdt een bebloede handdoek vast. In de andere kamer zit Mrs. Beecher bij haar man, die brult als een dier dat met zijn poot klem zit in een val. Alphonse staat met miss Burton in de deuropening tussen de keuken en de woonkamer. Miss Burton is heel rustig en praat met Mrs. Beecher en McDermott. Je kunt zien dat vrouwen in zo'n situatie veel beter zijn dan mannen.

Ross zegt: 'Waar is Wing?' en Alphonse denkt dat híj misschien de dokter had moeten gaan halen in plaats van Gérard. Mahon zegt tegen Mironson, die eruitziet of hij op het punt staat over te geven, dat hij onmiddellijk moet vertrekken. Op dat moment hoort Alphonse auto's voor het huis en het slaan van metalen deuren. Het wordt doodstil in de kamer.

'O, God,' zegt Ross.

❧ Sexton

Iemand houdt een strijkijzer tegen zijn been. Het schroeit zijn vlees, verbrándt zijn vlees, en hij probeert het weg te duwen, maar er zijn handen op zijn armen en hij hoort de stem van zijn vrouw zijn naam noemen, steeds opnieuw. Hij probeert rechtop te gaan zitten, maar ze duwt hem terug, en verdomme, wil iemand dat vervloekte strijkijzer van zijn been afhalen? Hij kan zijn vrouw om hulp horen roepen en dan voelt hij sterkere handen op de zijne, en als hij opkijkt, ziet hij het gezicht van een man. Hoe heet hij? Hij kan het zich niet herinneren, en dat zou eigenlijk wel móeten. Het strijkijzer wordt opnieuw tegen zijn huid gedrukt, en hij schreeuwt de naam van zijn vrouw. Hij kan haar horen zeggen: 'Ik ben hier, ik ben hier,' maar het is moeilijk om ernaar te luisteren omdat de pijn zo hevig is. Maar dan kijkt hij naar haar op en zegt tegen haar dat hij spijt heeft, hoewel hij niet helemaal zeker weet waarván. Maar hij weet dat hij spijt heeft en dat hij haar heeft gekwetst, en dat ze dat niet verdiende. En dan is er een drukkend gevoel op zijn borst. Het meisje, Vivian, vraagt of Honora weet dat hij twee keer is geraakt, en Honora buigt zich over hem heen en zegt iets tegen hem waaraan hij aandacht zou moeten schenken. Hij probeert bij bewustzijn te blijven, zodat hij zeker weet dat hij haar goed heeft gehoord, maar hij wordt meegevoerd door een rivier en wil zich alleen nog maar laten gaan. En dan hoort hij de grote man, hoe heet hij? de reus uit een sprookje, in de keuken zeggen: 'O, God.'

❧ Vivian

'Hij is twee keer geraakt,' zegt Vivian tegen Honora, zich afvragend of iemand heeft gezien dat Sexton Beecher uit een tweede wond bloedt, vlak onder de eerste. Het is heel goed mogelijk dat niemand dat heeft ontdekt, omdat er zoveel bloed is. Ze voelt een kleine beweging naast haar, en Alphonse glipt onder haar arm door om even in de woonkamer te gluren.

'Je kunt er maar beter niet naar kijken,' zegt Vivian, terwijl ze de jongen naar zich toe draait en haar armen om hem heen slaat. Uiteindelijk is hij nog maar een jongen, en dit zou hem bespaard moeten worden. Voorzover ze weet, heeft Sexton op een muur van politiemannen geschoten, een buitengewoon stomme streek, en heeft de politie teruggeschoten. Het is allemaal zenuwslopend. Ze moet toegeven dat zelfs zíj een beetje begon te beven toen ze Ely Falls binnenreden, de rellen bij de fabrieken zag en de branden die overal leken uit te breken. Maar Alphonse bleef tegen haar zeggen, met dat kleine, beleefde stemmetje van hem, hier rechtsaf, miss, en daar linksaf, miss, en toen waren ze bij Rose Street en klommen ze de trap op naar de keuken.

Wat een afschuwelijke flat, denkt Vivian.

'Gaat hij dood?' vraagt Alphonse.

'Nee, Alphonse, hij gaat niet dood,' zegt Vivian met nadruk, in de wetenschap dat dít is wat je tegen een twaalfjarige jongen moet zeggen, hoewel je natuurlijk nooit weet of een man doodgaat of niet. En eerlijk gezegd ziet het er vanaf de plek waar ze staat niet best uit voor Sexton Beecher. Ze denkt al vooruit en besluit dat ze Honora mee zal nemen naar haar huis en haar bij zich zal houden tot de vrouw de klap te boven is, wat een behoorlijke tijd zal kunnen duren.

Vivian hoort buiten voetstappen op de houten trap en denkt, gek genoeg, dat de politie is gekomen om hun problemen op te lossen, om de rotzooi op te ruimen, zoals in gangsterfilms gebeurt. Maar dan beseft ze, met enige ontzetting, dat dat onmogelijk het geval kan zijn, want in déze film zijn zij, Louis, McDermott, Sexton (vooral Sexton) en zelfs Alphonse en Honora de gangsters. Dan ziet ze, door de hordeur, de witte kappen over de gezichten van de mannen en denkt: er is iets heel erg mis, want iedereen weet dat de Ku-Klux-Klan alleen in het zuiden opereert. Maar dan, optimistisch als altijd (Vivian weet amper hoe ze anders moet zijn), denkt ze dat de mannen in hun belachelijke, witte kappen met donkere, ronde gaten voor hun ogen en neus, zich op de een of andere manier nader zullen verklaren en orde in deze afschuwelijke, angstaanjagende situatie zullen scheppen.

Maar als de eerste man de keuken binnenkomt, begrijpt Vivian meteen dat het zo niet zal zijn. Dat het helemáál niet zo zal zijn!

❧ Honora

Ze buigt zich over haar man heen en grijpt zijn armen vast. Zijn gezicht zit onder de witte en donkerrode vlekken, en dat jaagt haar nog meer angst aan dan al het bloed. Ze roept om hulp. McDermott komt naar haar toe, en dan de moeder van Alphonse, een kleine vrouw met wie Honora al zo lang kennis wilde maken. Ze wilde tegen de vrouw zeggen dat Alphonse een lieve jongen is, maar dat weet zijn moeder natuurlijk al. Sexton schreeuwt Honora's naam en grijpt naar zijn kruis, hoewel hij dáár niet door een kogel is getroffen. Hij zegt steeds opnieuw dat het hem spijt. Ze probeert hem te kalmeren en te sussen. Hij grijpt opnieuw naar zijn kruis. De moeder van Alphonse kijkt haar aan alsof ze wil zeggen: 'Wie weet wat een man bezielt als hij denkt dat hij doodgaat?'

McDermott staat achter haar, en Honora weet dat hij ziet wat Sexton doet en hem voortdurend spijt hoort betuigen.

'Sexton,' zegt ze, terwijl ze haar gezicht dicht bij het zijne brengt. 'Niet praten, alleen maar rusten. Het komt allemaal goed.'

Ze kijkt naar McDermott en dan weer naar Sexton. En voor het eerst sinds ze de kamer is binnengekomen, denkt ze dat haar man misschien écht doodgaat. Ze buigt zich dicht naar hem toe en zegt: 'Hou vol, Sexton. Niet opgeven.' Maar aan de onheilspellende verslapping van zijn gelaatstrekken kan ze zien dat hij zijn bewustzijn verliest. Er rijst een dringende vraag in haar op, en ze weet dat ze slechts een paar seconden heeft om te beslissen of ze het hem moet vertellen of niet.

Het nieuwe leven in haar lichaam is net zogoed van Sexton als van haar.

Ze werpt opnieuw een blik op McDermott. Kon ze maar tegen hem zeggen dat ze spijt heeft, dat ze, als ze het mocht overdoen, niet bang zou zijn onder de boom die als water klonk. Ze zou geen angst hebben en zich door hem laten beminnen, en als die ene nacht alles zou zijn dat zij samen hadden, nou, het zij zo, want wat was er eervol aan het verloochenen van liefde? Sexton schokt met zijn lichaam, alsof hij, zelfs nu hij half bij bewustzijn is, al haar aandacht wil hebben. Ik moet het nú doen, denkt ze. Ze buigt zich naar Sextons gezicht toe en zegt: 'Sexton, ik ben zwanger.'

Ze kan zien dat hij zich tot het uiterste inspant om het te bevatten, alsof hij niet alle woorden heeft verstaan, en zijn vingernagels krabben aan de houten vloerplanken. Ze moet het opnieuw zeggen. 'Sexton, ik ben zwanger. We krijgen een baby.'

Met haar hand op het been van haar man draait ze zich om en kijkt naar McDermotts gezicht. Het is er allemaal, denkt ze; ze is net zo goed als hij geworden in het aflezen van gezichten. De schok van het nieuws. Het overweldigende besef. En dan verdriet. Intens verdriet. 'Ik wist het niet,' zegt ze, naar zijn hand reikend.

Er klinken voetstappen op de trap, en in de keuken zegt Ross: 'O, God.'

Vivian, in de deuropening, drukt Alphonse tegen haar borst. De mannen die door de keukendeur binnenkomen, hebben witte kappen en geweren.

Vivian voert een sierlijke danspas uit en verbergt zich met de jongen achter een sofa.

'In een ander leven,' zegt McDermott, en draait zich om.

Honora schreeuwt het woord 'Nee', maar McDermott kan haar niet horen.

Door de deuropening ziet Honora hoe Louis in de lucht springt zoals hij het zelf nooit zou kunnen doen. Ross gaat, alsof hij geduwd is, met een zware plof op een stoel zitten, die meteen omvalt.

McDermott draait snel rond, als de tol van een kind – al beschadigd, al gebroken.

Een man met een kap op staat in de deuropening. Hij brengt het lange geweer in zijn handen omhoog en zegt: 'Dít moet hem zijn.'

Dan komt een andere man, ook met een witte kap, de kamer binnen. 'Hij is dood,' zegt hij. 'Kom, laten we gaan!'

De eerste man, een wezen zonder gezicht, houdt een lange seconde zijn geweer op Honora gericht, en laat het dan weer zakken.

In de keuken blaat een jong meisje als een schaap.

Honora kruipt naar de plek waar McDermott is gevallen. Aanvankelijk weet ze niet of hij door een kogel is getroffen. Hij lijkt alleen maar bewusteloos, of, vreemd genoeg, in slaap. Ze strijkt over zijn gezicht, roept zijn naam en wiegt zijn hoofd. En dan voelt ze het bloed, warm en kleverig, in zijn haar. Ze staart naar haar hand. Het meisje in de keuken maakt een onmenselijk geluid.

Honora gaat verbijsterd staan. Ze wordt duizelig en haar gezichtsvermogen begint af te nemen. Sterke handen grijpen haar schouders vast.

Zonder iets te zeggen leidt Vivian haar weg van McDermott en brengt haar naar een stoel in de keuken. Alphonse verschijnt met een lijkbleek gezicht in de deuropening. Vivian schermt zijn ogen af tegen het bloedbad terwijl ze hem door de keuken naar de veranda brengt. 'Ga hulp halen,' beveelt ze. 'En kom niet meer in deze kamer tot ik het zeg.'

Honora kijkt om zich heen. Het zusje van Alphonse houdt haar arm vast en huilt op een angstaanjagende manier. Het is het geluid van pure angst – het weergalmen van een klok lang nadat hij is geluid.

Mironson zit op de vloer, tegen een muur, een bloedvlek op het vergeelde behang achter hem.

Ross, dood, heeft de houding van een clown midden in een act – zijn buik tegen de rug van de omgevallen stoel, zijn voeten in de lucht.

Mahon lijkt geen gezicht meer te hebben.

Tsomides houdt zijn hoofd vast, maar zijn ogen zijn open en bewegen niet.

Maar het ergste – het allerergste – is de onnatuurlijke manier waarop Alphonses moeder achterovergebogen over de gootsteen ligt.

Honora telt.

Zes doden.

Een bloedbad, denkt ze.

Ze loopt terug naar de woonkamer, waar McDermott op de vloer ligt. In de hoek ligt Sexton om haar te roepen. Honora knielt bij McDermotts lichaam neer en legt een hand op zijn borst. Het stoort haar dat ze de kleur van McDermotts ogen niet kan zien – dat prachtige turkooisblauw. Ze heft haar gezicht op naar een God die ze niet zo goed kent, en in haar keel welt een weeklacht op.

❧ Honora

Honora zet haar koffer op de granieten stoep, en Alphonse, die terugkeert van de strandwagen, tilt hem op. Hij moet zijn schouder omhoogduwen om in evenwicht te blijven.

'Hij is erg zwaar,' zegt ze.

'Ik heb hem,' zegt hij.

Zijn gezicht is een beetje voller geworden rondom zijn ogen, zodat zijn gelaatstrekken niet meer zo komisch zijn als ze waren. En zijn mond heeft iets treurigs, wat nooit meer zal verdwijnen. Vivian heeft Alphonse meegenomen naar Irma, haar kapster in Exeter, om zijn haar te laten knippen, maar het haar van de jongen groeit nog steeds naar voren en blijft piekerig.

Het is het jaar 1930. Een septemberdag. Niet helemaal een gewone dag.

Vivian, in een melkblauwe, wollen jurk, komt de gang uit lopen met een houten blad vol tafelgerei. Ze houdt het omhoog, een gastvrouw met een blad voorgerechten. 'Ik heb de ketel, de theepot en twee kopjes in de keuken laten staan,' zegt ze. 'Ik dacht dat je misschien een laatste kopje thee wilde drinken. Of heb ik het mis? Wil je meteen vertrekken?'

'Nee,' zegt Honora, 'een kopje thee zou wel lekker zijn. Alles staat nu hier in de hal, en Alphonse kan de spullen naar de auto brengen. Het enige dat een probleem voor hem zal zijn, is die schommelstoel.'

'Wat ga je met de piano doen?' vraagt Vivian.

'Die laat ik staan,' zegt Honora. 'Hij stond hier al toen ik voor het eerst in dit huis kwam.'

'Van wie is hij?'

'Van een voormalige bewoner, denk ik. Ik heb nooit het gevoel gehad dat hij van ons was.'

'O,' zegt Vivian, terwijl ze zich omdraait. 'Trouwens, de brief van de school heb ik niet kunnen vinden. Weet je zeker dat je hem op het aanrecht hebt laten liggen?'

'Vanmorgen was hij er nog,' zegt Honora. 'Misschien heb ik hem in mijn tas gestopt. Ik zal het even controleren.'

Over vier dagen zal Alphonse leerling zijn van de Ely Day School in Ely. Dat betekent drie kilometer lopen naar school, maar Alphonse schijnt dat geen punt te vinden. Honora vraagt zich af of hij dat ook in de wintermaanden zal kunnen opbrengen, maar dat zien ze wel als het zover is.

Vivian heeft gezegd dat ze altijd al een huisbewaarder wilde hebben, maar Honora weet heel goed dat het idee pas bij Vivian is opgekomen op het moment dat ze het aanbod deed. Vrijdag zal de bank Honora's huis in beslag nemen, en daar wil ze niet bij zijn.

'Kom bij me wonen tot ik terugga naar New York,' heeft Vivian op smekende toon gezegd, 'en blijf dan de hele winter. Als ik in juni terugkom, kun je mijn toneelstukken typen.'

Een jaar geleden zou Honora Vivians aanbod hebben afgeslagen. Een jaar geleden zou ze niet in staat zijn geweest zo'n openlijke daad van liefdadigheid aan te nemen. Maar nu wél. Wél sinds de morgen waarop McDermott op de vloer rondtolde en Vivian zich met Alphonse achter een sofa verborg. Honora besefte ineens dat dat de enige manier was waarop ze Alphonse bij zich kon houden, en daarom zei ze ja. Zonder enige aarzeling.

Op een morgen, halverwege augustus, nam Alphonse de tram naar het eind van Ely Road en legde de rest van de tocht naar het strand te voet af. Zijn broers en zusjes waren allemaal bij hun familieleden ondergebracht, zei hij toen Honora de deur opendeed. Hij was naar zijn oom Augustin en zijn tante Louise in Lowell gestuurd, maar hij wilde bij Honora wonen, zei hij, en of dat goed was? Zijn kin trilde. Honora wist hoeveel moeite het hem kostte om haar dit te vragen. Ze gaf de jongen een knuffel, en toen stonden ze op de granieten stoep te huilen, als twee kleine kinderen.

Alphonse had zijn moeder en McDermott verloren – de twee mensen die hem het dierbaarst waren. Soms lijkt het Honora haast niet mogelijk dat de jongen zich nog steeds staande weet te houden.

Honora vult de ketel, zet hem op het fornuis en denkt terug aan de eerste dag dat ze de keuken binnenkwam, naar het venster liep, de luiken opende en zag dat de ruiten bedekt waren met een zoutlaag van enige jaren. Het vage licht, als dat van matglas, viel op een ijzeren fornuis waarvan de bovenkant bezaaid was met uitwerpselen van dieren. De ovendeur schoot open met veel gepiep en een knal die haar deed schrikken.

Ze wacht tot het water kookt. Ze weet nog dat Sexton de kraan repareerde, dat de kraan gorgelende geluiden maakte en toen een golf bruin water in de gootsteen braakte.

Eind juli en begin augustus nam Honora tien dagen lang dagelijks de tram naar het Ely Falls Hospital. Ze groette de politieman die Sextons deur bewaakte – een man die Henry heette – ging naast zijn bed zitten en breide een paar sokken. Hoewel zijn been aan het genezen was, zei haar man nooit iets. Na twee of drie dagen gaf Honora haar verwoede pogingen om hem aan het praten te krijgen op. Sextons ogen waren zó dicht bij elkaar gaan staan, dat het leek of ze slechts door zijn neusbotje van elkaar waren gescheiden. Hij kamde zelfs zijn haar niet. Als zijn been genezen was, zou hij in de gevangenis worden opgesloten.

Op de ochtend van de elfde dag, nog vóór Honora haar huis verliet, stonden er twee politieagenten voor haar deur. Ze hapte naar adem, want ze dacht dat ze haar kwamen neerschieten. Ze doorzochten het huis, heel grondig, en wilden weten waar haar echtgenoot was. Ze antwoordde dat ze daar geen flauw idee van had.

Sexton Beecher was uit het ziekenhuis ontsnapt, zeiden ze, en hij had een Ford gestolen.

Koop nooit een Ford.

Hij is naar onbekende verten vertrokken, dacht ze, maar ze zei het niet.

Ze giet het kokende water in de theepot. 'Alphonse, wil je melk?' roept ze, met een blik op het halve glas melk dat op het aanrecht is achtergebleven.

'Straks,' zegt hij. 'Ik ben bijna klaar.'

'Ik kom over als het proces begint,' zegt Vivian, leunend op het aanrecht.

'Ze weten niet wanneer dat zal zijn,' zegt Honora.

'Zijn alleen die twee mannen aangeklaagd?'

'De andere namen willen ze niet onthullen. Men zegt dat ze Jonathan Harding beschermen.'

'De bankdirecteur.'

'Ja.'

'Dus niet de Klan.'

'Nee, niet de Klan.'

'Heb je iets van Sexton gehoord?' vraagt Vivian luchtigjes.

Honora schudt haar hoofd. Ze denkt niet dat ze ooit meer iets van

Sexton zal horen. In gedachten ziet ze een kaart met lijnen van blauwe en roze wegen, en een kleine, ronde stip die zich over die wegen beweegt.

De twee vrouwen staan in de keuken – Vivian tegen de rand van de gootsteen, Honora naast de koelkast. 'Ik weet niet of ik met Thanksgiving hier terug zal zijn,' zegt Vivian. 'Waarschijnlijk moeten we dan repeteren.'

'O, dat geeft niet,' zegt Honora. 'Het kan zijn dat ik Alphonse meeneem naar Taft en bij mijn moeder ga logeren.'

'Denk je dat je dan kunt reizen?' vraagt Vivian.

'Tegen die tijd ben ik zeven maanden zwanger. Ik denk niet dat dat een probleem zal zijn. Zo ja, dan ga ik niet.'

'Maar ik kom wél met de kerst.'

'Meen je dat?' vraagt Honora stralend. 'Dat zou Alphonse heerlijk vinden.'

'Komt je moeder hierheen voor de bevalling?'

'Ik denk van wel. Ze wil dat ik in een ziekenhuis beval.'

'Nou, dat mag ik wél hopen,' zegt Vivian lichtelijk ontzet.

Honora zet haar kopje in de gootsteen. 'Weet je,' zegt ze terwijl ze het kopje omspoelt, 'er zou een woord moeten zijn voor een periode waarin je je meest opwindende – je meest vreugdevolle – momenten meemaakt in een tijd die voor anderen om je heen zwaar en ellendig is. Ik probeer de hele week al zo'n woord te bedenken, maar het is me nog niet gelukt.'

'Deze zomer bedoel je?'

'Ja. Iedereen in Ely Falls leed vanwege de staking, en wij... nou, wij vermaakten ons uitstekend, is het niet? En we hadden het zo goed. Relatief gezien.' Ze denkt even na. 'Nou, helemáál niet relatief gezien. We hadden het goed, punt. Elk weekend was een feest.'

'Zo gaat het met oorlog,' zegt Vivian. 'Mannen zeggen vaak dat ze in oorlogstijd het gevoel hebben dat ze het intensiefst leven – en ook het meest verliefd zijn, trouwens.'

'Ik hield van McDermott,' zegt Honora.

'Dat weet ik,' zegt Vivian.

'Hij was zo lief voor Alphonse.'

'Inderdaad.'

'Hij zou blij zijn, hè, dat Alphonse...'

Honora zwijgt abrupt; ze kan geen woord meer over haar lippen krijgen. Ze pakt Vivians kopje en spoelt het om.

'Ik overweeg vanavond oestersoep te maken,' zegt ze ten slotte. 'Hoe lijkt je dat?'

'Verrukkelijk.' Vivian steekt een sigaret op. 'Wil je er ook een?'
'Nee, dank je. Ik moest ermee stoppen.' Ze wijst naar haar maag.
'Ik word er misselijk van.'
'Mooi zo,' zegt Vivian. 'Smerige gewoonte. Vandaag las ik in de
krant dat de Ely Falls Mill dichtgaat.'
'McDermott heeft altijd gezegd dat dat zou gebeuren.'
'Ironisch, hè?'
'De stakers winnen, en dan hebben ze geen werk.'
'De eerste week kan ik Alphonse in de strandwagen naar school brengen,' zegt Vivian.
'Dat zou fijn zijn. Ik denk dat hij zich er erg zenuwachtig over maakt.'
'Nogal logisch,' zegt Vivian. 'We moeten met hem gaan winkelen.
Hij heeft kleren nodig.'
'Absoluut.'
'En jij ook trouwens,' zegt Vivian.
'In feite zou ik graag stof willen hebben om positiekleren van te
maken. Mijn moeder stuurt me patronen.'
'Zolang ík er iets aan mag veranderen als ze niet mooi zijn,' zegt
Vivian.
Honora glimlacht. 'Ik weet niet wat ik gedaan had als jij er niet was
geweest,' zegt ze.
'Onzin. Jij bent de sterkste vrouw die ik ken. Daarom is Alphonse
naar jóu gekomen.'
'Weet je,' zegt Honora, 'je leest een woord als "bloedbad" en je
denkt te weten wat dat betekent, namelijk het afmaken van onschuldige mensen. En dan ga je verder. Je leest een ander feit. Je leest het
woord "proces". Of "veroordeling". Maar als het jóu overkomt, als je
het woord erváárt, dan besef je dat het woord zélf niets betekent. Het
zegt helemaal níets. Het drukt bij lange na niet de verschrikking uit,
vind je ook niet?'
'Je hebt gelijk.'
'Het was geklungel, een enorme blunder,' zegt Honora.
'Inderdaad.'
'Er is volstrekt niets nobels aan wat er is gebeurd. Aan hun dood.
Geen offer. Geen eer. Het was gewoon prutswerk! We hadden daar
helemaal niet moeten zijn. Het was een rampzalig besluit van Ross.
We waren een makkelijk doelwit in die flat.' Honora denkt terug aan
de manier waarop de gemaskerde mannen binnenkwamen met hun
geweren. De manier waarop Ross 'O, God,' zei.
'Niet doen,' zegt Vivian, terwijl ze door de kamer loopt en Honora
in haar armen neemt. 'Hou op! Je moet ophouden!'

285

'Dat weet ik,' zegt Honora.

'Alphonse mag je zo niet zien,' zegt Vivian.

Honora wrijft in haar ogen. 'Dat weet ik, en het zal niet gebeuren.'

'We gaan, ' zegt Vivian.

'We gaan,' zegt Honora. Ze laat haar blik door de keuken dwalen, die nu zogoed als leeg is. 'Alphonse, kom je melk opdrinken,' roept ze in de richting van de gang.

Alphonse komt de keuken binnen, zwaaiend met zijn armen om ze te ontspannen.

'We hebben de glazen al ingepakt,' zegt Honora. 'Drink maar uit de fles.'

Alphonse brengt de fles melk naar zijn mond en veegt zijn lippen af aan zijn mouw.